W0057439

ullstein

Alexandra erzählt von der Urgroßmutter, der Margaretha, immer mit diesem melancholischen Zug um die Augen, mit einer Traurigkeit, mit dem, was man heute Depression nennt und wo man gleich einen Seelenklempner aufsuchen muss, aber damals war es eben das Packerl gewesen, das man zu tragen gehabt hat. Da war es dem Paul, dem Urgroßvater, ja nicht anders gegangen, nur hat der in seiner Trauer um die Donaumonarchie eben ein Haus gebaut, das, vor dem sie jetzt alle sitzen, mit den Steinen vom Fluss unten, während die Margaretha im Rohbau schon mit der Ursel in den Wehen gelegen ist. Das Haus, das seine Wände wie knarrende Baumarme um sie hielt, das Haus, in dem zwei Menschen gestorben sind und einer seinem Leben ein Ende setzen wollte.

Die Geschichten befanden sich zwischen den Wänden, man musste nur genau hinsehen, hinhören.

ANNA NEATA, geboren 1987 in Salzburg, studiert Sprachkunst an der Universität für angewandte Kunst Wien. Mit dem Theaterstück *Oxytocin Baby* gewann sie das Hans-Gratzer-Stipendium 2020 des Schauspielhauses Wien. *Packerl* ist Anna Neatas erster Roman.

Anna Neata

Packerl

Roman

Ullstein

Besuchen Sie uns im Internet:
www.ullstein.de

Wir verpflichten uns zu Nachhaltigkeit
- Papiere aus nachhaltiger Waldwirtschaft und anderen kontrollierten Quellen
- ullstein.de/nachhaltigkeit

MIX
Papier | Fördert
gute Waldnutzung
FSC® C021394

Ungekürzte Ausgabe im Ullstein Taschenbuch
1. Auflage Dezember 2024
© Ullstein Buchverlage GmbH, Berlin 2023 / Ullstein Verlag
Wir behalten uns die Nutzung unserer Inhalte für Text und
Data Mining im Sinne von § 44b UrhG ausdrücklich vor.
Umschlaggestaltung: zero-media.net nach einer Vorlage von
Sabine Wimmer, Berlin
Titelabbildung: Courtesy Galerie Judin, Berlin /
© Ellen Akimoto; Foto: Gustav Franz
Satz: LVD GmbH, Berlin
Gesetzt aus der Dante MT Pro
Druck und Bindearbeiten: ScandBook, Litauen
ISBN 978-3-548-06973-9

Übersicht

Hier und Jetzt

Hundstage 2010
Winter 2011
Eisheiligen 2016
Frühling 2019
Frühling 2022

Personen

Paul Kirschhofer – Vater von Elli

Margaretha Kirschhofer – Mutter von Elli

Elli, Elisabeth Maria Kirschhofer – Mutter von Alexandra

Ursel, Ursula Kirschhofer – Schwester von Elli

Peter – Ursels Jugendliebe

Alexander Adam – Mann von Elli, Vater von Alexandra

Alexandra Adam – Tochter von Elli und Alexander, Mutter von Eva

Erich Maurer – Alexandras erster Mann

Milan – Alexandras zweiter Mann, Vater von Eva

Hannes – Alexandras Jugendliebe

Liane – Ehefrau von Hannes

»Stups« Konrad – Sohn von Hannes und Liane und Evas bester Freund

Eva – Tochter von Alexandra und Milan

Sonnenfinsternis 1999

Es ist der Tag der Sonnenfinsternis, und in der Siedlung im Salzburger Süden liegt ein wenig Weltuntergang in der Luft, Angst vor Erblindung, und überhaupt weiß niemand, auch Eva nicht, die in der Wiese unter den Brombeersträuchern liegt und eine schwere Kamera in die Höhe hält, wie die Computer den Sprung von neunzehnneunundneunzig zu den zwei Nullen bald schaffen sollen, und zwar ohne zu explodieren.

Eva, wo bist du, schallt eine Stimme durch den Garten, und Eva lässt die Stimme über sich hinwegziehen wie die Wolken am Himmel. Vor ein paar Tagen hatte die Oma, wie immer in den Sommerferien, mit der Eva ihre Zeitung geteilt. Die Eva hatte, wie immer, die letzte Seite aufgeschlagen und die kurzen Meldungen unter *Kurioses aus aller Welt* gesucht. Es war nur eine winzige Meldung gewesen, die sie nicht mehr losgelassen hatte, über einen Mann aus Idaho, der die Namen aller Menschen, die er jemals in seinem Leben getroffen hatte, in einem Notizbuch vermerkte. Und während die Oma neben ihr gesessen, in ihrem Kaffee gerührt und die Todesanzeigen ausgeschnitten und kommentiert hatte, als wäre es eine Arbeit, die es zu erledigen galt, hatte Eva beschlossen, ab jetzt jeden Menschen zu fotografieren, den sie in ihrem Leben treffen würde. Und da war es ein guter Zufall gewesen, dass

9

heute die Sonnenfinsternis anstand, dass die ganze Familie zusammenkommen würde, um gemeinsam in den Himmel zu starren. Eva hatte auch ihren Eltern davon erzählt, und beide hatten unabhängig voneinander gesagt, das passt zu dir, nur sagte Milan diesen Satz lächelnd, während es ihrer Mutter ein paar Falten auf das Gesicht aufgezogen hatte.

Sie blickt durch den Sucher, durch die feinen, dornigen Äste des Brombeerstrauchs, dreht sich auf die Seite, lässt die Kamera kurz sinken, schüttelt ihren Arm aus und sieht den Jungen an, der neben ihr liegt. Seine Arme und Beine sind so lang geworden, dass sie fast ein eigener Körper zu sein scheinen, als hätte sein Fuß nichts mehr mit seinem Kopf zu tun, als gehörte seine Hand nicht mehr zu seinen Fingern. Nur seine Augen, von denen Eva sicher ist, dass sie immer noch blau sind, hat er geschlossen, die Lippen leicht lila vom Brombeeressen, und über seine Wange zieht sich eine Narbe, die Eva in Gedanken streichelt.

Stups, dreh deinen Kopf mal, ich will ein Foto machen.

Der Junge murmelt etwas und macht keine Anstalten, ihrer Bitte nachzukommen.

Komm, Konrad, sagt Eva und verwendet seinen richtigen Namen, wie immer, wenn es ihr wirklich ernst ist, und wie immer, wenn es ihr ernst ist, tut er, um was sie ihn bittet. Da ist es egal, dass er schon sechzehn und sie noch dreizehn ist, dass er, anders als Eva, ein Handy hat, über das er ununterbrochen seinen Kopf neigt, und dass sein Atem seit Neustem nach Rauch riecht und Eva sich sorgt, stundenlang in der Nacht wach liegt und betet, dass er bitte nicht die eine Zigarette erwischt, die Krebszigarette.

10

Dummi, so geht das nicht mit dem Krebs, das ist ja nicht wie Lottospielen, murmelt Stups und wendet ihr sein Gesicht zu, zieht einen Grashalm aus der Erde und steckt ihn sich zwischen die Zähne.

Können ja deinen Vater fragen, er muss es doch wissen als Arzt, sagt Eva und zoomt mit dem schweren Objektiv ganz nah zwischen seine Augen.

Stups antwortet, dass Ärzte doch selbst die allerschlimmsten sind, und murmelt dann noch etwas davon, dass der Hannes eh weiß, dass er raucht, was soll er auch dagegen sagen, und dass außerdem Sommerferien sind und man da niemanden irgendetwas fragen sollte, sondern einfach nichts machen, und Eva sagt, dass es ja wohl nicht schwer ist in dieser Stadt, in Salzburg, nichts zu machen, und Stups sagt, Blödsinn, nachher gehen wir fort, wirst sehen, und als er sie für einen Moment schief von unten ansieht, so wie er es manchmal tut, drückt sie auf den Auslöser. Wann willst du los, fragt Eva, und Stups sagt, nicht vor acht, obwohl er genau weiß, wann Eva wieder zu Hause sein muss. Aber wenn sie mit Stups unterwegs ist, dann können ihre Eltern nichts sagen, auch wenn der Milan erst gestern lachend mit Blick auf Eva die natürliche Alarmanlage des Hauses gelobt hatte, die alte Holztreppe, die jeden Schritt verriet, jedes Zuspätkommen hörbar machte. Er konnte ja nicht wissen, das Eva und Stups die Stufen an langen Abenden, wenn sie alleine waren, inspiziert hatten, mal einen Fuß hier- oder dorthin gesetzt hatten, bis sie das lautlose Überqueren sogar mit geschlossenen Augen schafften.

Eva, ruft es noch einmal, diesmal eine Männerstimme.

11

Wir kommen, ruft Eva zurück, rollt sich auf die Seite und springt auf.

Auch Stups löst sich aus dem Gras, zieht, als er endlich steht, seine weite Baggypants nach oben, öffnet seinen Gürtel und schließt ihn wieder. Gemeinsam gehen sie auf das mit dichtem wildem Wein bewachsene alte Haus zu, und Eva erinnert sich an eine Zeit, als sie immer gerannt sind, mit erhitzten Gesichtern, als sie Kinder waren und alles schneller gemacht haben, und trotzdem war alles langsamer vergangen, und ein Sommer war ihr wie eine Ewigkeit vorgekommen.

Wie ist die Kamera? Der Milan, ihr Vater, steht auf der Terrasse, die Hände tief in den Taschen, und lächelt Eva an. Eva lächelt zurück, viel besser als mit der Polaroidkamera, die sie sich zwar aufbehalten wird, wo aber jeder Film an die zwanzig Mark kostet. Der Milan nickt, nickt auch noch, als die Mama herauskommt aus der Terrassentür und der Urseltante, die ganz gerade am Tisch sitzt, die Servietten reicht. Danke, Alexandra, sagt die Tante und nimmt der Mama die Servietten ab, um sie auf dem Tisch zu verteilen, nicht ohne den Stups darauf hinzuweisen, dass er eine Hose trägt, die viel zu groß ist, und dass man weiß, dass eine Hose zu groß ist, wenn sie einem fast in den Knöcheln hängt. Der Stups setzt sich schnell auf den grünen Gartenstuhl, und Eva kichert. Hast eine Freude, fragt die Mama Eva, und Eva nickt wieder, verkündet, ich werde euch alle fotografieren. Das klingt wie eine Drohung, die Alexandra verschwindet schnell wieder im Inneren des Hauses. Oh Gott, sagt auch die Tante und hält sich vorsorglich schon mal die Hand vor ihr Gesicht.

Mit dir fang ich an, sagt Eva und lässt sich neben ihr in den Stuhl sinken.

Sanft drückt Eva die Hand der Urseltante hinunter, die sich wie altes Papier anfühlt, ein Foto nur, Tante, sagt sie, und die Tante sieht sie mit zweifelnden Augen an. Sowieso hatte sie immer diesen Blick, wenn sie auf Eva traf. Sie war streng, strenger als die Oma, überhaupt unterschieden sie sich in allen Dingen so sehr, dass Eva manchmal nicht glauben konnte, dass sie Schwestern waren. Die Tante konnte kühl sein und trotzdem heiß lieben, sie war es, die zwar über Eva den Kopf schüttelte, aber dann doch für sie da war und ihre Hand hielt, so wie jetzt gerade, mit kalten, trockenen Fingern, die ungeduldig gegen Evas Handrücken klopfen.

Es dauert nicht lange, o. k., sagt Eva, lässt ihre Hand los und zoomt aus dem Bild heraus, während die Tante missmutig o. k., o. k. vor sich hin murmelt. *O. k.* gibt es nicht in ihrem Wortschatz. Eva zoomt noch ein Stück heraus, bis der pinke Oleanderstock den Kopf der Tante umsäumt, die frisch vom Friseur geföhnten und gefärbten braunen Haare, und in dem Moment, als das Gesicht der Tante etwas Weiches bekommt und sie gerade auf den Auslöser drücken will, dreht die Ursel empört den Kopf weg. Du rauchst auch schon, fragt sie den Stups und reckt ihr Kinn nach oben, als ob sie ihn so besser sehen könnte, und obwohl der Stups sogar im Sitzen um etliches größer ist als sie, zieht er seinen Kopf in sich hinein, wie eine Schildkröte. Geh, lass ihn halt, sagt Alexandra, die wieder auf der Terrasse erscheint und diesmal Besteck und ein großes Messer auf dem Tisch ablegt. Sind wir auch alle

13

keine Vorbilder, sagt sie und schiebt Stups den Aschenbecher etwas näher hin.

Ihr vielleicht nicht, mit einem Schwung und die Hände voller Teller kommt die Oma auf die Terrasse, gell, Stups, sagt sie zu ihm und geht wieder hinein, nur um einen Moment später mit einem großen silbernen Tablett zurückzukommen, auf dem sich eine riesige Linzertorte befindet, mit Ribiselsaft, der dampfend rote Flecken auf dem weißen Spitzenpapier hinterlässt. Stups grinst Eva mit der Zigarette im Mund verstohlen an. Wir haben nie geraucht, gell, Ursel, sagt die Oma in ihrem unerbittlichen Singsang, mit dem sie auch die grausamsten Wahrheiten so klingen lassen kann, dass es schwer ist, ihr einen Vorwurf zu machen. Während Alexandra die Augen verdreht, denkt offenbar niemand daran, der Tante einen bittenden Blick zuzuwerfen, und so holt die Ursel beinahe unbemerkt tief Luft. Die Urseltante ist schon immer eine Verfechterin der Wahrheit gewesen, und wenn es außerdem etwas gibt, wo sie ihrer Schwester widersprechen kann, darf sie sich diese Chance nicht entgehen lassen, das weiß Eva genau. Sie war schon Zeugin stundenlanger Diskussionen geworden, bei der die eine behauptete, die Lieblingssendung würde samstags immer um 20.15 beginnen, während die andere darauf beharrte, nein, freitags um 21.50 Uhr, und nicht mal Evas Blick ins Fernsehprogramm mit abschließender Richtigstellung, dass beide unrecht hatten oder beide recht, je nachdem wie man es sehen wollte, weil zwar freitags, aber dafür um 20.15, hatte zur Versöhnung zwischen den Schwestern beitragen können. So ein Blödsinn, Elli, sicher hast du geraucht einmal,

14

sagt die Ursel jetzt ruhig und tupft sich mit der Serviette den Schweiß von den Schläfen. Die Elli erstarrt beim Verteilen der Torte. Na, nie habe ich geraucht, nie, das werde ich doch wohl besser wissen. Die Ursel will etwas einwenden, kommt aber nicht gegen Elli an, die ihr, wie zur Strafe, das größte Stück auf den Teller legt. Es ist zu komisch, mit was für einer Verzweiflung die Ursel auf ihren Teller mit dem Riesenstück Torte blickt und, so ein Wahnsinn eine Linzertorte bei der Hitze, vor sich hinmurmelt. Die Oma hört es nicht, geht in ihrer Empörung auf wie ein Hefeteig, und da ist es nur gut, dass der Milan da ist mit seinem Harmoniebedürfnis und lautstark verkündet, dass die Eva sie heute alle fotografieren möchte, ob darüber eh schon alle im Bilde seien. Fünf Augenpaare richten sich auf Eva, die nickt und die Kamera in die Höhe hebt, wie zum Beweis, und plötzlich ist man sehr bemüht darum, ihr Modell zu stehen. Evas Kamera ist ein Ventil, das die Luft an diesem warmen Tag zwischen ihnen einsaugt und wieder ausspuckt.

Also bitte. Kaum hat sie das ausgesprochen, klingelt es an der Tür. Ich geh schon, sagt die Oma und steht auf, ohne auf die Ursel zu reagieren, die jetzt um Versöhnung bemüht ist und lautstark den Kuchen lobt, die aber, kaum ist die Oma Richtung Flur verschwunden, mit dem Kopf zu Alexandra geneigt nachwirft, du, er ist eh gut, aber eine Linzertorte im Hochsommer ist trotzdem ein Wahnsinn, bitte schön.

Hallo, Sohn, der Hannes steht in der Tür und nickt dem Stups zu, und eine Frau mit derselben Nase, wie der Stups sie hat, beugt sich zu ihm und küsst ihn auf seine Wange. Tun wir nicht so viel rauchen, gell, Konrad, sagt die Liane und zeigt der Alexandra an, wie groß sie ihr Kuchenstück möchte, ein kleines bitte nur. Hallo, Eva, sagt der Hannes zu ihr und streckt seine Zunge raus, kaum hat Eva ihre Kamera auf ihn gerichtet. An dem Hannes scheiden sich die Geister, die Eva mag ihn in allem, in dem er Stups gleicht, sie mag seine warme, laute Stimme und sein lustiges Benehmen, und sie mag es, wie ihre Mutter sich in seiner Gegenwart verwandelt. Was glaubst du denn warum, hatte der Stups sie mal scharf gefragt, aber Eva wusste es nicht. Hannes und ihre Mutter kannten sich eben schon fast ein Leben lang. Zu Stups war Hannes anders. Ein Vater, der von ihm verlangte, die Schule fertig zu machen, der ihm die Schreinerlehre ausredete und sich über Stups' nachdenkliches Wesen lustig machte, der Bua hat immer ein Stirnrunzeln im Gesicht, von mir hat er das nicht, während er Evas träumerische Art für höchst kreativ hielt. Dafür sagte man der Eva pass auf dich auf, ohne ihr zu sagen, warum, und Eva nickte brav, tat aber heimlich das Gegenteil, kaufte sich Schnaps in Mozartkugelform, der süß schmeckte, dabei gleichzeitig im Hals brannte, und fuhr per Anhalter abends aus der Stadt nach Hause, obwohl es erst kurz nach zehn war und der Bus noch fuhr.

Eva, machst du Platz für die Liane bitte, Alexandra unterbricht ihre Gedanken, und Eva steht auf, murmelt, sicher, sagt Hallo, und die Liane sagt nur kühl, servus du, zurück und lässt sich mit demselben Gesichtsausdruck abfotografieren, mit dem sie Eva seit ein paar Jahren ansieht. Den Kopf extra in die Höhe gestreckt, dass Eva beim Ranzoomen ins Bild ihre Nasenlöcher sehen kann. Die Liane hat der Eva die Narbe, die sich quer über Stups' Gesicht zieht, nie verziehen, dabei hatte ihr doch der Stups' gesagt, dass er auf jeden Fall auf ewig in ihrer Schuld stünde, hatte ihr von den Mädchen erzählt, die seine Narbe süß fanden, die ihn zu einem Mann machte, und wenn es irgendwann die Chance gäbe, sich zu revanchieren, dann würde er das tun. Aber bitte nicht Gleiches mit Gleichem, hatte Eva geflüstert, und Stups hatte sie in den Arm genommen, so wie früher, als sie selbst noch im Haus der Großmutter gelebt hatte, als sie noch Herbst, Winter und Frühling hier verbracht hatte und nicht nur die Sommer, mit Stups auf der anderen Seite des Gartenzaunes, wo er immer noch wohnt und manchmal auf sie wartet.

Dafür, dass ihr so einen kurzen Weg herhabt, habt ihr ganz schön lange gebraucht, sagt der Milan, und jetzt wird Sekt eingeschenkt, der Stups bekommt ein Glas, er darf ja schon, und Eva auch, das wird dem blassen Kind sicher nicht schaden, für den Kreislauf.

Sicher, die Oma war auch so blass, sagt Alexandra, und Eva kichert, weil: die Oma sitzt mit Oliventeint neben der Alexandra und schöpft sich Schlag auf den Teller, als gäbe es nichts anderes zu tun. Alexandra zieht ihre Augenbrauen in die Höhe, meine Oma, erklärt sie Eva und drückt die Hände auf ihre Brust. Meinst wirklich, die Ursel schaut Eva an, schaut neben sie, als ob da auf einmal eine imaginäre Urgroßmutter auftauchen würde, mit der man die Eva vergleichen könnte. Kann schon sein, ja, und auch Eva malt sich ein Bild von ihr aus, während die Oma sagt, nein, so hell war die Mama nicht. Ja, weil sie die ganze Zeit draußen hat arbeiten müssen, sagt die Ursel, und Alexandra erzählt von der Urgroßmutter, der Margaretha, immer mit diesem melancho-

17

lischen Blick um die Augen, mit einer Traurigkeit, mit dem, was man heute Depression nennt und wo man gleich einen Seelenklempner aufsuchen muss, aber damals war es eben das Packerl gewesen, das man zu tragen gehabt hat. Da war es dem Paul, dem Urgroßvater, ja nicht anders gegangen, nur hat der in seiner Trauer um die Donaumonarchie eben ein Haus gebaut, das, vor dem sie jetzt alle sitzen, mit den Steinen vom Fluss unten, während die Margaretha im Rohbau schon mit der Ursel in den Wehen gelegen ist. Das Haus, das seine Wände wie knarrende Baumarme um sie hielt, das Haus, in dem zwei Menschen gestorben sind und einer seinem Leben ein Ende setzen wollte. Die Geschichten befanden sich zwischen den Wänden, man musste nur genau hinsehen, hinhören.

Kurz ist es still, und ein warmer Wind weht über Evas nackte Waden. Auf jeden Fall haben wir genug Brillen für alle, der Hannes durchbricht das Schweigen, öffnet seine Arzttasche und zieht einen Beutel getönter Plastikbrillen heraus. So ein Glück, dass du genug bekommen hast, ruft Elli begeistert. Der Hannes verteilt sie, und während der Milan interessiert fragt, ob es quasi aus Hannes' beruflicher Expertise wirklich so schlecht für die Augen ist oder eher, wie die Alexandra sagt, eine ganz große Hysterie, biegt die Ursel misstrauisch die Brille in ihrer Hand hin und her, das ist ein ganz billiges Plastik, sagt sie. Die Liane fragt, und ist schön, mal wieder über den Sommer hier zu sein, und Eva weiß nicht, ob es an sie oder an Alexandra gerichtet ist, also nickt sie nur. So viel hatte sie in den letzten Wochen gehört, darüber, dass das Haus hier in Salzburg umgebaut werden sollte, dass sie wieder zurückkommen würden, ganz, und Eva, die in Stups zwar den einzigen Freund hatte, die aber in Wiesbaden zurechtkam, hatte gewartet und gewartet, dass jemand mit ihr darüber sprechen würde, aber weder die Mama noch der Milan waren gekommen, und jetzt saß die Liane vor ihr, wissend, lächelnd, als täte sie es Eva zum Fleiß.

Ich muss noch wohin. Eva schiebt sich schnell das letzte Stück Kuchen in den Mund, nimmt ihre Kamera in die Hand und rafft den Vorhang an der Terrassentür zur Seite. Beeil dich aber, ruft der Milan ihr hinterher, wir gehen gleich hinauf auf den Balkon. Ja, sagt Eva und hört die Tante noch sagen, jetzt nimmt das Dirndl die Kamera schon mit aufs Klo, na so was.

Eva will aber gar nicht aufs Klo. Eilig geht sie den Flur entlang und schlüpft unbemerkt hinter den gusseisernen Garderobenständer, der hoheitsvoll in der Ecke zwischen Eingangstür und Stiegenhaus steht. Sie setzt sich mit dem Rücken an die Wand, und ihr Blick schweift langsam nach oben, als würde sie alles zum ersten Mal sehen. Wie eine Krone stehen die Kleiderhaken in die Höhe, sind schwer beladen mit bunten Anoraks gegen den Regen, mit leichten Übergangsjacken und mit dicken, muffigen Pelzmänteln. Und wo die Mäntel zu Ende gehen, haken sich die Griffe der Regenschirme ein, deren Spitzen bis knapp zu dem Fußboden reichen, in das kleine gusseiserne Becken, in dem sich Regenwasser sammelt und einige tote Fliegen, an dessen Rand Eva jetzt ihre Zehen abstellt. Hier ist er. Ihr liebster Platz im Haus. Ihr Versteck.

Mehr als einmal hatte Alexandra versucht, ihre Mutter

davon zu überzeugen, die Mäntel doch den Sommer über in Kleidersäcken einzuwintern, was Elli nur mit einem Kopfschütteln quittiert hatte, geh, du bist stur, dabei tat sie ja nur der Eva einen Gefallen. Als die Elli sie vor ein paar Jahren hinter dem Garderobenständer kauernd erwischte, hatte sie kein Warum gebraucht. Dein Lieblingsplatz ist das also, hatte sie Evas Worte wiederholt, und das reichte ihr. Eva blieb es erspart, von den Momenten zu berichten, die sie so miterlebt hatte, als würde sie erst dort, hinter dem Garderobenständer, vor dem Spiegel, verstehen, wer ihre Familie wirklich war. Das alte Stück Glas mit dem Riss, Evas frühste Kindheitserinnerung, an dem es kaum eine Ecke gibt, die einen noch klar widerspiegelt.

Sie richtet ihre Kamera quer nach oben auf den Spiegel, als sie hört, wie draußen auf der Terrasse Stühle geschoben werden, nacheinander werden Schritte laut. Sie sitzt, wartet und hält die Luft an. Der Stups geht als Erster, mit langen Schritten, und in den Händen das neue Nokia 3210, die Daumen Snake spielend. Der Hannes kommt gleich danach, mit Liane im Arm. Einmal hatte Eva den Hannes und ihre Mutter dabei beobachtet, wie sie Rücken an Rücken vor dem Spiegel gestanden und ihre Größe verglichen haben, als wären sie Kinder. Hinter ihnen kommt Milan. Evas Finger sind angespannt am Auslöser, ein Foto braucht sie noch, nur eines, und sie möchte es hier machen, jetzt gleich. Aber als Nächstes kommt Elli, die Arme schwenken mit den Beinen im Gleichschritt mit, so wie Eva es schon häufig an alten Menschen beobachtet hat. Bevor sie Eva entdeckt hatte, war sie oft so am Spiegel vorbeigegangen, manchmal war sie auch stehen

20

geblieben und hatte über seinen Rahmen gestreichelt wie über ein altes Foto, als käme es einem Zauber gleich, der nur wachgerufen werden müsste. Vielleicht glaubt sie jetzt, dass Eva schon oben ist und auf sie wartet, jedenfalls wirft sie keinen wissenden Blick in die Ecke. Hinter Elli kommt die Ursel mit leisen Schritten vorbei, an den braunen Beinen weiße Verbände von ihrem letzten Sturz. Wie oft hatte sie dort alleine am Spiegel gestanden, manchmal leise Worte flüsternd, einen Namen hatte Eva gehört, einen Peter verstanden. In diesem Haus gab es Namen, die nicht laut ausgesprochen wurden. Peter war so ein Name, Alexander auch. Alexander, der Name ihres Großvaters, an den sie sich kaum noch erinnern konnte, dessen Name nicht einmal im Sommer vor drei Jahren von den Wänden widergehallt war, der Sommer, in dem Alexander sterben und Stups seine Narbe erhalten sollte, und wie das eine mit dem anderen zusammenhing, war ein Geheimnis, von dem nur Eva und Stups wussten.

Feste, entschlossene Schritte hört sie jetzt. Alexandra läuft barfuß in Richtung der alten Holztreppe. Einen kurzen Moment sieht es so aus, als würde sie an Eva vorbeigehen. Die Kamera liegt schwer in Evas Hand. Dann scheint sie es sich anders zu überlegen, geht einen Schritt nach links zurück, schaut sich ihr verschwommenes Spiegelbild an, ihre schöne, gerade, große Nase, die hohen Wangenknochen, die dunklen Augen, das schwarze Haar, das ihr auf die Schultern fällt. Vor ein paar Wochen, zu Alexandras Geburtstag im Mai, hatte Eva ihr ein Buch geschenkt. *Du bist nicht so wie andre Mütter,* hatte das Buch geheißen, das sie in dem kleinen Antiquariat in der Wiesbadener Innenstadt gefunden hatte, und Alexandra hatte sich ehrlich darüber gefreut. Sie hatte den Klappentext gelesen und Eva gefragt, wie sie auf das Buch gekommen war, woher sie wisse, dass sie die Autorin bewundere und dass sie diese Zeit interessiere. Eva hatte sich nicht getraut zu sagen, dass sie es nur wegen des Titels gekauft hatte. Wegen des Titels und des Umschlags: Eine schöne Frau mit schwarzen Haaren, gerader Nase, die Beine übereinandergeschlagen und einem wissenden, neugierigen Blick, der alles infrage stellt. Nie hatte sich Eva Alexandra so nahe gefühlt. Wenn sie diesen Moment nur hätte festhalten können. Ihre Hand zittert, die Innenflächen sind feucht vom Schweiß. Ihr Blick schweift über den Rand des Objektivs zum Spiegelbild ihrer Mutter. Ihr Gesicht muss sie ganz sehen, es geht nicht anders, kein Millimeter darf verdeckt sein. Vorsichtig schiebt sie mit den Fingern einen störenden Mantelärmel auf die Seite, sieht Alexandras Gesicht nun ganz, sieht, wie sie gedankenverloren vor sich hin starrt. Mit dem Fuchspelz in der Rechten und der Kamera in der Linken, drückt sie mit ihrem Zeigefinger schwach auf den Auslöser, einmal, zweimal, dreimal. Jetzt. Wenn sie es nur festhalten könnte. Diesen Moment. Sie muss einfach. Festhalten. Die Kamera. Nein, bitte nicht die Kamera. Ihre Finger wie ein Schwarm von Fischen. Nein. Himmel. Hat sie geschrien. Wer schreit? Langsam, wie in Zeitlupe, sieht Eva die Kamera aus ihrer Hand gleiten, über sich plötzlich das ungläubige Gesicht ihrer Mutter. Himmel, Eva, was machst du da? Noch schlimmer als das Geräusch der auf dem Boden aufschlagenden Kamera ist nur der Verlust des Geheimverstecks. Und Eva denkt sich, dass es ganz typisch ist, dass man sie ausgerechnet dann findet, wenn es einmal in zweiundachtzig Jahren am helllichten Tag für einen kurzen Moment ganz dunkel wird.

Frühling 1942

Der Spiegel ist groß genug, um ihr bis zur Hüfte zu reichen, dass man Ellis Strümpfe sehen kann, gebräunte Knie und den Stoff des blauschwarzen Rocks, der sich in schwere Falten legt. Seufzend geht sie in die Hocke und wischt mit ihrem Finger über den schmutzigen Film auf dem Glas, das ihr Spiegelbild ganz verzerrt wiedergibt, nicht das schöne Rot ihrer Wangen zeigt und auch nicht das Weiß ihrer Zähne, um die sie alle beneiden.

Den sollt man auch mal wieder aufhängen, Elli spricht in den Spiegel hinein und beobachtet in ihm den Umriss einer Person, die sich links von ihr befindet, auf einem grünen Polsterfleck sitzend, ein Knäuel von einem Menschen, der sich nicht regt, der auch nur ein Schmutzfleck auf dem Glas sein könnte.

Dreckig ist er auch, Elli fährt sich mit der Zunge über ihre Lippen, ich glaub wirklich, der Spiegel hier ist das Einzige, wo die Mama nicht mal mit einem Fetzen drübergeht.

Dann nimm du dir halt einen Fetzen, tönt es dumpf hinter ihr.

Na hör mal, Elli dreht sich um, schaut zu dem, was grade noch ein Fleck auf dem Glas war, zur Ursel, die auf dem grünen Samtsessel sitzt und in ihrem Buch liest. Ich kann doch jetzt nicht mehr putzen, mit der Uniform, oder willst,

24

dass ich mich anpatze. Dann brauch ich ja gleich nicht mehr hin.

Ja eh, die Ursel blättert ungerührt um.

Magst nicht mit, Elli zieht das Halsband am Knoten ein wenig enger, kannst eh auch so gehen.

Die Ursel schüttelt den Kopf.

Hast leicht was Besseres vor?

Elli muss sich Mühe geben, nicht ungeduldig zu werden. Sie kann sich nicht vorstellen, dass irgendjemand in Salzburg heute etwas Besseres vorhaben könnte, als zu ihrer BDM-Versammlung mitzukommen. Doch irgendwas ist in diesem Haus seit einigen Tagen anders. Ursels Gesicht vielleicht, das so blass aussieht wie noch nie, und wie verschlossen sie war, noch verschlossener als sonst. Auch das Verhalten der Eltern war ein anderes. Die Mutter war die ganze Woche aufbrausend, fuhr bei jeder Kleinigkeit aus der Haut, da hatte es schon gereicht, dass Elli vor dem Spiegel einmal die Zeit übersehen hatte. Das Zöpfe-Richten, das In-die-Wangen-Kneifen für Apfelbacken, das Auf-die-Lippen-Beißen für ein volleres Rot brauchte halt seine Zeit, und Elli hätte nie damit gerechnet, dass ihre Mutter den neuen Spiegel von der Wand nehmen, jetzt reicht es, dann kommt er eben weg, und ihn mit so einer Wut auf dem Scheunenboden abstellen würde, dass sich seitdem ein Riss tief und diagonal durch die Oberfläche zog.

Der Vater hatte nichts gesagt, wie so oft. Er war nur danebengestanden und hatte mit dem Kopf geschüttelt. Überhaupt hatte ihn Elli in der letzten Zeit viel mit dem Kopf schütteln sehen, und ein paarmal hatte sie ihn dabei erwischt, wie er die Hand von der Ursel genommen und fest gedrückt hatte.

All diese Dinge waren passiert, nebenbei und mit so einer Selbstverständlichkeit, dass man nicht darüber sprechen konnte. Elli hatte es versucht, aber die Mutter hatte abgewunken, du spinnst ja, was soll denn sein, und der Vater hatte mit einem Lächeln seinen Kopf geschüttelt. Ach, Elli, schau, hatte er gesagt, aber weiter war er auch nicht gekommen. Elli wusste also nicht, was sie denn schauen sollte, und die Ursel hatte ihre Lippen sowieso nicht mehr auseinanderbekommen, nur beim Essen, da hatte sie hingelangt wie noch nie.

Ich kann es einfach nicht, Elli betrachtet die Haarsträhne, die aus dem Zopf heraushängt.

Geh, komm her da, die Ursel legt ihr Buch auf den Schoß und winkt ihr zu, setz dich dahin.

Elli ist froh, dass die Schwester das Flechten übernimmt. Ursel kann aber auch alles gut, bei dem man genau sein muss. Gut sticken kann sie, gut nähen, während Elli meistens schon beim Einfädeln scheitert.

Au!

Bitte, stell dich nicht so an, faucht Ursel, die Schönste willst immer sein, aber machen willst nichts dafür. Sie fährt ihr mit dem groben Kamm durch die Locken, so fest, dass Elli glaubt, ihre Kopfhaut würde zu glühen beginnen. Haare sieht sie neben sich durch die Luft fliegen, und sie spürt, wie Ursels Finger so schnell und fest gegen ihren Haaransatz klopfen, dass sie am liebsten fragen würde, ob es noch ums Frisieren geht oder ob die Ursel wohl spürt, dass sie spürt, was da in der Luft liegt. Elli weiß nicht, ob die Ursel noch flicht oder ob sie versucht, ihr mit den Haarsträhnen auch die Gedanken aus dem Kopf zu ziehen. Aber besser ist, sie hört auf zu jammern und beißt die Zähne zusammen, damit ihr Ursel das Flechten nicht wieder selbst überlässt. Vielleicht, wenn sie lieb fragt, flicht ihr die Ursel nicht nur zwei Zöpfe, sondern einen Kranz um ihren Kopf, und vielleicht findet sie auf dem Weg ja noch ein paar Veilchen oder Veilchen besser nicht, aber ein, zwei Gänseblümchen kann sie sich noch ins Haar stecken, wenn sie an der Au vorbeikommt. Mal sehen, was die Hanni dazu sagt.

Magst mir einen Kranz machen bitte, Elli lässt ihre Knie gegeneinanderfallen und rückt ein Stück an den Sessel heran.

Wenn du stillhältst, antwortet Ursel.

Elli hält still, sogar das Fingerknacken lässt sie bleiben, nachdem die Ursel für einen Moment warnend die Zöpfe fallen lässt. Sie zieht auf Ursels Kommando ein paar Haarnadeln aus ihrer Hemdtasche und reicht sie nach hinten. Früher, als sie jünger waren, hatte sie die Haare einfach offen getragen, da waren die Menschen auf der Straße bewundernd stehen geblieben und hatten über ihre Locken gestrichen. Von der alten Nachbarin, der Frau Thaler, hatte sie sogar einmal ein Zuckerl bekommen, weilst wie ein Engel ausschaust, aber die Frau Thaler war ja schon längst nicht mehr da, ist vor drei Jahren verschwunden, und die Hanni hatte ihr beim letzten Treffen erklärt, dass sie ihre Haare besser zusammenbinden soll, damit sie nicht so wild und exotisch wirkt, schön blond sind sie eh, hatte sie gesagt und Elli angelächelt.

In die Scheune dringen Geräusche, Holz, das auf Blech

trifft, ein Klopfen. Die Mutter wird in der Küche sein, überlegt Elli und spürt Ursels Hände, wie sie versucht, den zweiten Zopf auf ihrem Kopf zu drapieren. Gib mir noch eine Haarnadel. Ein leises Zischen kann man durch die offenen Türen hören. Elli meint den Geruch von Zwiebeln zu riechen, wie sie in Öl angebraten werden. Tief atmet sie durch die Nase ein, schnüffelt ein paarmal hinterher, Bratkartoffeln gibst nachher, sagt sie, mit Speck.

Du spinnst ja, die Ursel nimmt ihr die Haarnadel aus der Hand, woher soll die Mama heute einen Speck bekommen haben?

Es gibt ja was zu feiern, Elli dreht ihren Kopf nach hinten, was glaubst du denn?

Es gab ja noch alles, auch wenn es schwer zu bekommen war, und Elli konnte auch nicht sagen, woher die Mutter einen Speck hatte, aber weshalb, das wusste sie genau. Heute wegen meiner Verpflichtung und morgen wegen meines Geburtstags natürlich, denkt sie sich. Für einen Moment sind die Finger still an ihrem Kopf, und Elli kann ein leises Schnüffeln hinter sich hören.

Kartoffelpuffer macht die Mama, sagt die Ursel nach ein paar Sekunden, maximal Kartoffelpuffer mit Apfelkompott, wirst sehen.

Hoffentlich behält sie nicht recht, denkt Elli sich. Überall ging es nur noch ums Sparen, um ein *eisernes Sparen*. Aber Elli konnte nicht dankbar sein um die Kartoffeln aus dem eigenen Garten, konnte nicht froh sein über die Nachricht, dass die Kartoffelversorgung für die Stadt Salzburg gesichert sei, auch wenn man bitte schön erst mal die eigenen Vorräte aufbrauchen sollte. Wie gerne sie mal wieder ein Stück Speck hätte, am liebsten eines ganz für sich allein. Sicher, da gab es Menschen, denen es schlechter ging, uns geht's hier gut, Elli, wir haben ja noch alles, hat der Vater ihr immer wieder erklärt, und hungrig bist du noch nie ins Bett gegangen, oder. Und auch die Hanni hat gemeint, dass sie lieber nur mehr von Kartoffeln oder deren Schale leben würde, solange es den Führer gibt. Elli möchte auch so sein wie Hanni, aber insgeheim weiß sie: Für eine Welt ohne Speck und Schokolade will sie nicht kämpfen. Aber sagen darf man das nicht.

Elli! Die Mutter steht in einer blauen Schürze in der Tür. Jetzt habe ich schon dreimal gerufen, geh bitte, gleich muss eine helfen beim Reiben.

Schnell steht Elli auf und wischt sich über den Rock. Ich muss gleich los, Mama, sie schaut die Ursel an, die zum ersten Mal seit Langem wieder ein Grinsen in ihrem Gesicht hat.

Aber essen musst schon noch was, wann kommst denn wieder.

Mama, die Elli verdreht die Augen, das kann ich wirklich nicht sagen. Erst haben wir das Treffen, dann gehen wir alle in die Stadt. Wollt ihr nicht doch kommen?

Die Mutter schaut sie lange und abwartend an.

Weißt eh, dass wir nachher noch was für deinen Geburtstag vorbereiten. Schaust, dass du jetzt noch was isst, und nachher lässt dir Zeit, ja. Kannst bei der Hanni länger bleiben?

Eine Überraschung für mich? Elli vergisst sofort, dass die Eltern heute nicht kommen würden, mehrmals hatten sie darüber gesprochen, immer hatten sie verneint, da hatte sie bitten können, betteln und toben, wie sie wollte. Eine Überraschung für mich, wiederholt sie noch einmal und dreht sich strahlend zur Ursel um, aber die hat schon wieder ihr übliches Gesicht aufgesetzt, die Augen starr auf den Boden gerichtet und Lippen so dünn wie ein Bleistiftstrich. Sicher kann ich länger bei der Hanni bleiben.

Die Mama nickt. Na, und jetzt kommt's bitte runter.

Ist es ein Rock, Mama? Man hörte ja so viel, Gerüchte gab es um eine Zusatz-Kleiderkarte für alle Jugendlichen in der Stadt, weiß die Elli und knetet aufgeregt ihre Finger.

Du auch, Ursel, schwerfällig steht die Ursel auf und legt das Buch auf den kleinen Tisch.

Aus der blauen Seide?

Geh, Elli, jetzt hör auf.

Woher soll die Mama denn eine Seide bekommen haben, Dummerchen, flüstert ihr die Ursel zu und krempelt sich die Ärmel ihrer Bluse hinauf, da fällt Elli auch eine Frage ein.

Hast eigentlich mal wieder was vom Peter gehört?

Die Au spiegelt sich in all ihren Grüntönen in Ellis Augen wider. Schön ist das, endlich weg von daheim, von der Ursel, die das ganze Mittagessen kein Wort mehr mit ihr gesprochen hat, endlich weg von den Ermahnungen der Mutter, bitte aufzupassen, bitte die Mutter von der Hanni zu fragen, ob sie dableiben kann bis am Abend, und auch weg von dem Gedanken an Peter, der seit seinem Besuch vor vier Monaten nur einen Brief geschrieben hat, den die Ursel nicht wie sonst unter ihre Kopfkissen, sondern in eine Schatulle gelegt hat. Weg mit diesen Gedanken. Alles um sie herum blüht, da kann sich der Schnee noch so widerborstig am Untersberg festkrallen, wenn hier unten schon Frühling ist. Warm malt die Sonne Schattenspiele auf Ellis Haut, nur um ihre Füße herum zieht es. Die Kniestrümpfe hat sie sich ausgezogen, weil Frühling ist, weil morgen ihr Geburtstag ist, und sofort muss sie wieder an den Peter denken, der ihr lachend erklärt hatte, nur in den i-Monaten barfuß zu gehen, weil die Wärme der Sonne ist trügerisch, und der Schnee auf den Bergen, der Frühlingsschnee, ist ein ganz ein hinterlistiger.

Wenige Menschen sind unterwegs. Die werden alle schon in der Stadt sein, sicher, bei so einem Ereignis, denkt sich Elli und schimpft sich dann gleich selbst in bester Ursel-Manier, Dummerchen. Natürlich waren die Menschen nicht alle unterwegs zu ihrer offiziellen BDM-Verpflichtung. Manche haben sich ja schon seit Längerem als was Besseres gefühlt, weil Tatsache, der Führer ist von Salzburg ja oft gerade mal einen Steinwurf entfernt gewesen, da haben viele gesagt, da muss ich nicht in die Stadt gehen und bei so kleinen Ereignissen die Arme auswerfen, aber Elli ist sich sicher, dass sie nachher trotzdem alle sehen wird, die Lehrerin, den Halmisch vom Kleidungsgeschäft, den Herrn Machmer vom Café.

Gut, die Eltern werden nicht da sein. Elli hätte ja gerne bei sich gedacht, dass der Vater arbeiten muss, aber natürlich hätte auch er für diesen Anlass von der Justizvollzugsanstalt freibekommen, und auch die Mutter hätte es sicher schaffen können, trotz der Vorbereitungen für Ellis Geburtstag. Seltsam war es, wie sie sich verhielten, anders als alle anderen, aber sie hatte sich das Fragen abgewöhnt. Sowieso ist es wurscht, hatte sich Elli gedacht, nicht mal die Hanni hatte

31

noch nachgefragt, obwohl es bei ihr ganz anders war. Die Mutter von der Hanni hatte am Anfang auch noch zögerlich den Arm gehoben, aber jetzt hatte man sie oft bei Festen gesehen. Dabei war die Frau Hinterbauer immer eine ganz katholische gewesen, doch mittlerweile hatte das Führerbild ganz selbstverständlich neben dem großen hölzernen Kreuz Platz genommen, und es war die Hanni gewesen, die ihr erklärt hatte, wie gut das eine mit dem anderen zusammenpasste.

Immer die Augen am Boden, greift Elli nach einem Veilchen, nach einem Krokus, lässt sie aber dann doch stehen, riecht die Erde zwischen ihren Fingern, spürt, wie angenehm kühl sie sich anfühlt. Erst geht sie ganz vorsichtig ein paar Schritte. Sie muss ja aufpassen, dass sie sich nicht schmutzig macht, aber bald schon graben sich ihre Zehen tief in das Gras, reißen Büschel für Büschel aus. Wieso auch nicht, nachher wird sie sich abwaschen gehen an der Salzach, die ist ja nicht tief zurzeit, es hatte nur selten geregnet, und bis jetzt war auch kein Schmelzwasser von den Gipfeln heruntergekommen. Ganz allein ist sie auf dem kleinen Pfad und um sie herum ein Schwirren und Surren, dass sie ganz übermütig wird.

So hatte es sich auch im letzten Sommer angefühlt, als sie mit Ursel und Peter zur Königsseeache gefahren war. Die Ursel vorneweg auf dem alten Fahrrad vom Vater, Elli als Schlusslicht und dazwischen Peter, der manchmal lachend etwas nach vorne rief, was Elli nicht verstand, sich aber immer wieder zu ihr umdrehte, um sich zu vergewissern.

Bist eh noch da?

Die Königsseeache war so kalt gewesen, dass Elli schon beim Hineintauchen ihrer Zehenspitze quietschen musste, während die Ursel darüber nur den Kopf geschüttelt hatte und mit einer königlichen Eleganz in das Wasser gestiegen war.

Da vorne wird's tiefer, hatte der Peter ihr zugerufen, als die Ursel sich beklagt hatte, dass das Wasser zu seicht war und dass, wenn es nach ihr gegangen, man sowieso besser zu einem See hinausgefahren wäre, Irrsee, Mattsee, Fuschlsee, alles besser als diese Lache und außerdem auch wärmer. Fahren wir morgen ja, hatte der Peter geantwortet, und Elli hatte genickt, in das Schnittlauchbrot gebissen, dass die Mutter ihnen eingepackt hatte, und glücklich die Butter zwischen ihren Zähnen gespürt, die dick auf dem Brot verteilt war. Sie hatte die Ursel nicht ohne Staunen dabei beobachtet, wie die mit hoch erhobenem Kopf durch das Wasser gewatet war, sich hineingeworfen hatte und dann hinter der nächsten Böschung verschwunden war.

Jetzt isst du schon was, lachend hatte sich der Peter neben sie gesetzt, seine braune Schulter hatte ihre berührt, und überhaupt hatte Elli keinen Menschen gekannt, der so viel lachte wie Peter und auf eine Art, dass sich die Nase ganz krauszog.

Sowieso, hatte Elli ihm hastig geantwortet und ein Stück Brotrinde war ihr im Hals stecken geblieben, dass der Peter ihr auf den Rücken klopfen musste. Ganz seltsam war es gewesen, dass die Hand dort zwischen ihren Schulterblättern liegen geblieben war, als sie schon gar nicht mehr hustete, und Elli hatte sich gefragt, ob Peter auch der Ursel so helfen würde, ob seine Hand auch auf ihrer Schulter bliebe. Aber die Ursel verschluckte sich ohnehin nie so, dass sie Brotrinde ausspuckte, sie kaute jeden Bissen sorgfältig, da konnte der Hunger noch so groß sein. Die Hand vom Peter hatte sich bewegt, war ihren Rücken hinuntergerutscht, ganz sanft. Elli hatte sie auf der Wirbelsäule spüren können und daneben, auf ihrem Bauch, an ihrem Hals, am Oberschenkel, am Bauchnabel, zwischen ihren Beinen, aber so viel Hände konnte der Peter ja gar nicht haben.

Wollt ihr nicht ins Wasser?

Elli hatte die Augen aufgeschlagen. Was war zuerst da. Ursels Stimme? Oder das Gefühl, ohne Peters Hand auf ihrer Haut nackt zu sein, als ob alles in ihr rufen würde, es solle sich bitte wiederholen, nicht aufhören, was auch immer das war, als ob man das Sirren und Surren eines Frühlingstages in der Au nicht um sich herum, sondern in sich drinnen spürte.

Sowieso, war der Peter neben ihr in die Höhe geschossen und hatte schnell seine Hose abgeworfen. Sie blieb auf dem Kies liegen. Schnell war er ins Wasser gelaufen, hatte *herrlich*, *herrlich* gerufen, so laut, dass es in Ellis Ohren nur so ge-dröhnt hatte.

Die Ursel hatte die Hose vom Peter aufgehoben und an-gefangen, die vielen kleinen Steinchen, die sich in Bund und Taschen verfangen hatten, auszuschütteln. Die Steine waren auf Ellis Kopf heruntergefallen, die Ursel hatte heftiger ge-schüttelt, so fest, dass der Stoff pfeifend um Ellis Ohren flog. Hör auf, Elli hatte ein Hosenbein zu fassen bekommen.

Lass los, hatte Ursel geschrien, lass sofort los.

Dann hör auf damit, hatte Elli zurückgeschrien und sich am Saum festgehalten.

Der Heimweg verlief schweigsamer. Die Ursel war wieder vorausgefahren, schneller als vorhin, und Peter neben ihr hatte in leisen Worten auf sie eingeredet, sich nicht mehr zu Elli umgedreht, und der Wind hatte sich immer wieder im Riss seiner Hose verfangen, und Elli konnte nur versuchen, geradeaus zu fahren und sich einzureden, dass es da einen Peter gab, der nicht so schön war, nicht so lieb und wunderbar.

Wenn man auf die Stellen tritt, die nicht dem Licht ausgesetzt sind, weil egal, wie die Sonne sich auch dreht und wendet, sie nie die schattigen Plätze hinter den Eibischbüschen erreicht, hinter den Eschen, deren Stämme so breit sind, dass man sie nicht einmal zu dritt umfassen kann, dann kann man den Regen der letzten Wochen spüren, der sich sonst nicht einmal mehr am Stand der Salzach abzeichnet, die ruhig und beständig neben Elli hinunterfließt. Sie rollt ihre Zehen nach innen, schaufelt Erde in die Luft, lässt sie wieder herunterrieseln, versucht die Stimmen der Vögel einzuordnen, die pfeifend und zwitschernd in ihr Ohr dringen.

Ja Elli, was machst du denn da?

Die Hanni.

Da hast noch was, die Hanni zeigt mit dem Finger auf Ellis linke Ferse. Elli geht einen kleinen Schritt ins Wasser, schiebt den Spann ihres rechten Fußes dagegen, schiebt hin und her, entfernt das kleine Blatt mit der Zehe und das Braun der Erde.

Los! Stirnrunzelnd schaut die Hanni dabei zu, wie sie mit nassen Füßen, aber Gott sei Dank sauber, in die Kniestrümpfe steigt und in die geputzten Schuhe, beeil dich halt.

Gemeinsam steigen sie die kleine Böschung wieder herauf, endlich reicht ihr die Hanni die Hand, um sie auf den Weg zu ziehen, und schaut sie mit großen Augen an.

Was hast eigentlich gemacht da?

Bin halt spaziert.

Da? Weißt nicht, dass wir nicht mehr in die Nähe sollen, seit das Lager da ist.

Bis nach Maxglan ist es doch noch ein ganzes Stück, sagt die Elli und schüttelt den Gedanken an die Kinder dort mit ihren dreckigen Gesichtern aus dem Kopf, außerdem, ich habe mir ein paar Blumen holen wollen, die Elli hält den Kopf schräg, dass die Hanni ihre Haare besser sehen kann. Barfuß, fragt die noch stichelnd, da fällt ihr Blick endlich auf Ellis Frisur, und selbst die Hanni kann da nicht anders als staunen und fragen, wie sie das gemacht hat, und Elli muss aufpassen, dass sie ihr nicht in die Zöpfe fährt und alles ruiniert. Die Hanni hatte sich ja, seit sie Jungmädelführerin geworden war, als was Besseres gefühlt, mit gerade mal vierzehn, das hatte sie der Elli natürlich mehr als einmal aufs Brot schmieren müssen. Dabei hatte die Hanni anscheinend vergessen, wie sie alle zusammengelegt hatten für ihre Uniform, ohne die sie ja überhaupt nichts hätte machen können, nicht bei den Sportfesten teilnehmen und schon gar nicht so schnell, so hoch steigen. Aber Elli behält das für sich, im Hinterkopf. Die Hanni ist ihre beste Freundin, die Hanni muss doppelt so hart kämpfen wie die anderen Mädchen mit ihren

Internisten-Vätern, die Hanni ist die Ausnahme von der Regel, die Hanni kann so oder so sein.

Kannst mir das auch machen?

Ja, sicher.

Jetzt gleich?

Wir sind eh schon so spät dran.

Geh, schauen wir noch schnell bei mir vorbei, ist eh auf dem Weg, bitte, die Hanni legt die Hände aufeinander wie eine Bettlerin, oder war das leicht doch der Ursel ihr Werk.

Schmarren, sagt die Elli, da biegen sie schon in die kleine Gasse ab, die zu Hannis Haus führt.

Ich kann aber nicht versprechen, ob ich's bei anderen genauso gut kann.

Eh klar, sagt die Hanni, hakt sich bei der Elli ein. Vielleicht lässt uns die Mama im Garten ein paar Blumen pflücken, ruft sie begeistert aus, stell dir vor, wie wir dann aussehen.

Elli kann es sich vorstellen und kann nicht anders, als mit der Hanni im Arm auf- und abzuspringen. Wird schon gut gehen, denkt sie sich.

Bitte, das schaut ganz anders aus, Hanni dreht sich vor dem kleinen Spiegel im Bad hin und her, dafür hast jetzt so lange gebraucht.

Schön siehst aus.

Das kann ich alles wieder auftrennen, jammernd zieht sich die Hanni die Nadeln aus dem Haar, und meine Kopfhaut brennt.

Ich hab dir eh gesagt, dass ich nicht weiß, ob ich es bei anderen so gut kann.

Niemals hast du dir das selber gemacht, faucht die Hanni. Schön willst sein, aber aushalten willst nix dafür.

Jetzt hilf mir wenigstens.

Kannst deine Mama noch fragen, wegen den Blumen.

Ich frag überhaupt nichts mehr, und jetzt schau, dass du mir hilfst.

Hannis Kopfhaut ist rot, und die Zöpfe liegen auf ihrem Kopf wie Kraut und Rüben. Elli zieht die Haarnadeln heraus, mal vorsichtiger, mal etwas schroffer, je nachdem, wie laut die Hanni gerade greint und schimpft.

Au!

Ja, sagt einmal, was ist denn hier los?

Die Frau Hinterbauer steht in der Tür, noch mit ihrem Schwesterngewand. Servus, Elli, wie geht es dir?

Mama, warum bist du schon da, fragt die Hanni und hört sofort mit dem Jammern auf.

Wieso schon, ist eh gleich vier Uhr, sagt die Frau Hinterbauer und stellt ihre Tasche auf der schmalen Holzbank ab.

Was schon? Die Elli lässt vor Schreck den Kamm sinken und die Hanni die Haarnadeln auf den Boden fallen, wir müssten schon längst in der Stadt sein.

Großer Tag heute, gell, fragt die Frau Hinterbauer.

Kommst jetzt mit, die Hanni blickt ihre Mutter schräg von unten an und kaut auf ihrer Lippe, während sich die Frau Hinterbauer langsam seufzend ihre Schuhe auszieht und erzählt, wie schwer der Tag im Spital war. Na, ich werde schon mitkommen, an so einem Tag, sagt sie schließlich und lässt sich von der Hanni umarmen. Und der Paul und die Margaretha, fragt die Hinterbauer über Hannis Kopf hinweg die Elli.

Müssen was vorbereiten für morgen, antwortet die Elli schnell.

Hast Geburtstag?

Ja, sagt Elli, und so ein Glück, dass es mein vierzehnter ist.

Manchmal muss man auch einfach Glück haben. Letztes Jahr, kurz vor dem dreizehnten, hätte sie noch nicht mit den anderen Mädchen und den Burschen aus der HJ im Festspielhaus stehen dürfen. Sie hätte sich nicht vom Oberstammführer List, der ein ganz fescher Kerl sein soll, als vollwertiges BDM-Mädchen verpflichten lassen können, mit Haut und Haaren und allem, was dazugehört. Elli spürt ein großes Glück in sich aufsteigen, so eines, das sich ganz warm bemerkbar macht, wenn man sich selbst zum ersten Mal als eigene Person wahrnimmt und gleichzeitig endlich Teil eines großen Ganzen wird.

Ja, so ein Glück, sagt die Frau Hinterbauer.

Frau Hinterbauer! Ein Klopfen kommt von der Haustür her und ein dünnes Stimmchen, Frau Hinterbauer, hallo.

Ja, ich komme, ruft die Mutter von der Hanni, da trippelt es schon auf der Treppe, und der kleine Friedrich aus Ellis Gasse steht im Flur, atemlos mit rotem Gesicht und zitternden Beinen, die in einer viel zu großen, speckigen Lederhose stecken.

Ja, Friedrich, was ist denn?

Bitte, der Friedrich schnappt nach Luft, Sie sollen zu den Kirschhofers kommen, der Herr Kirschhofer schickt mich, es ist wohl was passiert.

Mit der Mama? Ellis Gesicht ist schneeweiß und in ihrem Kopf sofort lauter Gedanken; die Mutter beim Apfelzweige-

39

Schneiden von der Leiter gestürzt, ihr Kopf, der vor lauter Schmerzen fast explodiert, Beine, die die Ursel in die Höhe hält, damit der Mutter etwas Blut zurück zum Herzen läuft.

Bitte, ich weiß es nicht, der kleine Friedrich schüttelt den Kopf, Sie sollen nur schnell kommen, so schnell es geht. Die Frau Hinterbauer nickt und nimmt die Elli bei der Hand. Hier, Elli, nimm meine Tasche und pass auf, dass nichts rausfällt; Hanni, das Erdäpfelgulasch steht auf dem Herd, das kannst dir warm machen, sagt sie streng, während die Hanni protestiert, aber wir müssen gleich los. Es reicht, Hannelore, die Stimme der Hinterbauer ist lauter, als Elli sie jemals gehört hat, und die Hanni nickt still, sieht aber Elli mit wütenden Augen an, als ob es an ihr läge. Und du, Friedrich, sagt die Frau Hinterbauer etwas sanfter, du verschnaufst dich kurz, hörst, dann gehst auch wieder heim. Der Friedrich nickt ernst, ich muss eh auch zum Abendessen zurück sein.

Wenn man, wie die Erwachsenen, von Hannis zu Ellis Haus spaziert, nicht bewundernd an einer Blume stehen bleibt, die man sich ins Haar stecken kann, oder bunte Steine am Wegrand findet, die es wert sind, aufgehoben und in der Rocktasche versteckt zu werden, wie eine geheimnisvolle Währung, die nur die Eingeweihten zu schätzen wissen, dann braucht man höchstens acht Minuten. Aber jetzt, so schnell, wie die Frau Hinterbauer rennt, ist Elli noch nie nach Hause gelaufen, nicht einmal an dem Tag, als sie bei der Hanni im Radio vom Anschluss gehört hatten. Pfundig war das gewesen damals, als sie den Sprecher *Der Führer ist hier!* ausrufen gehört hatten und eine Menge, die in Wellen jubelte, dass es ihnen wie Meeresrauschen vorkam. Die

Hanni hatte fast geweint, es sei ihr, als ob sie plötzlich eine Sehnsucht hätte nach einem Zuhause, von dem sie gerade erst erfahren hatte, hatte sie der Elli erklärt, und gemeinsam waren sie vor dem Radio gesessen, Hand in Hand, bis die Frau Hinterbauer gesagt hatte, die Elli solle jetzt schnell, schnell, nach Hause, sicher wäre es ihren Eltern lieb, wenn sie jetzt gerade daheim ist.

Die kleinen Gassen sind leer und die Fenster in den Häusern dunkel, nur in Ellis Haus leuchtet schwaches Licht aus dem kleinen Küchenfenster, das sie schon von Weitem erkennen kann. Sie müssen in der Küche sein.

Gott sei Dank sind Sie da. Bleich steht der Vater in der Tür, schaut sich auf der Gasse um. Kommen Sie rein bitte.

Was ist mit der Mama, Elli merkt, dass ihr die Stimme wegrutscht.

Geh nach oben bitte, Elli.

Was ist mit der Mama, jetzt sag es schon, bitte.

Mit der Mama ist gar nix, und jetzt geh nach oben, sofort.

Noch nie hat der Vater so mit ihr geschrien, noch nie hat sie jemanden gesehen, bei dem das Gesicht vor Angst verzerrt ist und nicht vor Wut.

Hinter Ellis Rücken ein Flüstern, das immer lauter zu werden scheint, je mehr Stufen es sind, die sie nach oben steigt, bis sie oben an der letzten stehen bleibt und sich mit angezogenen Beinen in die Ecke setzt.

… was ist passiert …

… sie hat uns zu spät davon gesagt …

… wie lange wissen Sie es schon …

… können Sie ihr helfen …

41

… so viel Blut …

… meine Frau …

… Sie wissen, was das bedeutet, auch für mich …

… hat sie es absichtlich …

… ich kann Ihnen nicht sagen …

… ich müsste es eigentlich melden …

… bitte, wir kennen uns doch …

… haben Sie eine Ahnung, in was für eine Lage Sie mich bringen …

… ich bitte Sie …

… wenn davon jemand erfährt …

… ich bitte Sie um der alten Zeiten willen …

… ich bitte Sie …

… Kommen Sie …

Elli spürt, wie ihr die Übelkeit in den Hals schießt. Ich muss wissen, was mit der Mama ist. Die Ursel, fällt es Elli ein, die muss es ihr sagen. Wo ist sie? Elli rennt in das Kinderzimmer, findet Ursel nicht auf ihrem Bett, findet sie nicht im Bad und auch nicht auf dem Dachboden, die Ursel wird doch nicht unten sein. Oder doch. Sie wird der Vater natürlich nicht angeschrien haben, Ursel, die Ältere, die Vernünftigere, Ursel, die alles kann, die den Peter hat, die bei allem dabei sein darf, die nicht im Dunkeln gelassen wird mit Gedanken, die in ihrem Kopf Karussell fahren.

Im Flur gibt es kein Flüstern mehr, aber noch sind Geräusche aus der Küche zu hören. Elli hört ein Schreien, das durch sie hindurchfährt wie eiskalter Wind und das im Bauch stecken bleibt. Ich muss wissen, was los ist. Leise schleicht sie die Treppe hinunter, springt über die letzten zwei Stufen, die immer so verräterisch knarren, und kann sich gerade noch so am Treppengeländer festhalten.

Die Tür zur Küche ist angelehnt, sie stößt sie mit den Fingerspitzen auf.

Das Gesicht der Mutter ist weiß wie die gekalkten Wände, Tränen laufen ihr die Wange herunter, ihre Lippen sind seltsam verzogen, sie flüstern etwas, was Elli nicht verstehen kann, mit ihren Fingern hat sie fest Ursels Handgelenk umschlossen, die auf dem Küchentisch auf einem großen Stück Stoff liegt. Der Stoff ist dunkel vom Blut, das zwischen Ursels Beinen hinunterläuft, auch unter dem Tisch sammelt sich eine Lache. Auf dem Schwesternkostüm der Hinterbauer ist Blut. Elli meint sogar, Flecken auf der Hose vom Vater zu erkennen, der einen Topf voll heißem Wasser vom Herd zieht und ihn fallen lässt, als er sie entdeckt.

Das heiße Wasser macht das Blut heller, dünner. Elli sieht zu, wie es sich auf dem beigen Linoleum verteilt wie kleine Rinnsale, Wege auf einer Landkarte, von denen man noch nicht sagen kann, wo sie hinführen.

43

Sommer 1945

Die Stiegen knarren unter Ellis Schritten. Ursel ist immer eine im Voraus. Sie ist die Leichtere, immer noch, bei Elli sind noch nicht mal die letzten Monate an ihre Reserven gegangen, dass die Menschen in der Siedlung hinter vorgehaltener Hand schon leise gesprochen haben, was der Paul und die Margaretha ihren Töchtern wohl zum Essen geben, dass die eine ausschaut wie gezeichnet, als ob sie selbst einrücken hätte müssen, und die andere wie das blühende Leben, obwohl man ja gerade dabei ist, einen Krieg zu verlieren. Ob das überhaupt erlaubt ist, so auszusehen, da ist man sich in der Josefiau auch nicht so sicher gewesen.

Dabei war es doch Elli, die unter dem rosigen, herzförmigen Gesicht die dunkelsten Gedanken gehabt hat, die das alles, was um sie herum passierte, nicht hatte fassen können, und die Ursel war es gewesen, die ganz abgeklärt an die Sache gegangen war. Gewinnen, verlieren, Hauptsache, es ist jetzt einmal Schluss. Der Margaretha und dem Paul hatte es bei solchen Sätzen immer eine Gänsehaut aufgezogen. Gebeten hatten sie die Ursel, dass sie wohl solche Dinge bitte nur zu Hause sagt, aber Ursel ist sowieso Realistin, sicher nur daheim, für wen haltet ihr mich. Die Ursel war seit dem Vorfall in der Küche, und seit der Peter nicht mehr zurückgekommen war, eine gänzlich andere geworden. Obwohl eigentlich

44

keine andere, mehr eine Weiterentwicklung dessen, was sie schon immer gewesen war. Das Spröde, das Harte, das Korrekte, da war es vielmehr so gewesen, als ob der Peter nur kurz einen Lichtkegel auf sie geworfen hätte, um zu zeigen, was möglich gewesen wäre. Und jetzt durfte die Ursel eben traurige Kriegswitwe spielen, der die Menschen auf der Straße wissende Blicke zuwarfen, eine von uns, schaut, wie die Kirschhofer Ursel leidet, und die Elli war alleine mit ihren Gedanken unter dem rosigen, herzigen Gesicht, das ihr noch vor ein paar Jahren Zuckerl und liebe Worte von Fremden eingebracht hatte.

Kommst nicht hinterher, die Ursel macht nur einen kurzen Fehler, blickt zurück, und schon hat Elli ihre Kniekehlen in den Händen, zieht sie ein Stück an sich, und Ursels Füße rutschen über die Treppenkante, spinnst.

Elli hört sie aufschlagen, schaut nach vorne, denkt, dass es so gesehen nicht ganz falsch gewesen war, was sich die Leute bei ihrem eigenen Anblick so dachten. Die Sorgen, die sich Elli nämlich in ihrem Kopf machte, waren nicht die Sorgen, die sich die Nachbarinnen zu erzählen hatten. Auch die Russen und die Vergewaltigung, sicher, da hatte es eine Zeit gegeben, da war Elli in der Nacht aufgeschreckt, da war man ganz und gar in diesen Gedanken verstrickt, was passieren könnte im schlimmsten Fall, aber dann hatte man wieder anderes gehört und war dazu übergegangen weiterzumachen. Siebzehn war sie jetzt und schön, und in der Stadt hatte sie schon lang keinen Mann mehr gesehen, der nicht steinalt war, verwundet oder ein kleiner Bub. Sie war jung und wusste nicht, was kommen sollte, denn alles, was gewesen war, der Hitler und alle Ideen, dieses warme Gefühl von einem Wir waren verpufft, und Elli hatte es Kraft gekostet, sich einzugestehen, dass das Leben erst anfangen sollte, während der größte Traum schon ausgeträumt war.

Mit Ursels Atem im Nacken nimmt sie die letzten Stufen zum Dachboden. Keine Träume durfte man mehr haben. Bis heute. Bis es heute geheißen hatte, bis es gerade vor ein paar Minuten im Radio geheißen hatte, die Amerikaner würden kommen, eine Nachhut würde nach Salzburg kommen, und jetzt war der Traum doch größer als der Verstand. Weil, dass man von dem kleinen Fenster am Dachboden überhaupt etwas sehen könnte, das würde ja fast an Unwahrscheinlichkeit grenzen, da hatte die Mutter natürlich recht, außerdem, was wollt ihr da sehen, glaubt ihr, die Amerikaner kommen unsere Gasse lang. Trotzdem haben die Elli und die Ursel sich einander noch mit dem Frühstücksbissen im Mund angeschaut und beide sofort dieselbe Idee gehabt. Da musste man es natürlich als Erste sehen, wollte als Erste aus dem Dachbodenfenster spähen und konnte keine Rücksicht nehmen auf eine Schwester mit blutigen Knien oder auf eine Mutter, die beim Sträucherschneiden Hilfe gebraucht hätte und über die jungen, leichtsinnigen Mädchen von heutzutage schimpfte.

Bei der letzten Stufe stolpert sie selbst, bleibt mit dem Hausschuh stecken an einem Holzvorsprung, der sich über die Treppe erhebt, aber sie fällt gut und fängt sich mit den Händen ab. Die viele Gymnastik und das Turnen hatten sich gelohnt, alles war sicher nicht schlecht gewesen die letzten Jahre. Sie hört die Ursel hinter sich rufen, was bildest du dir eigentlich ein, hört sie über die knarrenden Stufen springen

46

wie einen Gamsbock, da damm da damm da damm da damm, aber sie dreht sich nicht um, sie stützt sich am Boden ab, will aufstehen, spürt etwas, einen ziehenden Schmerz, dreht ihre Hand und jault laut auf, als sie sieht, was für einen riesengroßen Holzsplitter sie sich in ihren Handballen eingefahren hat.

Was ist denn schon wieder mit dir, was hast denn, hört sie die Ursel sagen, während sie die Hand hebt und mit spitzen Fingern versucht, den Splitter herauszuziehen. Sie hält sie höher ins Licht, der Splitter ist groß, aber der Anfang nicht zu sehen. Sie spannt die Haut, presst sie wieder zusammen, spürt die Ursel hinter sich anstoßen, jetzt geh halt aus dem Weg, aber natürlich macht sie keinen Platz, nicht bevor sie den Splitter heraußen hat. Sie dreht die Hand Richtung Dachbodenfenster ins Sonnenlicht, drückt mit aller Kraft gegen die Ursel, die sich durch die schmale Tür zwängen will.

Ich habe es gleich, jetzt wart halt.

Sie zieht die aufgerissene Haut neben dem Splitter ab, die weiß ist und wie altes, struppiges Haar von ihrer Handfläche absteht, beißt sich auf die Lippen, um sich besser zu konzentrieren, aber etwas lenkt sie ab. Nicht die Ursel, die hinter ihr zetert und sie schüttelt, nein, es ist etwas anderes. Etwas ganz und gar Ungewohntes ist in diesem Zimmer, etwas, das so nicht sein darf. Sie lässt die Hand sinken, tritt einen Schritt nach vorne, sieht am Kaminrohr in der Mitte des Raumes entlang und die Ursel nimmt es als Zugeständnis, endlich an ihr vorbeihuschen zu können. Etwas an diesem Raum stimmt nicht. Etwas hängt in der Luft. Nein, wirklich etwas hängt in der Luft. Neben dem Fenster, bei der alten Werkbank, über dem Holzboden. Die Schuhe in der Luft. Der Vater sieht aus, als würde er fliegen.

Schreien tun sie beide gleichzeitig. Sie schreien lange. Sie schreien, indem sie sich auf ihn zubewegen, fast scheint es, als wäre das Schreien ihr innerer Motor, der sie voranbringt, der sie dazu bringt, sich irgendwie zu bewegen, es möglich zu machen, einen Fuß vor den anderen zu setzen. Sie schreien und halten mit den Händen ihre Köpfe, die Arme wie Dreiecke vor den Körper gespannt. Sie schreien und bewegen sich auf ihn zu. Sie schreien und stellen den weggestoßenen Stuhl auf, sie schreien und schieben den Stuhl weiter zu ihm hin, aber seine Füße, er fliegt wirklich, er zückt, seine Füße stoßen sich am Stuhl ab, immer und immer wieder. Sie schreien, und in das Schreien hinein schleicht sich etwas wie ein klarer Gedanke, bitte, halt du ihn unten, ich steig hinauf, und Elli steigt auf den Stuhl, die Ursel hält unten, hält die zuckenden Füße fest, und oben klammert sich Elli an ihren Vater, klammert sich an seinen Rücken, legt ihre Hände um seinen Bauch, zieht ihn in die Höhe, als wäre sie die Ertrinkende und er, der Vater, könnte sie retten.

Das Haus meldet sich zu Wort. An allen Ecken und Enden. Zu jeder Begebenheit äußert es sich, so auch jetzt. Der Holzboden unter den Metallfüßen des Stuhls, auf dem Elli steht, gibt krächzende Geräusche von sich, und ihre Arme sind ganz nass von der Spucke des Vaters. Wie Schaum kommt immer etwas heruntergestoben auf sie, und sie weiß nicht, ob er wirklich spricht oder ob sie sich nur wünscht, dass sein Mund nicht nur Schaum, sondern auch Worte ausstößt.

Der Balken über ihrem Kopf macht sich bemerkbar, ächzt unter dem Gewicht des Vaters, so, als wäre er es, dem das alte, abgeschnittene Laken den Hals abschnürt.

Und die Treppe, als Letzte im Bund, macht, was sie am besten tut, unter Schritten knarren, die sich eilig den Weg nach oben bahnen.

Himmelhergott, was macht ihr denn? Die Mutter steht am Treppenaufgang und ruft in ihr Schreien hinein, ruft anklagend, als wäre das ein Komplott, als hätten sich Elli und Ursel das so ausgedacht, als würden sie nicht den Vater mit zappelnden Füßen vom Sterben abhalten, als wäre es ein seltsamer Tanz, den sie gemeinsam einstudiert hätten.

Halt ihn weiter unten, Elli, an der Hüfte. Drück ihm nicht das Letzte ab. Ursel, wo ist der andere Stuhl?

Die Ursel schaut sie nur verständnislos an mit den Füßen auf ihrer Schulter, schaut die Mutter an, als wäre ein Stuhl das Letzte, was hier irgendwie Sinn ergeben würde, sagt:

Ja, aber die Elli steht doch drauf.

Wo der andere ist, Himmel! Was ist mit euch, was seid ihr, verrückt geworden alle. Die Bewegungen der Mutter sind fahrig, aber in ihrer Stimme keine Furcht, nur Wut. Die Elli hat Angst, dass der Vater abrutscht, dass ihr die Hände am Ledergürtel abgleiten, und sie wundert sich, dass er den Gürtel noch anhat. Wenn man auf Nummer sicher gehen will, am besten den Gürtel nehmen, hat sie einmal gehört. Wie gut, dass der Vater das nicht gewusst hat.

Die Mutter mit ihrem schweren, weißen Körper hat den kleinen Hocker gefunden, auf dem der Paul sitzt, wenn er seine Holzarbeiten erledigt. Aber die Mutter wird doch nicht, die Oberfläche des Hockers ist doch gerade mal einen kleinen Tellerbreit groß, der Hocker wird die Mutter doch nicht tragen können. Doch sie lässt sich nicht aufhalten, schnell, wendig, steigt sie auf das kleine Stück Holz, als hätte sie nie etwas anderes gemacht, als ihren Mann von einem Balken herunterzuschneiden. Unbeirrt von den wackelnden Beinen steht sie neben Elli, beschwörend, du stirbst mir nicht weg, Paul, du stirbst mir sicher nicht weg, Paul, wehe dir, und aus ihrer geblümten Schürzentasche holt sie ihre große eiserne Gartenschere hervor, die wie zum Teufel auch immer in ihre schmale Tasche passt, aber jetzt ist es ein Glück, und säbelt an dem Leintuch herum, bis sich schmale Fransen bilden. Wenn ich es dir sage, Elli, stößt sie atemlos hervor, und Elli sieht, wie ihre Stirn in Falten liegt, sich dort Schweißperlen sammeln, die ihr an den Schläfen herunterrinnen wie Wasser. Wenn ich es dir sage gleich, gehst ein Stück runter zu deiner Schwester und fängst ihn auf, hörst du, und hörst du, Paul, du stirbst mir nicht, ich komm nach in dein Grab und bring dich um, wenn du mir stirbst, setzt sie nach, und Elli hört ihren Vater schnauben.

Er kommt nicht wie ein gefallener Engel auf sie zu, sondern fällt wie ein fauliger Apfel in ihre Arme. Er stößt sich an ihnen, am Boden, sie sich an ihm, sie haben alle Druckstellen. Die Mutter kniet schon neben ihnen, hebt seinen Kopf in ihren Schoß, Paul, Paul, geh, du gehst mir noch nicht, noch gehst du nicht, noch gehst du nicht, flüstert sie immer wieder, und jetzt kann Elli die Laute, die aus seinem Mund kommen, nicht nur hören, sondern auch sehen. Wirklich, er ist noch da, er schnäuzt sich ein Margaretha, das wie Maia klingt, heraus, er presst aus heiserem Hals ein, ich will, und auf seinem Gesicht keine Erleichterung. Wenn die mütterlichen Tiraden an Liebkosungen und Beschimpfungen einem Stoßgebet Richtung Himmel weichen, einem Dankesgebet, dass sie den Paul rechtzeitig gefunden haben, dann gibt das Fenster einen Schein auf das Gesicht des Vaters frei, und Elli sieht Enttäuschung in seinen Augen.

Jetzt müsst man den Doktor holen, machst du das gleich, Ursel?

Margaretha, geht schon, bringt der Vater unter der größten Anstrengung heraus.

Was hast du nur gemacht, Ursel, schnell, geh um einen Doktor.

Warum hast du das nur gemacht, warum hast du das nur gemacht, wiederholt die Mutter, während die Ursel auf Zehenspitzen die Treppe hinuntersteigt obwohl sie genauso wenig wie die Elli weiß, wo sie jetzt einen Doktor auftreiben soll, und die Frau Hinterbauer ist auch seit ein paar Wochen nicht mehr da gewesen, als sich abgezeichnet hatte, dass man den Traum vom *tausendjährigen Reich* doch nicht allzu wörtlich hätte nehmen sollen.

Was hast du nur gemacht, die Stimme der Mutter klingt jetzt härter, schärfer, je mehr der Vater seine Glieder regt, je kraftvoller seine heisere Stimme wird. Aber es war doch eine Farce, dass die Mutter den Vater das fragte, was die Elli an langen Abenden mit der Ursel an der Treppe zur Küche belauscht hatte. Dass der Vater bald nicht mehr wird arbeiten können, als ehemaliges NSDAP-Mitglied, dass die Mutter, ach geh, Paul, auf dem Schein warst du es, hat doch jeder hier in der Siedlung gewusst, wie du gestanden hast zu allem, dass das aber nicht zählte, hatte der Paul gesagt, und die Elli hatte der Ursel zugeflüstert, ausgerechnet er, das war doch zum Schießen, aber die Ursel hatte ihr geantwortet, es war eben nicht zum Schießen, weil Papier sei halt Papier, und man hatte schon gehört, dass sie alle ihre Arbeit verlieren würden, gerade an die Kleinen wollten sie heran, die trifft es ja immer, die Kleinen. Blödsinn, hatte sich die Elli gedacht, und wie sehr sie es sich gewünscht hatte all die Jahre, dass der Vater nur mit halb so viel Leidenschaft dabei gewesen wäre, wie ihm jetzt unterstellt worden war. Das wäre ein Leben gewesen. Das wäre eben kein Leben gewesen, hatte ihr die Ursel kopfschüttelnd erklärt, weil dann wäre der Vater auf jeden Fall dran, und so könnte man wenigstens noch so etwas haben wie Hoffnung. Außerdem, hatte Ursel ihr geraten, solle sie ihre BDM-Uniform am besten verbrennen, überhaupt hatte man in letzter Zeit in den Gärten unwahrscheinlich viele Feuer gesehen, da ist dann vielleicht mal ein Apfel gebraten worden, aber man ist schon auch ein paar Sachen losgeworden, die einen womöglich in eine ungute Situation hätten bringen können. Doch die Uniform zu verbrennen hatte die Elli nicht übers Herz gebracht. Sie hatte immerhin, bitte schön, auch ein Recht auf die Erinnerung an eine Vergangenheit, wenn sie schon kein Recht mehr auf diese Zukunft hatte. Heimlich hatte sie ihre Uniform eines Nachts in der Holzkiste auf dem Dachboden verstaut, und ein bisschen lächeln hatte sie dann schon müssen, als sie die signierte »Mein Kampf«-Ausgabe von der Ursel dort gefunden hatte, ganz tief unten, unter dem Werkzeugkasten des Vaters.

Was ist mit dir? Was ist mit dir? Die Stimme der Mutter ist plötzlich wieder ganz nah an ihrem Ohr.

Du schaust aus wie der Tod. Und seltsam, dass die Stimme zwar in Ellis Kopf nachhallt, aber dass es einen Moment dauert, bis sie versteht, dass nicht der Vater, sondern sie selbst damit gemeint ist. Und es muss stimmen. Mit der Hand streicht sie dem Vater über seinen Dreitagebart, als ob ein nasser Fisch den anderen berührt. Sie streicht über seine blau geäderten Beine. Komm, Elli, um Himmels willen, steh jetzt auf, jetzt nimm ihn halt. Sie klemmt ihren Arm um seinen und steht vorsichtig auf.

Sein Körper ist ganz kalt, aber der eigene ist Eis.

Herbst 1949

Elli friert. Es ist gerade mal Ende September, aber in diesem Jahr ist es besonders kühl und regnerisch. Wie der Wind peitscht, wie sich die Bäume wiegen, das kann schon etwas Bedrohliches haben. Aber unter den Bäumen muss man halt gehen, wenn der Regen so prasselt, wenn man offene Schuhe anhat und einen ganz dünnen Mantel trägt.

Nach der Allee nimmt sie den Weg durch die schmale Gasse. Dauert vielleicht ein bisschen länger, aber geschützter ist es dafür auch. Außerdem kommt sie dann auch noch bei einem Spiegel vorbei, vorne beim Kleider Halmisch. Ist nicht schlecht, wenn man sich noch mal die Frisur richten mag.

Die meisten Menschen, die Elli entgegenkommen, gehen mit eingezogenem Kopf. Das muss nicht nur am Wetter liegen. Seit der Krieg vorbei ist, gehen viele Menschen so, die vorher ganz aufrecht gegangen sind. Elli will damenhafter gehen, sie ist ja kein kleines Mädchen mehr. Schritt für Schritt, die Füße voreinandersetzen, nicht über die Pfützen springen, sondern ihnen geschickt ausweichen. Wenn man erwachsen ist, denkt sich Elli, dann hat das Leben etwas sehr Vorhersehbares.

Beim Kleider Halmisch vorne an der Ecke macht sie einen Halt. Der ist der Einzige in der Nähe, der einen großen Spiegel im Schaufenster hängen hat, so einen großen, dass man sich von allen Seiten her betrachten kann. Meistens stehen dann draußen mehr Frauen, als drinnen im Laden sind. Der Kleider Halmisch ist aber auch teuer, weiß der Himmel, an wen der seine Sachen verkauft, denkt sich Elli und seufzt, während sie an die paar schönen Pelzmäntel denkt, die da wieder im Laden hängen. Elli ist kurz nach dem Krieg beim Halmisch gewesen, weil sie sich um eine Stelle beworben hatte, gehabt hätte er sie schon gerne, aber zahlen hat er fast nichts wollen, und das, obwohl der Halmisch mir nix, dir nix sein Geschäft erweitert hatte. Leerstand ist das pure Gift für eine Stadt, hatte er der Elli erklärt, und die einen seien eben zurückgekommen und die anderen nicht, mit denen sei auch nicht mehr zu rechnen, wennst verstehst, was ich meine, hatte er mit einem Augenzwinkern hinzugefügt, wäre ja schade darum, nicht wahr. Aber dass du mir nicht beim Kaufhaus Schwarz anfängst, hatte er noch hinzugefügt und ihr die Schulter getätschelt. Aber Elli hätte es sowieso nicht ausgehalten, weder bei ihm noch beim Hugo Schwarz und seinem wiedereröffneten Kaufhaus am Kranzlmarkt. Es war gar nicht so wegen der Politik gewesen. Den ganzen Tag die vielen schönen Sachen um sich herum zu haben, ohne sie sich selbst jemals leisten zu können, das wäre nichts für sie gewesen.

Heute hat Elli Glück, und das muss am Wetter liegen, denn niemand sonst steht vor dem großen Spiegel. Sie geht eilig auf ihn zu und schiebt sich den Hut etwas auf die Seite, schön sieht sie aus, und die kürzeren Haare stehen ihr, weil ihre Locken so besonders gut zur Geltung kommen. Wie Ava Gardner schau ich aus, denkt sie sich. Was, wenn sie ein bisschen von dem Lippenstift aufträgt, von dem, den ihr die Helene ausgeliehen hat, eh extra für heute Abend. Die Helene ist eine gute Seele, denkt sich Elli, aber das mit dem Lippenstift. Ob sie sich das trauen soll. Zu Hause hat sie es schon ausprobiert, gleich nachdem sie gestern vom Büro heimgekommen war. Sie hatte sich nicht vor den großen Spiegel im Flur gestellt, der dort wieder hing, nachdem man ihn aus der Scheune geholt hatte. Er hing dort trotz des Risses, die Mutter hatte nicht zugelassen, dass man ihn reparierte, *das Geld werfen wir sicher nicht zum Fenster raus*, und es war Elli wie eine Mahnung vorgekommen. Heimlich hatte sie sich ins Bad geschlichen und den kleinen Hocker vor die Tür gestellt, weil ein Schloss zum Zusperren gibt es ja nicht, und von der Mutter hatte sie sich wirklich nicht erwischen lassen wollen. Vorsichtig hatte sie den Lippenstift aus der Hülle herausgedreht und ganz langsam erst die Unterlippe, dann die Oberlippe angemalt. Sie hatte komisch ausgesehen, wie ein trauriger Clown, und vor lauter Schreck hatte sie mit ihrem Blusenärmel sofort wieder etwas von der Farbe abgewischt. Was hatte ihr die Helene geraten? Sie solle die Lippen fest aufeinanderpressen und langsam hin und her schieben, und tatsächlich; je länger sie vor dem Spiegel gestanden ist, umso schöner ist sie geworden; roter Lippenstift, das war es, was Elli wollte, ein-, zweimal die Woche ein Fleisch und vielleicht noch ein paar Pelzstiefel, solche, wie sie beim Kleider Halmisch in der Auslage stehen.

Ja Elli, der Halmisch steckt seinen Kopf aus der Ladentür, wie geht's dir denn. Magst nicht reinkommen. Nass ist es!

Elli schaut erschrocken auf. Na danke, ich muss eh gleich weiter.

Gut schaust aus, der Halmisch grinst, hast einen schönen Rock an.

Elli spürt, wie sie rot wird, ganz heiß wird ihr Gesicht.

Auf Wiedersehen, Herr Halmisch, sagt sie schnell, während sie versucht, den Lippenstift wieder einzupacken, den sie immer noch in ihrer Hand hält.

Servus, ruft ihr der Kleider Halmisch hinterher. Und schau mal wieder rein bei mir.

So ein Widerling, denkt sich Elli. Und sie ist sich sicher, dass der Halmisch nicht wieder im Laden verschwindet, sondern an der Tür bleibt und ihr nachschaut. Ärgern tut sie sich auch, dass es sie überhaupt interessiert, was der alte Glatzkopf zu ihr sagt.

Zu regnen hat es jetzt aufgehört, ein bisschen nass ist der Lippenstift trotzdem geworden. Weil ich mal wieder geträumt habe, denkt Elli sich. Immer musst du träumen, Elli, sagt die Mutter. Nicht nur die Mutter, auch die Ursel zieht sie immer damit auf, unsere kleine Träumerin träumt mal wieder von einem besseren Leben. Vorsichtig wischt sie mit einem Taschentuch die kleinen Wasserperlen von der Spitze des Lippenstifts. Ein bisschen Farbe geht dabei mit ab. Hoffentlich ist mir die Helene nicht böse, denkt sich Elli. Eine böse Helene, das ist etwas, was sich Elli nicht mal vorstellen mag. Helene, ohne die das Büro so grau und trist wäre, dass Elli sich gar nicht mehr aufraffen könnte, dorthin zu gehen.

Den Grabner, den kriegen wir auch noch, sagt die Helene immer leise, wenn sie mal wieder ins Zimmer vom Chef gehen muss, um zu stenografieren, und die Elli muss aufpassen, dass sie nicht noch lacht, wenn sie die Tür schon aufmacht. Verliebt ist der Chef in sie, und die Helene pflanzt sie gern, was für eine gute Partie der Grabner nicht wäre. Wäre er sicher auch, aber alt ist er schon, mindestens sechzig, und auch wenn es gerade wenig junge Männer gibt in der Gegend, der Grabner ist sicher nicht der Richtige, sagt sich die Elli immer, obwohl er lieb ist, rund und ganz harmlos.

So harmlos bitte auch wieder nicht, sagt die Helene dann. Ganz genau beobachtet sie ihn. Richtige Angst hat er vor ihr, obwohl sie ja eigentlich auch nur eine Sekretärin ist. Aber ohne sie überlebt er keinen Tag, und wenn sie ihm nichts anschafft, ist er völlig hilflos.

Die kriegen wir noch, die kriegen wir noch, sagt der Grabner immer, wenn er mit seinen Mandanten redet. Die Helene lacht dann so, dass ihre dunkelgrauen Augen ganz blau werden, überhaupt sieht sie schön aus. Nur vier Jahre ist sie älter, gerade mal fünfundzwanzig, aber sie ist in so vielem schon so viel weiter, dass Elli es manchmal gar nicht glauben kann. Verheiratet ist sie gewesen, und zwei Töchter hat sie. Und wie schwierig es für sie gewesen ist, alleine im Krieg und ohne den Gerhard. Und wie glücklich sie jetzt ist, obwohl sie weiß, dass der Gerhard nicht mehr zurückkommen wird. Und dass man das Recht auf Glück hat. Elli, verstehst du das, dass es ein Recht auf Glück gibt? Das hat sie der Elli in vielen Zigarettenpausen erzählt, dabei mag der Grabner es gar nicht, wenn sie rauchen, nicht weil er den Rauch nicht mag, er hat doch selbst die dicksten Zigarren, sondern weil er findet, dass sich das Rauchen für eine Frau einfach nicht gehört. Zur Elli hat er einmal gesagt, dass er sich da ja schon manchmal die alten Zeiten zurückwünscht, aber laut sagen darf man das nicht.

Elli hatte genickt. Ja, früher hat man dies nicht sagen dürfen, und heute darf man das nicht sagen. Irgendwas ist immer, dass man besser den Mund hält.

Vorm Café Wenninger bleibt sie einen Moment stehen und lässt den Lippenstift in der Manteltasche herumwandern. Hoffentlich wird die Helene nicht böse sein, denkt sie sich und rechnet schon mal nach, wie viel von ihrem Monatslohn es kosten würde, einen neuen zu kaufen. Aber richtig ersetzen könnte sie ihn eh nicht, und die Helene hat ihn ja selbst auch nur geschenkt bekommen. Sie wirft einen letzten Blick auf das Schild vom Kaffeehaus, das nicht mehr Wenninger heißt. Über der Tür stehen jetzt andre Worte, amerikanische, die Elli nicht lesen kann.

Hallo, Elli, hallo, hört sie die Helene rufen, kaum dass sie in der Tür drinnen ist. Die Helene darf das. Sie kann es sich leisten, durch das Kaffeehaus zu schreien. Elli muss die Augen etwas zusammenkneifen, damit sie sie sieht. Hallo, Elli, hört sie wieder und sieht, wie die Helene hinten an einem kleinen Ecktisch neben dem alten Klavier sitzt und mit den Armen winkt. Fröhlich sieht sie dabei aus, und kein bisschen rot wird sie, als ein paar Tische neben ihr verstummen und sie neugierig anschauen.

Zögernd bahnt Elli sich ihren Weg durch die Tische und Menschen. Es sieht fast so aus, als hätte sich heute die ganze Welt hier im Kaffeehaus verabredet. Viele Frauen sind da, eine richtige Fräulein-Invasion, und zu Ellis Erstaunen auch mindestens genauso viele Männer. Manche von den Frauen haben Kleider an, die teuer aussehen, die nicht aus Fallschirmseide sind, und Frisuren, als ob sie grade frisch vom Friseur kämen, anderen wiederum sieht man es an, dass sie Zugezogene sind, solche, die ihre Dienste anbieten, obwohl das verboten ist, wie die Elli weiß. Die Männer aber sehen alle sehr schick aus in ihren Uniformen. Elli gefällt die Farbe und die Art, wie sie lachen und reden. *How do you do*. Als ob sie einen Krieg gewonnen hätten halt, hört sie die Stimme der Hanni im Kopf bitter sagen.

Auch bei Helene sitzt ein Mann in amerikanischer Uniform mit schwarzen Haaren, sogar die Haut ist bei ihm ein bisschen dunkler als bei den anderen, aber das kennt sie schon. Sie hat sogar schon mal einen gesehen, der ganz schwarz war.

Servus, Elli, die Helene steht lachend auf und gibt ihr einen Kuss auf die Wange, was schaust denn so ängstlich?

Der Mann in Uniform steht auch auf. Servus, sagt er, und es klingt ganz anders, so, wie er es sagt. Er lacht. Servus, sagt Elli schnell, schüttelt seine Hand und legt den Hut ab.

Elli, die Helene klingt stolz, das ist der Georgie.

Elli nickt. Georgie ist Helenes Freund. Ein Amerikaner, der ihr manchmal etwas mitbringt. Zuckrige, klebrige Bonbons für die Kinder, die so süß sind, dass die Zähne wehtun, und viele schöne Sachen für die Helene. Elli muss aufpassen, dass sie nicht neidisch wird.

Du Helene, dein Lippenstift. Sie kramt in ihrer Manteltasche.

Den kannst behalten, sagt die Helene, ist ein Geschenk von mir für dich. Gefällt er dir überhaupt.

Ja schon, aber, sie stottert, als sie bemerkt, dass Georgie sie beobachtet.

Tragen musst ihn dann auch, sagt Helene stichelnd, und ihn nicht nur in deiner Manteltasche rumschleppen.

Ich hab keine Zeit mehr gehabt heut. Elli ist verlegen, und jetzt fängt Georgie auch noch zu lachen an. Seinen breiten Arm legt er auf Helenes Schulter und flüstert ihr etwas ins Ohr.

Helene kichert.

Was ist, fragt Elli verunsichert. Alles ist fremd, auch die Helene.

Du, der Georgie hat mir nur ins Ohr geflüstert, dass du wie ein hübsches, ängstliches Kätzchen aussiehst, und das tust du wirklich. Bestell dir doch mal was zu trinken, Elli.

Ach ja, danke. Thank you. Sie ist froh, dass es so dämmrig ist und keiner sieht, wie rot sie wird. Überhaupt ist alles anders hier, als sie es erwartet hat. So dunkel, schummrig und laut.

Sie ist vorher schon mal in einem Kaffeehaus gewesen, aber das muss vor Ende des Krieges gewesen sein. Der Vater hatte Geburtstag gehabt, und seine neue Anstellung musste auch gefeiert werden, und da hatte er sie alle ins Café Machmer, unten am Steg, eingeladen, und Elli hatte sich eine Esterházytorte bestellt und einen Kaffee getrunken mit Schlagobers und ganz viel Zucker.

Fein hatte es dort ausgesehen. Die Teller und Untertassen waren mit einem schmalen Goldrand verziert und mit kleinen roten Röschen darauf. Und die Tische waren herrlich geschmückt. Weiße Decken, die so weiß waren, dass Elli vor lauter Angst, sie schmutzig zu machen, versucht hatte, immer nur ganz kleine Kuchenstückchen zum Mund zu balancieren, und auf jedem Tisch hatte eine Vase mit frischen Nelken gestanden.

Heute ist da, wo früher das Café Machmer war, ein Bäcker drinnen. Elli hatte es von der Hanni gehört. Dass der Herr Machmer irgendwo in Russland als vermisst gemeldet worden war und die Frau Machmer keine Kraft mehr hatte, den Laden alleine zu führen, und auch keine Ruhe, weil um ein paar Gräber hatte sie sich ja auch noch kümmern müssen, und überhaupt war es schwierig weiterzumachen, in einer Zeit, die man so vor ein paar Jahren noch nicht hat kommen sehen.

Bitte, was darf's sein?

Elli schreckt hoch. Schräg hinter ihr steht ein dünner Kellner, mit Brillantine in den Haaren, einem spitzen Gesicht und einem weißen Hemd, dessen Kragen vom Dreck schon ganz gelblich verfärbt ist.

Ja ich, Elli versucht nach der Karte zu greifen, die in der Mitte vom Tisch liegt.

Einen Weißwein bitte, Herr Ober, hört sie die Helene sagen, und drei Cognac.

Elli denkt noch, ob sie der Helene sagen soll, dass sie gar keinen Wein mag. Eigentlich überhaupt keinen Alkohol, aber dann lässt sie es doch bleiben. Es gehört wohl einfach dazu, und unterbrechen will sie die Helene auch nicht. Weil die den Georgie jetzt schon wieder küssen muss und immer mit ihm flüstert, wie in einer Geheimsprache ist das, und nicht nur, weil die beiden Amerikanisch sprechen, denkt sie sich.

Bitte sehr, die Dame. Vor Elli wird ein Glas abgestellt. Sie atmet auf. Es ist gar nicht schmutzig, und sie ist froh, als sie sieht, dass es noch nicht mal zu einem Viertel voll ist.

Die sparen hier wirklich an allem, flüstert die Helene der Elli zu. Wegen mir könnt man eh auch woanders hingehen, aber, Helene prostet Georgie zu, dem Georgie gefällt es hier halt so gut.

Cheers, sagt Georgie laut und hebt sein Glas.

Prost, sagt Elli.

Am Nebentisch grölt eine Gruppe Soldaten etwas. Eine Frau, die eben noch mit einem kleinen, untersetzten Mann in Uniform getanzt hat, wird auf den Tisch gehoben. Die Frau zappelt mit den Beinen und lacht. Sie trägt feine Nylonstrümpfe, und zwar solche von der besseren Sorte, aber Elli denkt sich, dass ihre Beine trotzdem viel schöner aussehen, obwohl sie in den Wollstrümpfen stecken, die im letzten Jahr noch der Ursel gehört haben. Die Soldaten schreien etwas, was Elli nicht versteht. Aber sie versteht die Zeichen und Handbewegungen, die sie machen. Die Frau soll auf dem Tisch weitertanzen.

Sie nimmt einen Schluck Wein und kann gar nicht wegschauen. Heiß wird ihr, und ihre Wangen brennen.

Die Frau lacht noch immer, schüttelt aber bestimmt den Kopf und versucht vorsichtig, wieder herunterzusteigen. Aber der Tisch ist ja umringt von Männern, die laut brüllen und in die Hände klatschen, und immer, wenn da irgendwo in den Reihen ein Loch entsteht und sie schnell herauszuschlüpfen versucht, packt sie einer an der Taille und hebt sie auf den Tisch zurück. Einmal, da kommt sie fast bis zum

Nebentisch, kann sich grade so am Saum der Tischdecke festhalten, und wird doch wieder eingefangen. Es ist wirklich besser, denkt Elli sich, sie lässt die Decke los, bevor etwas kaputtgeht und sie alles mit runterreißt. Ein Dicker mit Schnauzbart und verschwitztem Gesicht nimmt sie beim linken Bein, und ein Blonder, Großer mit breiten Schultern beim rechten. Und da hilft auch alles Zappeln nix. Wie eine Trophäe tragen sie die Frau an den Tisch zurück. Ein bisschen strampelt sie zwar noch mit den Füßen, aber eher halbherzig, es ist mehr so wie das Zucken der Regenbogenforellen aus der Salzach. Denen kann man den Bauch aufschneiden und das kleine, pochende Herz rausholen, und immer noch gibt es ein-, zweimal ein Zittern, bis der Fisch ganz ruhig ist. Aber ein Fisch ist ein Fisch, und eine Frau ist eine Frau, und Elli staunt, was die Frau für eine Kraft hat und wie sie sich gar nicht drum sorgt, dass ihr die Männer vielleicht die teuren Strümpfe zerreißen könnten. Aber es hilft ja alles nichts, je mehr sie strampelt, desto mehr wird gelacht, desto fester wird sie gepackt, und Elli sieht, wie der Blonde dem Kellner ein Zeichen gibt und der gleichgültig das polierte Glas wegstellt und eine neue Schallplatte auflegt.

Sie trinkt noch einen Schluck. So heiß ist ihr, dass sie unter der Strumpfhose richtig zu schwitzen beginnt. Vorsichtig kratzt sie sich an der Innenseite vom Oberschenkel, ganz heimlich, ohne hinzuschauen, dass es ja keiner merkt.

Die Frau steht immer noch auf dem Tisch und schaut von einem zum anderen, die Arme fest vor der Brust verschränkt. Als die Musik angeht, lässt sie sie sinken und presst die Hände an ihre Oberschenkel. So trippelt sie auf dem Tisch hin und her, immer mit Blick auf den Boden. Lachen tut sie auch dabei, aber so lacht man nur, wenn man eigentlich weinen will, findet Elli und trinkt ihr Glas aus.

Manchmal sind sie ein bisschen wild, sagt die Helene und schaut sie entschuldigend an, aber fesch sind sie, gell.

Elli nickt. Wild waren doch alle, aber die hier sind wirklich fesch.

Georgie drückt ihr ein neues Glas in die Hand. Cheers, sagt er wieder und dann noch etwas, das sie nicht versteht. Cheers, sagt auch Elli.

Helene stützt ihre Arme auf dem Tisch ab und beugt sich zu ihr vor. Er hat gesagt, du sollst dich mal umschauen hier, er hat nämlich viele Freunde, denen du gefallen würdest. Das hat er gesagt.

Kleines Katzchen, sagt Georgie, er hebt seine Hand und tut so, als ob er Krallen an den Fingernägeln hätte. *Meow!*

Helene zwinkert ihr zu.

Elli lächelt und dreht ihren Kopf. Sie kommt sich dumm vor. Furchtbar dumm. Sowieso ein dummer Plan von Georgie. Und überhaupt eine schlechte Idee. Sie muss an Helenes Recht auf Glück denken. Du hast das Recht zwar, aber du musst das Glück dann auch packen, wenn es kommt, hatte sie gestern noch zu ihr gesagt. Und morgen Abend, da packen wir dir den ersten Zipfel vom Glück. Warte ab. Wirst schon sehen. Der erste Zipfel, der kann Georgie heißen, oder besser nicht, wehe dir, Elli. Aber Jimmy kann er heißen oder auch Joe oder Sammy. Richtig geleuchtet hatten Helenes Augen bei dieser Idee.

Georgie bestellt noch eine Runde, Cognac, Wein und Kaffee. Elli ist schwindlig. Die Frau, die gerade noch auf dem Tisch getanzt hat, ist weg und ein paar der Soldaten auch, obwohl sicher kann sie es nicht sagen. Der Raum ist jetzt so dunkel, dass sie fast gar nichts mehr erkennen kann.

Ich geh mal raus, kurz Luft schnappen. Geht's dir gut, ruft die Helene ihr zu und steht auch auf. Aber Elli weiß genau, dass sie ihr nicht folgen wird. Girl, your hat, hört sie Georgie noch rufen. Sein Glück lässt man nicht einfach so sitzen.

Mit beiden Armen stößt sie die Tür auf, lehnt sich an die Hauswand und atmet. Eine kühle Luft atmet sie ein, und erst als sie die Augen wieder aufmacht, merkt sie, dass ein Flirren um sie herum ist. Schwindlig ist ihr auf einmal gar nicht mehr. Übermütig fühlt sie sich, stolz, unbesiegbar. Den Lippenstift holt sie aus ihrer Manteltasche raus, ohne hinzuschauen und mit einem Lächeln im Gesicht, malt sie sich ihre Lippen an.

Und es macht Spaß, vor dem Kaffeehaus zu stehen und die Leute zu beobachten, die reingehen, und die, die wieder rausstolpern. Irgendwann kommen auch die Helene und Georgie. Der Georgie hat einen Hut auf, der ihm viel zu klein ist. Na servus, denkt sich die Elli und fasst sich erschrocken an ihren Kopf. Kurz überlegt sie, noch nach der Helene zu rufen. Die Mutter wird schimpfen, wenn sie ohne Hut heimkommt. Aber die Helene ist so sehr mit Lachen und Küssen beschäftigt, da will die Elli sie nicht stören. Den Hut kriegt sie ja wieder, spätestens am Montag im Büro. Außerdem gefällt es ihr gut, so wie es gerade ist. Die Männer, die ihr immer wieder die Tür aufhalten und sie auffordern, mit hineinzukommen, was sie kichernd ablehnt.

No, no, thank you. Irgendwann kommen immer weniger Menschen, und sie seufzt, weil es schon wieder so zu regnen beginnt.

Wie sie wohl am besten heimgehen soll. Auf keinen Fall einen Umweg, so wie es jetzt allmählich zu schütten beginnt. Vielleicht über die Steingasse oben oder besser über die wieder eröffnete Brücke, dann den kleinen Weg lang, der geschützter ist, aber auch ein bisschen länger dauert. Obwohl eigentlich will sie ja gar nicht heim, in das Haus, das so viel mit sich trägt, das ihr zu klein geworden war, aus dem, wie ihr vorkam, sie sich langsam herausschälte, das sie abstreifen wollte wie eine alte Haut. Als ob sie dort mit Ursel in dem gemeinsamen, schmalen Zimmer ihr Glück finden würde, na wer das glaubt, der soll wirklich selig werden.

Entschuldigen Sie?

Misstrauisch sieht Elli auf.

Ja bitte? Sie kann gar nicht richtig erkennen, wer da vor ihr steht, weil der Mann seinen Hut so tief ins Gesicht gezogen hat.

Entschuldigen Sie, dass ich Sie einfach so anspreche. Der Mann schiebt seinen Hut zurück und schaut sie an.

Obwohl er schon ein paar Falten hat, ist er noch ganz jung, vielleicht gerade mal ein paar Jahre älter als sie, das kann sie sehen, weil seine Augen so schimmern. Sein Gesicht ist schmal, sehr schmal, fast eingefallen, aber wunderschön. Eine feine Nase hat er und hohe Wangenknochen, dazu ein spöttisches Lächeln um den Mund herum.

Ja, fragt sie beunruhigt, was ist, warum lachen Sie denn so?

Ich lach nicht, jetzt sieht er ganz erschrocken aus, ich habe Sie nur hier stehen sehen, im Regen.

Ja, sagt Elli, ich wollte nur, also nicht, dass Sie denken, ich bin verrückt.

Nein, nein. Also es war ein sehr schönes Bild. Sie hier draußen im Regen, sagt der Mann, und Elli lächelt ihre Fingerspitzen an.

Ich wollt Sie eigentlich nur fragen, ob ich Sie heimbringen darf? Der Mann hat seinen Hut abgezogen. Wirklich schön ist er. Und wie ihm das kurze schwarze Haar in die Stirn fällt.

Also ich. Ich wohne außerhalb, etwas, stottert Elli.

Das macht gar nichts, ich habe mir gedacht, vielleicht wollen Sie sich meinen Mantel überziehen, dann werden Sie auch nicht so nass.

Erst jetzt sieht sie, dass er einen Pelzmantel in der Hand hält. Einen wunderbaren Pelzmantel, einen, den man sich erst mal leisten können muss. Noch nicht mal der Kleider Halmisch hat einen so schönen Mantel im Laden.

Und Sie, fragt die Elli verlegen, aber der Mann winkt nur ab. Er trägt ein einfaches Hemd und eine graue Weste und jetzt erst fällt ihr auf, wie dünn er ist.

Also, ich bin übrigens die Elli, also die Elisabeth Kirschhofer, sagt sie schnell, als er ihren erschrockenen Blick bemerkt.

Elli, wiederholt der Mann langsam, während er ihr den großen, schweren Mantel um die Schultern legt. Ich heiße Alexander, Alexander Adam.

Alexander, denkt sich Elli, während man sich langsam Richtung Domplatz in Bewegung setzt und sie aufpassen muss, dass sie nicht stolpert, so schwer ist der Mantel. Und trotzdem fühlt sie sich so leicht wie noch nie, wenn sie auf die Seite schaut und ihn lächelnd neben sich hergehen sieht.

Mein Zipfel vom Glück, sagt sich Elli, wird Alexander heißen.

Herbst 2001

Weiße Kaugummiinseln und Mooslandschaften überdecken den grauen Asphalt, und Eva, in der Hocke, bläst Rauch aus. Die Raucherecke ist ein grauer Betonklotz, hinter dem sich die Mülleimer für die gesamte Schule befinden, und natürlich ist es eigentlich keine Raucherecke, da, wo die Eva hockt, zwischen den gelben Tonnen.

Die ganz offizielle Raucherecke ist vor der Betonwand, dort, wo der Bus hält und der Schulweg entlangführt. Die anderen schütteln schon längst nicht mehr den Kopf über Eva, das haben sie sich abgewöhnt. Eva schert sich auch nicht darum, was sie denken. Sie hatte schon genug Zugeständnisse gemacht, an die Schule, die anderen Menschen, an das ganze gottverdammte, beschissene Leben. Sie war mit Milan und Alexandra umgezogen, einmal, zweimal, dreimal, Süddeutschland, Norden, ein Jahr Tschechien, bis man dann in dieses kleine, unbedeutende Kaff neben Frankfurt gekommen war, das fast nur aus alten Menschen zu bestehen schien. Und alles nur, weil sich dort für Milan ja ganz andere berufliche Möglichkeiten eröffnen würden, wie man ihr erklärt hatte. Aber was hatte sie, Eva, für Möglichkeiten? Sie hatte versucht, die Möglichkeiten zu nutzen, die Zeit zu nutzen, überhaupt sollte immer alles genutzt werden, als wäre ihr ganzes Leben ein Gebrauchsgegenstand, der poliert und

optimiert wurde. Sie war sogar auf Alexandras Idee eingegangen, es doch mit dieser Privatschule zu versuchen, auch
wenn eine solche Idee, Privatschule, überhaupt nicht zu Alexandra gepasst hatte. Wie war das noch gekommen? Alexandra hatte bei einer Zugfahrt ein Mädchen kennengelernt und
dieses Mädchen, mit roten Backen und Strickzeug in der
Hand, hatte von einer Schule erzählt, auf der man sich frei
entfalten konnte, wo man Werken, Gartenbau, Körbe flechten und alles andere lernen konnte.

Und jetzt, Eva, hatte die Alexandra strahlend vor ihr gestanden und die Schulbroschüre auf den Tisch gelegt, jetzt
haben wir endlich das Geld dafür. Milan hatte zu Eva ge-
schielt, möchtest du denn? Eva hatte mit den Schultern gezuckt und der Milan sich geräuspert, na an dem Geld soll es
zumindest nicht scheitern.

Damit war es beschlossene Sache. Milan und Alexandra
waren jeden Monat dreihundertfünfzig Mark ärmer, erwar-
teten ein Eva-Gesicht, das Dankbarkeit zeigen sollte, bekamen aber, anders als geplant, weiterhin Alabasterhaut und
dazu noch abrasierte Haare. Nur in der Mitte ließ sie einen
Streifen stehen, fiel ihr grün gefärbtes Haar weiterhin in langen Strähnen auf ihre Schulter, und Eva blieb von einem
rotbackigen, für Holzarbeiten zu begeisternden Mädchen
immer noch so weit entfernt wie irgendwie möglich.

Noch ein Zug. Eigentlich darf sie mit fünfzehn noch gar
nicht rauchen, aber es interessiert niemanden, auch nicht den
Hausmeister, der gerade ein Bündel mit Papiermüll in den
Container wirft. Darf ich, Fräulein Eva. Er ist ein netter
Mann, einer der guten, übrig gebliebenen Hippies mit langen

71

Haaren und Blaumann, der Eva schon mal anlächelt und ihr die Tür aufhält, wenn sie zu spät dran ist. Sicher, Eva rückt ein Stück auf die Seite und leckt sich über ihre Lippen. Das Rauchen der jüngeren Jahrgänge wurde weniger stark kontrolliert als das Schokoladeessen in der Pause oder wenn sie sich schnell mal eine Semmel vom Supermarkt gegenüber holen wollten. Die Hippies, denkt Eva, fürchten sich wirklich vor nichts mehr als vor Zucker und der Haftpflichtversicherung.

Anfangs hatte sie alles gehasst. Das Schulgebäude, das nur aus runden Räumen zu bestehen schien und das sich mit seinem Flachdach, den ovalen Fenstern und der grünen Farbe so in die Landschaft hineinschmiegte, dass es fast unheimlich war, dass man kurz hätte denken können, die Mensa sei der ausgelagerte Teil eines alten Baumhauses. Sie hatte den Geruch von Holzöl gehasst, die Einteilung des Unterrichts in verschiedene Epochen, wo es Monate im Jahr gab, in denen man täglich zwei Stunden ein Hauptfach hatte. Wenn es nicht gerade Mathematik bei dem kleinen, untersetzten Lehrer Herr Bernardi aus Ostdeutschland war, wäre sie am liebsten gar nicht hingegangen. Alexandra hatte die größte Mühe gehabt, sie am Morgen rechtzeitig in die Schule zu schicken. Aber Herrn Bernardi mochte sie. Er war ein strenger Lehrer, aber gerecht. Er scherte aus dem Hippietum aus, war der Einzige, der eine Art Autorität verstrahlte, dass es eine Freude war. Herr Bernardi erklärte ihnen in langen Vorträgen, dass nicht vielleicht dieses Ergebnis oder jenes Ergebnis richtig sein konnte, man könne ja schließlich auch nicht ein bisschen schwanger sein, Mathematik sei nun mal eindeutig, das sei doch wirklich nicht so schwer zu verstehen. Das Beste jedoch war, dass nicht nur die Schüler mit hochrotem Kopf bei ihm vor der Tafel zu stehen hatten, sondern auch die Mütter und Väter, die er an langen Elternabenden Gleichungen lösen und Kurven einzeichnen ließ. Eva wusste nicht, warum er das tat. Aber sie liebte es, wie Alexandra abends mit verschwitzter Stirn nach Hause kam, ihre Tasche neben die Abwasch in der Küche knallte und laut ausrief, dies sei das letzte Mal gewesen, schließlich hätte sie ihre Zeit auch nicht gestohlen.

Es klingelt. Eva drückt die Zigarette am Boden aus, fischt sich einen Streifen Big-Red-Kaugummi aus ihrer Lederjacke und spürt sofort den scharfen Zimtgeschmack in ihrem Mund. Sie liebt es, wenn sich der Kaugummi etwas mit dem Nikotin vermischt, so hat sie länger etwas davon, sicher die ersten zwei Schulstunden. Nur vorsichtig kauen muss sie, weil das Kaugummikauen während des Unterrichts nicht gerne gesehen ist. In ihrem Magen sticht es. Heute war ihr schon den ganzen Tag nicht gut. Ein Schmerz, den sie so noch nicht kannte. Natürlich kann sie sich denken, was es ist, auch wenn sie es noch nie gehabt hat. Sie war ja mit allem viel zu spät dran, aber heute Morgen in ihrer Unterhose keine roten Flecken, von denen die anderen Mädchen erzählt hatten. Und auch in der Kloschüssel nur Uringelbes. Obwohl, einen anderen Geruch hatte sie schon an sich wahrnehmen können. Sie roch, als ob sie bunte Frühstücksflocken ausschwitzen würde. Aber dieser Schmerz. Und diese Wut. Die immerhin kannte sie schon. Die Wut darüber, wieder weggehen zu müssen. Seit dem gestrigen Abend stand es fest.

73

Wobei, fest stand es wohl schon länger. Nur sie wusste es erst seit gestern. Natürlich ließ Alexandra das nicht gelten, denn dass sie irgendwann wieder zurückgehen würden nach Salzburg, das war, wie hatte sie gesagt, schon beschlossene Sache gewesen, als sie gegangen waren, und Eva solle nicht so tun, als hätte sie es nicht gewusst. Aber Eva tat, als hätte sie es nicht gewusst, und wies Alexandra auch nicht darauf hin, dass sie sie, wie alle Wahrheiten in dieser Familie, erlauscht hatte, vor vielen Monaten schon in den Sommerferien gemeinsam mit Stups auf den obersten Stufen der alten Holztreppe sitzend, ganz starr, ohne sich zu bewegen, damit kein Knacken und Knirschen sie verraten konnte. Sie hatten gehört, wie Alexandra und Milan versucht hatten, die Elli zu beruhigen, ein Umbau würde doch auch ihr gelegen kommen, sie werde ja schließlich auch nicht jünger, und nein, die Treppe, die Treppe würde bleiben, wie sie war, kein Treppenlift versprochen, man würde der Elli dafür unten eine hübsche Einliegerwohnung einrichten, ebenerdig. Stups hatte sie mit seinem Ellbogen angestoßen, als schuldete sie ihm eine Antwort, aber Eva hatte nur den Finger auf ihre Lippen gelegt. Pst! Wie immer hatte sie sich gedacht, solange ich es nicht ausspreche, wird es nicht wahr. Und dann war die Wut gekommen.

Wo soll es denn dieses Mal hingehen. Zurück nach Salzburg, schön, schön. Warum denn nicht? Natürlich, warum denn nicht. Dann geht doch. Ich bleib hier. Das geht nicht, Eva, das geht nicht Eva, ich kann es nicht mehr hören. Was, schon immer abgemacht? Ihr könnt mich mal, alle beide.

Eva kaut gegen das drückende Gefühl in ihrer Brust an.

Keine Tränen, bitte nicht hier. Dabei hatte sie es doch versucht, sie hatte wirklich versucht anzukommen – und jetzt sollte es schon wieder vorbei sein? Wütend lässt sie die große braune Zimtblase vor ihrem Mund platzen, wischt sich etwas Asche von ihrer zerlöcherten Jeans, bindet sich die schwarzen Doc Martens zu und steht auf. Die Schuhe sind fast zu warm für diesen Herbsttag, der wie Suppe zwischen den Bäumen hängt. Wo auch immer die Converse heute Morgen gewesen waren, im Schuhschrank nicht, unter der Heizung nicht. Wahrscheinlich hatte Alexandra entschieden, dass diese Schuhe für November nicht mehr angemessen waren. Alexandra war es, die entschied, wo sie lebten und dass die Schuhe den Jahreszeiten folgen sollten, und jetzt war eben Winter, Herbst Mama, Winter Eva, Herbst Mama, ja aber ein Monat mit R am Ende, und jetzt hör mir auf mit der Diskutiererei.

Sie schultert ihren großen Rucksack und geht den kleinen Weg entlang, über den Parkplatz an der Wiese vorbei, grüßt mal hier den einen, mal dort die andere. Zwar hatte sie sich hier keine Freunde gemacht, war aber zumindest fast jeden Tag in der Schule gewesen. Sie wird die grauhaarige Handarbeitslehrerin vermissen, sogar den zweifelhaften Biologielehrer, der in seinen Unterricht auch immer etwas Schöpfungsgeschichte mischt, obwohl den vielleicht nicht, weil da hatte der Milan schon recht gehabt, wenn er Alexandra vorgeworfen hatte, und für so etwas zahlen wir jeden Monat.

Das dritte Klingeln. Von allen Seiten strömen die Schüler jetzt heran, reihen sich ein in die unterschiedlichen Schlangen der eigenen Subkultur, auch Eva. Da gibt es die Reihe der Punks und Parkajungs. Von den Punks sind die meisten Punkerinnen, sie tragen Iro oder zumindest einen Undercut, bunt gefärbte Haare, Nieten, wo es geht. Von den Parkajungs gibt es keine weibliche Variante. Einer der Parkajungs, einer mit rotblonden Haaren aus der Klasse über ihr, schaut Eva an, schaut, als wollte er etwas sagen. Sie hat seinen Namen vergessen, aber was soll's. Sie tragen alle Palis und spielen während des Unterrichts verträumt mit ihren Haarsträhnen. Vor ein paar Jahren noch hatten sie alle diese Igelfrisuren gehabt, gegelte Stacheln, die vom Kopf in die Höhe gestanden sind, und Eva erinnert sich noch genau daran, wie die Mädchen in der Klasse darüber gekichert hatten, unsicher, ob sie es lächerlich oder gut fanden.

Gemeinsam strömen sie in geordneten Bahnen weiter Richtung Schulgebäude. Neben den Parkajungs und Mädchen mit zerrissenen Jeans und halb abrasierten Schädeln mischen sich jetzt auch die Schranzer mit den weiten Hosen und den Drachenjacken, die Hippies mit den Dreads und Batikklamotten und die Edlen mit den gebügelten, glatten Haaren und der dicken Schicht Make-up, die Hals und Kopf in zwei unterschiedliche Farbnuancen teilt, schneeweiß und orangebraun. Irgendwo dazwischen tummeln sich ein paar Gothicleute, und Eva sieht das dunkelhaarige Gruftiemädchen aufgeregt sprechen und lachen. Letztens hatte das Mädchen Eva zur Rede gestellt, mit Tränen in den Augen. Irgendwer hatte gesagt, dass irgendjemand gesagt hatte, Eva hätte gesagt, das Gruftiemädchen wäre gern etwas, was sie nicht ist. Aber Eva war im Schulflur hart geblieben, mir doch egal, was du sein willst oder was ich gesagt habe, und streng genommen hatte sie es wirklich nicht verstanden. Die schwarzen Klamotten, die ganzen Ringe, das dunkle Augen-Make-up und dann aber so fröhlich und nett sein wie eines der Kinder von Bullerbü, das hatte für sie einfach nicht zusammengepasst. Da war Eva konsequent. No Future hörte bei ihr ja auch nicht bei den grünen Haaren auf.

Vor ihr dreht sich der Parkajunge um. Sie kann sich immer noch nicht erinnern, wie er heißt, obwohl sie weiß, dass sie es sollte. Magst du, fragt er etwas schüchtern und hält ihr einen Zettel hin. »Nein zum Krieg in Afghanistan« steht darauf. Eva nickt dem Jungen zu. Sicher, sie wird dabei sein. Später am Nachmittag. Nach der Klavierstunde halt.

Die Klavierlehrerin ist schön, hat hochgesteckte Haare, rote Lippen und rollt das R, wenn sie vor Aufregung schneller spricht. Und mit Eva muss sie das manchmal. Die Noten ansagen, Eva, das haben wir doch schon gespielt, das ist kein h, das ist ein g, oder Eva, schau dir die Vorzeichen noch einmal genau an, und Eva schaut sie an und spielt manchmal extra ein h, wo ein g ist, und umgekehrt, denn irgendwann drückt die Frau Veljic dann mit ihren Händen zart auf Evas Finger, führt sie zur richtigen Taste, und egal, wie bestimmt sie dabei sein möchte, ihre Hände sind immer weich und eiskalt, so wie Evas.

Heute ist Eva besonders unkonzentriert, so sehr, dass die Frau Veljic die Brille von ihrer Nase schiebt und laut *Stopp!* ruft.

Eva, was ist los mit dir?

Frau Veljic nimmt einen Schluck von dem schwarzen Tee, den Alexandra ihr zubereitet hat, und beißt in einen der Haferkekse, die sie immer so lobt, wenn sie in das kleine Reihenhaus am Stadtrand kommt. Mittlerweile errötet Alexandra nicht mal mehr. Freundlich bedankt sie sich bei der Frau Veljic für ihr nettes Lob. Die ersten paar Male hatte sie immer noch abgewehrt, nein, nein, Frau Veljic, die können sie doch auch kaufen, aber der Gedanke, dass die Kekse aus der Großpackung eines schwedischen Möbelherstellers kamen, dieser Gedanke war einfach zu verrückt gewesen für jemanden wie die Frau Veljic, als dass man es hätte akzeptieren können.

Soll ich Alexandra noch um ein paar Kekse bitten? Die Eva streckt ihre Füße hinter den Beinen des Klavierhockers zusammen.

Deine Mutter, meinst du? Das Einzige, was der Frau Veljic noch verrückter vorkam, als Kekse in einem Möbelgeschäft zu kaufen, war, die eigene Mutter beim Vornamen zu nennen. Eva weiß auch nicht, wann es begonnen hat. Eigentlich mit Milan. Obwohl sie sich ihm immer näher gefühlt hatte, hatte sie ihn immer schon bei seinem Vornamen genannt, und irgendwann hatte sich auch das Wort *Mama* falsch angehört, und so war es bei Alexandra geblieben, fürs Erste, und da Alexandra es hasste, wenn sie sie beim Vornamen nannte, beschränkte sich Eva darauf, es nur vor anderen Leuten zu tun, wenn sie nicht dabei war. Das war der maximale Kompromiss, zu dem sie fähig war.

Genau, Eva nickt der Frau Veljic zu, nickt dem Wort Mutter zu wie einer flüchtigen Bekannten, also wollen Sie noch welche?

Nein danke, Eva, ich möchte keine Kekse mehr. Erzähl mal, was ist heute los mit dir?

Eva sieht das freundliche Gesicht, sieht aber auch die Ungeduld in den Augen der Frau Veljic. Was soll sie ihr sagen? Dass der nun seit drei Jahren andauernde Klavierunterricht eigentlich ein Zugeständnis an Alexandra war?

Du kannst nicht immer mit deiner Kamera sein, immer allein unterwegs, Milan, siehst du das denn nicht, hatte Alexandra Evas Freizeitgestaltung immer wieder zur Sprache gebracht, und der Milan hatte nicht wie sonst so oft hinter Eva gestanden, sondern Alexandra zugestimmt. Eva solle wenigstens ein Hobby finden, dass ihr Spaß mache, wo sie unter anderen Menschen sei. Eva hatte gebrüllt, wenn sie sich jetzt ein Hobby suchen würde, dann hätte sie ja keine Zeit mehr für ihr Hobby, ihre Fotos, für die Dunkelkammer, wie sinnlos wäre das. Alexandra hatte zurückgeschrien, na ja, die eine Stunde in der Woche wirst du schon Zeit haben, und während die Eva schon türknallend in ihrem Zimmer verschwunden war, eine Tennisprobestunde ausgemacht mit den Mädchen aus der Nachbarschaft. Zu dieser Tennisstunde war die Eva genau einmal erschienen, hatte ihre Tennispartnerinnen als Bonzenkinder beleidigt, sodass der Tennisverein im noblen Wiesbadener Stadtteil Sonnenberg ihr einen Platzverweis erteilt hatte.

Eva, hallo?

Also, was sollte sie der Frau Veljic sagen? Dass sie der Alexandra nach vielen weiteren Diskussionen schließlich vorgeschlagen hatte, gut, ein Instrument halt dann, und Alexandra bei der Musik, die aus Evas Kinderzimmer gedrungen war, Slime, Ramones, Nirvana, Bikini Kill und wie sie nicht alle hießen, an ein Schlagzeug gedacht hatte. Der Keller wäre

79

da, sicher, es würde laut werden, aber was tut man nicht alles. Gut, die Eva müsste halt ihre Dunkelkammer räumen. Auch an eine Gitarre hatte die Alexandra gedacht, an Musikschule, an eine Band, an die Eva, wie sie mit anderen zusammen musizierte. Die Alexandra hatte also mit Eva per Handschlag abgemacht, gut ein Instrument, aber sie, Eva, dürfe sich aussuchen welches, und ein paar Tage später hatte Eva dem Familienrat klassisches Klavier präsentiert, und als die Alexandra entsetzt gesagt hatte, zu teuer, hatte der Milan schon zugestimmt. Schließlich hatte er einen Kollegen, der sein kleines Piano günstig loswerden wollte.

Dann machen wir Schluss für heute, die Frau Veljic zieht ihre Brille vom Kopf und will noch etwas sagen, welche Noten sich die Eva ansehen soll bis zum nächsten Mal, aber die Eva schnellt in die Höhe und fragt, können Sie mich mitnehmen gleich mit dem Auto?

Der Marktplatz ist gefüllt mit Menschen. So viele kann es in dieser kleinen Stadt doch eigentlich gar nicht geben, denkt sich Eva. Sie rufen laut und tragen Plakate vor sich her, die Hippies mit den Kindern auf den Schultern und die mit den weiten, gemusterten Pluderhosen wie immer etwas am Rand. Eva zieht ihre Schultern nach oben, kneift die Augen zusammen auf der Suche nach Lederjacken und schwarzen Stiefeln, auf der Suche nach dem schmalen Jungen mit den dunklen Haaren und der Brille, den sie vorletzte Woche am Bahnhofsvorplatz in Mainz kennengelernt hat. Eva hatte, als sie nach Deutschland gezogen war, gar nichts gewusst über die deutsche Geschichte, ein Ausflug mit der Klasse nach

Erfurt hatte ihr zum ersten Mal das geteilte Deutschland gezeigt, das jeden Oktober seine Einheit feierte, eine Einheit, von der sie aber in der grauen Jugendherberge nichts spürte. Heimlich hatte sie dort mit den Jungs gekifft und über Dinge gesprochen, bei denen sie sich auskannte, ob Gras oder Hasch besser sei, die richtige Menge Klorix, um schwarze Jeans zu bleichen, aber sie hatten Eva auch Dinge gefragt, von denen sie nichts verstanden hatte. *Wie findest du es denn drüben*, hatten sie gefragt, und es hatte eine Weile gedauert, bis Eva verstand, dass dieses große Land ein Drüben und ein Dort hatte, und als sie es endlich begriffen hatte, musste sie sich mit einem weiteren Dort und Drüben auseinandersetzen. Die Stadt, in der sie wohnte, und die kleine Stadt nebenan, zwei verfeindete Landeshauptstädte und das Gerede darüber, dass die eine Stadt so spießig war, während die andere für sich in Anspruch nahm, der Nabel der Welt zu sein. Dabei konnte man auf beiden Seiten am selben Fluss sitzen, der breit und geschichtsträchtig die zwei Bundesländer trennte, und Eva konnte keine Unterschiede erkennen, sosehr sie sich auch bemühte.

Der dünne Junge aus der Nachbarstadt mit den schwarzen Haaren hatte damit zu tun, Geld zu besorgen, Bier aufzustellen, und gleichzeitig kam es ihr vor, als kümmerte er sich um nichts, als ließe er das Leben einfach so auf sich hinabregnen, und natürlich wollte Eva deshalb mit ihm schlafen. Sie saßen einen Vormittag zusammen am Boden des Bahnhofs, der Junge, der Val hieß, keine Abkürzung, wie er ihr versicherte, ein Name, den sie noch nie zuvor gehört hatte, stand immer wieder auf und lief zu den Vorbeigehenden wie ein streunender Hund, hob die Hände, zog Grimassen, erzählte etwas von Fahrschein verloren, Hund füttern, eine gute Zeit haben, und mal kam er mit einer Mark wieder, mal mit fünf.

Kommst du noch mit auf ein Konzert gleich, hatte er Eva gefragt, und in Eva wollte alles *Ja* schreien, ihr kam es vor, als wäre dieser Junge das große Los, der Eintritt in eine Welt, weg von zu Hause, dorthin, wo sie immer hinwollte, seit sie sich die Haare abrasiert und die Stiefel gekauft hatte, wegen denen es im gemeinsamen Sommerurlaub natürlich auch zum Streit gekommen war, als Eva mit den schweren schwarzen Schuhen zum Strandspaziergang aufgebrochen war. Alexandra hatte es einfach nicht verstanden, und auch Milan hatte sie gebeten, Eva, zieh die schwarzen Dinger aus, schwitzt dich ja zu Tode. Sie hatten auch kein Verständnis dafür, dass Eva an diesem Sonntag, als sie Val kennenlernte, einfach nicht nach Hause gekommen war. Dreimal hatten sie auf ihrem Handy angerufen, und die Eva hatte nicht abgehoben, weil sie gar nicht mehr sicher gewesen war, wie der Name der Freundin gelautet hatte, bei der sie angeblich übernachtete. Carmen, das Mädchen, mit dem Eva nun schon seit ein paar Wochen umherzog, kam dafür nicht infrage, Alexandra ließ nur Übernachtungen bei Freundinnen gelten, die ihr schon einmal vorgestellt worden waren, das wusste Eva. Carmen war schon Anfang zwanzig, hatte eine rauchige Stimme, und jeder der Jungs hatte vor ihr Respekt, während sie sich über Eva lustig machten, ihre Stimme nachäfften, ihre Art zu gehen, alles an ihr hatte so etwas Edles, Prinzessin, hatte einer zu ihr gesagt, und das war kein Spitzname, den man sich am Bahnhof verdienen wollte. Als das Gespräch dahin gekommen war, welche Schule, welche Ausbildung, hatte die Eva sich dann gleich zweimal verraten, natürlich Abitur und Waldorfschule, und da war das Gelächter groß gewesen, ich habe schon meine dritte Ausbildung abgebrochen, Prinzessin, so wie meinen Vorderzahn hier, siehst du.

Eva, hallo, jemand berührt ihren Arm, schnell dreht sich Eva um, aber es ist nur der rothaarige Junge aus der Schule, der vor ihr steht und sich verlegen am Hals kratzt.

Hallo, sagt Eva und reckt ihren Kopf an ihm vorbei, auf der Suche nach den anderen.

Wieso hast du dich nicht mehr gemeldet?

Eva beißt sich auf die Lippe. Was sollte sie jetzt sagen. Dass sie seinen Namen vergessen wollte? Dass sie *es* vergessen wollte. Dass sie vergessen wollte, wie er Anfang letzten Sommers über sie gebeugt war, wie sie miteinander geschlafen hatten und danach das Gras, das er in seinem Schuh aufbewahrte, gemeinsam geraucht hatten und Eva sich schon allein deshalb schämte. Das erste Mal mit jemandem, der so große Angst vor den Bullen hatte, dass er den Brösel Gras in Frischhaltefolie gepackt in seinen Socken mit sich trug. Sie war auch enttäuscht wegen dem Sex an sich, war froh, dass sie nicht geblutet hatte, konnte sich nur erklären, dass es an den vielen Malen lag, die sie sich selber gefickt hatte, da hatte sich schon immer wieder etwas Blut an ihren Fingern gefunden.

Nicht mal mit Stups, mit dem sie sonst über alles reden konnte, hatte sie damals darüber gesprochen. Überhaupt waren die Telefonate zwischen ihnen in letzter Zeit weniger geworden. Manchmal dachte Eva daran, ihn anzurufen, tat es dann aber doch nicht. Hin und wieder schrieb sie ihm eine E-Mail, keine Betreffzeile, nur ein paar Worte, fragte nach, ob er sich wenigstens auf sie freuen würde, wenn sie nach Salzburg zurückkäme, und die Antwort kam schnell, obwohl er gerade mit seiner Matura beschäftigt war. Natürlich freu ich mich auf dich, Eva, was denkst du denn? Und Eva wusste nicht, was sie denken sollte, sie wusste nur, dass sie nicht Stups fragen konnte, was er von den ganzen Sachen hielt, die ihr im Kopf herumgeisterten. Vielleicht dachte sie nicht einmal, dass er es nicht verstehen würde, es war vielmehr so, wenn das Band einmal vom wöchentlichen Telefonieren gerissen, vom täglichen SMS-Schreiben zum E-Mail-Schreiben übergegangen war, da blieb nicht mehr viel Raum für die Wahrheit, dafür viel mehr Angst. Außerdem war sie es, die ihn immer weniger verstand, seine Freunde nicht mochte, die über ihre abrasierten Haare lachten, die Mädchen in Heilige oder Huren einteilten, die über Politik sprachen, während ihre Freundinnen sich darüber stritten, ob man gleichzeitig den dreckig gewünschten Sex haben und trotzdem eine anständige Frau werden konnte. Als sie Stups das letzte Mal darauf angesprochen hatte, hatte er nur abgewunken, mach langsam, Eva, ja, und Eva war es vorgekommen, dass er ihr zwar recht gab, aber es nicht zugeben wollte. Außerdem, schaust mal bei dir selber, hatte er ihr gesagt, und dann hatten sie sich gestritten wie noch nie. Was soll ich bei mir selber schauen, hatte Eva ihn angeschrien, und seitdem war das E-Mail-Schreiben sicherer gewesen, wenn sie beide vorher überlegen konnten, was sie einander erzählen wollten. Aber mit wem sollte sie sonst reden, wenn nicht mit ihm? Die Mädchen in ihrer Klasse würden es noch weniger verstehen, und weder in den Leserbriefen der *Bravo*, der *Sugar* noch sonst wo hatte sie von Mädchen gelesen, die keine Brüste hatten, keine Hüften, nicht ihre Regelblutung, aber schon mit Jungs schliefen und dann davon enttäuscht waren, weil sie sich weiß Gott was vorstellten, aber sicher niemanden, der einen Brösel Gras aus dem Schuh zog und ihn danach reichte wie eine angemessene Belohnung.

Eva, Baby, tönt es hinter ihr, und Eva findet sich in der Achsel eines Mannes wieder. Sie dreht den Kopf, es ist Zottel, einer von Vals Freunden, der mit dem abgebrochenen Schneidezahn und dem breitesten Grinsen, der Eva schon mal testet, ob sie die Alben der Band auf ihrem T-Shirt in chronologischer Reihenfolge aufzählen kann, und Eva hasst es, schafft es aber immer. Wir haben dich schon gesucht, sagt er, und obwohl Eva weiß, dass es nicht stimmt, freut sie sich. Hast du eine Zigarette? Sicher. Die anderen sind unten bei der Halfpipe, hier ist doch schon alles tot, sagt er und schüttelt seine langen, verfilzten Haare. Oder was ist, willst du dableiben bei dem Kollegen, fragt Zottel und zeigt mit der glühenden Zigarette auf den Jungen, der immer noch neben ihr steht. Eva muss aufpassen, dass sie nicht rot wird. Ach was, lass uns los.

Wie sie durch die Stadt gehen, die breite Straße entlang, die zum Bahnhof führt, sprechen sie nicht miteinander. Zottel, weil er wahrscheinlich nicht weiß, was er mit Eva sprechen soll, und Eva nicht, weil sie sich sicher ist, etwas Falsches zu sagen, etwas, das Zottel gegen sie verwenden kann, wenn er es den anderen weitererzählt. Willst du mit dem Bus fahren, fragt Eva, aber Zottel schüttelt den Kopf. Fahrkarten kauft er sich sicher nicht, und er ist schon dreimal erwischt worden, und außerdem, er zeigt auf sein Knie, rennen kann er immer noch so schlecht seit letzter Woche. Eva nickt. Sie gehen also zu Fuß zu dem ehemaligen Schlachthof, wo das Jugendzentrum steht, die breite Halfpipe, die so groß ist, dass man noch nie jemanden darauf hat skaten sehen, bis auf letzte Woche eben, wo Zottel ganz mutig sein wollte, sich von den Jungs dort ein Skateboard ausgeliehen hatte und dann mit seltsam verdrehtem Knie in der Mitte wieder aufgewacht war, dass man die Rettung rufen musste, und mit der ist dann warum auch immer die Polizei gekommen, und das war natürlich ärgerlich gewesen, weil die Polizei hatte wirklich niemand dort haben wollen. Da mussten schnell die Joints ausgetreten und Pillen versteckt werden, kein schöner Abend. Erinnerst du dich, fragt Zottel, was für eine Scheiße, und die Ines natürlich sofort einkassiert. Eva nickt, du bist ein ganz schöner Idiot, sagt sie, und als Zottel stehen bleibt und sie ansieht, fragt sie sich, was jetzt los ist, aber er drückt ihr nur seine Bierdose in die Hand und fängt zu erzählen an. Die Ines war ein kleines Mädchen, gerade mal dreizehn, mit blau gefärbten Haaren, die der Zottel auf irgendeinem Festival aufgegabelt hatte, die zu Hause brav Cello spielte, aber mit ihnen umherzog und mit ihren schweren Stiefeln Mercedes-Sterne von parkenden Autos trat. Haben sie natürlich gleich einkassiert an dem Abend, wiederholt der Zottel schwermütig und nimmt Eva die Bierdose ab, die sie ihm entgegenhält. Eva nickt. Seitdem hatte sie auch nichts mehr von ihr gehört, dabei hatte sie Eva gerne gemocht. Was ist mit der Ines jetzt, fragt sie, während sie vor einem hupenden Bus quer über die Straße laufen. Keine Ahnung, sagt Zottel und zeigt dem Busfahrer den Mittelfinger.

Was ist das für eine Stadt, das hatte sich Eva selbst oft gefragt, und warum wollte sie nicht wieder weg. Es ist eigentlich keine bessere Stadt, sie ist nicht besser als die, in der sie vorher gewohnt hatte. Milan hatte nie irgendwelche Aufträge in Metropolen erhalten, sie waren von Kleinstadt zu Kleinstadt gezogen, eine wie die andere, mit der Kirche in der Mitte eines Platzes, mit den Parks, in denen man nicht herumlungern sollte, vor denen man gewarnt wurde und wo man es genau deshalb tat. Weder Milan noch die Alexandra konnten verstehen, warum sie nicht weggehen wollte. Dabei waren sie noch nie so lange an einem Ort geblieben wie hier. Sie sahen ja nur die Stadt, die wie jede andere war, aber sie sahen nicht, wie die Stadt für Eva weiter wurde, wie sie durch Carmen, Zottel und die anderen breiter wurde, wie sie eine Stadt wurde, die über sich hinauswuchs, dass man mit einer Sicherheit durch die Gassen gehen konnte, weil in deren Ecken zwar Geheimnisse warteten, sich die aber trotzdem seltsam vertraut anfühlten. Als sie jetzt im Park am Bahnhof ankommen, wird sie gegrüßt von einem Haufen von Leuten, Eva sagt, wir sehen uns, sagt, wir gehen rüber zu den anderen, oder sie sagt, schreib mir einfach, und dann sieht sie plötzlich eine alte Bekannte wieder. He, sagt Zottel, als Eva stehen bleibt, kommst du jetzt mit oder was? Warte doch mal. Für einen kurzen Moment durchströmt Eva ein Glücksgefühl, sie

greift mit einer Hand nach der Kamera in ihrer Umhängetasche. Zottel bleibt stehen und schaut sie ungeduldig an. Eva
nickt in Richtung der Frau. Sieht aus, als würde sie Steine
herumschleppen, sagt Zottel und kratzt sich am Kopf. Das
ist Mama Wanda, sagt Eva, macht zur Sicherheit noch ein
zweites Foto, und dann muss sie ihm natürlich erklären, dass
Mama Wanda keine Steine in ihrem Kinderwagen umher-
schiebt, genauso wenig wie sie da ein Kind in den Schlaf
wiegt. Mama Wanda hat das beste Gras von ganz Wiesbaden
und alles, was man noch so braucht. Das kann Zottel von der
anderen Rheinseite natürlich nicht wissen, jede Stadt hat ihre
eigenen Geschichten.

Also so gesehen doch Steine, sagt Zottel heiser und lacht,
und Eva lacht mit ihm, obwohl sie nicht sicher ist, was er
damit meint. Zottel kann Unsicherheiten natürlich spüren
wie ein Ladendetektiv, und je näher sie der Halfpipe kommen,
umso schneller werden seine Schritte, trotz seines Knies, und
umso hämischer sein Gesicht. Schon von Weitem sieht Eva
Val, Carmen und die anderen in der Halfpipe sitzen, überall
bunte Haartupfer, die in der untergehenden Sonne aufleuch-
ten, irgendjemand hat einen Ghettoblaster mitgebracht und
über den Parkplatz zieht Musik und Rauch zu ihnen herüber,
Lachen und Grölen, und Eva will noch etwas zu Zottel sagen,
aber Zottel ist schon mehrere Schritte voraus.

Einen Moment kommt sich Eva dumm vor, als sie an der
Halfpipe ankommt, wo Zottel schon sitzt, raucht, sich eine
Bierdose aufmacht und sie anschaut, als würde er sie gerade
zum ersten Mal sehen. Aber Val deutet ihr an, dass sie zu ihm
kommen kann, wenn sie möchte. Erleichtert setzt sich Eva

neben ihn, hört nur mit einem Ohr zu, wie sie über das nächste Konzert, zu dem sie fahren, sprechen, wer mit wem was hat und dass es da ein Mädchen gibt, das mit jedem mitgeht, das statt einer Umarmung zur Begrüßung einen Blowjob gibt, lacht Zottel und Eva will nicht lachen, sagt aber auch nichts, und da ist es an Carmen, irgendwann laut auszurufen, was ist eigentlich falsch mit euch.

Eva muss an Stups denken, *schaust einmal bei dir selber*, hatte er zu ihr gesagt. Und seltsam war es schon, dass die Welt durch die anderen zwar weiter und breiter geworden war, und trotzdem war eine Enge geblieben, die sie nicht abschütteln konnte. Wie die Dinge, wie ein Mädchen zu sein hatte, dafür gab es auch hier unausgesprochene Regeln. Was ist, wenn Stups recht hatte, dass sie alle hier nicht anders waren als seine Freunde, mit denen Eva den letzten Sommer in Salzburg in Irish Pubs verbringen musste. Stups hatte sich alle Mühe gegeben, die Eva zu verteidigen, die nicht verteidigt werden wollte. Sie schlief mit Manuel nachts an der Bushaltestelle und küsste einen Hias, sie machte sie verrückt, fühlte selber nichts, sie machte Stups verrückt, der nicht wusste, was er zu tun hatte. War sie für ihn nicht wie eine kleine Schwester, fragten sie. Dabei war es in Wahrheit doch so, dass der Stups und sie nie hatten besprechen müssen, was sie waren.

Aber das war eben Erwachsenwerden, dachte Eva, dass man nicht mehr war, sondern nur noch darüber sprach, was man sein konnte, und auch wenn sie mit allem viel zu spät dran war, und auch wenn das, was sie fühlte, kein neues Rädchen im Weltengetriebe war, und Punkrock eigentlich schon über zwanzig Jahre tot, gab es trotzdem diese Hoffnung in ihr, das Gefühl, dass das alles gerade ganz neu war, ganz frisch und nur auf sie gewartet hatte.

Was denkst du gerade, fragt Val und beugt sich zu ihr. Eva schüttelt den Kopf. Nichts? Nichts, sagt Eva, und Val sagt gut und küsst sie. Alles Alte muss umgestürzt, muss abgerissen werden, es sollte nicht nur quietschen unter ihren Füßen, es sollte.

Winter 1951

Dafür, dass Winter ist, war es warm in Mauterndorf, Salzburger Temperaturen, hat die Marthe geschnaubt, die feine Schneekruste vom Fensterbrett gefegt, und hätte Elli nicht gewusst, dass es schon Anfang Dezember ist, sie hätte ihre Handschuhe vielleicht daheim gelassen, neben dem alten Kamin, an dem der Alex abends immer an seinen Holzarbeiten schnitzt.

Dem Kind muss doch auch warm sein. Kurz überlegt sie, ob sie der Alexandra die Mütze ausziehen soll, fragen würde sie gerne, sie will ja nichts falsch machen. Die Alexandra liegt in ihrem Kinderwagen, winzig, klein und zerbrechlich, einzig der schwarze Haarschopf macht sie von einem Wurm zu einem Menschen. Sie könnte sie fragen, sicher, aber Alexandra würde nicht antworten, und auch sonst ist niemand da, den die Elli fragen könnte. Der Alex hat arbeiten müssen, und die Marthe ist in Graz, die Schwester besuchen. Vorsichtig hebt Elli das Kind aus dem Wagen heraus, Alexandra schmatzt, legt ihr kleines Köpfchen an ihre Schulter, und Elli wickelt sie fester in die weiche rosafarbene Wolldecke, die ihr die Ursel zur Geburt geschenkt hat. Besser dem Kind ist zu warm, als dass es mir friert, denkt sie sich.

Seufzend stellt sie den Wagen unter die kleine Hütte und trägt Alexandra zum schmalen Eingang. Schritt für Schritt, der Schnee unter ihren Füßen ist rutschig und nass, das Weiß vermischt sich mit dem Braun der Erde, mit Alex' Spuren, die vom Haus weg den ganzen kurvigen Weg ins Dorf hinunterführen, bis vor die letzte Böschung kann Elli seine Fußstapfen sehen. Sie erkennt sie genau an den Striemen zwischen den einzelnen Tritten, seinem schleifenden Gang, den er erst hat, seit er wieder da ist, als gäbe es etwas Schweres, das ihn nach unten zieht.

Seit er wieder da war, war alles anders. Elli erinnert sich, dass sie noch vor ein paar Monaten gedacht hatte, es könnte nicht mehr schlimmer werden, aber jetzt saß er da, Abend für Abend, neben dem Kamin, sprach nicht mit ihr, und alles, was er in den Briefen versprochen hatte, schien nicht mehr zu sein als leere Worte, die er geschrieben, und unsinnige Fantasien, die sie sich beim Lesen vorgestellt hatte. Manchmal, wenn sie lachte oder ihn nach etwas Geld fragte, um eine Kleinigkeit im Dorf zu besorgen, blickte er sie nur finster an. Immerhin sah er sie dann mal an, fragte, für was sie das Geld brauche, und Elli musste aufpassen und die geballten Fäuste hinter ihrem Rücken verstecken, damit er nicht sehen konnte, wie wütend sie war. Wütend über den Mann, der ihr nur dann einen Schilling in die Hand gab, wenn sie Milch für Alexandra, Brot oder Latschenkiefer kaufen sollte. Wütend über Marthe, die keifend hinter ihm stand, ihr vorwarf, dass Elli ein verwöhntes Stück sei, und die nicht sehen wollte, dass es ganz allein am Alex lag, dass kein Geld hereinkam. Der schöne Pelzmantel war verkauft, kaum dass sie geheiratet hatten, und kein Stück Fleisch war im Haus, um eine kräftige Suppe zu kochen, also was sollte Elli aus den Erdäpfeln auch anderes machen als die vier, fünf Gerichte, die sie zubereiten konnte.

Ach geh, hat die Marthe gesagt, was stellst dich an, hatte sich in die Küche begeben und der Elli die keimigen Knollen aus der Hand genommen, schaust einmal zu, wie ich es mache, ja. Die Marthe ist aber auch eine Hexe. Sie hat nicht nur aus den orangenen Blüten der Ringelblumen, die im Sommer auf den oberen Wiesen gewachsen sind, eine Salbe machen können, die die Narben auf Ellis Bauch hat verblassen lassen, sondern auch einen süßen Saft aus schwarzem Rettich mit Kandiszucker, der die Alexandra von ihrem bösen Husten befreit hatte, und beim Kochen war es sowieso wie Zauberei gewesen. Die Marthe hat aus den gleichen Erdäpfeln, die Elli im Topf zerfallen waren, ein köstliches Essen gekocht, und ganz gleich, wie oft Elli neben ihr am Herd gestanden und zugeschaut hat, immer mit einem Auge den heiligen Schmalztopf im Blick, ob die Marthe da nicht etwa einen kleinen Löffel, nein, nie war sie auf ihr Geheimnis gekommen.

Um die Haustür aufschließen zu können, muss Elli ihre dicken, mit Lammfell gefütterten Lederhandschuhe ausziehen. Sowieso viel zu warm für einen Tag wie heute, denkt sie sich und hört Alex' Stimme im Kopf, während sie nach dem Schlüssel sucht. Niemand hier im Ort sperrt die Tür ab, hatte er sich beklagt, man merkt richtig, dass du nicht von da bist. Vielleicht will ich ja, dass man das merkt, hatte sich Elli verteidigt. Sie hebt die Alexandra auf die andere Schulter, stopft sich den Handschuh in die Manteltasche und sperrt die Tür auf. Am Anfang hatte Elli versucht, mit den Leuten zurechtzukommen, sie hatte es ehrlich versucht. Aber für die ist sie halt immer *die aus der Stadt* geblieben, daran hat sie nichts ändern können, auf wie vielen Dorffesten sie auch gewesen ist, dem Samson zujubeln, immer hatte es hinterher jemanden gegeben, der ihr vorgeworfen hatte, die Nase ganz weit oben in der Luft zu haben.

Im Haus riecht es nach Kiefernöl, nach Marthes Suppe, ein bisschen süßlich, nussig, die Luft steht, wenn man die kleinen Fenster nicht aufmacht, die den Raum mehr verdunkeln, als sie Licht hineinlassen. Dafür bleibt die Kälte auch draußen, hatte der Alex ihr erklärt, als er der hochschwangeren Elli zum ersten Mal das Haus gezeigt und ihren skeptischen Blick bemerkt hatte. Und überhaupt, ist es ja nicht für lange, hatte er schnell hinzugefügt. Fast ein Jahr war das jetzt her. Ist ja nur für kurz, hatte der Alex gesagt, als sie in Salzburg in den Zug gestiegen waren. Nur für den Übergang, hatte er ihr ins Ohr geflüstert, als sie wieder ausgestiegen waren, und Elli hatte gar nicht verstanden, weshalb er sich so sorgte. Wie immer, wenn etwas neu war und anders, war sie so eupho-risch, dass sie nur vor sich hin lächeln konnte, was auch immer der Alex sagte, und selbst als sie dann in der kleinen Stube gestanden hatte und Elli klar wurde, wie eng es in dem Häuschen wirklich war, hatte es sie nicht erschüttern kön-nen. Alles besser als das Elternhaus in Salzburg, wo sie schon jede Ecke kannte, alles besser als der Garten dort mit dem knorrigen Baum und den Äpfeln, die ihr, würden sie nicht immer mürbe zwischen ihren Zähnen zerfallen, bereits zum Hals heraushingen. Alles besser, als weiterhin aus dem Fens-ter ihres alten Kinderzimmers sehnsuchtsvoll auf die Gasse zu blicken, als ob es da etwas gäbe, für das sich das Warten lohnen würde. Ganz aufgeregt, mit dem Alex an der Hand, hatte sie alles erkundet. Über den Herd hatte sie gestaunt, den großen Ofen, der fast das ganze Zimmer einnahm, wirst sehen, hier ist es kälter als in Salzburg, hatte ihr der Alex lachend erklärt, als er ihre großen Augen bemerkt hatte, hier ist der Ofen das Wichtigste für uns. Das große Doppelbett aus Zirbenholz hatte sie bequem gefunden, und es hatte sie auch nicht gestört, als ihr klar geworden war, dass die Marthe in dem schmalen Zimmer nebenan schlief, wieso auch. Elli hatte sich gedacht, ein bisschen Hilfe mit dem Kind in den ersten Monaten, das kann ja nicht schaden, und außerdem ist es ja nicht für ewig, hatte der Alex gesagt und mit seiner Hand über Ellis Bauch gestrichen.

Irgendwann, nach ein paar Monaten, hat sie gehofft, er würde es noch mal sagen. Auf der Lauer ist sie gelegen, auf der Jagd nach dem einen erlösenden Wort, nach einem Wink, einer Geste, aber dann ist das mit dem Marschall dazwischengekommen, von dem Elli nicht viel wusste, außer dass er der reichste Mann in der Region war, ein Mann, den der Alex noch von früher kannte. Das andere geht uns nichts an, hatte die Marthe gesagt, aber natürlich war es Elli etwas angegangen. Der Alex hat wegmüssen wegen dem Marschall, so flüsterte man im Dorf, man flüsterte etwas von Schulden, von Gefängnis, von Eifersucht. Und da gab es die eine Seite und die andere, und auf der Seite vom Alex standen Elli und Marthe und niemand sonst. Der Marschall war ja nicht nur die Hand, die sie fütterte, er war auch der Arm, der Bauch und der Kopf des ganzen Dorfes. Und genau so, wie sich niemand mehr an den Göring hatte erinnern können, Ehrenbürger der Stadt, und wie er auf der Burg Mauterndorf ein und aus gegangen war, genauso wenig hatte man sich an die Rolle des Marschalls erinnert, und es ist schon eher gehaucht als geflüstert worden, wenn man gesagt hat, der Marschall ist mal einer von den ganz Großen gewesen. Die Elli hatte versucht, Wortfetzen aufzufangen, obwohl die Marthe die Losung ausgegeben hatte: Für den Tratsch interessieren wir uns nicht, und was in der Familie passiert, bleibt in der Familie, wirst sehen, nächste Woche wird eine neue Sau durchs Dorf getrieben. Die Marthe sollte recht behalten. Doch gerade als etwas Ruhe einkehrte, war der Alex zurückgekommen und sein Blick war ein anderer gewesen. Die Augen noch dunkler, und nur einmal hat sie ihn lächeln sehen damals, als er ihr stolz die Wohnung gezeigt hat, am Ortseingang über dem Gasthof Hammer. Alles für euch, Elli, als Überraschung. Zum Umbauen habe ich auch schon angefangen, und zur Arbeit muss ich nur die Treppe hinunter, stell dir vor. Elli war in dem grauen Dreck der Baustelle gestanden, hatte aus dem Fenster gesehen und die ersten Wirtshausgäste unten von der blauen Nacht am Hafen singen hören. Froh war sie gewesen, dass der Alex das Kind auf dem Arm gehabt hatte. So, wie sie gezittert hatte vor Zorn, hätte sie für nichts garantieren können.

»Und sie fühlten: Herzen, die sich lieben, trennen Grenzen nicht und Ozean«.

Leise greint Alexandra in ihr Summen, und Elli tätschelt ihren Rücken.

96

Hast einen Hunger, gell.

Behutsam setzt sie das Kind in das Stühlchen, das der Alex für sie gebaut hat, steckt ihre Füße durch die Löcher und freut sich, wie die Alexandra brav vor sich hin brabbelt, als ob sie wüsste, dass es gleich was zu essen gibt. Elli holt die Milch aus der kargen Speis und gießt sie in den kleinen Topf. Sie öffnet das Fach zum Feuer und sieht, dass die Glut, die sie vor ihrem kurzen Spaziergang entzündet hat, noch lodert, und nickt zufrieden. Sie stellt den Topf auf die Herdplatte und wärmt ihn langsam für den Grießkoch auf. Immer wieder zieht sie ihn dabei in die Höhe, um ihn nach einer kurzen Pause zurückzustellen. Nicht, dass ihr die Milch überkocht. Wie oft ihr schon etwas verbrannt ist, weil sie es mit dem Einheizen vom Ofen nicht so gehabt hat, und was sie sich dann immer hat anhören müssen. Deshalb ist es ihr lieber, es dauert etwas länger. Gott sei Dank ist die Alexandra kein ungeduldiges Kind, denkt sich Elli, ein liebes Kind ist sie. Als sie letztens mit ihr allein gewesen ist und die Alexandra plötzlich zu weinen angefangen hat, nichts essen wollte, nichts trinken und auch das Umherlaufen und Vorsingen sie nicht beruhigen konnte, hat Elli irgendwann selber zu weinen begonnen. Tränen sind ihr aus den Augen geschossen, so einsam war sie, und es hat einen Moment gedauert, bis ihr auffiel, dass die Alexandra schon längst nicht mehr weinte, Ellis Schütteln hatte sie verstummen lassen, und das Schluchzen, das sie noch hörte, war ihr eigenes.

Alexandra, Elli hatte sie in ihren Armen gewogen, zu einem Gott gebetet, dass er ihr das kurze Schütteln verzieh, dass Alexandra keinen Schaden davontragen sollte, aber die hatte sie mit ihren großen dunkelbraunen Augen nur staunend angesehen, und Elli hätte schwören können – Stein auf Bein –, dass sie ihr zugenickt hatte. Seitdem gab es eine Abmachung zwischen dem Kind und ihr, einen Pakt, den sie in diesem Moment geschlossen hatten. Alexandra würde nicht mehr weinen, und Elli würde alles tun, um eine gute Mutter zu sein.

Ja, du hast ein Glück, hört Elli die Marthe sagen, fast fällt ihr das Vorratsglas mit dem Grieß aus der Hand, so erschrocken ist sie über die plötzliche Stimme in ihrem Ohr. Löffel für Löffel rührt sie die Körner in die kochende Milch. Sie kann es nicht mehr hören. Marthes Beschwörung des Glücks. Sie nimmt den Topf von der Platte, legt das Geschirrtuch darüber und stellt ihn zum Abkühlen ans Küchenfenster. Je öfter die Marthe über ihr Glück redet, desto weniger bleibt davon übrig. Über was Elli nicht alles glücklich sein soll. Darüber, dass der Alex nicht trinkt, nicht zu viel zumindest, dass er keiner anderen hinterhersteigt, dass was zum Essen da ist, ein Bett, ein Ofen, ein Gemüsegarten. Wie sollte die Marthe auch wissen, was Glück ist, was Ellis Glück ist, dass die Welt für jeden Menschen ein anderes Glück bereithält und dass dort, wo Marthes Glück aufhört, Ellis gerade erst beginnt.

Es hatte ja schon ganz früh angefangen, ihre Vorstellungen davon, was ein Glück sein konnte. Erst in ihren Träumen, dann mit den großartigen Ideen in ihrer Jugend, die alle hatten sterben müssen, mit der Helene und dem Georgie und ihren Ermahnungen, Elli müsse nur schnell sein, es packen, das Glück, und dann mit dem Alexander, der so fesch ausgesehen hatte in seinem Pelzmantel. Immer öfter hatte er sie von zu Hause abgeholt, und nach dem sechsten oder siebten Mal war er beim Vater im Wohnzimmer sitzen geblieben, hatte um ihre Hand angehalten, und Elli war hinter der Tür gestanden, hatte zugehört, sich nervös über den kleinen, leicht gewölbten Bauch gestrichen, gekichert und gehofft, dass der Vater gleich zustimmen wird, weil viel Zeit haben sie nicht mehr gehabt zum Heiraten.

Also wirklich, Elli, so was Unvernünftiges, der ist kaum aus Russland wieder daheim, und euch fallt nix Besseres ein, hatte die Ursel gefaucht, und die Elli hatte den Finger auf ihre Lippen gelegt, ihr bedeutet, dass sie ja stillhielt. Was hätte sie ihr auch antworten sollen. Sie konnte der Ursel schlecht erzählen von ihren Treffen, von dem ersten Kuss, von Alexanders Lippen auf ihrer Haut, von dem einen Teil in ihr, der Nein, und von dem anderen Teil, der Ja sagte, und von Alexanders Worten an ihrem Hals, ich pass schon auf, Elli, die alles wegwischten, jeden anderen Gedanken auflösten, bis da nur noch sie waren, hinter der alten Hütte vom Fährmann unten an der Salzach, bis da nur noch zwei Menschen waren und eine Vorstellung von Glück.

Als ihre Regel dann ausgeblieben war, hatte sie erst mal nicht gewusst, was sie machen sollte oder glauben? Im Minutentakt war sie in dem grün gekachelten Bad auf dem Toilettensitz gesessen, hatte gewartet, ihre Stoffbinde auf rote Flecken geprüft und jedes Mal enttäuscht den Rock wieder hinaufgezogen. Was sollte sie denken oder fühlen? Viel Angst hatte sie gespürt, was werden die Eltern sagen, ein erstes Gefühl, aber dann auch ein unheimliches Prickeln, ein zweites Gefühl, ihr Körper ein Haus, als ob sie etwas Heiliges an sich hätte, unheimlich war es und unglaublich. Dreimal hatten sie sich getroffen, so schnell kann man doch kein Kind machen, und außerdem, der Alex hatte doch aufgepasst.

Du hast ja aufgepasst, sagte die Elli, als der Alex sie an einem Nachmittag zum Spazieren abgeholt hatte. Sie waren die Hellbrunner Allee entlanggegangen, der Wind hatte sich in die Blätter der alten Kastanienbäume gezwirbelt und leise in Ellis Ohren gerauscht. Kein Wort von Alex, und Elli hatte es mit der Angst bekommen. Aus dem Augenwinkel konnte sie Tränen sehen, die in seinem Wimpernkranz hingen, und da war es an dem Alex, schnell ihre Hand zu nehmen und ihr zu versichern, dass es Freudentränen waren.

Du musst zum Arzt, Elli.

Wie soll ich denn, ich kann doch nicht zum Doktor, einfach so allein.

Wir werden heiraten, Elli.

Ja, hatte die Elli geantwortet, und erst später daheim im Bett, während sie dabei zusah, wie die Ursel sich sorgfältig Bluse, Rock und Unterwäsche für den nächsten Tag auf dem Stuhl zurechtlegte, hatte sie überlegt, ob das überhaupt eine Frage war, die der Alex da gestellt hatte.

Der Dr. Siegfried Weber ist ein Arzt gewesen, den der Alexander schon seit dem Krieg gekannt hat, gemeinsam hatten sie an der Front gekämpft, jeder auf seine Weise, und als sie aus dem Krieg wieder zurückgekommen waren, hatten die Amerikaner versucht, dem Dr. Weber seine Arbeitserlaubnis zu entziehen. Aber die Patientinnen haben ja so ein unendliches Vertrauen in ihn gehabt, und so viele Ärzte hatte es in Salzburg auch nicht mehr gegeben, als dass man da hätte wählerisch sein dürfen. Aber der Sigi, wie der Alexander ihn nannte, war einer von den Guten geblieben, auch nach dem Krieg. Einer, der sich zwar nach außen hin anpasste, aber im Inneren nichts vergessen hatte, die Ideen weitertrug und zu ihren heimlichen Treffen kam. Im Gegensatz zum Marschall, wie sie den Alex viel später einmal hatte sagen hören. Der Marschall hatte für alle die gleich hohen Zinsen, auch als Alex ihn an die gute, alte Zeit erinnert hatte. Die gute, alte Zeit, die gibt es nicht mehr, hatte der Marschall gesagt, und dass man sich nur anpassen können muss, dann wäre jede Zeit eine gute Zeit, und dass der Alex gut daran tue, das auch zu versuchen. Immerhin habe er Frau und Kind.

Elli kommt es wie eine Ewigkeit vor, wie aus einem anderen Leben, als der Alex sie zum Arzt geschickt hat. Dabei hatte Elli nicht verstanden, warum sie überhaupt zu einem Arzt gehen sollte. Sechs Wochen keine Regel und dann diese Brustschmerzen und das Gefühl, als ob sie von innen drin immer voller würde, aber der Alex wollte Gewissheit haben, bitte, Elli, gehst halt zum Sigi, und so hatte sie sich im Behandlungszimmer wiedergefunden, vor ihr der tapfere Sigi, wie der Alex ihn in seinen Erzählungen immer genannt hatte, ein kleiner Mann mit hauchdünnem Schnurrbart und freundlichen Augen.

Freut mich sehr, Fräulein Kirschhofer, hatte er gesagt und ihre Hand geschüttelt, was haben wir denn. Und Elli hatte ihm erklärt, dass, was sie hatte, wohl ein Kind in ihrem Bauch war, und ohne rot zu werden, hatte sie, während er sie abtastete, von ihren verfärbten Brustwarzen erzählt, den Rückenschmerzen, der morgendlichen Übelkeit, die sie vor

Ursel und den Eltern als chronischen Magen-Darm-Infekt ausgegeben hatte, und der Dr. Weber hatte nur genickt und ihr zugestimmt. Dann holen wir uns jetzt noch die letzte Gewissheit, gell, und Elli hatte ängstlich den Ärmel ihrer blauen Bluse raufgekrempelt und mit geschlossenen Augen auf das Blutabnehmen gewartet. Bitte, eine Urinprobe bräuchten wir nur, die können Sie dann nebenan in die Apotheke bringen, Fräulein, und dann wissen wir bald mehr, gell?

In der Apotheke nebenan hatte es wie im Affenhaus eines Zoos gerochen. Eine Luft war darin, schrecklich, ganz stickig und schwül, und von der Stirn des jungen Apothekers perlten dicke Schweißtropfen herunter, als er der Elli den kleinen Becher abgenommen und ihren Namen auf einer Liste notiert hatte. Morgen gegen 14:00 Uhr können Sie wiederkommen, hatte er mit einem Blick auf die anderen Becher gesagt, die da in einer langen Reihe gestanden waren, und hatte sich, ohne Auf Wiederschauen zu sagen, gebückt und war hinter der Theke verschwunden. Neugierig hatte Elli einen Blick hinübergeworfen. In einem breiten Becken am Boden hatten kleine Frösche gesessen, zehn, fünfzehn Stück, und erst jetzt war Elli das Quaken aufgefallen, das neben dem Ticken des Uhrzeigers in regelmäßigen Abständen zu hören war. Na so was, war es aus ihr herausgebrochen, und fasziniert hatte sie den jungen Apotheker beobachtet, wie der einen der Frösche behutsam aus dem Glaskasten gehoben hatte. Krallenfrosch, hatte der Apotheker ungerührt gesagt, gerade wieder reingekommen, dank dem können Sie morgen schon wissen, was in acht Monaten sein wird. Bitte, Elli hatte skeptisch auf den Frosch in seiner Hand geschaut, auf die kleinen schwarzen

Punkte, die den strampelnden Körper bedeckten, auf die weißlichen Schwimmhäute zwischen den Zehen, die bei jedem Zucken wie Pudding zitterten, wegen dem Frosch doch nicht.

Ja, was glauben Sie denn?

Und das trinken die einfach so, hatte sie verwundert gefragt.

Geh, trinken, Sie sind gut, Fräulein, gespritzt wird es, da direkt unter die Hautoberfläche, begeistert hatte der Apotheker die Kröte in der Luft geschwenkt, und es ist teuflisch sicher, weil wenn sich dann Spermien bilden in ihren Körpern, können Sie ganz –

Ein leises Schmatzen hinter ihrem Rücken. Alexandra. Fast hätte sie den Grießkoch vergessen. Schnell lehnt sie das geöffnete Fenster an, deckt den Topf ab und sticht mit einem Teelöffel in die Oberfläche, hoffentlich ist er nicht zu kalt geworden. Mit der Zunge schmeckt sie die gequollenen Körner, nein, gut ist er, genau richtig. Ganz zufrieden isst Alexandra den Brei, und Elli mag es, wie sich ihre Augen verdrehen, immer wenn sie ihr einen Löffel in den Mund schiebt. Fast kann Elli schon den Boden der blauen Schüssel unter dem hellen Grieß erkennen, bis Alexandra anfängt, mit dem Kopf zu schütteln, und den kleinen Mund fest zumacht. Ein paarmal probiert Elli es noch, stößt aber mit der Löffelspitze doch nur gegen Alexandras weiche Lippen, und zwingen kann sie das Kind ja auch nicht. Sie wischt ihr den Mund ab und stellt die Schüssel auf die Seite. Viel ist es eh nicht mehr. Hast brav gegessen, lobt sie die Alexandra. Mit Grausen muss sie an die Marthe denken, die immer dann, wenn Alexandra nicht aufessen mag, den Rest selbst löffelt. Ist doch schade drum, Elli, sagt sie dann immer, aber Elli mag den Kinderbrei nicht essen, ein ordentliches Essen mag sie, wie kurz vor Alexandras Geburt, als ihr der Alex immer ganz frisches, saftiges Fleisch vom Bauern geholt hat. Damals hatte man gesagt, liebe Grüße an den Schaffner Bauern. Heute erwähnt man den Namen lieber nicht mehr, weil der Schaffner Bauer kein Fleisch mehr günstig hergibt, sondern auch nur mehr einer von Dutzenden Gläubigern ist.

Elli seufzt. Mit wenig Geld auskommen, das hatte sie daheim schon gelernt, aber was sie nicht kannte, war, dass man das, was man verdient hat, nicht ausgeben durfte, weil es immer schon jemand anderem gehörte. Sie wischt sich die Hände ab und hebt Alexandra aus dem Stuhl, legt das Köpfchen auf ihre Schulter, schnuppert, wippt, streichelt und klopft, der kleine Rücken hebt und senkt sich gleichmäßig, die Alexandra soll ja keine Bauchschmerzen kriegen, bevor sie sie schlafen legt.

Draußen an der Tür gibt es ein Geräusch. Wie wenn man Schuhe vom Schnee abklopft. Ein Schlüssel wird in das Schloss gesteckt. Der Alex? Es ist eh offen, ruft sie laut und erschrickt sich darüber, weil Alexandra sofort die kleinen Ärmchen protestierend in die Luft hebt, ist ja gut.

Sie hört, wie vor dem Haus geflucht wird, Kruzifix, und gleich steht der Alex in der Tür, stellt seine dicken Winterstiefel unter die Garderobe, hängt die Jacke an den Haken.

Servus, sagt Elli.

Der Alex sagt nichts, schaut nur finster auf den Boden, als ob er sich wenigstens da ganz sicher sein könnte, Ellis Augen nicht zu begegnen. Wie lange es wohl heute dauert, bis er sie richtig ansieht? Elli atmet Alexandras Geruch ein, es ist ein beruhigender, reiner Duft, als wäre sie unter einer Glashaube mit dem Kind, unter der nur sie beide zählen, weit weg von allem, an einem Ort, wo es keinen Alex gibt, keine finsteren Blicke, keinen Gestank nach dem Essen von vorgestern.

Alex, die Alexandra ist hier, sagt Elli mit leiser Stimme, als sie sieht, wie der Alex auf das Kinderbettchen zusteuert. Sie dreht ihm den Rücken zu, damit er ihr Köpfchen sehen kann, wie es zufrieden an ihrer Schulter aufliegt. Vielleicht kann der Alex ja mit in die Welt hineinkommen, wenn er Alexandra nur sieht, wie sie in Ellis Armen schläft, ihren guten Geruch riecht und sich erinnert, dass das Kind, das er so abgöttisch liebt, auch ein Teil von Elli ist, dass er Alexandra nicht von Elli trennen kann und Elli nicht von Alexandra, als wäre das Kind ein Brief und Elli nur ein Wort darin, das man in Klammern setzen würde.

Bist du komplett wahnsinnig, Elli, die Stimme vom Alex überschlägt sich fast und lässt die Glashaube über ihnen platzen wie eine Seifenblase. Die Alexandra hat ja die Mütze noch auf, wie lang bist denn mit ihr schon wieder drinnen?

Wütend nimmt der Alex ihr das jetzt jammernde Kind vom Arm.

Ganz einen heißen Kopf hat sie!

Und wirklich, die Alexandra hat die Mütze noch auf, und in dem schwachen Licht der untergehenden Sonne, die sich allmählich hinterm Speiereck verkriecht, leuchten ihre roten Wangen in dem kleinen Gesicht auf wie Kohlestücke im Ofen. Dass ihr das nicht aufgefallen ist.

Ich muss es übersehen haben. Die Alexandra hat einen Hunger gehabt, als wir vom Spazierengehen heimgekommen sind und –

Spar's dir, Elli, der Alex wiegt die Alexandra sanft in seinen Armen, die gleich zur Ruhe kommt, als wollte sie Elli was zum Fleiß tun, als hätte sie das plötzliche, laute Schreien gar nicht gestört, als hätte es nie eine Abmachung zwischen ihnen gegeben, als wäre sie mehr ein Teil von ihm als von ihr.

Sie schaut aus wie der Alex, hatte die Ursel gesagt und ihre Nase gerümpft, als sie die Alexandra im Krankenhaus zum ersten Mal zu Gesicht bekommen hatte. Nicht wahr, hatte die Marthe zufrieden geantwortet, und Elli hatte gekocht vor Wut, und mit einem Mal war der ganze Stolz verflogen. Sicher, gegen die lächerlichen Gerüchte im Dorf, man könne nicht wissen, wer der Vater des Kindes sei, bei so einer *wüden Henn,* wie es die Elli ist, hatte es geholfen. Und ja, Alexandra war dem Alex wie aus dem Gesicht geschnitten, aber dass man das gleich so sagen musste, der Mutter, geradewegs nach der Geburt. Außerdem, ganz so war es ja nicht. Die Augen, das schwarze Haar vielleicht. Aber ihre Nase hatte die Alexandra gehabt, und die vollen, herzförmigen Lippen, das hatte sogar die Krankenschwester in Mauterndorf gesagt, und die hatte ihr sicher nicht schmeicheln wollen. Für die war sie eh nur ein Znirchterl gewesen, das nichts aushält, zwanzig Stunden Wehen, da haben wir schon ganz andere hier gehabt, bitte schön.

Elli beobachtet, wie der Alex das Kind behutsam in das kleine Bettchen legt, dabei ein paar Worte murmelt, die sie nicht versteht, die so liebevoll klingen, so vereint, als wären in Wahrheit der Alex und die Kleine unter der Glashaube und sie, Elli, außerhalb. Lange steht er noch so da, bis er sich wieder umdreht.

Was gibt's zum Essen?

Elli spürt, wie ihr Tränen in die Augen steigen, schluckt eine Antwort hinunter und verschränkt die Arme über ihrer Brust. Der Alex nickt. Warum schaut er sie so an? Vorher hatte sie es sich so gewünscht, nur einen Blick, ein Wort, und jetzt. Nicht aus den Augen lässt er sie. Unheimlich ist es.

Ich mach ein Licht an.

Nein!

Die Stimme vom Alex klingt jetzt ganz ruhig. Still ist es in der Wohnung. Nur durch das Mobile über Alexandras Kinderbett streift der Wind vom Küchenfenster und lässt die Metallstäbe aneinanderklirren, dass es wie der Beginn eines Märchenliedes klingt.

Was nestelt der Alex da hinter seinem Rücken herum? Elli dreht den Kopf zur Seite und stellt sich auf die Zehenspitzen, um besser sehen zu können. Der Holzboden knarrt unter ihren Hauspatschen. Was, wenn er ihr gar nicht böse ist; was, wenn er ihr eine Überraschung mitgebracht hat? Eine Schokolade vielleicht vom Greißler unten oder etwas von dem Briefpapier mit den dunklen Rosen, das sie ihm vor ein paar Wochen bewundernd in der Schaufensterauslage in Tamsweg gezeigt hat, oder, Ellis Herz macht einen Sprung, einen Schmuck vielleicht, die kleine Kette, mit den drei feinen Diamanten, die sie sich schon so lange wünscht.

Neugierig lässt Elli ihre Arme sinken und knetet aufgeregt

ihre Finger, lächelt dem Alex zu, der langsam auf sie zukommt mit den Händen hinterm Rücken. Sie schließt die Augen, atmet tief durch und öffnet sie wieder. Jetzt steht er direkt vor ihr und sieht sie mit seinen dunklen Augen nur lange an. Dann zieht er seine Hände hinter dem Rücken hervor, Elli stockt fast der Atem, vielleicht würde alles noch gut werden, sie kann gar nicht hinsehen, aber dann tut sie es doch. Etwas Großes fällt Elli vor die Füße. Etwas Dickes. Der Raum ist so dunkel, dass zweimal Hinschauen nicht reicht, sie muss schon in die Hocke gehen, um zu sehen, was der Alex ihr da vor die Füße geworfen hat.

Ein Handschuh.

Ein Handschuh? Mehr fällt dir nicht dazu ein, Elli?

Wie kann es sich nur innerhalb kürzester Zeit so abkühlen. Ellis Zähne schlagen im Takt ihrer Schritte aufeinander. Der Weg zum Bahnhof ist so kurz, wie der kleine braune Koffer schwer ist. Zwei Schritte, der Koffer wechselt die Hand, ein Schwenk nach links, zwei Schritte, der Koffer wechselt die Hand, ein Schwenk nach rechts. Der Boden hat angezogen, ist eisig, Elli muss aufpassen, dass sie nicht ausrutscht und dass ihr die Finger nicht abfrieren, so ohne Handschuh.

Die Handschuhe, weißt du's noch, die du unbedingt wolltest, abgespart hab ich sie mir, Lederhandschuhe müssen es sein, die genauso chic sind, wie sie wärmen, deine Worte, erinnerst dich?

Alex, ich.

Nix Alex. Für die Madame nur das Beste. Auslachen tun sie mich alle. Weißt, wie sie sagen? Dass du ganz eine Wilde bist, dass du dich nicht schämst, glaubst, ich sehe deine Blicke nicht?

Hör auf, Alex!

Ich hör sicher nicht auf. Von dir lass ich mir nicht den Mund verbieten. Hältst dich für was Besseres, ja? Aus der Stadt sind wir, aha, ein gutes Elternhaus haben wir, so was Verwöhntes, und den Handschuh, den brauchen wir leicht auch nicht mehr.

Ich hab ihn doch nur draußen …

Nein, brauchen wir auch nicht mehr, oder?

Ich hätte ihn doch wieder …

Gut, dann gib her!

Du hast ihn doch gefunden …

Gut, dann machen wir das Fenster auf, so …

Was machst du da?

Und schmeißen den einfach raus, weil es ist ja wurscht, oder.

Bitte, Alex.

Es ist ja alles egal, oder?

Bitte …

Jetzt hörst auf zum Weinen.

Bitte, hör auf …

Ich habe gesagt, du sollst zum Weinen aufhören, verdammt!

Au!

Was?

Mein Arm …

Elisabeth, ist das dein Ernst? Hab ich dich jemals angefasst?

Du tust mir weh!

Sag mir, ob ich dich jemals angefasst hab …

Lass mich!

Sag es mir. Ich warne dich, in guten wie in schlechten Zeiten, erinnerst dich noch daran?

Lass mich los!

Erinnerst dich nicht mehr?

Lass mich in Ruhe!

Ach, gehen willst leicht. Überleg dir das gut. Willst mich verlassen?

Ich rede so nicht mehr mit dir, ich hab mir geschworen …

Du willst nicht mehr mit mir reden?

Alex!

Ja, nimm den Koffer.

Pass doch auf …

Ja, pack schön alles ein, das rote Hurenkleid auch, sicher …

Hör auf. Das Kind!

Das Kind versteht nix, Gott sei Dank! Vergiss die Schuhe nicht, den Bleistift, deine Briefkuverts … was denkst du, was passiert, wenn du jetzt gehst, Elli? Elli, antworte mir. Du wirst nie wen anderen finden, der dich so nimmt. Hörst?

Lass es gut sein, Alex.

Du wirst nie jemanden finden, der dich so liebt.

Jetzt lass mich …

Nein, das Kind bleibt hier, wenn du …

Ich schreie, Alex, wenn du mich nicht …

Elli, hör mir zu. Ich muss doch nur die Wohnung fertig ausbauen. Bitte. Alles wird besser. Weißt nimmer, was du geschworen hast … Das Kind bleibt hier, hab ich gesagt!

Pscht, Alexandra, ist ja gut, mein Engel.

Elli bleibt auf dem kleinen Weg stehen, am Holzgatter, von wo aus sie schon die wenigen Lichter des kleinen Bahnhofs erkennen kann. Sie weiß ja gar nicht, ob heute überhaupt noch ein Zug fährt, und selbst wenn würde sie wahrscheinlich nicht weiter als bis nach Tamsweg kommen oder Mariapfarr. Und was soll sie sagen, wenn sie zu Hause ankommt, allein, ohne das Kind. Keine Wolke am Himmel, und doch kann Elli den Geruch von frischem Schnee ahnen, der ihr in die Nase steigt, der sie immer so an Kaminfeuer erinnert, holzig und nach Rauch. Sie kann die Alexandra nicht dalassen, eine Mutter kann ihr Kind nicht einfach zurücklassen. Was würden die Eltern sagen, die Ursel, die Hanni, die anderen in der Siedlung? Die Alexandra gehört zu ihr. Elli atmet die kalte Luft ein, hört über sich, auf der neu ausgebauten Straße, ein Geräusch von rollenden Reifen im Schnee, sieht ein helles Strahlen, fahrendes Licht, das zwischen den schwarzen Bäumen aufscheint, dann das laute Geräusch eines laufenden Motors.

Servus, Mizzi, die Stimme vom Marschall klingt dröhnend, dumpf und laut über das Waldstück, wo willst denn hin mitten in der Nacht? Elli braucht einen Moment, um zu verstehen, dass sie mit der Mizzi gemeint ist, mit diesem Spitznamen, den ihr der Marschall beim letzten Dorffest gegeben hatte, als sie miteinander tanzten. Sie weiß es sofort. Der Marschall kann jetzt ihre Rettung sein, ihr Schicksal, Zufall oder Glück, je nachdem, wie man es sehen will. Sie lässt den Koffer los, geht ein paar Schritte, erst vorsichtig, dann schneller, sie denkt nicht mehr an das Eis unter ihren Füßen. Sie läuft den schmalen Pfad entlang, stolpert über eine Wurzel,

111

über einen mit Moos bedeckten alten Baumstumpf, grad so kann sie vor dem Auto stoppen, atemlos mit feuchten Flecken auf ihrem verrutschten Nachthemd und blutigem Knie.

Ja sag, ist denn was passiert, der Marschall dreht die Spitzen seines Schnauzers zwischen Daumen und Zeigefinger, und sein dickes Gesicht glänzt neugierig.

Bitte, Elli beginnt zu weinen, bitte können Sie mich ein Stück mitnehmen, ich muss nach Salzburg, mein Koffer steht auch noch da unten.

Jetzt beruhigen wir uns erst mal, Mizzi.

Der Marschall mustert Elli, die in dem dünnen Nachthemd vor ihm steht, sieht den falsch geknöpften Mantel, die Haare, die wild im Schal stecken, geh Alois, holst den Koffer von der Frau Adam.

Ich –

Ich kann dich mitnehmen, sicher. Bin eh grad auf dem Weg nach Salzburg, die Frau hat wieder ins Theater müssen, ich soll sie abholen, du weißt ja, die Lungauer Kultur reißt sich laut ihr keinen Haxen aus. Der Marschall kichert in sich hinein und schaut über die heruntergekurbelte Scheibe auf Elli. Nur weißt, ganz sicher bin ich mir nicht, ich kann dem Alexander Adam ja nicht die Braut entführen, nach allem, was war.

Elli hört, wie der Alois mit einem Plumpsen ihr Gepäck in den Kofferraum fallen lässt, und für einen Moment kommt es ihr so vor, dass der Himmel über Mauterndorf noch nie so klar gewesen ist wie heute.

Kalt ist es geworden, gell, so plötzlich, der Marschall zündet sich eine Zigarre an, stößt Rauch aus.

Der Alex weiß eh Bescheid, Elli zieht den Schal fester um ihren Hals, ich würd nur noch schnell die Alexandra holen wollen.

Misstrauisch zieht der Marschall eine Augenbraue nach oben und grinst die Elli an.

Hast sie leicht daheim vergessen?

Elli kämmt sich mit den Fingern ihre Haare zurecht, knöpft den Mantel auf, das Nachthemd ist rosafarben, ein Geschenk von der Patentante zum ersten Hochzeitstag, es hat oben an den schmalen Trägern kleine, gestickte weiße Täubchen, die der Marschall genau sehen kann, wenn er mag.

Na, ich hätte ihr eine Zugfahrt nicht antun wollen, sagt Elli ruhig und knöpft den Mantel wieder zu, der Alex wäre morgen nachkommen mit ihr, aber wenn Sie mich mitnehmen können, wäre das mehr als komfortabel.

Gut, der Marschall nickt und ruft dem Alois zu, er soll die Elli nach unten begleiten und vor der Haustür warten, falls was ist, und Elli geht die kleine Lichtung hinunter, steigt geschickt über Wurzeln und Steine und denkt sich, dass es jetzt genau zwei Möglichkeiten gibt. Entweder der Alex schläft tief, wie er es meistens tut, nachdem er das Doppelte seiner Tabletten genommen hat, oder er hat gemerkt, wie die Elli aus dem Bett gestiegen ist, und wartet mit verquollenen Augen neben dem Kamin, weil er genau weiß, dass sie nicht weit kommen wird.

Aber dann ist ja immer noch der Alois da und mit ihm der Marschall, und gegen den Marschall kann selbst der Alex nichts machen, der Marschall ist ein schlauer Fuchs. Ein schlauer Fuchs, hat der Alex immer gemurmelt, aber mit einem bitteren Unterton. Die Großen haben Karriere gemacht, auch nach dem Krieg, hatte der Alex einmal wütend gesagt, und auch Ellis Einwand, dass der Marschall immerhin im Lager Glasenbach interniert worden war, auf die Seite geschoben. Woher weißt das schon wieder, hatte der Alex sie lauernd gefragt, und als Elli antwortete, na ja den Tratsch kennen alle im Dorf, hatte er nur bellend gelacht. Das Lager an der Alpenstraße sei ja ein Paradies gewesen, dort hätten sich die Großen ja überhaupt erst zusammengetan, Politik sei das gewesen, kein Hunger, keine Krankheiten. Die einzig große Krankheit sei die Langeweile gewesen, oder wie könnte Elli es sich sonst erklären, dass die Insassen dort genug Zeit hatten, eigene Spiele zu erfinden, Brettspiele zu bauen, das Kaufmännische Talent als KZ-Variante, das war der ganze Stolz vom Marschall, so ein Held, glaubst, wir haben in Russland Zeit zum Basteln gehabt, was sagst jetzt?

Vorsichtig öffnet sie die Haustür. Sie will nicht daran denken, was für ein Mensch der Marschall ist, der Marschall ist einer von ihnen, und außerdem mag der Marschall sie, das weiß sie genau.

Und eine Glashaube kann man über alles stülpen. Und überall. Das ist so sicher, denkt sich die Elli, wie das Amen in der Kirche, so sicher, wie dass nach einem Winter der Sommer wiederkommt. Auch wenn man es sich manchmal kaum vorstellen kann.

Sommer 1959

Es ist Sommer. Und so ein heißer Tag, dass sich sogar die Stubenfliegen zu schade sind, herumzufliegen. Fünfzehn Stück hat Alexandra schon gezählt, und es ist schwer, sich nicht zu verzählen, weil die Großmutter beim Strudelteigschlagen so ächzt und schimpft.

Winzige Schweißperlen laufen ihr über das weiße Gesicht, wie Papier, denkt Alexandra, während die Großmutter versucht, sich mit dem Handrücken die Stirn abzuwischen, damit nichts in den guten Teig kommt. Apfelstrudel backen ist etwas Besonderes und Apfelstrudel essen noch mehr. Alexandra graust es aber vor dem Strudelessen, nur die Äpfel mag sie, obwohl die das Billigste am ganzen Kuchen sind. Die besten sind es, und ganz umsonst gibt's die bei uns, sagt der Großvater immer stolz. Umsonst, wiederholt die Großmutter dann lachend, du bist gut, nix ist umsonst, und Alexandra glaubt, dass die Großmutter heimlich froh um die Fruchtpause ist, die es in jedem zweiten Jahr gibt. Der Küchentisch ist dann nicht voll mit großen gelben Äpfeln, die ja verarbeitet werden wollen zu Kompott, zu Apfelmus, zu handtellergroßen Rädern, die in dicken Teig getaucht und in siedendem Fett ausgebacken werden.

Es hatte Jahre gegeben, in denen der Apfelbaum unter der Last seiner Früchte noch mehr gestöhnt hatte als die Groß-

115

mutter beim Teigausziehen, das muss im Jahr nach dem Krieg gewesen sein, im November; die ganze Siedlung haben wir mit unseren Äpfeln durch den Winter gebracht, hat der Großvater ihr unter hellgrünen Blättern erzählt und die Größe der Äpfel mit ausgestrecktem Finger in der Luft nachgezeichnet. So groß, hat die Alexandra ungläubig gefragt, dass der Großvater sie auf den Arm genommen und zu einer Blütenknospe hinaufgehoben hat, so groß wie deine Augen gerade und so viele, ich habe noch nicht mal eine Leiter zum Pflücken gebraucht, stell dir vor.

Geh bitte rutsch auf die Seite, die Großmutter stößt Alexandra mit dem Ellbogen in die Rippen, du siehst doch, dass ich jetzt den Teig ausziehen muss. Alexandra rutscht langsam zum Kopfende, wo der Großvater immer sitzt, schaut der Großmutter zu, wie die ein kariertes Geschirrtuch ausbreitet, sauber muss es sein, ja? Alexandra nickt, sauber ist es und so lang, dass sie noch ein wenig mehr auf die Seite rücken muss, vielleicht fällt ihr der Teig auf den Boden, vielleicht gelingt er ihr heute einfach nicht und wir kriegen stattdessen Arme Ritter. Sie kann sich die Hände der Großmutter vorstellen, wie sie Eier in einem tiefen Suppenteller mit der Gabel schaumig schlagen, wie sie das in dicke Scheiben geschnittene Weißbrot durch die gezuckerte Eimasse ziehen, wie das Brot beim Hineinbeißen zwischen ihren Zähnen knuspert und das Zimtpulver scharf auf der Zunge kitzelt. Arme Ritter, da brauch ich ja mindestens ein Dutzend Eier, die Großmutter schüttelt den Kopf, außerdem isst der Opa den Apfelstrudel so gerne, das weißt du doch. Dann aber bitte ohne Rosinen, Oma. Du bist gut, ohne Rosinen, Rosinen müssen hinein, sagt sie bestimmt und greift nach einer alten Zeitung. Sorg-fältig befeuchtet sie ihre Fingerspitzen mit Spucke, blättert, sucht nach einem Teil, den niemand mehr lesen mag, nicht der Sport, erklärt sie, den liest der Opa gern noch einmal, Politik und Wirtschaft, sie nickt dem Blatt zu, nickt Alexan-dra zu, mit Politik haben wir nix zu schaffen, sagt sie, aber Alexandra weiß genau, dass das nicht stimmt. Sie kann sich nämlich gut erinnern an die Wahl vor ein paar Monaten, es muss kurz vor dem großen Unwetter gewesen sein; der viele Regen hatte die Salzach in einen reißenden braunen Strom verwandelt, und vom Geländer der Staatsbrücke aus hätte man mit den Fingerspitzen fast die klatschenden Wellen er-reichen können, wenn man etwas längere Arme gehabt hätte und nicht, wie Alexandra, eine kreischende Urseltante hinter sich, wart ab, bis wir daheim sind, was der Opa sagt.

Ja wirklich, Alexandra hatte den Großvater noch nie so ernst erlebt; knietief war er mit der Großmutter im drecki-gen Wasser des Kellers gestanden. Das ist kein Spaß, Alexan-dra, sagte er, und die Falte auf seiner Stirn tat ihr weh, war viel schlimmer als die Ohrfeige, die sie von der Mutti bekam, nachdem die den zitternden Weberknecht in ihrer Mantel-tasche gefunden hatte. Alexandra weinte. Sie weinte die feine Linie in Großvaters Gesicht weg, jetzt musst aber aufhören, sonst steigt das Wasser wieder, weinte sich die Arme der Großmutter um ihren Körper, dieses Jahr bleibt uns auch nix erspart. Die Großmutter seufzte laut auf, wie sie es auch am Wahlabend ein paar Monate vorher getan hatte, als der Groß-vater mit ihnen in der kleinen Küche gestanden und verkün-det hatte: Bei uns wird nur mehr Rot gewählt.

117

Geh Paul, hast eh recht, hatte die Großmutter versucht, ihn zu beruhigen. Die Urseltante aber hatte ihrem Vater nicht in die Augen, sondern fest auf den Boden geschaut. Lass ihn halt reden, hatte die Alexandra die Mutti der Tante zuflüstern hören, weil, er wird ja wohl kaum mit dir in die Wahlkabine hupfen. Alexandra wusste also schon so einiges über Politik, dass man sich stritt, sobald es darum ging, dass es die Roten gab, die man wählen musste, dass einem nichts erspart blieb und dass der Großvater den anderen Leuten nicht in die Wahlkabine nachsteigen konnte. Obwohl sie sich bei Letzterem nicht so sicher war.

Die Großmutter legt das Zeitungsblatt auf den Tisch. So dünn muss der Teig sein, dass man die einzelnen Sätze drunter lesen könnt, wenn man ihn drüber ausbreitet, wirst sehen.

Alexandra nickt, sie kann schon gut lesen, sie liebt es ja, nur die Zeitungen sind langweilig, da bringt es alles nichts, das Lesenkönnen, Klassenbeste sein und von der Lehrerin im Zeugnis einen Einser zu bekommen, wenn die Worte doch nur wieder zu Buchstaben werden und bedeutungslos in ihrem Kopf herumschwirren wie Zaubersprüche aus einer Welt, die man nicht versteht.

Außerdem, mein Lieblingsfach ist eh das Singen, erzählt sie der Großmutter.

Singen, die Großmutter schaut sie zweifelnd an. Alexandra presst beleidigt ihre Lippen aufeinander, sagt nichts mehr, sogar das Apfelstück schlägt sie aus, das die Großmutter ihr vor die Nase hält. Jetzt sei nicht so, die Großmutter hat Angst, dass sie jetzt niemanden mehr hat zum Reden, alleine Teig ausziehen ist auch fad, da ist es sogar besser, die Alexandra singt was. Na gut, was singst denn gerne, fragt die Großmutter versöhnlich, sing mir halt was vor.

Alexandra fängt an zu singen, nachtragend ist sie nicht. Sie singt ein Lied, das sie am Geburtstag vom Pepi gehört hat, von einem Sänger, der Rocco Granata heißt. Wie schön es gewesen war, durch den Garten zu rennen, mit Gänseblümchen in den Haaren Butterbrote zu essen, die dick mit Kakao bestäubt waren, und jedes Lied im Radio mitzusingen. *Marina, Marina, Marina, du bist ja die Schönste der Welt.* Der Pepi war stehen geblieben, hatte mit seinem Finger ein Stück von den roten, steif abstehenden Lacksplittern vom Holzzaun gezogen und sie mit seiner breiten Zahnlücke angelächelt. Du könntest auch gut so heißen, hatte er gesagt, auf dem Splitter gekaut, und in Alexandras Bauch war es ganz warm geworden, die Wärme hatte auch noch angehalten, als sie schon wieder daheim gewesen war und es der Mutti erzählt hatte. Die hatte ihr die dreckigen Schuhe ausgezogen und geschimpft, so was wirklich. Wieso, der Pepi hat ja auch, sogar seine Hose ist ganz dreckig gewesen, ja, und bist du ein Bursch oder, die Mutti hatte sie zornig angeschaut, und jetzt hör mir auf mit dem Schmarren, Marina. Dabei hätte es doch gerade der Mama recht sein müssen, wenn sie anders geheißen hätte, ihr Name war es ja auch, der sie so an ihn erinnerte.

Alles, einfach alles an ihr erinnert die Mutti an ihn: ihre dunklen Augen, die schwarzen Haare, ihr Blick. Das Dirndl schaut ja wirklich aus wie der Herr Papa. Manchmal war sie abends nach dem Waschen vor dem großen, alten Spiegel mit dem Riss gestanden, weit weg und dann wieder ganz nah, hatte an ihrem Gesicht gedrückt, gezogen und gehofft, dass auch sie ihn da wiederfinden könnte. Wie eine große Ungerechtigkeit war es ihr vorgekommen, dass er für alle anderen so deutlich zu sehen war, während er in ihrer eigenen Erinnerung immer mehr zu verblassen schien.

Dein Chic und dein Charme, der gefällt, Marina, Marina, Marina.

Du, ist eh schön, unterbricht sie die Großmutter, aber ein bissel leiser bitte.

Gut, denkt sich Alexandra, die Großmutter mag halt die modernen Lieder nicht so, das versteh ich, sagt der Großvater ja auch immer, dass sie sich schwertut mit den modernen Zeiten. Sie summt nun leise vor sich hin, schlägt mit den Fersen gegen das Tischbein, so lange, bis die Großmutter sie böse anschaut und drohend den Finger hebt, jetzt ist es aber gut.

Brav schaut sie sich die Bilder in der Zeitung an, über die die Großmutter stolz den Strudelteig ausbreitet, na schau. Der Teig ist wirklich so dünn, dass man die Menschen auf den Fotos erkennen kann; eine Gruppe von Männern, fast alle mit gerunzelter Stirn und sorgenvollem Blick. Einer hat eine Brille auf, lustig sieht er aus, wie eine … Ja, wie eine Eule. Der andere ist jünger, er sieht traurig aus und ein bisschen auch wie. Sie hält die Luft an. Ein bisschen sieht er aus. Wie der Papa. Dieselben dunklen Haare und die Nase erst. Alexandra schaut sich nach der Großmutter um, die ihr den Rücken zugedreht hat und nach den Rosinen sucht. Ist er es? Aber die Lippen sind anders. Mit ihrem Finger sticht sie vorsichtig ein kleines Loch in den Teig, fährt die Umrisse ab, bis das Loch größer wird. Darunter, schwarz und weiß, setzt sich allmählich ein Gesicht zusammen, sie zieht das Loch mit Daumen und Zeigefinger noch ein bisschen weiter auseinander, erkennt Nase, Augen, Haare, Mund.

Nein, enttäuscht schüttelt sie den Kopf, das ist er nicht, denkt sie. Viel schöner ist er.

Was hast gesagt, wer ist schöner, fragt die Großmutter, da entdeckt sie das Loch im Strudelteig, bist du narrisch, aufgeregt fährt sie sich mit den mehlbenetzten Fingern durch die Haare, nicht eine Minute kann man dich alleine lassen.

Oma, sagt Alexandra hustend, hast ganz weiße Haare vom Mehl. Jetzt weiß ich, wie du mal ausschaust, wenn du alt bist.

Die Großmutter fängt an zu lachen, ganz laut lacht sie jetzt. Dieses Kind, sagt sie kopfschüttelnd, während sie den Teig an den Ecken zusammenklappt, ihn seufzend zu einer neuen Kugel rollt und die Alexandra laut zu singen anfängt.

Dieses Kind.

Dieses Kind, ruft der Großvater, während er die Tür hinter sich ins Schloss fallen lässt, dieses wunderbare Kind. Alexandra springt lachend vom Küchentisch, Opa, ruft sie, wo warst du denn.

Bier hab ich geholt, der Großvater nimmt sie auf den Arm. Rauchen war er, keift die Großmutter von hinten, ich riech es ja. *Chruschtschow*, der Großvater wirft einen anerkennenden Blick auf die Zeitung und lächelt, als er in Alexandras verständnislose Augen sieht, was denkst du? Ein bisschen vielleicht, antwortet Alexandra, und sie ist dem Großvater nicht böse, als der zu lachen anfängt. Er wird es ihr später erklären, am Abend in dem grünen Sessel, wo er ihr immer alles erklärt, und außerdem, wie kann man böse sein auf einen wie den Großvater, der jetzt die Hand an die Schläfe legt, vor seiner Frau salutiert, nix ist älter als die Zeitung von gestern ruft und zu singen beginnt; Margaretha, Margaretha, Margaretha, du bist ja die Schönste der Welt. So geht das Lied doch gar nicht, Opa, flüstert Alexandra ihm ernst zu und tippt mit ihrem klebrigen Finger auf seine Nase. Weiß ich, sagt der Großvater, aber ich find halt meine Frau am schönsten. Er setzt Alexandra auf den Stuhl mit dem weichen Kissen, wo die Großmutter sonst immer sitzt, wenn sie Strümpfe stopft oder Erdäpfel schält. Tänzelnd geht er auf sie zu, ganz fein sieht er aus in seiner schwarzen Stoffhose mit den Bundfalten, und Alexandra fragt sich, seit wann der Großvater zum Bierholen das gute Jackett mit dem weißen Einstecktuch am Revers trägt.

Pflanzen kannst wen andern, faucht die Großmutter, als er versucht, sie von hinten zu umarmen. Alexandra sitzt ganz still auf dem Stuhl, sie weiß, dass man so was nicht oft sieht, schon gar nicht bei den Großeltern, und dass der Großvater die Großmutter umarmt, obwohl die ganz schwitzig und voller Mehl ist. Es muss etwas Besonderes passiert sein, denkt sich Alexandra, ich darf nicht vergessen zu fragen.

Die Großmutter sagt wieder, pflanz mich nicht, Paul, aber in Wirklichkeit hat sie schon aufgegeben. Alexandra kann es an ihren Augen sehen, die auf einmal so einen Glanz bekommen, wie wenn der Großvater von ihrem ersten gemeinsamen Weihnachten erzählt. Arm waren sie gewesen, und Geschenke hatten sie auch keine gehabt, und trotzdem waren sie glücklich.

Vor lauter glänzenden Augen muss die Großmutter den Strudelteig vergessen haben, den sie noch in der rechten Hand hält. Alexandra möchte rufen, dass sie aufpassen soll, aber stören will sie nicht, und faszinierend ist es auch. Wie sanft der Großvater der Großmutter jetzt von der Schulter den Arm hinabstreicht, bis seine langen Finger ihre Hand erreichen, die er fest drückt. Und wie die Großmutter ihre Stirn an seine Brust legt, der Großvater ist ja fast zwei Köpfe größer als sie, und dabei seufzt. So machen sie einige Schritte durch die kleine Küche, ein paar Fliegen wecken sie dabei auf, bemerken kichernd, wie die Insekten sich in weiten Kreisen brummend um ihre Köpfe bewegen, doch Alexandra scheinen sie vergessen zu haben, die sich mit ihren Händen auf dem Stuhlkissen abstützt und ganz leise durch den offenen Mund die feuchte Luft einatmet. Die Großeltern tanzen.

Da ist was, das sie nicht kennt, ein Gefühl, etwas Unbekanntes, als ob ihr Magen Stück für Stück ein wenig in die Höhe gezogen würde. Heiß ist ihr. Sie hält sich am Stuhl fest, sieht, wie der Großvater der Großmutter ans Kinn fasst. Schön findet der Großvater seine Frau. Er findet sie schön, obwohl die Großmutter so dick geworden ist, trotz der vielen kleinen Härchen auf ihrer Oberlippe, und lieb hat er sie, auch wenn sie so viel schimpft und er zum Rauchen, selbst im Winter, immer rausgehen muss. Alexandras Finger rutschen von der Stuhllehne ab. Ihre Hand ist feucht, sie schwitzt, mehr als die Großmutter beim Strudelschlagen, schwarze Punkte tanzen vor ihren Augen. Die Großmutter. Auch sie liebt den Großvater, obwohl er sie manchmal anlügt, er kauft sich täglich zwei Bier und nicht eins, das weiß die Alexandra, und die Großmutter weiß das auch, und trotzdem liebt sie ihn.

Dunkel und dicht, aus den einzelnen Punkten werden viele, sie kann die Küche kaum noch erkennen, die Großeltern nur mehr erahnen. Ihr Mund fühlt sich taub an, und der Magen, als ob er unter ihr Kinn rutschen würde, als wäre alles vertauscht, unten ist oben, oben ist unten, Füße wachsen ihr aus den Haarwurzeln und zwei Hälse aus ihren Beinen. Gerade noch glaubt sie zu sehen, wie der Großvater Großmutters Hand langsam an seine Lippen führt, aber wie sie sich berühren, das sieht sie nicht mehr.

Später kann keiner mehr sagen, ob der Großvater der Großmutter einen Handkuss gegeben hat, nur Alexandra wird darauf bestehen, obwohl sie es ja gar nicht wissen kann, da sie genau in dem Moment den Stuhl losgelassen hat, ein Strudelteig ist durch die Luft geflogen, zwei Gesichter haben sie ganz erschrocken angeschaut, und Alexandra hatte das Gefühl gehabt, den Boden unter den Füßen zu verlieren.

Opa.

Dunkel ist es. Es muss sie jemand ins Bett gebracht haben. Opa, ruft Alexandra. Ihr ist schlecht. Opa. Lauter kann sie nicht rufen, der Kopf tut ihr weh. Oma, probiert sie jetzt, Oma. Ursel, schreit sie dann, Ursel.

Langsam setzt sie sich im Bett auf. Mutti, ruft sie. Wie dick die Tränen sind, die von den Augenwinkeln zu ihrer Nase herunterrinnen und von dort aus in einem breiten Kanal Richtung Mund. Sie hat das Gefühl, an einem Salzstein zu lecken, wie die Lungauer Kühe es im Sommer tun, so salzig ist ihr Mund und so trocken. Ob sie aufstehen kann? Sie setzt ihre Füße vorsichtig auf den kalten Boden, sogar das Nachthemd hat man ihr schon angezogen, das weiße aus Leinen, das ihr die Ursel zum letzten Geburtstag geschenkt hat. Du wächst eh so schnell, hat sie verärgert gesagt, als die Alexandra zur Belustigung vom Großvater beim Gehen dauernd über ihre eigenen Füße gestolpert war, so hast länger was davon. Kleines Nachtgespenst, hat der Großvater seitdem immer zu ihr gesagt, wenn sie abends nochmal auf einen Sprung zu ihm runtergeschaut hat, um ein bisschen zu ratschen oder etwas im neuen Fernsehgerät zu schauen.

Der Großvater sitzt nicht vor dem Fernseher. Die Vorhänge sind zugezogen, ganz schwarz ist es im Zimmer, und das Ticken der Uhr ist das einzige Geräusch, das man hören kann. Wie spät es wohl ist? Sie überquert den weichen Teppich, geht weiter mit ausgestreckten Armen, jetzt müsste der Ohrensessel kommen, die Fingerspitzen fühlen im Schwarz die kleine Kredenz, die Knie den Nierentisch. Es ist unheimlich, dunkel und ruhig. Wenn sie sie bloß nicht alleine gelassen haben. Nein, da sieht sie Licht. Die Tür zur Küche ist einen Spaltbreit offen, sie hört Gabeln, die auf Porzellan kratzen, hört die Großmutter schnaufen, sieht immer mal wieder das Bein vom Großvater, wie es am Boden auf und ab wippt, kann den Tisch erkennen, das Küchenfenster, und wenn sie sich an die Wand presst, gibt der schmale Spalt auch einen Blick auf die Haustür frei, auf die sorgfältig aufgereihten Hauspatschen an der Garderobe. Gott sei Dank, es ist jemand da. Auch das Wohnzimmer ist kein schwarzes Loch mehr, die

Augen gewöhnen sich schnell an das wenige Licht, und im Raum sieht es aus wie in dem Holzschnitt, der bei Pepis Eltern im Flur hängt; es gibt nur schwarz und weiß, hell und dunkel.

Viel zu dünn ist das Dirndl, hört Alexandra die Großmutter sagen, ist ja kein Wunder, dass sie einfach umkippt. Essen tut sie mir fast nix, und ich kann nicht jeden Tag Arme Ritter machen oder Palatschinken.

Warum kannst du das eigentlich nicht, hört Alexandra den Großvater dumpf murmeln.

Ich bitte dich, Papa, sei nicht so.

Die Mutti. Alexandra kann ihre Stimme hören, aber sehen kann sie sie nicht.

Wie soll ich nicht sein. Die Stimme vom Großvater wird lauter.

Paul, sagt die Großmutter.

Elli, du bittest mich nicht mehr. Bevor du mich je wieder um etwas bittest, wirst du das Dirndl bitten.

Mama, ich geh, hört Alexandra die Mutti sagen, mit dem Papa ist heut nicht zu reden.

Du bleibst, die Stimme vom Großvater überschlägt sich. Opa, flüstert Alexandra erschrocken. Die Haustür wird geöffnet. Elli, setz dich, Alexandra hört die ruhige Stimme ihrer Tante, setz dich, hab ich gesagt. Papa, bitte hör auf zu schreien, man hört dich bis zum Gartentor. Ursel Gott sei Dank, die Großmutter sinkt in ihren Stuhl.

Schönen Hochzeitstag, Mama. Die Stimme der Tante klingt so nüchtern und unbeteiligt, als würde sie im Radio die Nachrichten ansagen, aber einen schönen Blumenstrauß

126

aus weißen und gelben Blüten übergibt sie der Großmutter und dem Großvater eine hohe, dünne Flasche, schönen Hochzeitstag, Papa, so eine, wie der Großvater auf der Kommode beim Fernseher stehen hat, aus der er sich nur an ganz besonderen Tagen ein kleines Glas einschenkt.

Ursel, so teuer, die Stimme der Großmutter klingt gerührt und vorwurfsvoll, wir wissen eh, dass du nicht so viel hast grade.

Dank dir recht, Ursel, sagt der Großvater.

Ich muss ihnen auch gratulieren, denkt sich Alexandra. Außerdem ist der Boden kalt unter ihren nackten Füßen, und wer weiß, vielleicht gibt ihr der Großvater noch einen Kuss. Sicher wird er nicht böse sein, dass sie ihnen den schönen Tag verdorben hat, und wenn sie lieb fragt, macht die Großmutter ihr bestimmt noch einen Kakao. Die Mutti wird sich auch freuen, sie zu sehen, und das Gesicht von der Tante erst, wenn sie im Türspalt auftaucht. Sie kichert.

Was ist?

Was?

Ein Schluchzen.

Elli?

Weint die Mutti etwa?

Ich habe es vergessen. Es tut mir so leid, ich hab nix für euch.

Aber, Elli. Die Stimme der Großmutter ist sanft, Elli, brauchst uns nix schenken. Freuen tun wir uns, dass du da bist, sie hebt den Kopf und nickt der Ursel zu, dass ihr beide da seid.

Aber der Papa, kann Alexandra zwischen den einzelnen

127

Schluchzern hören, der Papa ist böse auf mich. Schmarren, sagt die Großmutter, Sorgen macht er sich, geh Paul, du bist nicht böse auf die Elli.

Paul, fragt die Großmutter noch mal scharf, als sie keine Antwort bekommt, geh, bist nicht böse.

Alexandra sieht den Großvater mit der Ursel vorm Küchenfenster stehen, wie sie auf die Himbeersträucher schauen, den Johannisbeerstrauch, auf die Brombeeren. Kann sein, sie können eine der Elstern beobachten, die am späten Abend immer wiederkommt und nach den Beeren pickt, die ihr die Hitze oder die Alexandra übrig gelassen haben.

Paul.

Die Ursel nimmt die Hand vom Großvater, der Großvater seufzt, lässt die Hand los und setzt sich an den Tisch. Bin eh nicht böse auf dich, Elli. Bin ich eh nicht.

Da ist jemand draußen.

Wer soll denn da draußen sein, ist doch schon weit nach neun, sagt die Mutti.

Schau du raus, sagt die Ursel.

Lass dir halt mal endlich eine Brille machen, so was Eitles, die Mutti geht zum Fenster.

Was ist, Elli?

Elli?

Der Alex.

Was, fragt die Großmutter ungläubig.

Der Alex steht draußen.

Der Alex, fragt der Großvater.

Der Papa, sagt die Alexandra hinter der Tür.

Elisabeth, du bleibst hier.

Paul, dein Hut, hört sie die Großmutter sagen, hört, wie die Tür ins Schloss fällt.

Ich hab ihm eh gesagt, er soll nicht herkommen, sagt die Mutti.

Alexandra hört die Ursel verächtlich schnaufen.

Ich hab ihn sicher nicht darum gebeten zu kommen, Ursel, die Stimme der Mutti klingt aufgebracht.

Er ist also einfach so vorbeikommen?

Elli.

Einen Brief hat er mir geschrieben, flüstert die Mutti.

Alexandra beißt sich auf ihre Unterlippe. Er kann gar keinen Brief geschrieben haben, denkt sie sich. Die letzte Karte hat er mir zum Geburtstag geschickt. Ob er nur an die Mutti geschrieben hat? Das kann nicht sein, er hat ihr doch versprochen, dass er immer auch einen kleinen Brief für sie dazutun wird.

Hast ihm zurückgeschrieben, fragt die Großmutter.

Eh nicht, sagt die Mutti leise.

Es kann nicht sein, denkt Alexandra.

Ein Klopfen. Geh Ursel, mach dem Papa auf.

Er ist weg, sagt der Großvater.

Er ist weg, dröhnt es in Alexandras Ohren, und in ihrem Mund ein Geschmack. Wie Eisen.

Sie schaut auf das weiße Nachthemd hinunter, feine rote Sprenkel sieht sie, kleinere Tröpfchen am Bauch unten, dicke Tropfen, ganze Landschaften gleich unter ihrem Kinn. Er ist weg. Erschrocken fährt sie sich mit dem weiten Ärmel über den Mund, spürt mit ihrer Zunge nach den Zähnen, kann alle

129

fühlen, bemerkt einen Riss in ihrer Lippe, schmeckt Blut. Er ist weg. Der Ärmel saugt das letzte Rot auf.

Schnell rafft sie das lange Nachthemd zusammen, läuft los, stolpert, der Tisch fällt um, Herrgott, was war jetzt das, ein Loch im Nachthemd, die Kredenz wackelt, das Dirndl. Fast fällt sie über den Stuhl, reißt die Arme in die Höhe, schnell das Hemd drüber und über den Kopf, kurzes Schwarz in der Dunkelheit, das Kind, beinahe rutscht sie auf dem Wohnzimmerteppich aus, den Stoff schnell über den Kopf, Alexandra, zwei Stufen auf einmal die Treppe hinauf, die Arme klatschen gegen die nackten Hüften, Alexandra, bleib da, sie steigt auf den Dachboden, schnell, schnell, schnell.

Einen Mann sieht sie. Für einen kurzen Moment scheint es so, als würde er sich nicht wegbewegen, sondern mit langsamen Schritten auf das Haus zukommen. Er trägt einen braunen Hut, eingezogene Schultern hat er und seine Hände tief in den Taschen versteckt.

Der Hut wird immer kleiner. Blass reiht er sich zwischen den blauen Köpfen der Hortensien am Ende der Gasse ein und verschwindet. Alexandras Gesicht ist nass. Mit der Zungenspitze fährt sie in ihre Mundwinkel. Es schmeckt nicht mehr nach Blut. Aber salzig auch nicht.

Tränen, die man aus Wut weint, sagt der Großvater immer, schmecken nach nichts.

Sommer 2003

Wenn in Salzburg Festspiele sind, erhitzen sich die Gassen mehr als sonst, Menschen schwitzen einander an, Touristen und Festspielgäste, die aus Läden, Hotels und großen Reisebussen in die Stadt hineinquellen. Wie der Schaum einer Meereswelle, der an den Strand gespült wird, denkt Eva und wischt sich die blonden Strähnen aus dem Gesicht, die an ihrer Stirn kleben. Sie steht am Ende der Gasse, bei der Bushaltestelle, neben dem großen Uhrengeschäft, gegenüber vom Kleider Halmisch, wo sie ein Mädchen im Spiegel auftauchen sieht, dick wie eine weiße Made, mit großen Schweißflecken unter den Armen, und die Uhren beim Uhrmacher Nowak müssen schon ein paarmal läuten, bis Eva zugeben kann, dass sie es ist, die sie da im Spiegel sieht, mit müden Augen und fettigen Haaren.

Neben dem großen Spiegel, über die Straße drüber, wenn man die Linzergasse weitergeht, beim Hofwirt vorbei, gleich hinter der neuen Sparkasse, keine fünfzig Meter entfernt, in dem alten hellgelben Haus, da ist die Gynäkologische Praxis, wo der Dr. Huber auf sie wartet, wo die Sprechstundenhilfe wartet und von wo aus die Mama sie anrufen wird, wenn sie nicht bald da ist. Eva hebt den Kopf und holt mit ihrer feuchten Hand das Handy aus der Hosentasche. Es ist zehn Minuten vor elf.

Wann ist es das letzte Mal so heiß gewesen. Sicher, in ihrer Kindheit hatte es Sommer gegeben, in denen man jeden Tag bei Sonnenschein ins Schwimmbad ging, aber seit sie erwachsen war, ist es immer darum gegangen, den einen verregneten Sommer mit dem vorherigen zu vergleichen. Das muss sich um die Zeit herum geändert haben, als sie noch immer nur mit einer Badehose schwimmen gegangen war; die anderen Mädchen hatten sie ausgelacht, warum hast du nix für oben, sie muss so zehn, elf gewesen sein, als sie herausfand, dass sie für das Nichts, was sie hatte, etwas brauchte, dass sie ein Mädchen war oder eben kein Mädchen mehr, dass es da Unterscheide gab, die es herauszufinden galt.

Eva kann gar nicht sagen, wann sie sich das erste Mal wirklich als Frau gefühlt hat, aber darüber gelesen hat sie schon viel. In der *Bravo* stand, dass ein Mädchen dann zur Frau wurde, wenn es zum ersten Mal seine Periode bekam, und auch wenn es Eva eher so vorgekommen war, dass man dann zur Frau wurde, wenn man die Bändchen eines Stringtangas besonders hoch über die Jeanshose zog, hatte sie seitdem Morgen für Morgen in der bunten Bettwäsche gelegen, sich ängstlich zwischen die Oberschenkel gefasst, immer in der Hoffnung, dass da nichts Nasses wäre. Als es irgendwann doch passierte, war es mehr wie ein Unfall gewesen. Es ging zu schnell, als dass Eva es hätte begreifen können, es wäre auch schnell wieder vorbeigegangen, hätte sie nicht die schmutzige Bettwäsche waschen wollen und wäre die Mama daraufhin nicht stutzig geworden. Also hatte die Mama an dem einen Ende des Lakens gezogen, die Eva am anderen, so war das hin- und hergegangen, irgendwann war das blutige

132

Ding auf dem Boden im Bad gelegen, die Mama hatte nur Oha gemacht, und Eva hatte gar nichts hören wollen, sich auch nicht als Frau gefühlt, warum sollte sie, nur wegen der Schmerzen? Und auch die Mama hatte nur die Wäsche gewaschen und ihr eine Packung mit Tampons auf den Nachttisch gestellt, es war nicht darüber gesprochen worden, über das Frausein nicht, über die Periode nicht, und Eva hatte diese Gedanken dorthin getan, wo alles andere war, über das sie nicht sprach, wo auch die Lust war, die sie immer noch nicht verstand, und hatte sich gefragt, ob das eine mit dem anderen zusammenhing.

Wann sie sich das erste Mal als Frau gefühlt hatte, das hatte der Dr. Huber so natürlich nicht gefragt, aber das Datum ihrer letzten Periode hatte er wissen wollen, dabei über seinen Brillenrand in den Computer gesehen, als ob er dort eine Antwort fände.

Und was möchtest du, hatte er Eva gefragt und von dem Bildschirm weg in ihr Gesicht geschaut.

Ich weiß nicht, hatte Eva leise geantwortet.

Wie alt bist du denn.

Sie ist gerade siebzehn geworden, hatte die Mama mit einem Räuspern geantwortet.

Das ist aber auch wirklich sehr jung.

Ja hatte die Mama gesagt, Ja hatte auch die Eva gesagt.

Die Uhren an der Wand des Uhrmachers Nowak schlagen elf, sie ticken laut, durch die Schaufensterscheibe, so kommt es ihr vor. Eva kann das monotone Geräusch in ihrem Kopf fast spüren. Es gibt sie in allen möglichen Farben und Größen; schlichte schwarze Reisewecker, kleine Küchenuhren,

Kuckucksuhren und Uhren für Kinder in bunten Farben, mit Figuren darauf, die sich umarmen oder an den Händen halten. Wie viel schneller die Zeit zu vergehen scheint, je mehr Uhren es gibt, so als hätten sie alle eine Art Zauberkraft, die sich verdoppeln, verdreifachen, vervierfachen würde, je mehr von ihnen sich an einem Ort befänden. Wenn es solch eine Zauberkraft gäbe, müsste aber auch das Gegenteil möglich sein. Alle Uhren aus dieser Stadt entfernen, alle, auch die beim Glockenspielturm, und so die Zeit zurückdrehen. Allein die Vorstellung: Einfach so bei den Leuten in die Häuser marschieren und die Uhren abmontieren. Und wäre das geschafft, müsste man immer noch alle Armbanduhren abgreifen, unmöglich wäre das, denkt Eva sich. Und wenn man nun die Zeit nicht zurückdrehen kann, dann wenigstens anhalten. Die Eva, über den Gully gebeugt, wie eine Salzsäule erstarren lassen, den Dr. Huber, wie er gerade in seiner Patientinnenkartei nach dem Ordner mit Evas Namen sucht, die Sprechstundenhilfe Schober, wie sie den OP-Raum vorbereitet, die Mama, die ungeduldig mit ihrem Fuß wippt und die Sekunden zählt.

Geh ma, Geh ma, hört Eva eine Stimme rufen, sie blickt von den Uhren auf, vom Sekundenzeiger, der weiterrennt, immer weiter vorwärts, ganz sicher nicht zurück, da kann sie noch so schauen, da ändert sich nichts. Geh ma, geh ma. Der Geh-ma steht an der kleinen Straße beim Kebabstand, verkauft Zeitungen von gestern, die keiner mehr haben will. Eva kennt den Geh-ma schon, seit sie ein kleines Kind ist, jeder kennt ihn hier, der Geh-ma ist ein bunter Hund. Früher hat sie Angst gehabt vor dem kleinen Mann mit der ledrigen braunen Haut, den dunklen, verfilzten Haaren, vor seinen Augen hatte sie Angst gehabt, die so verrückt aussehen, bei denen die Pupille vom einen Auge in die eine Richtung schaut und die vom anderen in die entgegengesetzte.

Der Geh-ma. Noch nie hatte ihn jemand etwas anderes sagen hören als diese zwei Wörter. Er fuchtelt mit seinen Armen, über die er Zeitungen gehängt hat, wild herum, wie eine gekreuzigte Vogelscheuche sieht er aus, dass die Touristen ganz ängstlich zurückweichen. Nicht einmal Fotos machen sie, nur die Einheimischen gehen vorbei, ganz nah sogar, manche nicken ihm zu, andere lächeln, so lange kennen sie den Geh-ma schon, dass er einfach dazugehört, wie die Geschichte vom Stier auf der Festungsmauer oder die Einzigartigkeit des Regens hier, der in immerwährender Gleichmäßigkeit, Frühling bis Winter, vom Himmel fällt, von dem die einen sagen, dass es Schnürlregen ist, und die anderen warnen, dass er vom Aussterben bedroht ist, so wie alles ausstirbt gerade, Tiere, kleine Läden, Telefonzellen, alte Kaffeehäuser, wie der Laden vom Kleider Halmisch, vor dem die Eva jetzt steht, ganz dicht, und sich erschreckt, weil das blasse Gespenst, das sie aus dem Spiegel her anschaut, immer noch sie selber ist. Wie unförmig ihr Körper in dem schmutzigen Spiegel aussieht; die Beine ganz dünn, die Arme auch, und dann der Bauch, der über ihren zu engen Hosenbund hängt wie eine mahnende Erinnerung.

ZU VERKAUFEN steht auf dem kleinen, handgeschriebenen Schild, das neben dem Spiegel am Eingang des Ladens hängt. Der alte Halmisch muss letztes Jahr im Winter gestorben sein. An gebrochenem Herzen, wie die Oma sagte, als sie von der Beerdigung heimgekommen war. Die Leute haben einfach seine alten Pelze nicht mehr kaufen wollen, das hat selbst der alte Halmisch irgendwann mal einsehen müssen, aber an die Ideen vom jungen Halmisch hat er sich trotzdem nicht gewöhnen können; eine Kaffeemaschine im Laden, ja bitte, wir sind ja kein Kaffeehaus, dann die Flecken überall und die Zuckerkörner am Boden.

Das muss schwer gewesen sein für den Halmisch, hatte die Oma beim Abendessen gesagt.

Mama, ich bitte dich, grausig war er, hatte die Mama geantwortet und war sich mit der Hand durchs Haar gefahren, hast doch nie was von ihm gehalten.

Der Eduard Halmisch, Alexandra, das war ein ganz feiner Mann, ein hoch angesehener. Wütend hatte die Oma ihren Löffel in die Schüssel fallen lassen und war vom Tisch aufgestanden. Die Mama hatte der Eva derweil zugezwinkert und mit ihrer Hand vor der Stirn hin- und hergewischt, als ob sie der Eva deuten wollte, dass die Oma verrückt geworden ist, die lässt wirklich jeden zum Heiligen werden, sobald er unter der Erde liegt, hatte sie noch gesagt, den Tisch abgeräumt und war in die Küche gegangen. An gebrochenem Herzen gestorben, pff, die Pulsadern aufgeschnitten hat er sich in der Badewanne, und das in seinem Alter.

Eva hatte noch lange so am Küchentisch gesessen, gehört, wie die Mama die Spülmaschine eingeräumt und das Radio angemacht hatte, und sich gefragt, ob man sich die Pulsadern aufschneiden und gleichzeitig an gebrochenem Herzen sterben kann oder ob das eine das andere ausschließt.

Geh ma. Die Stimme vom Geh-ma klingt durchdringend,

hell und lauter als sonst. Es ist fünf Minuten nach elf. Er entdeckt Eva, die immer noch vor dem Spiegel beim Kleider Halmisch steht und sich ungläubig über das aschige Gesicht streicht. Der Geh-ma lächelt zahnlos, sein Lächeln wird breiter, ein fleischiges, tonloses Lachen, und Eva lächelt zurück, erst bewegt sich nur ihr Mund nach oben, dann werden auch die Augen zu Schlitzen und niemand weiß, ob es vom Lachen kommt oder doch von einer Traurigkeit, die Träne, die der Eva die eine Wange herunterläuft. Und der Geh-ma. Kommt es ihr nur so vor, oder zwinkert er. Fest drückt er seine Augen zusammen. Eva dreht sich um, aber hinter ihr steht niemand. Noch einmal zwinkert er ihr zu, dieses Mal mit dem linken Auge, als ob er Eva sagen wollte, dass sie genau hinschauen soll, aufpassen, was gleich passiert. Geh ma.

Evas Handy klingelt, einmal, zweimal.

Ja?

Ja. Ich komme.

Sie warten bitte draußen, die Sprechstundenhilfe Schober macht eine Handbewegung, zeigt der Mama, wo sie sich hinsetzen kann, um auf die Eva zu warten. Oder ich geh eine Runde spazieren, wo so schönes Wetter ist. Die Schober lächelt erst die Mama an und dann die Eva.

Sicher, kommen S' in zwei Stunden wieder, dann ist die Eva fertig, gell.

Die Mama presst ihre Tasche unter den Arm, bis später, Eva, ja, sagt sie und drückt fest ihre Hand, tut so, als ob die Eva eine Wahl hätte, als könnte sie jetzt einfach so gehen, mitkommen, spazieren in der Sommerhitze, die Salzach entlang, nachdem sie gestern Abend schon eine Tablette hatte nehmen müssen, damit der Klumpen in ihr heute leichter rausgeht, eine Zauberpille, die die Arbeit vom Dr. Huber gleich einfacher machen wird, die dafür sorgt, dass das Blut nicht zu stark rinnt.

So, Eva, bitte.

Der OP-Bereich liegt neben der Praxis, man muss durch den Hausflur, durch eine zweite, rote Wohnungstür, die die Schober mit einem dicken Schlüssel klirrend aufsperrt, und kaum sind sie drinnen, zeigt ihr die Schober, wo sie sich umziehen kann, ein kleiner, flurähnlicher Raum, der durch einen beigen Paravent getrennt ist. Auf der einen Seite steht eine Liege, an deren Fußende eine weiße Decke liegt, und auf der anderen ein schwarzer Stuhl, auf dem die Eva jetzt ihre Jeans ablegt, das T-Shirt. Dann weiß sie nicht, was sie noch ausziehen muss, und stellt sich brav vor die Trennwand, bis die Schober kommt, ihren Kopf schüttelt, die Unterhose bitte auch, Eva, sagt sie und lächelt.

Eva zieht also die Unterhose aus, und die Schober steckt sie in eines dieser Krankenhaushemden, die man am Hals zubinden kann, die hinten weit geöffnet sind und so lang, dass sie der Eva fast über die Knie reichen.

Geh, setz dich noch einmal hin, ich schau kurz, wie weit der Herr Doktor ist, die Schober verschwindet eilig hinter der nächsten Tür. Eva setzt sich auf die Liege, das Papier unter ihr klebt an der nackten Haut, ihr ist heiß, gleichzeitig kalt, sie spürt, wie sehr ihre Beine zittern. Ihre Knie schlagen gegeneinander, als sie in der Luft hängen, wie wenn man sich an einem nicht allzu warmen Tag bis zur Hüfte in das eiskalte

Wasser der Königsseeache traut und beim Rausgehen keine Sonne mehr da ist, die einen wärmen könnte.

Die Tür geht wieder auf, und die Schober sagt ihr, dass der Dr. Huber gleich fertig sein wird mit den Vorbereitungen, sie macht das Hemd am Rücken weiter auf, dass man Evas Steißbein sehen kann, und legt einen roten Filzstift neben ihre Oberschenkel. Eva fragt nicht warum, aber mag sein, dass die Schober Gedanken lesen kann, das ist für die Betäubung, weißt. Die Schober streicht über ihre Hand, lächelt, Eva kann die Sommersprossen auf ihrer Nase zählen, so nah ist sie mit dem Gesicht vor ihren Augen, dann sagt sie ihr, dass sie die Margit ist und dass die Eva keine Angst haben braucht, sie hat das auch schon gehabt, ganz früher einmal.

Wirklich, die Eva schaut die Margit fragend an. Ist das schlimm gewesen mit der Abtreibung. Erschrocken hebt die Margit ihre Finger von Evas Hand, als hätte die etwas Unanständiges gesagt. Nein, so was nicht, bei der Spritze mein ich, der Betäubung, da kann nichts passieren, das weiß ich von meinem Meniskus.

Spürst schon was von der Betäubung, fragt der Dr. Huber, und Eva nickt.

Warten wir noch zwei, drei Minuten, seufzend zieht er sich die Handschuhe über, dann fangen wir an, ja, Eva.

Wenn nur nicht diese Geräusche wären. Es hört sich an, als würde der Dr. Huber mit einem riesengroßen Staubsauger in sie hineinfahren, als wäre sie ein Ding, dass man aussaugen müsste, mit aller Kraft und Druck. Aussaugen, entfernen, ausschaben. Der Lärm saust in Evas Ohren, und sie öffnet die

Augen, kurz sieht sie, wie der Dr. Huber zwischen ihren Beinen herumfuhrwerkt, wie ein Mechaniker, der ein Auto aufschneidet, auf seinem Hocker sitzt er, sie fragt sich, wie er wohl wissen kann, wann er genug gesaugt hat, ob das noch Kind ist, was da aus ihr kommt, noch Klumpen oder schon ein Stück vom Darm, ein bisschen Herz und Leber. Wie lange es noch dauert? Immer mehr wird durch den durchsichtigen, gerillten Schlauch gezogen, der senkrecht in die Luft zeigt, ganz starr, wie eine Schlange, und Eva blinzelt, will wissen, wie es aussieht, was in ihr drin war, aber der Raum ist dunkel, die Jalousien etwas zugezogen, und die heiße Sonne wirft nur wenige Schatten an die Wand, wo die Schober steht, die dem Dr. Huber assistiert und doch wieder Evas Hand nimmt, als die zu weinen anfängt, erst ein Schluchzen, dann ein lautes Heulen und Zittern, das Gott sei Dank den Dr. Huber nicht stört, der nichts davon merkt, da unten zwischen ihren Beinen. Machst am besten die Augen wieder zu, gell.

Und wenn die Augen zu sind, dann kann man es sich vorstellen; dass Sonntagmorgen ist und man zu Hause im Bett liegt, während die Mama mit dem Staubsauger gegen die Zimmertür schlägt, die Vorhänge vorm Fenster fangen vielleicht den Wind ein. Doch mit den geschlossenen Augen tauchen auch Erinnerungen auf, kleine Puzzleteile, Stücke, die man nicht zusammensetzen mag, weil man das große Ganze schon kennt. Erinnerungen an den letzten Sommer, an Küsse unter den Eichen im Park, an Val, sein Grinsen mit der Zahnlücke, der schiefen Brille auf seiner Nase, den dürren Körper, die zerrissenen Jeans, wie Sid Vicious, nur schöner. Erinnerungen an ein Treffen am Bahnhof, an Bier, an schnelle Handbewegungen im Zelt, an Vals Jeans, die in seinen Kniebeugen hängen, immer wieder an ein Ich-liebe-dich, an Stöhnen, an Wodka mit Milch, an den See, an nasse Haut auf nasser Haut, an ein Gefühl, das man nicht kennt, an ein Gefühl, das man nicht will, an ein Gefühl, das nicht sein darf, ich nicht, nein, ich nicht. Dann der Staubsauger vorm abgeschlossenen Badezimmer, wumms gegen die Tür, der Test in ihrer zitternden Hand, geh Eva, was machst denn so lange im Bad, ich weiß es schon, wumms der Staubsauger, ich will es aber nicht wissen, eine Hand vor den Augen, ein Strich, aufatmen, zwei Striche, nein, nein, nein.

Ich bin schwanger.

Eva hatte durch das Telefon hören können, wie Val Luft zwischen seinen Schneidezähnen einsog.

Scheiße, ich weiß.

Sie hatte hören können, wie er in seinem Zimmer auf und ab ging, wie es unter seinen Stiefeln knarrte, er über einen Stapel CDs stolperte, die am Boden verteilt waren.

Du, ich will eh nicht.

Val hatte etwas gesagt, das sie nicht verstand. Was?

Ich wollte es dir gar nicht erzählen, eigentlich, hatte sie schnell gesagt und den Daumennagel in ihren Mund geschoben. Ein Rauschen im Telefon, und irgendjemand hatte gerufen, ob Val nachher mitfahren könnte, Bier holen.

Wo bist du. Ja. Ich bin daheim.

Wieder ein Rauschen, Val, der sein Handy fallen ließ, Eva, die noch einmal versuchte, ihn anzurufen, dann zwei Stunden später eine SMS.

Was willst du jetzt machen? Val.

Was sollen wir jetzt machen?

Die Mama hatte sie angestarrt. Gerade jetzt. Ach, Eva. Sie hatten in den Korbstühlen auf der Terrasse gesessen, die Mama mit einem Glas Wein in der Hand, Eva mit einer Tasse Tee. *Gerade jetzt.* Eva hatte sie angestarrt. Hätte sie auf einen besseren Moment warten sollen? Die Mama vergrub ihr Gesicht in ihren Händen, so was Unvernünftiges, Eva, sie streichelte der Eva über ihre Stirn, verschüttete dabei den Wein auf den braunen Umzugskisten, die neben ihnen und überall im Haus verteilt standen, manche halb gefüllt, andere schon leer. Hast du mit dem Stups gesprochen, fragte die Mama, und die Eva hatte genickt. Vor zwei Wochen hatte sie sich Mut angetrunken und Stups angerufen, er war sofort gekommen, und gemeinsam waren sie an den Fuschlsee gefahren. Die ganze Fahrt über hatten sie kein Wort gesprochen, im Auto war eine unerträgliche Hitze gewesen, und Eva war übel geworden. Erst am See hatte sie wieder atmen können. Der Stups hatte versucht, ihr Rückenschwimmen beizubringen, alles war wie früher gewesen, aber als sie dann aus dem Wasser gestiegen war, hatte er es wie aus dem Nichts angesprochen. Man sieht es schon ein bisschen, hatte er gesagt, und Eva hatte erschrocken die Hände vor dem Bauch verschränkt. Es hatte ihm sofort leidgetan, und lange waren sie zusammen in ihrer nassen Badekleidung am Ufer gestanden, der Stups hatte sie umarmt, hatte ihr gesagt, wie du dich entscheidest, wir kriegen beides hin, und Eva hatte gleich gewusst, dass sie ihm zum ersten Mal etwas nicht verzeihen können wird, dieses *wir*, leicht hingesagt, das schon fortgeweht war, kaum war es ausgesprochen, an diesem strahlenden Sommertag, im heißesten Sommer seit vielen Jahren. Mehr hatte er nicht gesagt, und Eva hatte an diesem Abend lange wach gelegen. In Deutschland hätte sie gewusst, was zu tun wäre. Sie wusste es von Carmen, die letzten Sommer gesagt hatte, sicher nicht jetzt, wo ich gerade mal eine Ausbildung beendet hab, sie wusste, dass man ein Beratungsgespräch brauchte, aber hier wusste sie nichts, und sie hatte niemanden, fühlte sich wie ein Kind, und das Wort Mama kam ihr wieder über die Lippen, als wäre es nie fort gewesen.

Dem Papa sagen wir nichts, oder, die Mama fingerte eine Zigarette aus ihrem Packerl, zögerte einen Moment, als Eva bittend die Hände faltete, für mich auch, Mama, legte seufzend eine Zigarette auf den Tisch, das Feuerzeug daneben. Verdammt, Eva, in der neunten Woche, wir müssen etwas machen, verstehst. Überleg es dir, hatte die Mama mit etwas ruhigerer Stimme gesagt und war ins Haus hineingegangen. Keine fünf Minuten später, und Eva hatte wieder den Staubsauger brummen hören, die Mama mochte es nicht, wenn man am Abend dem Haus die Spuren des Tages noch hatte ansehen können, alles wurde aufgesaugt, die dünnen Körner der Haferflocken, eilig verschüttetes Kaffeepulver vom Morgen, die auf dem Boden in tausend Teile zersprungene Schüssel aus grüner Keramik, die der Mama vorher aus der Hand gefallen war, als sie die Eva im Türrahmen hatte stehen sehen mit dem Teststaberl in der Hand und weißem Gesicht.

Draußen ist es ruhig, früher Nachmittag, die paar Autos, die die Straße entlangfahren. Einige Elstern krähen. Der

Apfelbaum trägt in diesem Jahr kaum Früchte, und nur die kleinsten Spatzen suchen vergeblich nach den wenigen Äpfeln, die noch nicht verfault sind. Die Mama ist zum Hannes hinübergegangen, gleich als sie wieder nach Hause gekommen waren. Sonst war ja niemand da, der Papa war am Arbeiten, die Oma mit der Ursel nach Meran gefahren, und so hatte die Mama Eva unbemerkt ins Haus bringen können, das nach dem Umbau ohne die mit wildem Wein besetzten Wände ganz nackt ausgesehen hatte, als hätte man ihm die Haut abgezogen.

Als die Mama sie vorhin abgeholt hatte, war der Dr. Huber schon in der Tür gestanden: Ist alles gut gegangen. Eva hatte die verklebten Augen aufgeschlagen und die Mama Gott sei Dank sagen hören. Wie geht's dir, hatte sie die Eva gefragt, ganz leise, und ihr den Kopf gestreichelt. Gut, hatte die Eva gesagt und sich ganz leer gefühlt, wie ausgehöhlt. Die Mama hatte etwas sagen wollen, hilflos hatte sie ausgesehen, und ihre Lippen hatten ganz andere Buchstaben geformt als das, was dann an Worten endlich rausgekommen war. Gut, gut, gut, immer wieder hatte sie es wiederholt, gut, gut. An die Heimfahrt hatte sich die Eva gar nicht mehr erinnern können, nur dass sie sich hinten quer auf die Sitze hatte legen dürfen, wie als Kind manchmal, wenn ihr vom Morgenkakao übel gewesen war.

Warum die Mama dann ausgerechnet den Hannes geholt hatte. Aber alleine hätte sie die Eva halt nicht die alte Holztreppe in ihr Zimmer hinaufbekommen und vielleicht hatte es der Mama ein gutes Gefühl gegeben, dass der Hannes ein Arzt war. Als ob ein Arzt an der Art, wie sich ein Körper in

144

seinen Armen tragen ließ, hätte einschätzen können, wie es ihr wirklich ging.

Hat sie eh ein Schmerzmittel mitbekommen, hört die Eva den Hannes jetzt fragen, hört, wie die Mama raschelnd in ihrer Tasche sucht und anfängt, Medikamentennamen vorzulesen.

Ja, das kannst ihr gleich geben, noch vor dem Schlafen, unterbricht der Hannes.

Und was soll ich dem Milan sagen.

Wieso.

Ich kann ihm ja schlecht die Wahrheit sagen, die Stimme von der Mama klingt gereizt.

Der Hannes seufzt. Sagst ihm halt, dass sie eine Zyste gehabt hat, da wird er nicht groß nachfragen.

In ein paar Tagen wird's ihr wieder besser gehen, wirst sehen, Alexandra, sagt der Hannes in die Stille hinein und dann noch etwas darüber, dass die Mama es ja wissen müsste und dass es sowieso die Zeit ist, die alle Wunden heilt.

Eva zieht sich die Decke über den Kopf. Sie muss an den Geh-ma denken und wie er mit den Zeitungen gewedelt hatte, wie das Papier knisternd durch die Luft geflogen war, als ob es das Ticken der Uhrzeiger für einen Moment übertönen könnte.

Der Geh-ma müsste man sein. Der kann die Zeit anhalten.

Herbst 1968

Wenn irgendwo die Zeit stehen geblieben ist, dann muss das wohl hier passiert sein, denkt sich Alexandra, und nur der Blick aus dem Klassenzimmer auf die Kirchturmspitzen, die im stürmischen Wind hin und her wackeln, scheint eine Versicherung dafür zu sein, dass die Welt sich bewegt. In manchen Schulstunden ist Alexandra froh, dass es überhaupt etwas gibt, was man sich anschauen kann, und wenn es bloß die Spitzen der Kirchtürme von St. Johann sind.

Die Kirche, von ein paar ganz Ehrfürchtigen auch Pongauer Dom genannt, ist der wichtigste Platz hier im Ort. Die Kirche ist da, wo das Leben spielt, sagt die Mutti immer. Aber Alexandra weiß, dass die Mutti nur deshalb sonntags zur Kirche geht, um ihren neuen Hut spazieren zu tragen oder die schicken Schuhe. Und sie weiß auch, dass die Kirche mehr mit dem Tod zu tun hat als mit dem Leben. Seit sie vor zwei Jahren aus Salzburg hergezogen sind, ist sie fast jeden Monat auf einem Begräbnis gewesen. Und gekannt hat sie die Leute dabei nicht einmal richtig.

Als die Frau vom Greißler, eh schon sechsundsiebzigjährig, voriges Wochenende gestorben ist, da hat sich die Mutti doch tatsächlich von der Tochter der Greißlerin ein Taschentuch ausleihen müssen, so sehr hatte sie geschluchzt.

Muss dir ja sehr viel an dem depperten Luder gelegen

haben, hat die Alexandra ihr beim Rausgehen leise zugeflüstert. Bitte dich, Alexandra, was sagst du denn da, hat die
Mutti erschrocken zurückgeflüstert und gleichzeitig lautstark dem Auinger Sepp ihr Beileid bekundet. Die Alexandra
hat darauf verzichtet, der Mutti zu erklären, dass das dep-
perte Luder ja nicht ihre Idee gewesen ist, weil die Mutti hat
der Greißlerin am Ende noch nicht mal mehr einen Guten
Tag gewünscht.

Eh zu Recht, hat sich die Alexandra gedacht, während sie
dem Auinger, Kondolenzwünsche murmelnd, die Hand gegeben hatte. Geizig ist sie gewesen. Und anschreiben hat sie
auch nix mehr lassen.

Der Auinger ist fast schon taub, aber blind ist er nicht. Alexandra ärgert sich, weil sie genau spürt, wie er ihr im Vorbeigehen auf den Busen schaut. Grausen tut sie sich vor dem
alten Mann mit dem grauen, fettigen Oberlippenbart, in dem
noch der Schaum vom letzten Weihnachtsbock hängt.

Mein herzliches Beileid, sagt sie und schüttelt dem Auinger
die Hand.

Was hast gesagt, Dirndl, der Auinger lässt ihre Hand nicht
los.

Hinter Alexandra staut es sich schon, das ganze Dorf will
dem Auinger ja kondolieren und nachher bei Schweinebraten
und Veltliner zusammensitzen und Gutes über die Verstorbene reden. Wütend zieht sie ihre Strickjacke zurecht, so gut
das mit der linken Hand eben geht, die rechte hat der Auinger
ja noch in seiner.

Herzliches Beileid, schreit sie jetzt dem Auinger ins Ohr
und reißt sich los. Ganz feucht ist die Hand, und schnell

wischt sie sie an ihrem Rock ab. Du geiler Bock, fügt sie ganz leise hinzu und muss grinsen.

Dank dir, Dirndl, der Auinger hebt endlich seine Augen und schaut ihr ins Gesicht, kommst eh zum Leichenschmaus nachher mit der Mama?

Alexandra sieht, dass dem Auinger dicke Haare aus der Nase wachsen. Braune und graue Haare, die sich biegen und stachelig krümmen, die vor Feuchtigkeit nass glänzen, dabei fast schon in den Schnauzer übergehen. Und auch wenn man genau hinschaut, kann man gar nicht mehr erkennen, was noch Nasenhaar ist und was schon Bart. Alexandra reckt es. Sie versucht, ein Würgen zu unterdrücken, hält sich die Hand vor den Mund und nickt.

Brav, brav, sagt der Auinger und wendet sich der Schöndorfer zu, die die Alexandra schon nach vorne schiebt und ihr mit spitzen Fingern in den Rücken zwickt. Die Schöndorfer Christine, die es anscheinend gar nicht abwarten kann, dem Auinger die Hand zu schütteln, für die ein Begräbnis zum gesellschaftlichen Ereignis des Monats gehört. Hauptsache, man wird zum Leichenschmaus eingeladen, denkt sich Alexandra und muss wieder würgen. Erst ganz langsam, mit der Hand vor dem Mund, dann immer schneller, läuft sie aus der Kirche über die Straße. Sie spürt, wie alles Blut aus dem Kopf verschwindet und es in den Beinen zu kitzeln beginnt. Grade so erreicht sie noch die Friedhofsmauer bei den hinteren Gräbern, hält sich am kalten Stein fest und übergibt sich.

Drecksbagage, sagt sie leise und wischt sich mit der Schürze ihres Dirndls über den Mund. Drecksbagage sagt sie laut. Jetzt ist ihr leichter.

Adam!

Alexandra wacht auf. Die Glocke läutet zwölf.

Ja bitte, Frau Professor. Sie steht auf und zieht ihre Bluse glatt. Jetzt bloß den Blick nicht auf den Boden senken. Wer einem ins Gesicht schauen kann, der hat nix zu verbergen.

Aber die Frau Professor Eggert steht mit dem Rücken zur Klasse. Da ist nichts, dem man ins Auge sehen muss. Lateinische Verben schreibt sie an die Tafel, als ob es nichts anderes auf der Welt zu tun gäbe. Adam, Sie sollen zum Direktor Simmel. Portans. Portantis. Portanti. Die Barbara schaut sie ängstlich an. Du, das wird vielleicht wegen gestern sein, versucht sie ihr noch zuzuflüstern, sagst eh nix, oder?

Na, wird's bald, Adam, die Frau Professor dreht sich mit einem Schwung herum, heute noch. Und Sie, Pichler, die Barbara schrumpft auf ihrem Stuhl zusammen, kommen'S bitte nach vorne.

Alexandra packt ihre Sachen in die Schultasche, schiebt den Stuhl zurück und zuckt mit den Schultern, als sie in Hannes' fragendes Gesicht blickt. Portabimus. Portabitis. Portabunt. Jetzt erst sieht sie, dass der Willi an der Tür steht und auf sie wartet. Sie muss lächeln. Wenn der Willi da ist, dann ist es gut.

Servus, flüstert sie ihm zu, während er schnell die Tür hinter ihr schließt. Hallo, Alexandra, sagt der Willi.

Der Willi ist ein junger Lehrer, ein Lehrer aus der Stadt, einer, der die Schüler beim Vornamen nennt, weil, so hat er der Alexandra einmal erklärt, man so einfach eine persönlichere Ebene mit den Menschen erreichen kann. Alexandra findet das auch. Sie hasst es, wenn die Eggert ihren Nachnamen herausbellt, aber sie mag es, wie der Willi *Alexandra* sagt. Sie mag es nicht nur. Sie liebt es sogar.

Weißt du, was der Simmel von mir will? Alexandra bindet sich schnell die schwarzen, langen Haare zusammen. Der Simmel mag es ordentlich. Weil Ordnung Sicherheit gibt, hat er in seiner Schuljahresansprache gesagt. Alexandra tut der Simmel leid. Der dicke Simmel, der immer so unglücklich ausschaut. Alles, was der Simmel zu bieten hat, hatte die Barbara letztens ganz richtig gesagt, ist eine glatt polierte Halbglatze und einen Wanst, der, wenn er von seinem Stuhl aufsteht, am Schreibtisch liegen bleibt. Der Mutti tut der Simmel auch sehr leid. Vor Ende des Krieges, hat sie der Alexandra einmal erzählt, hätte der Simmel eine Anstellung in Wien gehabt, ein fescher Mann sei er gewesen und ein wichtiger noch dazu.

Sie schüttelt sich bei dem Gedanken. Der Simmel ein fescher Mann. Sie schaut den Willi aus den Augenwinkeln an. Der Willi ist ein fescher Mann, aber das finden sie eh alle. Alexandra findet ihn aber nicht auf die Art fesch, wie es alle tun. Sie mag ihn nicht wegen seiner grünen Augen, den blonden, leicht lockigen Haaren und dem kleinen Lächeln, das er immer auf den Lippen hat.

Sie mag es, wie er sie ansieht. Wie er die Augenbrauen zusammenzieht, wenn ihm eine Antwort nicht gefällt, und wie ernst er mit ihr spricht, so ernst wie niemand sonst. Nur jetzt spricht er gar nichts.

Willi, versucht sie noch mal. Sag, warum muss ich denn mitten in der Stunde zum Simmel?

Der Willi beschleunigt seinen Schritt. Alexandra muss schon fast rennen, wenn sie mitkommen will.

Willi, sagt die Alexandra leise. Der Willi schaut weiter geradeaus. Er hat einen fremden Blick, als ob er in die Ferne sehen würde und gleichzeitig nur in sich hinein.

Alles grau, denkt Alexandra sich. Alles grau hier. Der Boden, die Wände, die Decken. Ein einziges, großes Grau. Ein Neubau, hatte die Mutti bewundernd gesagt, als sie sich mit der Alexandra damals die Schule angeschaut hatte. Fortschritt wäre das. Das war auch vor zwei Jahren. Da ist die Mutti lächelnd durch das Schulgebäude gelaufen, hatte das Grau der Wände angepriesen und so getan, als ob Alexandra eine Wahl hätte. Und Alexandra hatte gelächelt, über das Grau der Wände gestaunt, so getan, als ob sie eine Wahl hätte, und sich gefragt, ob Fortschritt immer so hässlich sein muss.

Selbst die Tür vom Rektorat ist grau. Das fällt ihr zum ersten Mal auf. Aber immerhin dunkelgrau. Was will denn der Simmel. Alexandra merkt, wie sie im Nacken zu schwitzen beginnt, weil das zu einem Knoten gebundene dicke, lange Haar draufliegt. Und warum sagt der Willi nichts. Das lange schwarze Haar. Das für Alexandra auch schon fast grau aussieht. Das nur die Mutti mag.

Der Willi schaut auf die Tür, geh bitte rein. Kommst nicht mit, jetzt fühlt sie sich ganz klein. Bitte Alexandra, der Willi klopft an und drückt gleichzeitig die Klinke runter. Und alles Gute dir!

Sie hat keine Zeit mehr, dem Willi hinterherzusehen, so schnell ist er wieder weg. Herein, ruft der Simmel. Aber bewegen kann sie sich auch nicht. Nicht einen Schritt kann sie machen. Warum, denkt sie sich, kommt er nicht mit.

Herein, hört sie den Simmel jetzt etwas lauter rufen und ächzen. Wahrscheinlich ist er gerade aufgestanden. Bei so viel Gewicht steht es ihm auch zu, zu ächzen, denkt sich Alexandra noch, als sie schon eine Hand auf ihrer Schulter spürt.

Adam, sagt der Simmel mit hochrotem Gesicht, Adam, warum kommen Sie denn nicht rein.

Und der Herr Förster, wo ist der schon wieder hin, der hat Sie doch herbracht, fragt der Simmel und reckt seinen halslosen Kopf hin und her.

Weg ist er, sagt die Alexandra und spürt einen Stich. Weg.

Na, der wird zur Klasse zurück sein, murmelt der Simmel. Na dann, immer hereinspaziert, das Fräulein Adam.

Grau. Alles grau. Alexandra stochert mit der Gabel in dem grauen Brei herum, was ein Gulasch mit Semmelknödel sein soll. Selbst die Fleischstücke sind grau. Sie betrachtet das zähe Stück auf ihrer Gabel. Viel Fett ist dran. Weiße, fast durchsichtige, dicke Fäden ziehen sich durch den Brocken. Alexandra graust sich nicht vor dem Fett. Alexandra graust sich vor dem Grau.

Ich bitte dich, jetzt iss wenigstens gescheit, hört sie die Mutti angespannt sagen.

Sie nimmt den Brocken von der Gabel und schließt die Augen. Langsam, ganz langsam, wie in Zeitlupe steckt sie sich das Fleisch mit den Fingern in den Mund.

Na bitte, du bist grauslich, das kann man ja nicht mit anschauen, hört Alexandra die Mutti sagen, hört, wie sie aufsteht und den Stuhl an den Tisch schiebt. Hoffentlich geht sie einfach, denkt sie sich und kaut mit geschlossenen Augen weiter. Wenn man es nicht sieht, dann schmeckt es gar nicht so schlecht.

Eine Pfanne wird auf den Herd geknallt. Alexandra blinzelt. Sie sieht, dass die Mutti in der Küche steht und mit Pfannen und Töpfen hantiert. Was macht sie denn da, wundert sie sich. Seit sie in der neuen Wohnung leben, hatte sie doch noch nie in der Küche gestanden. Es war ja auch nicht nötig gewesen, die Mutti bekam auf der Arbeit zu essen und brachte der Alexandra den grauen Fraß in kleinen Styroporschalen von dort mit. Ganz und gar ungewöhnlich war es, ihre Mutter so zu sehen. Sie beobachtet, wie die Mutti umständlich ein Paket Butter öffnet. Alexandra vergisst ganz, den Brocken in ihrem Mund zu kauen, so erstaunt ist sie. Wie die Mutti da steht in ihrem neuen Kostüm mit Hahnentrittmuster und versucht, die Butter aus dem Papier zu schälen.

Zuerst ist es einfach nur ein leises Kichern, weil sie sieht, wie verzweifelt die Mutti versucht, sich das Fett von den Händen zu waschen. Dann ist es schon ein lauteres Glucksen, weil allein die Vorstellung, wie sie sich jetzt gleich auf die Suche nach einem Geschirrtuch machen wird, um ihre nassen Hände abzutrocknen. Dabei ist es ja so, dass es in dieser Wohnung noch nie ein Geschirrtuch gegeben hat. Genauso wenig wie eine gescheite Bratpfanne.

Geh bitte, hast du das Geschirrtuch gesehen, die Mutti blickt Alexandra fragend an, die das Lachen nicht länger zurückhalten kann. Was soll sie ihr sagen? Dass sie ihr Frühstücksgeschirr immer mit dem kleinen Handtuch aus dem Bad trocken rieb? Sie versucht, den Kopf zu schütteln, gleichzeitig ernst zu schauen und zu verhindern, dass, während sie prustet und schluckt und lacht, zu viel von dem Gulaschsaft aus ihren Mundwinkeln herausspritzt.

Du bist ja vollkommen spinnert, die Mutti reißt hektisch die Schubladen auf und flucht leise vor sich hin. Alexandra schnappt nach Luft und spürt den Fleischbrocken auf einmal in ihrem Hals stecken. Den muss sie jetzt runterschlucken, da gibt es keinen Weg zurück, auch wenn er noch nicht richtig zerkaut ist. Runter muss er, weil raus wird er auch nicht mehr gehen.

Was machst denn jetzt schon wieder? Das dumpfe Husten schreckt die Mutti auf, die sich gerade die Hände an einer karierten Schürze abtrocknet. Kannst nicht einmal vernünftig sein?

Der Brocken steckt jetzt tief unten in ihrem Hals drin. Sie spürt, wie sich die Spucke in ihrem Mund sammelt und die Tränen in ihren Augen, aber so viel Spucke kann ja kein Mensch haben, um das Fleisch zu schlucken. Sie muss wieder husten, ein bisschen Schleim kommt aus der Nase und vermischt sich mit dem Nass auf ihren Wangen. Da fühlt sie plötzlich einen kräftigen Schlag auf ihrem Rücken.

Mit Wucht kommt ihr das Fleisch aus dem Mund geschossen und etwas Magensaft noch hinterher. Erschöpft hustet die Alexandra ein paarmal nach, überlegt kurz, ob sie auch speiben muss, so schlecht ist ihr. Und der Hals tut ihr weh.

Die Mutti steht nur kopfschüttelnd neben ihr. Alexandra streckt die Hände nach der karierten Schürze aus, und seufzend übergibt die Mutti ihr das Stück Stoff. Geht's wieder, fragt sie, und Alexandra nickt. Langsam wischt sie sich über Mund, Augen und ganz zum Schluss über die Tischplatte, sammelt den Gulaschbrocken ein, der immer noch als ein Ganzes vor ihr liegt.

Ich versteh dich nicht, Alexandra, letztes Jahr waren deine Noten noch so gut, und jetzt. Wenn mich der Dr. Simmel heut nicht angerufen hätte. Ich hätte ja nicht ahnen können, dass du versetzungsgefährdet bist.

Sie dreht sich zur Alexandra um, die den Fleischbrocken wieder zurück in die Schüssel fallen lässt.

Hast nichts dazu zu sagen?

Vor Alexandra fügt sich das Essen wieder zusammen.

Na gut, ich sag dir jetzt Folgendes, die Mutti redet schnell. Gott sei Dank hat mich heut nicht nur der Dr. Simmel angerufen, sondern auch der Herr Förster, bei dem du ja auch den Fünfer in Geschichte hast.

Der Willi, denkt Alexandra sich und schaut die Mutti erschrocken an.

Einen Fünfer. In Geschichte. Also wirklich, Alexandra, die Mutti ist jetzt so empört, dass sie mit dem Kochlöffel in der Luft hin und her schwingt.

Na und, auf jeden Fall hat mir der Herr Förster geraten, dass es noch die Möglichkeit gäbe, dass du nicht wiederholen musst. Wenn du im nächsten Halbjahr von der Schule gehst, könnt er dir einen Vierer geben. Das könnt ich in der Notenkonferenz durchbekommen, hat er mir gesagt. Das wäre die einzige Möglichkeit. Er ist ja wirklich ein guter Lehrer, Alexandra, da kannst froh sein.

Die Mutti stockt und schaut Alexandra zögernd an.

Ich denk mir halt, das wird das Beste sein. Wenn du zurück nach Salzburg gehst. Dann kannst in der Stadt in die Schule gehen, und den Opa hast auch da, der wird sich freuen, na was glaubst.

Die Mutti lässt den Kochlöffel sinken. Und ich könnt vielleicht auch jedes zweite Wochenende kommen. Sicher sogar.

Alexandra spürt jetzt, wie die Wut in ihr hinaufkriecht. Ganz langsam, vom kleinen Zeh an, steigt sie hoch.

Jetzt sei doch nicht so, die Mutti versucht ein Lächeln.

Der Willi will mich loswerden, denkt sie sich. Im letzten Halbjahr noch einen Einser und jetzt einen Fünfer. Das soll er mir mal erklären. Und dass er mich nach der Woche Skikurs wie Luft behandelt hat. Die beste Woche in meinem Leben, weg von dem Grau und mit dem Willi.

Bitte, Alexandra, hilflos steht die Mutti vor ihr. Der Willi will sie loswerden. Die Mutti will sie loswerden. Alle wollen sie sie loswerden.

Was hatte sie die Mutti gestern zu der Schöndorfer sagen hören. *Sicher ist es nicht einfach, wenn der eigene Vater nichts von dir wissen will,* und Alexandra hatte in dem Gebüsch neben dem Wirtshaus Stein gelegen, an einer Tschick gezogen und durch die Zweige der Sträucher gesehen, wie die Schöndorfer milde mit dem Kopf geschüttelt hatte, und gehofft, dass der Hannes dieses Mal ein bisschen länger braucht als sonst, damit er nicht sieht, wie ihr die Tränen die Wangen herunterrinnen.

Aber als der Hannes endlich die Augen aufgemacht hatte,

ist die Alexandra natürlich immer noch am Weinen gewesen.

Magst noch eine Tschick, hatte er ganz schüchtern gefragt, und sie hatte genickt und sich ihren Rock wieder angezogen.

Was hast du denn, hatte der Hannes sie noch gefragt und sie zu sich gezogen, und sie hatte sich nicht gewehrt.

Weil sich nämlich die Blätter vom Haselnussstrauch jedes Mal so gemein in ihren schwarzen Strähnen verfangen hatten, musste der Hannes immer helfen und ihr mit seinen Fingern durch die langen Haare kämmen. Stundenlang waren sie manchmal so zusammengesessen, sie mit dem Kopf in Hannes' Schoß und der Hannes auf der Suche nach den trockenen, ausgefransten Blättern und gelben Blüten, und wenn es Alexandra zu viel geworden war, dann hatte es schon passieren können, dass sie beim Hannes nachgefragt hatte, ob das jetzt immer noch ein Suchen war oder schon ein Streicheln.

Wieso magst eigentlich nicht mit mir gehen, hatte der Hannes wissen wollen, als sie die Zigarette fertig geraucht hatten.

Du Hannes, es geht einfach nicht, hatte die Alexandra schnell gesagt und war aufgestanden. Was hätte sie ihm auch sagen sollen. Dass es den Willi gab, dass der Hannes als Sohn vom Schuster einfach keine Möglichkeit war, dass sie der Dreck unter seinen Fingernägeln nicht störte, wenn er sie streichelte, aber vorzeigen hätte sie ihn damit nicht können. Außerdem hatte sie nicht das Gefühl, jemals mit einem Mann richtig zusammen sein zu können. Nicht, solange da irgendwo in der Luft, so stellte sie es sich vor, mindestens dreißig Briefe von ihr an den Vater in Graz waren, auf die sie

157

einfach keine Antwort bekam. Nicht, solange sie nicht wusste, was passiert war.

Der Hannes hatte düster auf den Boden geschaut. Servus, ich muss heim, hatte die Alexandra noch gesagt, ist schon spät. Servus, hatte der Hannes leise geantwortet, aber das hatte die Alexandra schon gar nicht mehr gehört.

Ein paar Meter weiter hatte sie an zwei besonders großen Sträuchern gezupft. Barbara, hatte sie leise geflüstert und ein Murmeln und Kichern gehört. Als die Barbara dann aus dem Gebüsch herausgekrochen kam, hatte sie wie ein zerrupftes Huhn ausgesehen, und Alexandra hätte fast gelacht, wenn sie nicht an die Mutti und die Schöndorfer hätte denken müssen.

Hat uns eh keiner gesehen oder, hatte sie Alexandra atemlos gefragt, nach links und rechts gesehen und damit begonnen, sich die dicken blonden Haare aus der Stirn zu flechten. Die plumpe Barbara, Babsi Mondgesicht. Niemand konnte verstehen, dass jemand wie Alexandra mit ihr befreundet war, dabei war es doch ganz einfach. Die Barbara hatte Alexandra an ihrem ersten Schultag angelächelt, und sie hatte keine Fragen gestellt, nur gelächelt, und die Alexandra vergisst nie, das Schlechte nicht, aber das Gute dafür genauso wenig.

Also glaubst, es hat uns jemand, hatte die Barbara wiederholt, sich das Zopf-Ende in den Mund gesteckt und nervös darauf zu kauen begonnen.

Eh nicht, hatte Alexandra geantwortet und sich etwas Erde von den Strümpfen gewischt.

Und für wen machst du den Zirkus hier?

Die Mutti schaut Alexandra lange an. Ich mach einen

Mohnkuchen, sagt sie und fährt sich mit der Hand durchs Haar. Weißt, wir kriegen nachher noch Besuch.

Von wem? Alexandra schiebt die Schüssel mit dem Gulasch weg. Sie beobachtet die Mutti, wie sie Eier abwiegt. Mohnkuchen und Linzertorte, hört sie die Großmutter in ihrem Kopf sagen, das ist wirklich das Einzige, was deine Mutter in der Küche zustande bringt, weiß der Himmel, woher sie diese zwei linken Hände hat, von mir hat sie das nicht. Alexandra schüttelt sich bei dem Gedanken an die Großmutter, an gezogenen Strudelteig, an das Haus in der Siedlung, das schon lange, seit Alexanders Fortgang, seine Unschuld verloren hatte, das längste Zeit ein Sehnsuchtsort gewesen war.

Von wem also?

Vom Ernst. Kannst dich noch erinnern. Der beim Sommerfest von der Arbeit da war, die Mutti wird rot. Alexandra erinnert sich an einen freundlichen Mann mit halb schütterem Haar, den die Mutti ihr vor ein paar Wochen als einen lieben Arbeitskollegen vorgestellt hat und für den sie jetzt also Platz machen soll. Der liebe Arbeitskollege Ernst also, fragt sie spöttisch nach. Und als die Mutti nichts sagt, nur vor ihr steht, die Hände in die Luft hebt, als wüsste sie auch nicht, was das alles zu bedeuten hätte, schüttelt Alexandra den Kopf. Servus, Mama, sagt sie gedehnt mit ruhiger Stimme, und obwohl alles an ihr zittert vor Wut, schafft sie es aufzustehen und, ohne die Mutti noch einmal anzusehen, an ihr vorbei aus der Küche zu gehen.

Jetzt warte doch, die Stimme von der Mutti klingt ganz hoch, du wirst ihn bestimmt mögen.

Alexandra hat schon ihre Stiefel an und hängt sich die Jacke

159

über die Schultern. So kalt ist der Herbst dieses Jahr noch nicht.

Wo willst denn hin, hört sie die Mutti noch rufen, aber da ist sie schon bei der Tür draußen.

Wer einmal gebeten wird zu gehen, hat der Großvater früher immer zu ihr gesagt, der soll ja nicht ein zweites Mal überlegen, bevor er die Klinke in die Hand nimmt.

Winter 1974

Mit einem lauten Knallen fällt die Tür ins Schloss. Alexandra atmet erleichtert aus, atmet nicht in Wolken, aber es friert sie trotzdem. Kalt ist es in der Wohnung. So kalt, dass der Winter schon nicht mehr vor der Tür steht, sondern mittlerweile bereits im Ohrensessel bei uns vorm Fernseher sitzt, denkt sich Alexandra. Und nur weil es so kalt ist, bügelt sie die Wäsche, die auf der Kredenz liegt, sicher nicht, um dem Erich einen Gefallen zu tun, der sogar zum Einheizen zu geizig ist. Wenigstens wird einem dann ein bisschen warm, sagt sie sich und zündet mit der Unterseite vom Bügeleisen die Zigarette an, die sie im Mundwinkel hängen hat. Die Ehe, das weiß Alexandra jetzt, ist eine Schlacht. Aber eine, wo man wirklich lange kämpfen muss, um den Sieger auszumachen, und es ist nicht sicher, ob sie noch lange kämpfen kann. Sie fühlt sich schon verwundet, wenn sie die gemeinsame Wohnung nur betritt, selbst wenn der Erich mal nicht zu Hause ist. Überall kann sie seine Spuren finden; im Wasserglas, das er immer am Küchentisch stehen lässt und das dort, wo man den Mund ansetzt, einen ganz dreckigen Rand hat. Und wo der Erich nicht ist, ist Erichs Mutter. In den dunklen Samtvorhängen steckt sie, die den Raum in ein seltsames, dämmriges Licht tauchen, die Alexandra die Luft zum Atmen nehmen, als würden sie nicht in dicken, schweren Falten auf dem Boden aufliegen, sondern auf ihren Schultern lasten.

In allen Hochzeitsgeschenken stecken Erichs Spuren. Im alten Kaffeeservice, das sie von Alexandras Großeltern zur Hochzeit bekommen haben. Gmundner Keramik grün, weiß, dazu sauteuer, und Alexandra hat es nicht ausstehen können, aber noch weniger hat sie es mittlerweile ausgehalten, dass dem Erich, wenn er Kaffee getrunken hat, immer einige Tropfen davon auf der Vorderseite der Tasse heruntergelaufen sind, ein hellbraun gesprenkeltes Häferl, das so lange am Tisch stehen bleibt, bis Alexandra es mit spitzen Fingern in die Abwasch trägt.

Lächerlich war es doch. Das Häferl. Der Erich. Dass sie sich darüber ärgerte. Die Vorhänge. Erichs feuchter Mund. Überhaupt. Die ganze Hochzeit. Eine Schnapsidee. Hatte der Großvater schon recht gehabt, als er ihr das am Hochzeitstag ins Ohr geflüstert hatte.

Bist doch erst einundzwanzig, Dirndl, hatte er gesagt, und Alexandra hatte ihm seine Krawatte gelockert, wem musst denn was beweisen?

Und zum ersten Mal in ihrem Leben hatte sie das Gefühl, dass er sie nicht verstand. Aber so ganz hatte sie es ja selber nicht verstanden. Über sein Haar hatte sie ihm gestreichelt, das feine, weiße Haar, das an den Seiten immer so abgestanden ist, egal, wie oft die Großmutter ihn zum Friseur geschickt hatte. Wird schon, Opa, wird schon, hatte sie dabei immer wieder geflüstert.

Bist doch noch ein Kind, hatte er gesagt und ihre Hand genommen. Lange war sie so dagestanden, zum Großvater gebeugt, hatte seine Hand gehalten und die andere auf seinen Kopf gelegt. Immer wieder ein Streicheln und ein festes Drücken und auch ein unangenehmes Gefühl im Magen, als ob da was auf sie zukommen würde, mehr ein großes Unglück als eine Hochzeit, zumindest hatte der Großvater so dreingesehen.

Ach geh, Paul, was tust denn da, die Großmutter war in die Küche gekommen und hatte den Großvater böse angeschaut, verdirb der Alexandra nicht den schönen Tag. Alexandra und der Großvater hatten einander loslassen müssen, die Großmutter hatte die Krawatte wieder festgezogen, dabei gemurmelt, dass das ja nach nix ausschaut sonst, und da hatte es auch schon geklingelt. Die Ursel hatte mit einem großen Hallo die Eltern vom Erich begrüßt, die mit einem Strauß weißer Nelken rotbackig in der Tür gestanden sind, während Alexandra schnell in den Garten gehuscht war, mit zitternden Fingern nach einer Zigarette gesucht und dabei den prüfenden Blick der Großmutter gespürt hatte, die so tat, als ob alles gut werden würde. Aber die Großmutter hatte sich ja schon immer in ihrem Schweigen am deutlichsten ausdrücken können.

Genauso hatte sie auch ein Jahr zuvor geschwiegen, als die Urseltante der Familie den Onkel Franz als ihren zukünftigen Ehemann vorgestellt hatte, und das Schweigen der Großmutter hatte die fünfundzwanzig Jahre Altersunterschied und die Halbglatze nur noch mehr hervorgehoben, als hätte jemand einen Scheinwerfer darauf gerichtet. Auch das viele Geld des Onkels und das riesige Grundstück hatten nicht geholfen, weil hinterm Rücken ist natürlich geflüstert worden, mit was das der Franz wohl verdient haben soll, weil vor dem Krieg, so hatten die Leute in der Siedlung geredet, hatte der keine zehn Groschen in seiner Tasche gehabt. *Der alte Nazi,* hatte sich Alexandra gedacht, hatte es sich auch noch gedacht, als sie bei der Tante im riesigen Garten gestanden und das Loch für den Brunnen ausgehoben hatte, worum die Ursel sie gebeten hatte. Überhaupt hatte sie sich gedacht, dass der einzige Grund für die Heirat der Tante mit dem Franz wohl die Nähe zum Haus der Großeltern gewesen sein muss, fünf Minuten Fußweg, als ob das Haus die Urseltante nicht losließe, oder die Ursel sich selbst daran kettete, wer konnte das schon so genau sagen. Nur eines war sicher, ich werde nicht so werden, dachte sich Alexandra, ich nicht. Immer wieder hatte sie mit der Schaufelspitze in die harte Frühlingserde gestoßen, hatte die Erde hinter sich geworfen und leise gelacht, wenn sie hier und da mal mit ein paar Brocken den Onkel, den alten Geizkragen, erwischt hatte, der zum Arbeiten zwar zu alt gewesen war, es aber natürlich trotzdem besser gewusst hatte. Sie hatte die Erde hinter sich geschmissen, bis das Einstechen ein Einatmen wurde, das Ausatmen ein Hinter-sich-Werfen, bis sie nicht mehr wusste, gräbt sie da noch etwas aus oder hinter sich schon etwas ein.

Fast drei Jahre ist das jetzt her, denkt sich Alexandra und drückt ihre Zigarette aus. So groß wie ihr der Garten der Tante, so klein war ihr damals die Küche der Großeltern vorgekommen. Wie froh und erwachsen sie sich in ihrer eigenen Wohnung gefühlt hatte, die der Erich als Beamter zu günstigeren Konditionen bekommen hatte. Glücklich war sie sich vorgekommen, auch weil sie sich das Glücklich-Sein einfach vorgenommen hatte.

Alexandra hatte Erich im Studentenheim kennengelernt. Auf einer Feier im Dezember 1970. Daran hat sie heute wieder denken müssen, als sie im Radio gesagt haben, dass heuer schon so viel Schnee gefallen sei wie den ganzen Winter im Siebzigerjahr nicht, und dabei war das schon ein strenger Winter gewesen. Da ist es ihr wieder eingefallen, als ob die Flocken vorm Fenster Bruchstücke einer Erinnerung wären. Wie sie den Erich damals hat reinkommen sehen, in seinem beigen Mantel, der ganz nass war vom Schnee, und nicht nur Alexandra hatte ihn angeschaut. Wegen der schulterlangen blonden Haare und den blauen Augen hatten auch die Irmi, die Edda und die Liane mal einen Blick zur Tür geworfen. Alexandra war das wurscht gewesen, aus blonden Haaren hat sie sich noch nie was gemacht. Nur einmal beim Willi. Es hat schon einen Moment gedauert, bis sie hat zugeben können, an wen der Erich sie so erinnerte. Und es war ja klar, wenn sie wollen würde, würde er nicht Nein sagen. Die Konkurrenz hatte sie nicht zu fürchten brauchen. Sie ist ja wirklich das schönste Mädchen gewesen, einzig die Irmi hätte ihr vielleicht das Wasser reichen können, wenn die nicht in den Wintermonaten immer so furchtbar zugenommen hätte.

Interessiert hatte sie sich ehrlich nicht für den Erich. Aber dauernd hat sie ihn anschauen müssen. Mit einer dunklen, samtigen Stimme hatte er gesprochen, über Sachen, von denen Alexandra noch nie etwas gehört hatte, dabei hatte es ausgesehen, als ob alle ihn kennen würden, und er hatte sich mit einer Selbstverständlichkeit durch das kleine Zimmer bewegt, die ihr gefallen hatte. Direkt vor dem Kühlschrank war er stehen geblieben und hatte mit dem Herbert geredet, lässig, auf eine Art. Die Irmi hatte gekichert und der Alexandra ins Ohr geflüstert, dass sie doch mal ein Bier holen gehen könnte, dabei wild mit den Augen gezwinkert. Alexandra, die eigentlich nie macht, was andere ihr sagen, war an diesem Abend aufgestanden wie ferngesteuert und zum Kühlschrank gegangen, Irmis Glucksen im Rücken.

Servus, Alexandra, der Herbert hatte Platz gemacht, damit sie die Kühlschranktür aufmachen konnte, der Erich war einfach stehen geblieben und hatte sie lange angeschaut. Und Alexandra war nichts eingefallen, was sie hätte sagen können. Dem Erich auch nicht. Lange sind sie so dagestanden, erst zu dritt, dann nur noch Erich und Alexandra, der Herbert hatte schon längst wieder auf der Bank gesessen, mit seiner Zunge in Irmis Mund drin. Die Irmi, hat Alexandra anerkennend gedacht, hat ja wirklich nie etwas anbrennen lassen, und das passte zu ihrem feuerroten Haar und den Sommersprossen. Einiges nachzuholen hab ich halt, hatte die Irmi der Andrea gleich in ihrer ersten gemeinsamen Vorlesung erzählt, weil in der Schule ohne Busen noch, bin ich für alle nur der Feuerlöscher gewesen, das Lieblingsziel der Buben mit ihren depperten Wasserbomben, na was glaubst.

Wieso sie ausgerechnet in diesem Moment an Irmi und ihre Geschichten denken musste. Aber der Erich hatte ja einfach nichts gesagt, und Alexandra war es wie eine dieser Ewigkeiten vorgekommen, über die sie schon viel gelesen hatte, als der Erich endlich zwei Bier aus dem Kühlschrank geholt hatte.

So viel Zeit ist seitdem vergangen. Fast vier Jahre. Die schulterlangen Haare kitzeln im Nacken. Wo der Erich wohl das Feuerzeug wieder hingeräumt hat? Sie zündet sich noch eine Zigarette an, bindet ihre Haare zu einem Dutt zusammen. Eine Frisur, die er gar nicht an ihr mag. Aber muss sie ihm noch gefallen? Nein.

Am Anfang war alles ganz anders gewesen. Ohrlöcher hatte sie sich für ihn stechen lassen, und zwei Monate nachdem sie das erste Mal miteinander geschlafen hatten, hatte sie sich einen BH gekauft, weiße Spitze, da sie nun wusste, wie schön er es fand, wenn er etwas zum Auspacken hatte. Verändert hab ich mich für ihn, das kommt in den besten Ehen vor, denkt sich Alexandra, während sie den letzten Zug inhaliert. Den Aschenbecher lässt sie auf dem Tisch stehen, stellt sich vor, wie der Erich sudern wird, wenn er heimkommt, über den Rauch in der Luft und die kleinen Ascheinseln, die auf dem Tisch verteilt liegen, denn was eine Ordnung ist und was nicht, das obliegt dem Erich. Aber Zeit zum Aufräumen hat sie jetzt auch keine mehr. Viertel vor zwei ist es. Um zwei Uhr muss sie an der Uni sein, heute ist es wichtig, dass sie pünktlich ist. Wirklich nett ist es von der Irmi gewesen, herumzufragen, wer von den Erstsemestrigen ihre Studienbücher kaufen möchte. 300 Schilling sind ein Batzen Geld, und Alexandra hätte nicht gedacht, dass sich überhaupt jemand meldet, bis die Irmi sie heute Morgen angerufen hat.

Um zwei also, ja, hat die Alexandra wiederholt.

Ja passt, am Eingang können wir uns treffen. Bist dir sicher, Alexandra, wegen dem Studium, mein ich, die Stimme von der Irmi hat im Hörer gerauscht.

Passt schon.

Geh, das ist doch Wahnsinn jetzt aufzuhören, so kurz vorm Ende, hat die Irmi versucht, sie am Telefon zu überzeugen, kannst eh beides machen, du schaffst es sicher, wer sonst.

Weiß ich eh, hat die Alexandra geantwortet. Und sie hat es wirklich gewusst, das hat ihr die Irmi nicht extra sagen brauchen, dass sie nicht deppert ist.

Ist es wegen dem Erich, hat die noch gefragt, aber Alexandra hatte sie gar nicht weiterreden lassen.

Der Erich hat ihr ja nicht verboten zu studieren. Aber eine Arbeit hat er der Alexandra vermitteln können. Und ihr hat das Arbeiten Spaß gemacht, das Geldverdienen und dass sie den Erich nicht mehr für jeden weißen Spritzer um ein paar Schilling hat anbetteln müssen. Irgendwann ist es sich mit dem Nebenher-Studieren einfach nicht mehr ausgegangen. Da war es wie eine Befreiung gewesen, als der Bittner ihr eine Festanstellung angeboten hatte.

Der Erich ist darüber unglücklich geworden, noch unglücklicher als vorher, als er der Alexandra Abend für Abend ausgerechnet hatte, was ihr Studium sie koste, was er alles für sie bezahle und dass es so nicht mehr weitergehe. Ausreden hat er ihr die Arbeit auf einmal wollen. Manchmal hatte er ihr auch gedroht, dass er zum Chef gehen wird, die Alexandra kündigen lassen, aber so groß hat sein Mut gar nicht sein können, wie Alexandras Augen schmal geworden sind.

Alexandra beißt sich auf die Lippen, während sie die Bücher zusammensucht. Seit sie denken kann, haben ihr immer alle etwas reinreden wollen in ihr Leben. Die Mutti, der

Erich, die Tante, ja die Mutti zuallererst, denkt Alexandra, die Mutti, die ihr den Vater hat ausreden wollen, die nicht verstanden hat, dass das *die* eine Sache war, die Alexandra sich nie nehmen lassen würde, auch wenn sie nie wieder etwas von ihm gehört hatte. Da ist die Mutti ja nicht müde geworden zu betonen, dass er einfach so verschwunden war, als ob Alexandra nicht gewusst hätte von den Briefen, die nicht in ihren Kinderhänden, sondern im Ofen gelandet waren. Sie wusste so vieles, sagte aber nichts, schluckte alles hinunter. Eines Tages würde sie es brauchen. Alexandra verstaut die Bücher in einem Plastiksack. Besonders gerne hatte die Mutti ja an Weihnachten und bei großen Familienfeiern darüber gesprochen, wenn schon ein paar Gläser Wein zu viel getrunken worden sind.

Das ist sehr schade, aber die Alexandra, die hat ja leider keinen Vater, der sich um sie kümmert

Bitte, Mama.

So ein Strizzi war er, ich sag es euch.

Alexandra glaubt ihr kein Wort mehr. Abends vorm Schlafen, da träumt sie manchmal von ihm, und es ist keiner dieser Träume, die man hat, wenn man sich etwas ganz fest wünscht. Es ist ein Traum davon, wie es früher einmal war. Sie kann sich an einen Vater erinnern, der sie beim Bergsteigen auf den Schultern getragen hat und ihr, wenn sie krank war, warme Ziegenmilch ans Bett gebracht hat. Kleiner Schneck, hat er sie immer genannt, das weiß sie noch genau. Und ein Vater, der seine Tochter kleiner Schneck nennt, der kann einen nicht einfach so vergessen, da ist sich Alexandra sicher.

Zwei Plastiksäcke voller Bücher. Dreihundert Schilling ist eh ein guter Preis, überlegt sie. Vielleicht sogar zu gut, aber ändern kann sie ihn jetzt nicht mehr. Die Irmi hat das schon fest ausgemacht. Alexandra hat gar nicht gewusst, dass sie überhaupt eine Cousine hat, bevor Irmi ihr erzählt hat, für wen die Psychologiebücher sind. Ihr fällt ein, dass sie den roten Kalender noch einstecken muss. Die Irmi ist halt eine fürchterliche Trutschn. Und weil die Mutter von der Irmi auch noch mit der Mutti befreundet ist, kann es sich eigentlich nur mehr um Stunden handeln, bis die vom Verkauf der Studienbücher erfährt. Alexandra hat keine Angst vor einem Streit, es langweilt sie, langwierig ist es und voraussehbar. Die Mutti streitet sich in drei Akten, mit Geschirr, das auf dem Boden zerbricht, mit Tränen, Gebrüll, Drohungen, mit leisen Verwünschungen, und erst dann holt sie zum finalen Schlag aus. Alexandra kennt das Spiel schon, seit sie denken kann.

Besonders heftig war der Streit am Tag von Alexandras Verlobung gewesen. Eigentlich war es ja sehr lustig, im Nachhinein. Dass ihr die Mama den Erich genau an dem Tag hat ausreden wollen, als der sie mit großem Tamtam in den Gasthof Zur alten Post zum Abendessen eingeladen hatte. Der Erich ist nichts für dich, der kann dir nichts bieten, er passt nicht zu dir. Alexandra hat es schon nicht mehr hören können, aber so leicht es ihr auch in das eine Ohr hineingegangen war, so schwer ist es zum anderen Ohr wieder herausgekommen. Da ist es nicht verwunderlich gewesen, dass Alexandra sich mit einem Mal ganz sicher war, dass der Erich der Mann fürs Leben ist, und auch deshalb hatte sie später am Abend nicht eine Sekunde gezögert, als er vor ihr auf die Knie gegangen war, ganz schüchtern, mit hochrotem Kopf, und gefragt hatte, ob sie gerne seine Frau werden möchte.

Das Hochzeitsbild auf dem Nachttisch zittert, so fest zieht Alexandra mit beiden Händen an der Schublade. Nichts. Sie flucht. Fünf vor zwei ist es schon, aber den roten Kalender braucht sie, den Namen von Irmis Cousine hat sie sich notiert und eine Telefonnummer, eilig zwischen den Seiten hingekritzelt, irgendwo auf einem Kalenderblatt zwischen dem 14. und 15. Oktober 74, irgendwann letztens an einem Abend im Podium, ihrem Stammlokal.

Hallo, Alexandra, hatte sie dort eine Stimme sagen hören, als sie alleine an der Bar bei einem Bier gesessen war. Die Stimme war ihr gleich bekannt vorgekommen, aber nach dem Umdrehen hatte sie einen Moment lang gezögert. Der Hannes hatte so anders ausgesehen, sein Händedruck war viel fester gewesen als früher, seine Augen aber gleich blau, in ihnen hatte die Alexandra noch einen Funken Haselnussblüte erkannt, darauf hätte sie schwören können. Mit wem bist da, hatte der Hannes gefragt, sich neben sie gesetzt und ihr die Tschick aus dem Mund gefladert, wie er es früher immer getan hatte. Alexandra hatte nur mit dem Kopf geschüttelt. Der Erich war zu Hause geblieben, weil er sich erholen hat müssen, von was hat die Alexandra nicht sagen können. In letzter Zeit hat es ja fast immer was gegeben, von dem der Erich sich hat kurieren müssen, da ist es schwer gewesen, einen Überblick zu behalten.

Furchtbar wehleidig ist er halt, denkt sie sich und reißt die Schubladen im Schlafzimmerschrank auf. Eine rinnende

Nase hat noch keinen umgebracht, hatte sie ihm versucht zu erklären. Aber der Erich ist darauf gar nicht eingegangen. Seine Hände hatte er vor der Brust zusammengefaltet, wie die alten Weiber in der Kirche, und mit krächzender Stimme um einen Tee gebettelt, Kamille, bitte. Richtig gegraust hatte sich Alexandra vor ihm. Vor seiner roten Nase, dem gestreiften Schlafanzug, davor, dass er nichts mehr mit dem Mann zu tun hatte, in den sie sich einmal verliebt hatte. Das ganze Zimmer hatte sie angewidert, das Doppelbett, die Tapeten an der Wand und das Gefühl, mit alldem verheiratet zu sein.

Der Hannes hatte sofort verstanden, wie es ihr geht. Er hatte von seinem Medizinstudium erzählt, weißt noch, wie ich in Latein immer von dir abgeschrieben habe, seiner Hochzeit, die Christine, kannst dich noch erinnern, seiner Scheidung, hab's nicht mehr ausgehalten, und wie zufällig hatten sich ihre Hände berührt, als er bei ihrer Verabschiedung mit kaum leserlicher Schrift eilig seine Telefonnummer in ihren Kalender geschrieben hatte.

Brauchst auch einmal einen neuen, hatte er noch gesagt, und Alexandra war es so vorgekommen, als ob es diesen Satz gebraucht hatte, damit er ihre Hand wieder loslassen konnte.

Das Jahr ist bald vorbei, zum Glück, hatte sie geantwortet, mit den Achseln gezuckt und den ausgefransten Einband in ihre Tasche gesteckt.

Hast recht.

Da. Etwas Rotes, Zerfleddertes, dort unten, ganz tief in der Schublade mit den Socken drin. So ein Trottel, schimpft Alexandra laut, nimmt den Kalender und schmeißt die Schublade wieder zu. Der Erich neigt in letzter Zeit immer mehr dazu, ihre Sachen hinter Schranktüren und in Kommoden zu verstauen. Ja, wenn du dein Klumpert auch einfach so herumliegen lasst.

Im Gehen schlägt sie schnell den Kalender auf. Lise, denkt sie sich, das hätte ich mir auch merken können, dann ein paar Blätter weiter, die Nummer vom Hannes ist auch noch da, Gott sei Dank. Und daneben. Auf dem Kalenderblatt vom 15. Oktober ist etwas. Hat der Hannes da etwa? Nein, es sieht aus wie ein kleiner blauer Kreis, unausgefüllt, mit leichtem Druck gezeichnet. Ganz oben beim Datum, direkt neben den Zahlen. Ein kleiner, runder Kreis, den man fast übersehen könnte, winzig, dass er einem kaum auffällt, wenn man nur schnell mal über das Kalenderblatt schaut. Ein kleiner Kreis, eigentlich ist es nicht mehr. Aber kein zufälliger Punkt auf dem Papier. Alexandra fixiert die blasse Zeichnung, was nicht gerade leicht ist, wenn man dabei so heftig den Kopf schüttelt und einem die Hände zittern vor Angst.

Lange steht sie da, bis es an der Wohnungstür läutet und sie den Kalender sinken lässt, ganz langsam, dass es schon gar nicht mehr klingelt, als sie sich endlich auf den Weg zur Tür macht, dabei mit dem Fuß an der einen losen Diele hängen bleibt, die der Erich schon längst reparieren hätte sollen, stolpert und mit den Händen zuerst auf dem Boden aufkommt.

Herr Maurer, sind Sie da, hallo, ein kurzes Klopfen.

Alexandra rührt sich nicht.

Hallo?

Mit der Zunge fährt sie über den blutigen Handteller.

Ein Klopfen noch, dann wird ein Brief unter der Tür durchgeschoben. Alexandra sieht es, starrt auf das Papier, dreht ihren Kopf, atmet ein und aus, fühlt mit der Hand auf ihrem Bauch, wartet auf ein Zeichen, ein zweites Herzklopfen, ein Gefühl.

Wie ist es, wenn man sein Leben an sich vorbeiziehen sieht, wenn es aber nicht die Vergangenheit ist, sondern die Zukunft, die da wie in einem Film vorgeführt wird. Wie es ist? Wie ein kleiner Tod fühlt es sich an. Alexandra und der Erich vor einem kleinen, grauen Haus mit Vorgarten und Kinderschaukel, der Erich mit fettigem Gesicht, sie daneben in einer geblümten Kittelschürze und einem Säugling, das Bild tut weh, Alexandra drückt die Faust in ihren Bauch, schmeckt Blut im Mund, das Bild ist falsch, der Erich ist der Einzige, der glücklich ausschaut.

Nein. Nein, nein!

Am Türstock hält sie sich fest, an der Wand, am Wasserhahn vorm Waschbecken, den sie gerade noch erwischt, bevor die Übelkeit nicht mehr im Magen, sondern zwischen den Zähnen steckt. Nein, es geht nicht. Sie kann es nicht. Immer wieder übergibt sie sich, bis nur noch Galle kommt, die sauer schmeckt, im Hals kratzt, gegen die nur kaltes Wasser hilft, das sie sich mit ihren Händen ins Gesicht schaufelt, das an den Schläfen herunterläuft, in den Rollkragen hinein, als sie den Kopf aufrichtet und in den Spiegel schaut. Nein, kein Kind. Sie kann kein Kind vom Erich kriegen. Nein.

Das Schlimmste ist, dass er es haben wollen wird. Alexandra zieht den Pullover aus, wischt sich damit über das nasse Gesicht, fasst sich mit der anderen Hand an den nackten

Bauch. Er wird ihr erklären, dass Kinder zu bekommen die logische Konsequenz einer Ehe sei. Vielleicht wird er sich auch freuen. Alexandra will keine Kinder als logische Konsequenz. Sie will kein Kind vom Erich. Ihr Gesicht sieht ungewöhnlich blass aus, mit roten Flecken am Hals, nur ihr Bauch ist wie immer. Glatt, flach, nicht besonders hart oder weich. Man sieht nichts. Keine kleine Wölbung, kein Druck, da ist kein besonderes Gefühl. Dass sie es nicht gespürt hat. Man hätte es doch spüren müssen. Sagen sie das nicht immer alle. Hatte es überhaupt keine Anzeichen gegeben. Und wie lange überhaupt schon. Fröstelnd legt sie sich ein Handtuch auf ihre Schultern, geht aus dem Bad, setzt sich und legt den Kalender auf ihre Knie.

Der kleine Kreis ist noch da. Auf den zweiten Blick wirkt er gar nicht mehr so klein. Alexandra kommt es vor, als ob er in den letzten zehn Minuten mindestens um das Doppelte gewachsen wäre.

Schon in der achten Woche.

Sie schlägt den Kalender zu.

Achte Woche. Vor zwei Wochen hatte sie ein Gefühl gehabt. Wie zugestopft war sie sich vorgekommen, und ein bisschen übel war ihr beim Abendessen gewesen. Wie dumm sie war. Sie hatte gedacht, dass es am Erich gelegen hat, an seinem blöden Gerede, am Unverständnis für ihre Begeisterung für die Veränderungen, die in der Luft lagen. Wenn Alexandra die Johanna Dohnal nur in einem Nebensatz erwähnte, verdrehte er wie automatisch seine Augen, was die Alexandra wiederum dazu brachte, immer noch einen Schritt weiter zu gehen.

Und woher nehmt ihr euch das Recht, hatte er kauend gefragt und einen Blick vom Fernseher weg auf die Alexandra geworfen.

Welches Recht jetzt bitte, hatte sie gefragt und einen Schluck von dem billigen Weißburgunder genommen, den der Erich immer auf Vorrat gekauft hat.

Na, das Recht, Gott zu spielen, hatte der geantwortet und mit dem Kopf geschüttelt, ich habe gar nicht gewusst, dass du so schwer von Begriff bist.

Und ich habe gar nicht gewusst, was für ein erzkatholischer Trottel du bist, hatte die Alexandra geschrien und ihr Weinglas gegen die Wand geschmissen.

Danach hatte er nicht mehr mit ihr gesprochen, dabei hätte sie noch so viel zu sagen gehabt. Sie hätte dem Erich von der Barbara erzählen können, von dem Unglück, das jetzt schon fast sieben Jahre her war, von dem, was passieren kann, wenn man sich an Freitagen unter einem Haselnussstrauch trifft mit zittrigen Knien und schmalen Erwartungen. Wie die Barbara dann eines Tages blass in die Schule gekommen war, Alexandra, können wir uns nachher treffen, und wie die Alexandra es dann erfahren hatte, geh Barbara, wie lange denn schon, und die nur weinend ihre Bluse aufgeknöpft hatte. Mit der Bluse hatte man es kaum sehen können, aber der nackte Bauch war hart und groß gewesen, die dünnen Beine sahen dazu gerade lächerlich aus, und dunkle Adern legten sich schon über das Kugelige der Barbara, die nur leise flüsterte, wie lange, was weiß denn ich, drei, vier Monate vielleicht. Alexandra hatte eine Blüte vom Ast gezogen, sie zwischen ihren Fingern zermahlen und die Barbara nur schweigend angesehen.

Hast du es vielleicht auch, ein Hoffnungsschimmer hatte in Barbaras Augen gelegen. Nein, hatte die Alexandra leise gesagt und ihren Kopf geschüttelt.

Und was für die Alexandra ein Segen gewesen war, ist der Barbara wie ein Verrat vorgekommen. Dabei triffst du dich doch schon viel länger mit dem Hannes und öfter, hatte sie unter Schluchzen hervorgestoßen. Glück habe ich halt gehabt, hatte die Alexandra trotzig geantwortet, und außerdem hat der Hannes eben aufgepasst. Es ist nicht gerecht, es ist nicht gerecht, unter den Tränen sind die Augen der Barbara immer zorniger geworden und wilder, du musst mitkommen zu mir nach Hause. Spinnst, die Alexandra war einen Schritt zurückgewichen, ich warn dich. Still war es zwischen den Freundinnen gewesen, ich warn dich, hatte Alexandra noch einmal gesagt und war gegangen, hatte die Barbara auf der Wiese, inmitten der Haselnusssträucher stehen lassen, mit offener Bluse und tränenverschmiertem Gesicht.

Als die Barbara dann am nächsten Tag nicht in die Schule gekommen war, hatte Alexandra ein mulmiges Gefühl im Magen gehabt, und zwei Wochen später hatte es in St. Johann nur mehr ein Gesprächsthema gegeben. Stellt euch vor, gerade die Barbara, nein so was, zu einer Engelmacherin nach Salzburg sind sie gefahren, ja, ja die Pichler Barbara mit ihrer Mutter, na eben, genau die, die am Sonntag immer als Erste in die Kirche, na das glaubst aber, sogar der Josef hat davon gewusst, der hat sie doch noch persönlich hingefahren, der eigene Vater, das arme Dirndl, na sicher, sicher, aber arm halt

auch und das arme Wurm erst, das hat man ihr dann im Krankenhaus herausoperieren müssen, ganz blau war es, hat schon
Arme und Beine gehabt, an Schädel, alles, so ein armes Wurm.

Alexandra war mit den anderen Mädchen auf dem Schulhof gestanden, glaubst, sie kommt wieder, hatten sie sie gefragt, Alexandra hatte den Kopf geschüttelt und zornig auf
den Karli geschaut, der in der Raucherecke gestanden war
und sich grinsend mit dem Hannes eine Zigarette geteilt
hatte.

Weil es war ja so gewesen, dass man sich in St. Johann zwar
das Maul zerrissen hatte über die Barbara, ihre Eltern, aber
nie ist die Rede davon gewesen, dass es zu dem Kind in Barbaras Bauch ja auch einen Vater gebraucht hatte, und so
konnte der Karli sich Zigaretten teilen und die Alexandra auf
dem Schulfest ein paar Wochen später fragen, ob sie nicht
auch mal mit ihm so Richtung Sträucher, jetzt, wo der Hannes passé war, und über die Ohrfeige, die er dann hatte einstecken müssen, war an der Schule noch lange gesprochen
worden, weil die Alexandra dafür ihre zweite Abmahnung
bekommen hatte, aber auch, weil die Leute geschmunzelt
haben, dass ein junger Bursch sich einfach so schlagen lasst.

Volltrottel, murmelt Alexandra und muss an den Erich denken.

Wann war es passiert? An dem Abend, als ihr so schlecht
gewesen war? Als sie den Magen-Darm-Infekt vom Erich ge-
erbt hatte? Es muss an dem Abend passiert sein. Sie hatte nie
die Pille vergessen. Sie hatte mit einer Gewissenhaftigkeit
daran gedacht, dass es den Erich belustigt hatte. Wie ein

Schweizer Uhrwerk, hatte er gesagt und sie angelächelt, und sie hatte ihm natürlich nicht erklären können, was es für sie bedeutete. Diese kleine Tablette, um die sie bei ihrem Gynäkologen hatte kämpfen müssen, die er ihr erst dann verschrieben hatte, als sie mit dem Erich verheiratet war, nicht ohne ihr zu erklären, dass das, was sie nun jeden Abend schluckte, ein Teufelszeug sei und dass sie besser daran täte, darauf zu verzichten. Ja, es muss dieser Abend gewesen sein, nach dem Streit, als der Erich, allen Abmachungen zum Trotz, doch noch in der Nacht vom Sofa aufgestanden und ins Schlafzimmer gekommen war. Alexandra hatte die Augen aufgeschlagen, als sie seinen feuchten, nackten Körper hinter sich gespürt hatte, und sie war überrascht gewesen. Denn eigentlich ist es Erichs Spezialität, sie mit Ignoranz zu strafen, so ist das nach einem Streit manchmal tagelang gegangen. Alexandra, die mit einer Wand sprach, Alexandra, die ein zweites Glas Wein einschenkte, das unberührt am Tisch stehen blieb, Erich, der durch Alexandra hindurchsah, als wäre sie auch nur ein Möbelstück, ein Teil von den Samtvorhängen, an die man sich schon so gewöhnt hatte, dass sie einem gar nicht mehr auffielen.

Vielleicht, ja vielleicht deshalb hatte sie der Erich in der Nacht so überfallen können. Geh Erich, hatte die Alexandra gesagt und sich in ihre Decke gewickelt. Na komm schon, hatte der Erich nachgesetzt und war mit seiner Hand unter ihr Nachthemd geschlüpft, was ist denn? Die Hand hatte schwer auf ihrem Rücken gelegen, der Erich hatte sich in abenteuerlichen Bewegungen versucht, die sie an das Putzen von Fensterscheiben erinnerte.

Bitte ich mag jetzt nicht.

Na komm schon, hatte der Erich wiederholt und war mit seiner Hand in ihre Unterhose gerutscht. Bitte Erich, hatte die Alexandra gesagt und sich auf den Bauch gedreht. Komm schon, bitte, der Erich hatte sich jetzt weinerlich angehört, bitte, sein Körper lag zur Hälfte auf ihr, mit seinem Knie zwickte er ihre Haut am Oberschenkel ein. Bitte, er umarmte sie, schob seine Hände zwischen sie und die Matratze, griff nach ihren Brüsten, bitte, sie spürte sein hartes Glied an ihrem Steißbein, immer wieder dieses Jammern, bitte, bitte, hör zu, ich krieg keine Luft, so, Erich, bitte, Alexandra, die sich fühlte, als würde man sie in eine Zwangsjacke wickeln, ich krieg keine Luft, Erich, bitte Alexandra, nur kurz, lass mich bitte umdrehen, bitte, ja Erich, es ist ja gut. Sie hätte Nein sagen sollen, sie hatte das richtige Gefühl gehabt.

Aber selbst wenn. Alexandra schiebt die schweren Vorhänge auf die Seite, es schneit immer noch, stetig legt sich das Weiß über die grauen Straßen. Kaum etwas los, wie zu Beginn des Jahres, als die Autos noch tageweise in den Garagen und auf den Parkplätzen stehen bleiben mussten. Selbst wenn es an diesem Abend passiert ist. Ende November haben wir jetzt, und bis die Fristenregelung endlich in Kraft tritt. Das wird sich nicht ausgehen. Das geht sich nie aus.

Zum dritten Mal schlägt Alexandra an diesem Tag den kleinen Kalender auf. Der Hannes. Vielleicht kann der ihr helfen.

Was hat der Großvater immer leise vor sich hin gesungen? Das Glück ist a Vogerl.

Frühling 1983

Das Auto ist voll. Es ist Alexandras erste Fahrt, und hinter sich hört sie die Menge kreischen, und leises Beten ist auch zu hören, dass man das überlebt, dass man nicht aus der Kurve fliegt, bitte. Nicht die Bäume streicheln, Alexandra, flachst der Rudi hinter ihr, aber der Rudi ist ein fader Hund. Einer, dem sie zwar dankbar sein muss, dass er ihr das Fahren beigebracht hat, dem aber jetzt die Schweißtropfen auf der Stirn sitzen. Fader Hund du, Rudi, sagt die Irmi zu Recht, und der Rudi kann nicht anders, als sich in die Höhe strecken, weil einen faden Hund lässt er sich sicher nicht nennen, er, der schickste Mann vom ganzen Amt, der sie alle schon einmal in seinem Bett liegen gehabt habt. Der Rudi kann natürlich nicht wissen, was die Irmi und die Alexandra so über ihn reden, wenn er nicht dabei ist, dass er nämlich wirklich ein fader Hund ist, außer wenn er zwischen ihren Beinen kniet. Auf den Rudi trifft es tatsächlich zu: Wenn du auf der einen Seite zu deppert zum Leben bist, weil du zu langsam warst, als der liebe Gott Hirn verteilt hat, zu irgendetwas bist du dann doch gut gewesen. Der Rudi ist eben eine gelungene Abwechslung mit schnellen Fingern, so ehrlich musste man sein.

Alexandra, jetzt musst du den Blinker setzen.

Der Rudi mit seinem Cordjackett und dem glänzenden

181

schwarzen Haar, das ihm immer, wie frisch geföhnt, in die Stirn fällt, hatte die Alexandra gerettet, hatte sie von ihrer Scheidung abgeholt, hatte sie abgelenkt, als sie es am meisten gebraucht hatte, und auch wenn das schon fast zehn Jahre her war: Die Alexandra vergisst nicht.

Nix los, sagt der Rudi und atmet aus, als wäre das ein Glück.

Natürlich sind die Straßen leer gefegt, wie sollte es anders sein, am Abend der Wahl, und der Rudi deshalb immer mit dem Blick auf die Armbanduhr und zwischen der Entscheidung, soll ich ein Hascherl sein, oder will ich pünktlich vor den Fernseher kommen, deshalb die unüberhörbare Bitte vom Rücksitz, gut Alexandra, bitte beeil dich, aber bring uns halt nicht um. Die Irmi hat dagegen einen praktischen Gedanken, während sie das Autofenster hinunterkurbelt.

Machst das Radio an?

Ist kaputt.

Na, haben wir eh noch eine gute Stunde.

Eine gute Stunde noch und in Alexandra ein Funken von Hoffnung. Nach dem letzten Duell der Kanzlerkandidaten war er in ihr aufgekeimt. Sie kann sich noch genau an das Gesicht des Moderators erinnern, während er versuchte, die Fotografen aus dem Fernsehstudio zu vertreiben, die dutzendfach nicht aufgehört hatten zu knipsen, obwohl die Übertragung ja schon längst angefangen hatte. Wie der Alois Mock von den Schwarzen dagesessen war wie ein Oberlehrer und sich in seiner ganzen Lächerlichkeit nach vorne gebeugt und Grüß Gott meine Damen und Herren gesagt hatte, während der Kreisky sich natürlich noch nicht mal hat vorstellen müssen. Als ob er zum Inventar gehörte, doch nicht alt, stau-

182

big und aus der Zeit gefallen, sondern unverzichtbar. An diesem Abend hatte Alexandra sich gedacht: Er schafft die Absolute, ganz sicher, und hätte sie die ÖVP nicht mit allem, was ihr zur Verfügung stand, so gehasst, fast hätte ihr der Mock leidtun können, der alte Vampir mit seinen zitternden Schultern.

Sie drückt mit den Füßen fest auf die Kupplung, gleichzeitig auf die Bremse und hört den Rudi hinter sich was in Richtung Kupplung und Frauen flüstern, aber was soll's, das Auto bleibt immerhin stehen und die einsame Fußgängerin, die mit Dackel die Alpenstraße überquert, kommt auch nicht zu Schaden. Alexandra schwenkt ihren Blick, schaut in den Rückspiegel. Es war sonst niemand zu sehen. Die Menschen mussten alle schon vor den Fernsehschirmen sitzen, und Alexandra denkt sich noch, dass es heut eigentlich ein guter Abend wäre, um mit der Tante das Autofahren zu üben. Das ist nichts für mich, hatte die mit einer Vehemenz behauptet, die Alexandra schon gekannt hatte. Aber natürlich war es trotzdem ganz untypisch für jemanden wie die Tante gewesen, einfach so aufzugeben, und geärgert hatte sich Alexandra darüber. Der Onkel hatte versprochen, ihr das Fahren beizubringen, hatte sie aber dann mit seinem tadelnden Spott so verunsichert, dass die Tante nicht mehr wusste, wo oben war, wo unten, wo links, wo rechts. Sie hatte es nie wieder versucht danach, und obwohl er inzwischen schon längst tot war, fiel sein langer Schatten auf ihr Leben, ließ die Ursel Beifahrerin bleiben, ließ sie weiterhin vor dem Essen Handtücher aufs Sofa und Fauteuil legen, damit nichts schmutzig wurde, so wie der Onkel Franz es immer gefordert hatte.

Grün, rufen die Irmi und der Rudi vom Rücksitz wie zwei gelangweilte Volksschulkinder. Alexandra gibt Gas, und da stirbt nichts ab. Nach vorne ist immer leichter, als anzuhalten, das war bei ihr noch nie anders gewesen.

Weiß der Hannes überhaupt, dass wir kommen? Der Rudi beugt sich über die Handbremse und greift nach dem Zigarettenanzünder, während Alexandra in die Siedlung einbiegt, die sie kennt, seit sie ein kleines Kind ist, wo sie jeder Stein an etwas erinnert, jede Bordsteinkante an das blutig aufgeschlagene Knie eines Sommers. Ja, eh weiß er es, sagt Alexandra und sieht im Rückspiegel, wie der Rudi seine Zigarette an einen glühenden roten Kreis hält, bis Rauch aufsteigt. Dass der Hannes vor zwei Jahren ausgerechnet in das Haus neben Elli hatte ziehen müssen, das hatte die Alexandra erst einmal für einen Witz gehalten. Weißt, hatte der Hannes damals im Podium, ihrer Stammkneipe, gesagt, es ist halt so, jetzt bekommt man die Grundstücke noch günstig, und die Lage ist ideal, in zwanzig Jahren hast keine Chance mehr, wirklich nicht, Alexandra. Er hatte mit einem Nicken gegen ihr Kopfschütteln angekämpft und dabei ja nicht wissen können, dass die Alexandra überhaupt nichts gegen seinen Immobilienkauf gehabt hatte. Es war mehr Hannes' Ansprache an sie gewesen, als hätte er ein allmächtiges Wissen, das er gnädigerweise mit ihr teilen würde. Das war es, was ihr aufgestoßen ist. Der Irmi und dem Rudi wiederum hatte etwas anderes Kopfzerbrechen bereitet. Dass der Hannes ausgerechnet die Liane und nicht die Alexandra geheiratet hatte, das war über ihre Vorstellungsmöglichkeiten hinausgegangen. Ein bisschen gewundert hatte sich die Alexandra schon über ihre Freunde. Gut, der Rudi war sich eh für keine Theorie zu schade, aber die Irmi war ihre längste Freundin. Zwar eine fürchterliche Tratschtante, dafür mit ordentlich Hirnschmalz. Trotzdem hatte sie kein Gefühl dafür, dass der Hannes mit der blassen, hageren Liane für die Alexandra kein Affront gewesen war, sondern eine Erleichterung. Liane war es, die nicht nur das Hin und Her zwischen ihnen beendet hatte, sondern Alexandra sogar den Hannes wieder näherbrachte. Lange Zeit hatte der so getan, als hätte er ihr höchstpersönlich, mit seiner Hilfe damals, ein neues Leben geschenkt. Und als sie es nicht so nutzte, wie er es sich vorgestellt hatte, geh sei doch mit mir, fang doch dein Studium wieder an, da war ihm die Enttäuschung darüber wie eine unausgesprochene Frage direkt ins Gesicht geschrieben, *warum hast du es dann getan?* Es hatte sie abgestoßen, alles an ihm.

Doch jetzt trafen sie sich wieder zu zweit im Café Bazar, und der alte, grantige Kellner dort, der wirklich wie ein Pinguin aussah, behandelte sie wie ein altes Ehepaar. Alexandra fühlte sich auch so und war doch froh, mit allem, was sie hatte, dass sie keines geworden waren.

Der Hannes hat uns doch eingeladen, die Irmi steckt den Anzünder zurück, und Alexandra riecht ihr süßes Parfum. Das erste Mal bei ihm daheim, bin eh schon so gespannt, wie es ausschaut.

Sie biegt in die Gasse ein, fährt am Haus vom kleinen Friedrich vorbei, der immer noch der kleine Friedrich heißt, obwohl er fast genauso alt ist wie die Mutti, mindestens einen Meter achtzig groß, mit grauen Strähnen, die sich über seine

Schläfen ziehen. Jetzt Finger gekreuzt halten, dass sie nicht der Mutti begegnet. Sie weiß nicht, wann sie sie das letzte Mal gesehen hat. Vor drei, vier Jahren? Aber es war ja wahr, was die Irmi zu ihr gesagt hat: Sie konnte sich nicht ewig verstecken. Los geh ma, sagt sie mit einem Blick auf ihre Armbanduhr.

Servus, Alexandra, die Stimme vom kleinen Friedrich tönt über die leere Gasse, und Alexandra hebt ihren Kopf und lächelt dem Mann in dem kleinen Dachfenster zu. Na, sind wir auf Heimaturlaub? Der kleine Friedrich schüttelt behäbig eine Decke aus, und Alexandra ärgert sich, denkt sich, er soll nicht so tun, als ob, weil eine Decke hat man den Friedrich sicher noch nie ausschütteln sehen, und überhaupt Heimaturlaub, tut er gerade so, als wäre Lehen nicht nur ein anderer Stadtteil als die Josefiau, sondern gleich das Ende der Welt.

Na, sind wir nur kurz auf Besuch.

Ah, sagst liebe Grüße an die Mutti. Der Friedrich packt umständlich das, was eine Decke sein soll, zusammen, und Alexandra denkt gar nicht daran, ihn aufzuklären, dass sie nicht in die Hausnummer zwölf gehen wird; hofft nur, dass der Friedrich mit seiner lauten Stimme nicht alle in der Siedlung aufgescheucht hat.

Gut dann, Alexandra winkt dem Friedrich zu, während die Irmi und der Rudi sich leise lachend unterhalten.

Ja, ein Wahnsinn wird das heute, redet der Friedrich weiter vor sich hin, ein Wahnsinn wird das heute, und Alexandra hofft, während sie über die marode Gasse gehen, dass er nicht recht behalten wird, der Friedrich, dem dieser Hauch von Weissagungen anhängt, der auch sagen kann, wer als Nächstes bei den Todesanzeigen stehen wird, und der in den unmöglichsten Momenten auftaucht, wie das Gewissen der Gasse.

Hereinspaziert, die Herrschaften, der Hannes breitet seine Arme weit auseinander, und Alexandra entdeckt ungewohnte rote Flecken in seinem Gesicht und ein Glück, das sich tief um die Augen herum in Lachfalten abzeichnet. Servus, servus, gibt's schon was Neues, der Rudi hält nicht viel von Etikette, schlupft nach einem kurzen Handschlag zwischen Hannes' Armen und dem Türrahmen durch, dahin, wo er das Wohnzimmer vermutet. Servus, Irmi, der Hannes lässt seine Arme sinken, drückt der Irmi ein Bussi links und eines rechts auf ihre Wangen und lässt sie eintreten. Und hallo, Alexandra, sagt er dann, und für einen Moment kommt es ihr so vor, als wäre er sich nicht sicher, ob er sie wirklich hereinlassen soll. Unruhig tritt sie von einem Fuß auf den anderen, blickt sich um, sieht die Nummer 12, aber die Fenster sind ganz dunkel, nur oben im Dachboden brennt ein Licht. Du Hannes, darf ich, ich müsst auf die Toilette, außerdem, du weißt, die Mama. Sicher, entschuldige, erschrocken tritt der Hannes auf die Seite und schließt, kaum ist sie eingetreten, schnell die Tür. Kurz stehen sie sich im engen Flur gegenüber, sagen nichts. Irgendwann gibt ihr der Hannes einen Kuss auf die Wange. Ich weiß nicht, wohin ich muss, sagt die Alexandra.

Im Gäste-WC wäscht sie sich die Hände und sieht in den Spiegel. Ist er so trüb, oder bin ich es, fragt sie sich. Der Spiegel wird es sicher nicht sein, die Liane ist eine ordentliche Hausfrau. Wie ein grauer Schleier liegt etwas über ihrem

Gesicht, und kaum hat sie die Klotür hinter sich geschlossen, kommt ihr die Liane im Flur entgegen, jetzt schnell, Alexandra, wir warten schon alle mit dem Anstoßen.

Das Wohnzimmer ist halb Eckbank, halb Wandschrank, ein Überbleibsel der Vormieter, wie Liane ihr eifrig versichert. Alexandra erkennt Hannes' Handschrift trotzdem sofort. Gemütlich, ja. Die Irmi und der Rudi sitzen in der Eckbank wie zwei verlassene Königskinder. Dabei liegt es sicher nicht nur an der riesigen beigen Sofalandschaft oder der unheimlichen Menge an Potpourri, die das Wohnzimmer in einen verlassenen Blumenladen verwandelt. Es ist schon auch, das weiß Alexandra, der Gedanke an den Hannes selbst, der die Irmi so grinsen lässt. Die Irmi war noch nicht lange geschieden mit einer Tochter, die bei ihrer Mutter lebte. Der Hannes wäre für die Irmi eine Option gewesen, gesellschaftlich wieder aufs richtige Gleis zu kommen. Mit Anfang dreißig geschieden und kinderlos wie die Alexandra, oder geschieden mit Kind wie die Irmi, da denkt man sich natürlich, was soll es, neuer Mann, neue Frau, Kind, Haus, Schrankwand dunkle Eiche, Sack zu. Aber jetzt war die Sache passé, dem Hannes konnte man die steife Liane gönnen, die in allem, was sie tat, so deutsch war, das war nur alles richtig so und in Butter. Auf dem Fernsehschirm läuft jetzt der Hustinettenbär durch das Bild, verteilt singend Hustenpastillen an ein Opernpublikum, und hinter ihm flitzt der Hannes hervor mit einer Flasche Sekt in der Hand, stolpert fast über den Teppich, dass Alexandra unweigerlich an Dinner for One denken muss.

Bitte, der Hannes klammert sich an die Sektflasche und

unterbricht die Irmi, die dem Rudi gerade erklärt, wie der Wahlabend sicher ausgehen wird.

Bitte, wiederholt der Hannes, bitte sagt gleich einfach nichts. Beißt euch einfach auf die Zunge, auch wenn es schwerfällt.

Die Irmi sieht verwirrt zwischen dem Rudi und der Alexandra hin und her, da kommt schon die Liane durch die Tür, ruft, wer mag Melone mit Schinken zum Sekt, während sie geschickt über die Fransen des Teppichs schreitet, die dem Hannes gerade fast zum Verhängnis geworden wären. Und als sie die breite silberne Platte auf den Tisch stellt, muss sich Alexandra wirklich fest auf die Zunge beißen, um nicht laut loszulachen.

Der Mock ist nicht der Kohl, der wird sicher nicht gewinnen, sagt der Rudi und steckt sich ein Stück Wassermelone in den Mund.

Na, bist dir da sicher?

Wissen tut man nix mehr.

Die Deutschen kriegen das, was sie verdienen, aber wir haben den Mock sicher nicht verdient.

Entschuldige, Liane, sagt der Rudi schlürfend, und die Liane lächelt über *die Deutschen* weg.

Auf Alexandras weißem Teller ist alles rosa. Das Dunkelrosa der Wassermelone vermischt sich mit der hellrosa Farbe des aufgeschnittenen Rollschinkens, und da braucht man wirklich nicht wie Alexandra ein paar Sommermonate in Italien am Schiff gearbeitet haben, damit man weiß, wie es sich richtig gehört, Melone und Schinken. Hilflos sieht sie von ihrem Teller auf, sieht zur Irmi. Ich kann das nicht essen, wirklich nicht, versucht sie verzweifelt mit ihren Lippen zu formen, aber die Irmi zuckt nur mit den Schultern und lässt ein Stück Schinken in ihren Mund fallen.

Schmeckt's dir nicht?

Du, weißt, Liane, also …

Hast eigentlich was vom Erich gehört, der Hannes verschüttet fast das ganze Glas, so schnell fällt er Alexandra ins Wort.

Pass doch auf, Lieber, die Liane putzt ihn mit einer Serviette ab, und der Hannes schaut sie mit einem Gesichtsausdruck an, den Alexandra nicht von ihm kennt, nicht verliebt, aber ganz weich.

Saufen tut er halt eine Menge, mischt sich der Rudi ein, noch bevor die Alexandra antworten kann, und ins Podium darf er nicht mehr, weil da die Alexandra immer ist. Die Alex und der Erich haben sich nach ihrer Scheidung wirklich die Lokale aufgeteilt wie andere Leute die Betreuungszeiten für ihre Kinder. Der Rudi lacht laut auf, und die Liane schaut mit einer Mischung aus Betroffenheit und dem Wissen, dass es ihr nie so gehen wird, auf sie, dass die Alexandra ihr am liebsten die Wassermelonenscheiben ins Gesicht werfen und ihr den Rollschinken ins Maul stopfen will.

Der Hannes sieht sie an, sieht auf die Uhr.

Jetzt geht's gleich los, und wie auf ein Kommando drehen sich alle zum Fernsehschirm um, obwohl da noch nichts passiert, obwohl nur die fröhliche Hausfrau Prilblumen von der Spülflasche abzieht und auf Kacheln und Tassen klebt, und dann wird die Diskussion darüber fortgesetzt, wie der Abend wohl ausgehen wird, ob Kreisky es noch mal schaffen kann, Rudi ja, Liane nein, Hannes nein, Irmi ja, und wer es außerdem noch schaffen könnte, ob diese neue grüne Liste es schaffen wird, nachdem die sich im Radio selbst demontiert hat.

Selber schuld, wenn man *Basta* ein Interview gibt, sagt der Hannes, und Alexandra nickt. Dass man den Fellner-Brüdern nicht trauen konnte, das lag ja auf der Hand, dafür hat man nun wirklich keinen Volkshochschulkurs besuchen müssen.

Was war in dem Interview bitte, der Rudi zündet sich eine neue Tschick an und bläst Rauch in den großen, gläsernen Lampenschirm über ihnen. Was hat er so Schlimmes gesagt. Dass er gern mal eine pudert?

Dass er mehr als fünftausend Hasen gehabt hat. Die Liane sagt das Wort Hoasn so, dass es wirklich so klingt, als hätte der Fuxens Herbert tatsächlich fünftausend Hasen in einem Stall gehabt und nicht Sex mit über fünftausend Frauen, wie er im Interview behauptet hatte.

Er sagt ja eh, das Interview wäre gefälscht, sagt der Hannes und dreht an seinem Ehering.

Ah geh, gefälscht hin oder her, Unschuldslamm ist der Fux sicher nicht, sagt die Irmi und erzählt mit weiten, ausufernden Handbewegungen, dass der Fux ein Nein nicht akzeptiert und die Hände schon mal nicht bei sich lassen kann.

Ja eh, nichts Neues, sagt die Alexandra, der der Fux eigentlich wirklich wurscht ist. Sie ist aufgeregt, ihr Herz klopft. Nur noch die Lottozahlen, und dann ist es endlich so weit. Der Hannes schlängelt sich umständlich aus der Eckbank zwischen ihnen hervor, berührt Alexandra am Knie, lasst mich raus, bitte. Er geht Richtung Fernseher und stellt den Ton etwas leiser.

Geh bitte, was machst denn ausgerechnet jetzt, geht doch gleich los. Die Alexandra streckt ihren Kopf, will wenigstens etwas sehen, wenn sie schon nichts hört.

Die Liane ist schwanger. Wir bekommen ein Kind.

Die Teller liegen halb gefüllt am Tisch, der Aschenbecher ist voll, aus der Melone tritt Saft aus. Der Hannes hatte die Liane ins Bett gebracht, nachdem ihr alles zu viel geworden war, weil so ein Ereignis musste ja begossen werden, also die Schwangerschaft, weil ansonsten gab es nicht viel, was hätte begossen werden können. Der Kreisky war wohl Geschichte.

Jetzt ist der Hannes wirklich Geschichte, sagt die Irmi fast wehmütig, nachdem sie sich von ihm verabschiedet hatten. Sie stehen vor der Tür, wissen nicht, wohin mit sich, so wie man es manchmal eben nicht weiß, wenn sich von einer Minute auf die andere alles, an was man einmal geglaubt hat, zu ändern scheint. Alexandra blickt zum Haus Nummer 12 und stellt erleichtert fest, dass alle Zimmer dunkel sind. Sie wird aus dieser Siedlung so schnell entwischen, wie sie hineingekommen ist.

Ach Alexandra, der Rudi legt seine breiten Arme um sie. Er hat keine Gelenke, seine Arme gehen direkt in die Hände über, dass es fast unheimlich ist. Brauchst dem nicht hinterherweinen, wirst sehen, kommt schon wer anders, außerdem bin ich ja auch noch da, fügt er grinsend hinzu. Da muss also erst der Rudi kommen und ihr sagen, dass sie nicht weinen soll, damit sie merkt, dass es so ist.

192

Gehen wir noch ins Podium? Ist ja noch nicht so spät. Der Rudi schwenkt seinen Kopf Richtung Auto.

Ich kann nicht mehr fahren, schüttelt die Alexandra den Kopf.

Ich fahr, sagt der Rudi. Komm schon, sind eh nur ein paar Meter bis in die Stadt rein, der Rudi hebt bettelnd die Hände, und Alexandra sagt, na von mir aus, und wirft ihm den Schlüssel zu.

Der Rudi hat leicht reden, so ein fauler Hund, sagt die Irmi, und Alexandra weiß, was sie meint. Der Rudi hat wirklich leicht reden, weil als Polizistensohn hat er sie natürlich alle beim Vornamen gekannt, da ist der Rudi angesoffen mutiger gefahren als die Irmi nüchtern.

Magst ein Taschentuch, die Irmi geht in die Knie und kramt in ihrer kleinen Handtasche, ruft laut, geh bitte, weil der Rudi keine Ruhe gibt. Sie drückt ihr ein zerfleddertes Taschentuch in die Hand und tippt auf Alexandras nasses Gesicht. Wegen dem Kreisky ist es, gell?

Die Irmi weiß natürlich, dass die Alexandra nicht wegen dem Hannesbaby, sondern wegen dem Kreisky weint. Die Irmi kann aber nicht wissen, dass Alexandra nicht nur aus Trauer, sondern auch aus Erleichterung weint. Es war, so kam ihr vor, eine neue Zeit angebrochen, mit diesen neuen Männern, Machertypen, die nicht nur keine Ideale mehr hatten, sondern auch keine Grenzen, und die sich grinsend über Moral hinwegsetzten, als wäre es nichts. Jemanden wie Kreisky konnte sie sich in dieser Welt nicht mehr vorstellen.

Kommt ihr jetzt endlich, der Rudi ruft so laut, dass Alexandra Angst hat, er ruft die ganze Nachbarschaft zusammen.

Aber alles bleibt dunkel. Vielleicht ist sie gar nicht daheim, denkt Alexandra, während sich die Irmi in ihren Arm einhängt.

Ma, kann der lästig sein, oder.

Gehen wir ins Podium, oder? Der Rudi hält ihnen die Tür auf, und Irmi steigt kichernd ein, ohne die Alexandra loszulassen. Im Auto stellt er seinen Sitz mit einem Ruck so weit zurück, dass die Rückenlehne in Alexandras Knie schießt. Aua, bist deppert.

Entschuldige, der Rudi rückt wieder ein Stück nach vorne und dreht sich bei laufendem Motor noch einmal um. Also Podium, fragt er, als ob er ein Kapitän wäre, der Kurs nehmen müsste, als wäre in dieser kleinen Stadt nicht sowieso alles am selben Fleck. Der Fips ist sicher noch da, sagt er, die Inge, der Yussuf.

Und vielleicht der eine, die Irmi klatscht aufgeregt in die Hände. Der mit den großen schwarzen Augen, südländischer Typ, oder Jugo, weißt, wen ich meine.

Der Milan, sagt der Rudi und setzt das Auto in Bewegung.

Alexandra nickt. An einen Milan erinnert sie sich. Sie blickt noch mal zurück auf Hannes' Haus, auf Ellis Haus.

Der Großvater hatte schon recht gehabt. Aufgewärmt schmeckt nur ein Gulasch gut.

Schafskälte 2006

Das Besteckklirren versetzt das Haus in einen Dämmerschlaf, und auf der Schmittenhöhe in Zell am See liegt Schnee. Die Schafskälte hat zugeschlagen, man glaubt es kaum. Man meint, dass im Juni Weihnachten ist, nicht nur wegen der weißen Pulverschicht da hoch oben, sondern auch deshalb, wie Elli, Alexandra und Ursel um den Tisch herumsitzen, hier in dem alten, umgebauten Haus, und mit ihren Gabeln gemeinsam gegen die Teller schlagen. Man meint auch deshalb, dass Weihnachten ist, weil sich das gemeinsame Schweigen so über sie legt wie eine poröse Eisdecke. Und wird zwischen Kauen und Schlucken einmal hörbar eingeatmet, dann wird sich heimlich gefragt, ob das wohl schon der Versuch war, etwas zu sagen, oder nur ein Luftholen. Da scheint es fast wie eine Ausrede zu klingen, dass ja wirklich etwas in der Luft liegt, Neuwahlen wieder einmal und ein vermisstes Kind, wie noch nie.

Nichts wird so heiß gegessen, wie es gekocht wird!

Alexandra sieht ihre Mutter an, beobachtet, wie sie ihre Hände in den Schoß legt, so wie sie es immer tut, wenn sie etwas sagen, sich aber erst noch mal vergewissern möchte, dass ihr, wirklich nur ihr alleine, die gesamte Aufmerksamkeit gilt. Nichts wird so heiß gegessen, wie es gekocht wird, sagt Elli noch einmal langsam und sieht in die Runde. Weder

Ursel noch Alexandra antworten. Diese Familie hat besondere Talente. Sie kann nicht nur Atem als Sätze deuten, sondern auch umgekehrt. Alexandra weiß das. Sie weiß auch, dass ihre Mutter gleich, wie auch immer, murmeln und weiter mitleidig auf dem Fleisch herumkauen wird, als hätte Alexandra altes, sehniges aufbereitet und nicht beim Metzger Dankmayr nach dem besten Wadschunken verlangt.

Sie sieht auf die Seite, blickt in das ernste Gesicht ihrer Tante, blickt auf den unberührten vierten Teller, der ihr gegenübersteht. Natürlich lag es in der Luft, die Frage, wo das verschwundene Kind denn nun war. Auch wenn die Eva, streng genommen, nur anderthalb Stunden zu spät zum Mittagessen kam und mit knapp zwanzig Jahren auch nicht mehr richtig Kind war. Trotzdem stand die Frage im Raum, schwebte zwischen ihnen, stach ihnen in die Rippen, so lästig, in ständiger Wiederholung, wie das Piepen vom neuen Kühlschrank, ein hochmodernes Gerät, dass sich zu Wort meldete, wenn man die Tür zu lange aufgelassen hatte, und von dem Alexandra nicht mehr wusste, ob sie es gekauft hatte, weil sie dachte, es zu brauchen, oder um Elli zu ärgern, die ihren Unmut über diese neuen, sinnlosen, technischen Errungenschaften immer mit einer Handbewegung vor ihrem Gesicht wegstrich, als würde sie gegen eine lästige Fliege kämpfen.

Wo war Eva also? Elli malmt weiter mit ihren Zähnen, auf die sie so stolz ist, andere haben in ihrem Alter die Dritten, aber sie nicht, bitte schön, und Alexandra weiß genau, was ihre Mutter denkt. Die Eva ist ein von Elli heiß geliebtes, aber ein schwieriges, unzuverlässiges Kind. Doch zu dem sonntäglichen Mittagessen war sie, trotz allem, noch nie zu spät gekommen. Wo also konnte sie sein? Elli holt tief Luft, sieht über ihren Teller, über die Zwiebel, die noch auf ihrer Gabel hängt, über die heimlich aussortierten Fleischteile unter dem Rest von Krautsalat, und bevor sie etwas sagen kann, kommt Alexandra ihr schnell zuvor.

Iss das Fleisch, Mama, weißt leicht nicht mehr, was dir der Arzt gesagt hat?

Alexandra fürchtet sich vor Ellis Luftholen, wenn sie ihre Hände in den Schoß legt, fürchtet sich vor dem, was noch kommt, und da bleibt nur die Erinnerung an den Arzt und daran, dass gesagt worden war, vor lauter Tierliebe mit über siebzig noch Vegetarierin werden, eh löblich, aber sie, Elli, müsse sich dann auch an die Konsequenzen dieser Ernährungsumstellung gewöhnen. Daran halt, dass das Verdauen von reinem Gemüse bei lebenslangen Fleischesserinnen mit der Schnelligkeit passierte, über die sich von Elli eben beklagt worden war. Diese unbedingte Tierliebe war Alexandra immer schon auf die Nerven gegangen, aber vielleicht war es auch die Eva gewesen, die Elli auf diese Idee gebracht hatte. Die alte Frau war der Eva doch hörig, denkt sich Alexandra und nimmt den Löffel in die Hand für den Gulaschsaft. Die Eva. Wo war die Eva jetzt? Kein Anruf, keine Nachricht. Sicher, Eva war am Samstag oft ausgegangen, aber jetzt stand die Matura ins Haus, zum zweiten Mal, da hatte sie sie oft an dem kleinen Tisch oben im Durchgang lernen gesehen, und egal was zwischen ihnen passiert war, die Eva war zu dem sonntäglichen Familienessen noch immer aufgetaucht. Das war das letzte, heilige Ritual. Ansonsten hatte man sich, wie in den meisten Familien, damit abgefunden, dass man eben einfach zusammengewürfelt worden war und dass es auf die Gefühlslage ankam, ob man das einen Zufall oder Schicksal nennen wollte.

Das Fleisch ist gut, wirklich, Alexandra. Die Ursel führt die Gabel zum Mund, reißt die Augen auf und nickt dabei so heftig mit ihrem Kopf, dass die Perlenkette auf ihren sonnengebräunten, knochigen Brustkorb schlägt, und für einen kurzen Moment hat Alexandra Angst, dass der zusätzliche Schlag ihr Herz aus dem Takt kommen lässt. Überhaupt war es ja so, dass Ursels Herz schneller gepocht hatte, je dünner sie geworden war, oder war es umgekehrt gewesen? In jedem Fall hatte man Alexandra gesagt, das sei nun mal das Alter, eine Begleiterscheinung. Der Mensch gewöhnt sich an alles, hatte der Kardiologe das Gespräch beschlossen, aber Alexandra hatte nicht das Gefühl, dass es stimmte. Das Geheimnis am Alter, hatte ihr die Ursel offenbart, sei ja, dass man sich, obwohl jede Veränderung schleichend kam, stetig, dass man sich auf den Teufel komm raus trotzdem nicht daran gewöhnen konnte. Alexandra hatte sich über die Worte ihrer Tante erschreckt und sie hatte die Ursel beobachtet, wie sie hin und wieder zu ihrem Brustkorb herunterschielte, als ob sie Angst hätte, dass sich das Herz aus ihr herausgraben würde, hinauspochen, und als wäre es ein Glück, sich zu vergewissern, dass es eben noch nicht so weit war.

Aber wer weiß schon, wie lange noch. Alexandra nickt dem Fleisch zu, nickt Ursel zu, nickt Elli zu, sie weiß ja, dass Ursel überzeugt ist, sie würde zuerst sterben. Ich bin die Ältere, ich sterbe zuerst, hatte es immer geheißen, aber Elli hatte mit ihrem Vegetarierinnen-Dasein mal wieder alles durcheinanderwürfeln müssen, ihren Mageninhalt und das Schicksal der Schwestern, das laut der Tante so vorbestimmt war. Das war wirklich wieder eine ihrer unsäglichen Ideen gewesen, mit über siebzig noch Vegetarierin werden zu wollen und dabei das ganze Leben nicht an einem Lammbraten vorbeigegangen zu sein, wobei an Lamm vielleicht, aber nicht an einem guten Backhendl oder an einem so ausgezeichneten Gulasch, wie das, was aus den weißen, viereckigen Tellern auf dem breiten Holztisch vor ihnen dampft. Natürlich war ihre Mutter spinnert gewesen, das war sie immer schon, aber die Hoffnung hatte man nie aufgegeben, dass da noch was passiert in ihrem Kopf, aber keine Chance. Und natürlich hatte sich das Spinnerte auch weiter durch die Familie ziehen müssen. Die Eva war ja, auch wenn man es äußerlich nicht hat erkennen können, wirklich ganz ihre Großmutter. Sich selbst hatte die Alexandra kaum in ihr wiedergefunden und auch die Ursel nicht, vielleicht höchstens in der frühsten Kinderzeit einmal. Wie vor ein paar Jahren auf der Schranne, wo die Ursel nach ihrer Pension noch gearbeitet hatte. Das Geld hatte sie zwar nicht gebraucht, der Onkel hatte ihr ein paar Goldbarren und ein riesiges Grundstück hinterlassen, der alte Nazi war doch zu was gut, hatte Alexandra gesagt. Als die Eva sie dann gefragt hatte, woher der alte Nazi denn genau sein Geld gehabt habe, hatte Alexandra auch keine Antwort gewusst. Sie war müde geworden über die Jahre. Wer rastet, der rostet, hatte die Ursel immer gesagt, egal ob sie in ihrem Garten gearbeitet oder auf der Schranne Obst und Gemüse verkauft hatte.

Hin und wieder war Alexandra mit der Eva vorbeigekommen, und die Eva hatte mitverkauft, hatte aber, wenn sie eine besonders schöne Birne, einen leuchtend roten Granatapfel nicht hergeben wollte, den kleinen Mund fest verschlossen, den Kopf geschüttelt und auch auf Ursels Drängen hin, na jetzt gib ihn halt her, was willst ihn halt nicht hergeben, ihren Lieblingssatz gesagt: »Wenn ich nicht will, dann will ich nicht.« Und vielleicht, denkt Alexandra, hat ihre Tochter sich den Satz heute einfach mal wieder in Erinnerung gerufen.

Und wenn ihr was passiert ist?

Ellis Stimme schießt über das Ziel hinaus, bricht.

Blödsinn, Alexandra lässt ihren Löffel auf den Teller fallen, schiebt den Stuhl nach hinten und steht so ruckartig vom Tisch auf, dass der Serviettenknödel auf dem Servierteller wackelt. Natürlich muss Elli das aussprechen, was alle denken, fürchten, aber natürlich sagt sie es dabei beschwörend, sodass ihre Worte durch das ganze Haus fliegen, über die Treppe, durch den Kamin, ins Dachgeschoss, durch die weiß gestrichenen Holzbalken, wie ein Unheil, das sich nicht aufhalten lässt und in weiten Kreisen durch das Haus zieht. Das Haus. Das Haus, das sein Gesicht verändert hatte, das umgebaut worden war. Es war in seine Einzelteile zerlegt, betrachtet und wieder neu zusammengesetzt worden, wie ein Körper bei einer Operation. Man hatte dies für gut und jenes für nicht mehr brauchbar gehalten, und Alexandra hatte mit Elli um jede Veränderung gerungen. Nur auf Ursel hatte sie sich verlassen können, die das Ganze natürlich wieder praktisch gesehen hatte, hör auf, Elli, die Alexandra will mit ihrer Familie halt einziehen, was Eigenes machen, jetzt sei halt

200

froh. Aber die Elli war darüber nicht nur froh gewesen, da ist sich Alexandra sicher. Es war ja immer schon so gewesen, dass man nur etwas bekam, wenn man etwas anderes dafür gegeben hatte, und das war weder gesund noch zum Aushalten.

Hast du auf ihrem Telefon angerufen? Die Ursel sagt das Wort Telefon so, als wäre Handy kein Begriff, dem man trauen könnte.

Was glaubst du, Alexandras Stimme klingt schärfer als gewollt, sie merkt es sofort, macht auf dem Weg in die offene Küche halt, sieht zurück und fragt.

Auch noch einen Schluck Bier, Tante?

Die Tante nickt gnädig, und ihre Augen sind wie Wasser, das sich in dem Grün der Perlenohrringe wiederfindet. Elli schiebt entschlossen den Teller von sich, während sie noch mit Verachtung die letzten Fleischbrocken hinunterschluckt, weil zum Verschenken haben wir nix, und weggeschmissen wird erst recht nichts. Alexandra kennt diese Geste, weiß um die Rivalität zwischen Ursel und Elli, auch wenn sie es nie so ganz hat verstehen können. Was sie sich nicht alles hatte anhören müssen. Elli, die ihr vorgeworfen hatte, sie hätte lieber Ursel als Mutter gehabt, die als einzigen Beweis um ihre Mutterschaft nur ihren gesenkten Beckenboden anführte, der ihr jetzt im Alter so zu schaffen machte, weil an was, hatte sie Alexandra gefragt, könnte sie es sonst festmachen, dass sie ihre Tochter war? Alexandra mit dem drahtigen Körper, den dunklen Haaren, die ihr schönes Gesicht einrahmten, wie das der Mona Lisa, nur ernster.

Wo ist der Milan eigentlich wieder?

201

Alexandra schenkt das Bier ein, hält kurz inne und überlegt. Irgendeine Messe in Lyon, ruft sie zum Tisch zurück, aber sicher ist sie nicht. Woher sollte sie es wirklich wissen? Das letzte Mal wollte er sie nicht einmal sprechen, nur mit Eva hatte er telefoniert. Ganz aufgeregt war die Eva durchs Haus gelaufen, hatte einen ihrer guten Momente gehabt, und Alexandra hatte sie über die bevorstehende Fußball-WM sprechen gehört und nicht glauben können, dass es das war, was ihre Tochter wirklich interessierte. Eva, die selber nie einen Ball in der Hand oder auf dem Fuß gehabt hatte, die man zum Schwimmenlernen zwingen musste, zum Tennisspielen, die aber so zart war, so dünn, dass man sich die fehlende Bewegung als vernünftig erklärte, und die dann aber mit ihrem Vater gemeinsam alle Sportereignisse verfolgte. Das Einzige, was Eva sonst wirklich ernsthaft tat, war immer schon das Fotografieren gewesen, und der Keller, mit einem Betretungsverbot belegt, verwandelte sich in eine Dunkelkammer.

Ruf sie doch noch einmal an, Alexandra. Die Ursel wischt sich mit der Papierserviette vorsichtig über ihren Mund und legt sie neben dem Teller ab, sie bleibt dabei so sauber, dass man sie gleich wieder benutzen könnte. Weil, komisch ist es schon, was sollen wir mit den ganzen Bildern hier, seufzend zeigt die Ursel mit ihrem mageren Finger, den sie sonst nur erhebt, wenn Elli mal wieder ihren verrückten Gedanken freien Lauf lässt oder sie sich Sorgen um Eva macht, deren Gedanken ja nicht weniger verrückt sind, aber zu Ursels Entsetzen besser durchdacht, mit diesem Finger zeigt sie auf die Polaroids, drei Stück sind es, die über den Tellern platziert sind. Ein nettes Geschenk halt, die Elli beugt sich über das Polaroid, das ihr am nächsten liegt, und betrachtet es neugierig, als würde sie es zum ersten Mal sehen, als hätte sie nicht schon in den letzten anderthalb Stunden immer wieder einen Blick darauf geworfen und sich gewundert.

Ich hab gar nicht gewusst, dass sie die Polaroidkamera noch benutzt, murmelt Alexandra, wendet den Blick vom Foto ab und steht auf. Ich probiere es noch einmal bei ihr, sagt sie und geht zum Telefon, nicht ohne im Rücken das Gemurmel der beiden Alten zu hören. Je älter die Mutter und die Tante werden, umso lauter werden sie im Versuch, leise zu sein, und je weniger sie hören, umso mehr rumpeln sie durch die Gegend, als wollten sie sich so vergewissern, wirklich noch da zu sein. Alexandra tippt die Nummer ein, die sie auswendig kennt, wartet ein paar Freizeichen ab, hört, wie hinter ihr weitergeflüstert wird. Elli im Wiederholungsmodus und die Tante besorgt, na, na, na, was sie nicht umhaut, macht sie nur stärker, und Alexandra will sich schon umdrehen und der Tante sagen, sie soll bitte aufhören mit diesen Sprüchen, da wird das Freizeichen abgelöst, und sie hört eine Stimme am Telefon, hört Evas Stimme, ein ziemlich lautes, forsches Hey, und sofort antwortet sie.

Eva, hallo, wie geht's dir, wo bist du, wir machen uns Sorgen.

Hinter ihr verstummt das Gemurmel, aber von Eva keine Antwort, nur ein Rauschen in Alexandras Ohr, als würde eine Maschine laufen, und je stiller es um sie herum wird, desto eher begreift Alexandra, begreift, dass es Evas Ansage für ihre Mailbox ist, die sie schon so oft gehört hat. Ein Witz, den Eva so lustig findet, dass sie Alexandra und Milan manchmal am Abend vorspielt, was ihr die Menschen, die sie zum ersten Mal anrufen, so auf ihre Mailbox sprechen. Enthusiastisch, fordernd, schnell, und dann die Enttäuschung, wenn sie bemerken, dass sie es nicht mit einem Menschen, sondern mit einer Tonband-Eva zu tun haben. Alexandra, die das eigentlich weiß, fühlt sich ertappt, drückt auf den roten Knopf und sieht das Telefon in ihrer Hand an.

Alexandra, und, was ist, kommt sie jetzt? Die Ursel unterbricht ihre Gedanken.

War nur die Mailbox. Nachtisch?

Mailbox, die Tante wiederholt das Wort, als wäre es etwas Unanständiges, das man schnellstens wieder vergessen sollte. Und sie hat ja recht, auf eine Art gesehen, denkt sich Alexandra, während sie in die Küche zurückgeht, das Vanilleeis aus dem Tiefkühler holt und eine Packung gefrorene Beeren dazu. Sie kann sich erinnern an eine Zeit, da hatte man das Telefonieren noch hoch geschätzt. Glücklich war man gewesen, als die ersten Telefone in die Häuser eingezogen waren, so glücklich, dass man eigens für sie kleine Telefontischchen hergerichtet hatte, mit Tischdecke und Spitze darüber, wie einen Altar. Und weil nicht nur das Telefonieren, sondern auch das Telefonnummer-Beantragen so teuer gewesen war, hatte man sich eben mit den Nachbarn ringsherum eine Nummer geteilt. Da hatte es schon mal vorkommen können, dass das Telefon den ganzen Tag über besetzt geblieben ist, obwohl man selbst nicht einen Anruf getätigt hatte. Und immer öfter war sie zu Ellis Freundin, der Hanni, hinübergeschickt worden, hatte angeklopft und ausrichten lassen, dass man jetzt halt auch einmal drankommen müsste, und die Hanni hatte jedes Mal aufs Neue einen roten Kopf bekommen, sicher, tut mir eh leid, ich häng den Hörer jetzt ein. Trotzdem, denkt sich Alexandra, waren wir leichter zu erreichen als die Eva heute, die dieses kleine Telefon mit sich herumschleppte, und es gab Tage, da blickte sie alle Sekunden auf diesen Bildschirm, ob nicht eine Nachricht gekommen war, so oft, dass die Urseltante manchmal ihren Finger erheben musste, so Eva, jetzt ist aber genug.

Sie wird schon gleich kommen, die Ursel nimmt das Polaroid, das etwas schief neben ihrem Glas liegt, in die Hand, sieht es an, dreht es, greift Spitze um Spitze und legt es wieder neben ihren Teller, ganz gerade, sodass der untere weiße Rand am Tisch-Set aufliegt. Außerdem, fügt sie noch hinzu, als Alexandra mit drei Schüsseln voll Eis in der Hand zurückkommt, vielleicht ist die Batterie leer. Der Saft der dampfenden Himbeeren rinnt über das Eis, schlägt kleine Bläschen, sieht aus wie frisches Blut.

Man weiß ja gar nicht mehr, wen man wählen soll, man liest ja so viel, stellt die Elli in der Stille fest, während sie die schwarzen Pünktchen im Vanilleeis betrachtet. Außerdem die EU, atmet die Elli langsam in das Schweigen aus, und Alexandra denkt es nicht nur, Alexandra sagt es auch, bitte nicht, Mama. Die Alexandra hat ihrer Mutter natürlich nicht das erste Mal das Wort abgeschnitten bei den endlosen Monologen über die EU, die Gefährlichkeit von schwarzen Drogendealern und die Lobeshymnen auf den Haider. Überhaupt war es ihr so vorgekommen, als ob die Elli schon genau gewusst hat, wo sie hat kitzeln müssen, um der Alexandra eine Reaktion zu entlocken, und eigentlich ist ganz Österreich so, das ganze Land hat sie immer gekitzelt. Und am schlimmsten war es natürlich die Jahre gewesen, die sie nicht unten in der Stadt am Fuße des Untersbergs verbracht hatte, da hatte die Elli noch mehr gekitzelt, aber auf die Art, dass sie dann ihre Sachen gepackt und aus Deutschland wieder nach Österreich zurückgekehrt waren, schneller als geplant. Denn das Kitzeln war ausgeartet, hatte in einem halbherzigen Suizidversuch von Elli geendet, die mit aufgeschnittenen Armen noch Ursel angerufen hatte, wie wenn einem plötzlich einfällt, dass man es sich doch anders überlegt hat. Der Milan hatte Elli schneller verziehen als Alexandra, denn dass Ellis Zustand mit einem Schlag besser geworden ist, kaum dass sie in Salzburg angekommen waren, das hatte Alexandra dazu gebracht, ihre Sachen sofort wieder packen zu wollen.

Eva?

Geräusche kommen von der Tür. Alexandra steht vom Tisch auf, legt die Serviette ab. Mit einer Handbewegung bedeutet sie Elli und Ursel, sitzen zu bleiben, und geht zum Flur. Sie ist jetzt ruhig, ganz ruhig. Sie hört das Abrutschen des Schlüssels, das Klingeln des Schlüsselbundes, schließlich einen entschlosseneren Versuch, ein Schloss, das aufspringt, eine Tür, die aber noch zubleibt. Ein Kichern, eine tiefere Stimme, die nicht zu Eva gehört, ein Lallen, Schritte, die sich von der Tür wieder wegbewegen.

Jetzt ist es aber gut. Alexandra zieht mit einer schnellen Handbewegung die Tür auf und zieht sich direkt Eva in die

Arme, die eine Hand am Türgriff behält, als wäre das ihr Anker. Oh hey, sagt Eva, und ihre dunklen Augen sehen von unten nach oben, die Augenringe reichen ihr fast bis zu den Mundwinkeln, die Kupferhaare fallen in langen Strähnen auf ihre Schultern, ein paar davon kleben um ihren Mund, entblößen die trockenen Lippen noch mehr, bilden einen Fokus auf ihren Kiefer, den sie mit wilden Bewegungen hin- und herschiebt, als würde sie in ihrer Mundhöhle einen verloren gegangenen Kaugummi suchen.

Oh hey, wiederholt die Eva noch einmal und versucht sich aufzurichten, ohne die Türklinke loszulassen.

Jetzt komm rein halt, Alexandra zieht ihre Tochter an den Schultern in den Vorraum, hält sie weiter fest, dieses Kind, das kein Kind mehr ist, das fast anderthalb Köpfe größer ist als sie, das sich weiter an der Türklinke festkrallt.

Oh hey, sagt Eva ein drittes Mal, und als Alexandra sich schon denkt, dass sie vielleicht verrückt geworden ist, fällt ihr auf, wem Evas Winken mit der gerade vom Türgriff befreiten Hand gilt. Die Ursel und die Elli waren natürlich nicht sitzen geblieben, standen im Flur und schüttelten mit ihren Köpfen, so einheitlich, als wäre das die Gemeinsamkeit, nach der sie so lange gesucht hatten.

Jetzt isst erst einmal ein Gulasch, sagt die Ursel laut, als hätte Eva eine tropfende Nase und das Gulasch wäre ein Taschentuch, das alles wiedergutmachen könnte.

Eva nickt. Jawohl! Im Stehen streift sie sich ihre Schuhe ab, nimmt auch den Socken mit und geht dann mit einem nackten Fuß Richtung Esszimmer.

Der Stups hat mich heimgebracht, sagt sie noch, und Alexandra richtet sich vom Schuhe-Geraderücken auf, stellt sich mit Evas linkem Socken in der Hand hin und geht einen Schritt auf das kleine Fenster im Flur zu. Sie sieht Stups, der sich, als hätte er Alexandras Blick im Rücken gespürt, gerade in dem Moment umdreht, stehen bleibt und die Schultern in die Höhe zieht, als wollte er sagen, er wisse auch nicht, was zu tun sei. Alexandra blickt in sein Gesicht, dass dem seines Vaters ähnelt. Sie hatte in letzter Zeit wieder öfter an Hannes gedacht, warum wusste sie auch nicht. Es war alles viel zu lang her, war verschüttet unter den Vorstellungen, wie das Leben zu sein hatte, war vergraben wie alles von früher, und nur Stups' Gesicht, das dem Hannes, abgesehen von der Nase, bis aufs Kleinste gleicht, erinnert sie an eine Zeit, die es mal gegeben hatte. Der Stups zieht noch einmal die Schultern nach oben, dann dreht er sich um und verschwindet hinter den Thujen, die das Haus nebenan in einem weiten Bogen umspannen.

Eva bitte, jetzt setzt dich halt hin, hört sie Ursels laute Stimme, die sie aus dem Gedanken reißt, ob der Hannes wohl zu Hause sei oder auch wieder auf irgendeinem Ärztekongress oder ob er sich die Eva wohl einmal anschauen könnte, obwohl was sollte er sich da eigentlich genau anschauen?

Schnell geht Alexandra ins Esszimmer zurück, sieht Eva um den Tisch herumtänzeln, mit staksigen Schritten, hört nicht auf Elli, die mit gerunzelter Stirn zur Ursel sagt, das Kind wird noch böse fallen, wenn es so weitermacht, und sieht, wie die Ursel hilflos versucht, einen Stuhl hinter Eva herzuziehen, als könnte sie sie so im letzten Moment auffangen.

Jetzt ist genug mit dem Theater. Alexandras Stimme ist laut, ist sicher. Setz dich hin.

Aber Eva bleibt stehen. Schüttelt nur den Kopf, sagt nein, nein, nein, du sagst mir nicht, was ich zu tun habe.

Im Haus ist es ganz still. Manchmal hatten die Treppen auch ohne äußeres Zutun geknackt. Es war, als hätten sich die Schritte, die Geschichten, so in das alte Nussholz eingeschrieben, dass sich die Stufen dann und wann auch einmal erleichtern mussten. Sie ächzten den Sommer vor drei Jahren aus, von dem Alexandra dachte, dass sie eine gute Mutter gewesen war, sie war zumindest nicht so gewesen wie ihre Mutter. Sie stöhnten sich die schwere Last von dem Hass zwischen den zwei Schwestern heraus, der kein reiner Hass war, der eine Geschichte des Aufeinanderlauerns war.

Na gut. Ellis Stimme klingt ganz fremd. Wenn du schon nicht sitzen magst, dann erzähl mal von den schönen Polaroids. Sie hebt eines vom Tisch auf, hält es in die Höhe, und Eva steht ruhig da und schaut ihr nur zu.

Was soll ich denn dazu sagen, antwortet die Eva mit erstickter Stimme, als würde sie gleich zu weinen beginnen.

Du, sie sind wirklich gut, aber schau, sehen tut man nicht wirklich was. Von der Ursel nur ein Bein, von mir das Handgelenk und von der Alexandra nur ... Himmel, was weiß ich, was das ist, ist das ein Stück Ohr von dir, Alexandra?

Bitte Mama.

Na schön sind sie eh, aber auskennen tut man sich halt nicht. Das ist alles. Oder sollt ich mich auskennen leicht?

Ich hab euch wirklich lieb, aber ich weiß gar nichts von euch, nichts.

Bitte?

Ich weiß gar nichts von euch, wiederholt die Eva laut. Und ihr nichts von mir.

Wieder ist es ganz still. Was hatte die Eva gerade gesagt, *ich weiß nichts von dir?* Aber was hätte sie ihr auch erzählen sollen? Was wollte sie? Sie wusste doch, dass sie mit allem zu ihr kommen konnte. Was wollte sie also noch? Aber Eva sagt nicht, was sie will, sie ist zwischen Arme ausbreiten und verschränken, entscheidet sich dann aber dafür, ihren Körper in die Höhe zu strecken, sich zu drehen, zu drehen, zu drehen.

Vorsicht, Eva, sagt Elli in das immer wieder auftauchende, nach hinten gestreckte Gesicht, sagt es zu dem in die Höhe gereckten Kinn und sieht Alexandra etwas hilflos an. Alexandra starrt auf ihre Tochter, auf ihre Beine, Beine, die sich entflechten, überkreuzen und wieder entwirren, und sie kann nicht anders, sie muss an das Leinwandbild der Teufelsaustreibung in Mariapfarr denken, wo sie mit ihrer Mutter an ihrer Kommunion gesessen hatte und die Elli das einzige Mal mit ihr alleine über ihren Vater sprach: dass er eine einzige Enttäuschung gewesen war, dass er es nicht einmal für nötig hielt, zur Kommunion seiner einzigen Tochter aufzutauchen. Sie reibt sich über die Handknöchel, spürt ein Brummen um ihre Schultern, als würde sie mit ihrem Kopf in einem Bienenstock stecken, und dann erst versteht sie, dass es ein Kichern ist, das aus Ellis Mund kommt und immer lauter wird. Völlig überkandidelt, ruft die Ursel laut auf, und Alexandra weiß nicht, ob sie die Elli meint, die Eva oder die ganze Situation, aber sie erreicht ohnehin nur das Gegenteil. Überkandidelt, prustet Eva, das Wort klingelt in ihren Ohren nach, die Stimme der Tante, die Empörung, allein das Wort, so scheint es, lässt es tief in Eva sprudeln, als käme da zur Abwechslung nicht die Traurigkeit nach oben, die Alexandra so gut von ihrer Tochter kennt, sondern eine lang ersehnte Leichtigkeit. Eva faltet ihre Arme auf, dreht sich, verlagert das Gewicht auf ein Bein, streckt das andere seltsam in die Höhe, immer und immer wieder, kommt nicht mehr zum Stehen, dreht sich, dreht sich, dreht sich, lehnt sich ein Stück zurück, kommt ins Wanken, ihre langen Finger malen Zeichen in die Luft.

Eva, der Spiegel!

Der alte Spiegel. Er war an der Wand gehangen, bis Alexandra ihn am gestrigen Abend heruntergenommen hatte. Ganz beschlagen, wie ein blinder Fleck, und trotzdem hatten sie jahrelang alle ihre Krawatten, ihre Mützen und ihre Frisuren gerichtet, wenn sie vorbeigegangen waren, man konnte sich ja noch erahnen in dem Spiegelglas, immerhin. Er war schon angeschlagen, jetzt ist er kaputt. Altes Glas bricht sich anders, denkt Alexandra, während Eva am Boden sitzt mit blutigen Händen, wie ein Küken, das aus dem Nest gefallen ist, von dem man auch nicht weiß, darf man es anfassen, oder ist es besser, es hilft sich allein. Der Spiegelfraß hatte sich in den Ecken unter dem Nussbaumrahmen schon lange breitgemacht. Erst waren es ganz kleine Flecken gewesen, die sich wie Muttermale über Haut gezogen hatten, so unaufgeregt, so überdeckend, dass man den Riss fast hätte übersehen können. Der Riss. Als hätte jemand einen schmalen, unsichtbaren Faden über den Spiegel gelegt, der das Glas in zwei verschiedene Seiten trennte, in ein Oben und ein Unten. Es hatte sechzig Jahre gehalten, und morgen sollte der Restaurator kommen. Aber was hätte er retten können, fragt sich Alexandra.

Da fällt ihr plötzlich die Giftigkeit des Quecksilbers ein, das er erwähnt hatte, das sich fein aufgetragen hinter der Glaswand alter Spiegel befand. Das Quecksilber, stößt Alexandra in die Stille aus, als wäre es von Bedeutung, und Eva, die in den Scherben sitzt, lacht.

Herbst 2008

Es gibt Tage, die aus vielen Farben bestehen, Rot, Gelb, Braun, und es gibt Tage in Salzburg, an denen jeder Tag im Oktober schon November ist, wo der Regen so fein vom Himmel fällt, dass man denken könnte, wenn es schon einen Gott gibt, muss er wohl eine riesige Sprühflasche in der Hand haben und einen großen Spaß daran, in schöner Regelmäßigkeit die Oberflächen der Felder, Mauern und Gesichter zu befeuchten. Der Himmel ist so grau wie die darunterliegenden Hauswände, denkt Eva und zieht sich die Bettdecke über den Kopf, murmelt ein leises bis später, fragt sich, ob Val es noch hören kann, der auf dem Weg nach draußen ist, atmet in das weiße Zelt über sich, atmet, und es müssen schon fünf Minuten vergehen, bis sie zu weinen anfängt.

Die neueste Entdeckung an diesem Morgen ist, dass das Weinen von jetzt an ganz automatisch geht. Das war nicht so, wie man es von kleinen Kindern kannte, die sich gestoßen haben oder gefallen sind, ein Heulen, dass der Kopf ganz rot wurde und Schleim aus Nase und Mund schoss, und auch kein flehendes Schluchzen, es brach einfach aus ihren Augen, als hätte sie nichts damit zu tun, ohne Anstrengung, ohne Möglichkeit, damit aufzuhören. Es war auch nicht so, dass ihr Körper zitterte oder ihr Atem schneller ging, denn wenn es in Evas Leben etwas gibt, das von Dauer ist, dann ist es die Traurigkeit.

Ganz zu Beginn, da gab es noch Momente des Glücks. Da wechselten sich die Tage ab, und es stimmte Eva zuversichtlich, zu wissen, dass sie zwar nicht für immer hoch fliegen, aber genauso wenig für alle Ewigkeiten tief fallen konnte. Sie lernte, dass Leben Bewegung war und dass nur Tod Stillstand bedeutete, dass Berg auf Tal folgte und umgekehrt. Doch irgendwann wurden aus Tagen Stunden, Minuten, bis sie es einfach nicht mehr wusste: War sie nun traurig oder glücklich? Als ob diese Bezeichnungen Teil eines Ordnungssystems wären, das für sie keinen Sinn mehr ergab. Es war, als passierte alles zur selben Zeit. Eva, die lachte, die ihr Haar aus dem Gesicht strich, die Val küsste, die, während sich ihre Zungenspitzen berührten, plötzlich die Traurigkeit bemerkte, die hinter ihr stand, die die Hände auf ihren Kopf legte und um ihren Nacken, die in ihren Magen stach, dass es sie schüttelte. Eva lernte, damit zu leben. Manchmal konnte sie sie abwerfen, mal reichte eine kleine Handbewegung, mal brauchte es ein paar Bier, Schnaps, Gras, etwas von Vals Tropfen. *Benzodiazepine können abhängig machen*, woher kommt das nur bei dir, hatte Val gefragt, als er neben ihr gesessen und ihr den Rücken gestreichelt hatte, der sich ihm immer wieder entzog, der nackt, zitternd und schwer atmend auf dem Bett hin und her rutschte. Woher es kam? Eva fand, dass es die falsche Frage war, die er gestellt hatte.

Was soll ich sonst fragen, hatte sich Val verteidigt und war wütend aufgestanden. Weit hatte er ausgeholt, ihr erklärt, dass er sie nicht mehr besuchen kommen würde, was sollte

214

er überhaupt in diesem Scheißkaff, und dass er schon Hunderte Male gefragt habe, wieso sie nicht nach Berlin komme, wieso sie nicht zu ihm ziehe. Ist es das, was er sie fragen sollte? Nein, denn das dürfe er ja auch nicht fragen, also was verdammt noch mal solle er sonst fragen?

Wie man die große Traurigkeit messen kann zum Beispiel, dachte sich Eva. Nicht in der Abwesenheit von Glück, das wäre zu ungenau, man kann die große Traurigkeit in Träumen messen, so wie man Fieber mit einem Thermometer messen kann oder ein Erdbeben mit einem Seismografen. Nimmt die große Traurigkeit zu, dann werden die Träume weniger. Erst sind es die Tagträume, die verschwinden, bei denen man noch vor ein paar Jahren mit offenen Augen und Grashalm im Mund von den Dingen träumen konnte, dass einem ganz schwindlig vor Glück wurde. Dann verschwinden die Nachtträume, in denen es fliegende Pferde gibt, die einen anlächeln, und ganz zum Schluss gibt es nicht einmal mehr Albträume, über die man sich freuen könnte, keine Eltern, die sich gesichtslos grinsend zu einem umdrehen, keine zerstückelten Körperteile mehr, über die man in dunklen Traumlandschaften stolpert, kein Baby, das sich über die Decken und Wände bewegt.

Vielleicht doch versuchen aufzustehen, überlegt Eva, wischt sich das Nass von ihrer Wange, sinnlos, weil ja doch gleich wieder etwas nachkommt, im Stehen ist es sogar schlimmer, die Schwerkraft zieht alles nach unten, Dinge, Körper sowieso, kranke Körper noch mehr und Tränen natürlich auch.

Einen Kaffee probieren, murmelt Eva vor sich hin, als wäre

es eine Art Mantra, einen Kaffee probieren, feuert sie sich an, setzt Fuß für Fuß neben die Matratze, steigt in einen Teller mit Ketchupresten und angetrockneten Wurstzipfeln, schiebt ihre Beine durch einen Kleiderhaufen, zählt die kleinen Zettel nicht, die an ihren Zehen hängen bleiben. Val hat sie beschrieben, herausgerissene Stücke von liniertem Papier, die überall in der kleinen Einzimmerwohnung verteilt liegen, auf Regalböden, auf Stühlen, auf dem Parkett, wie kleine Warnhinweise, an deren Vielzahl man Evas Zustand ablesen kann.

Früher hat sie sich zumindest angeschaut, was er geschrieben hat. Eier, Milch, Brot, und am Anfang, ganz zu Beginn, ist Schummeln noch eine Möglichkeit gewesen. Beim Bäcker gegenüber hat es auch Milch gegeben, Butter, Brot, ein bisschen Käse, aber als der Einkaufszettel immer länger wurde, Faschiertes, Paprika, Äpfel, ist auch die Angst immer größer geworden, und zum Schluss war das Einkaufen zu viel, ein Schritt vor die Tür zu viel, ein Schritt an die Tür zu viel, und am Ende der Schritt aus dem Bett wie ein Schritt in eine andere Welt, fünf Zentimeter von der Matratze zum Boden können auch Abgrund sein, es kommt immer auf die Tagesform an. Manchmal fühle ich mich wie verschluckt, hatte sie Val zu erklären versucht, dem eingefallen war, dass er Eva ja, wenn alles nichts half, die netten Worte nicht, die bösen, einfach so an den Füßen von der Matratze ziehen könnte, und erst als Eva da liegen geblieben war, hatte er verstanden und sie zugedeckt.

Jetzt sag doch wenigstens etwas!

Vals Fingernägel hatten Spuren an Evas Fesseln hinterlassen, der Boden war kalt unter ihrem nackten Körper, die Decke wärmte nur wenig und roch nach Rauch und alter Wäsche, die man noch feucht zusammengelegt hatte. Was ist mit dir, hörte Eva, sah seinen Körper auf dem Stuhl auf und ab wippen, und es dauerte einige Stunden, bis sie zu dem Schluss kam, dass es die ganz falsche Frage war, die man stellen konnte.

Wer bist du, wäre die richtige Frage gewesen.

Eva musste an den Milan denken, der sie vor Jahren einmal genauso angeschaut hatte. Was ist mit dir, Eva, hatte er sie gefragt, als sie ihm stolz ein Blatt Papier gezeigt hatte, und Milan hatte erst lange die Zeichnung, dann Eva angesehen. Was ist mit ihr, hatte Eva ihn am Abend noch mit der Mama murmeln hören, und es muss da gewesen sein, als Eva klar wurde, dass es keine Frage, sondern eine Feststellung war. Es ging nicht darum, was mit ihr los war, sondern dass *etwas* mit ihr war, dass etwas nicht stimmte.

In der Küche der Griff zum Nescafé, den Wasserhahn aufdrehen, es ist kein Löffel mehr sauber, Milch gibt es auch keine mehr, es reicht doch nur für ein Glas Wasser. Eva muss an Stups denken, der einzige Mensch, der sie nie gefragt hatte, was mit ihr los war, der jetzt Hunderte Kilometer weit weg vor Mikroskopen und Petrischalen saß, wahrscheinlich mit gerunzelter Stirn, und der jetzt seine Brille vom Gesicht nimmt, sie lange ansieht und dann fragt, warum bist du noch mit Val zusammen? Er sagt es mit leiser Stimme, sagt es, und seine Finger knacken dabei, sagt es, und Eva antwortet, weil ich nicht alleine sein kann, sagt, weil ich nicht alleine sein will, weil ich sowieso immer alleine bin, und Stups sagt noch, wieso weißt du immer, was du nicht kannst. Eva würde sich gerne ärgern darüber. Sich ärgern und in sich drinnen leise die Worte formulieren, warum bist du so weit weg, warum stellst du die richtigen Fragen, warum lieg ich unter deinem Mikroskop, wenn es nicht so laut klingeln würde. Es klingelt. Es klingelt. Stups verschwindet vor ihr wie eine zerstochene Seifenblase. Das Klingeln ist laut, erst ist es in Evas Ohren, dann auf ihrer Stirn, an ihren Fingerspitzen, das Wasser schwappt unruhig hin und her. Ist es Evas Hand, die zittert? Und das Klingeln, woher kommt es? Tür oder Telefon, es kann beides sein, beides ist unlösbar, vom Handy abheben, mit einer Stimme sprechen, die zu ihr gehört, oder die Tür aufmachen, reden, lächeln, nicken. Die Tür, es muss vor ihrer Tür sein, das Klopfen, Rascheln, Eva hält den Atem an. Gänsehaut kann man auch nach innen haben.

Wer bist du?

Eva ist Eva, Eva ist der Nagel auf ihrem kleinen Zeh, ist die Wunde auf Vals Knie, sie ist das herausgestochene Auge der Taube, letzten Sommer im Park, sie ist das Haus in der Siedlung mit seinen Geheimnissen, sie ist alle Flugzeugunglücke in einem, ist Hunger, ist Kälte, Eva ist Eva und ist die Fieberstimme, die zischend singt, was sie ist und was nicht, die in unendlichen Wiederholungen um ihre Stirn kreist. Die Stimme, die nur Eva hören kann, der man nicht entkommt, auch nicht mit Gegengewalt. Das Glas, das zu Boden fällt, und die Fieberstimme, die immer noch über ihrem Kopf hinwegwabert, die in alles eindringt, in jedes bisschen Hoffen, die im Kopf sticht. Wer bist du? Evas Stimme, schwach, zerbrechlich, viel zu leise gegen die Fieberstimme, die Gewinnerstimme, die über mehrere Oktaven geht, die so schrill ist, dass, wenn Evas Augen Fensterscheiben wären, sie nur in Bruchstücken sehen könnte. Gegen die Fieberstimme gewinnen ist unmöglich, aber aufbäumen kann man sich noch. Man kann die große Traurigkeit in Träumen messen, und man kann messen, wie viel von der Eva übrig ist, anhand des einen Traums, des letzten, den es noch gibt.

Ein ganz normaler Tag wäre es, wie heute. Val hätte am Morgen versucht, mit Eva zu schlafen, und Eva hätte, wie immer, *nicht am Morgen* gesagt. Val hätte etwas gebrüllt, was vielleicht mit Liebe zu tun gehabt hätte, mit Hass oder damit, dass sich Eva seit Tagen nicht mehr aus dem Bett bewegt, dass Eva am Morgen *bitte nicht am Morgen* sagt und am Abend *nicht bitte jetzt am Abend*. Ein leises *bis nachher* von Eva, ohne Klarheit darüber, ob ein Nachher mit Val eine Hoffnung oder eine Angst wäre, dann die Nase aus der Decke gesteckt, sich über die Kälte gewundert und der Blick hinaus zum Fenster, zwischen dem kleinen Spalt der zwei Vorhänge.

Wo war sie?

Kein Grau mehr am Himmel. Herbstblau, klar, scharf abgegrenzte Farben, tiefes, dunkles Rot, Kupfer, moosgrüne Spitzen, die sich in die wenigen, schaumigen Wolken drängen. Evas Herz würde klopfen, endlich, ein Herbst wie in den Reisebüchern der Urseltante, die sie sich immer zusammen angesehen hatten, wenn Eva auf einen Sprung bei ihr vorbeigeschaut hatte, bei der Tante, die ihre Bücher in Schutzumschlägen hatte, die teure Couch in einem Schutzumschlag aus Handtüchern, die Tante selbst in einem Schutzumschlag aus Pflastern und Verbänden, weil die Urseltante sich das

Fahrradfahren nicht hatte nehmen lassen, auch achtzigjährig nicht, wenn die Straßen in Salzburg geglitzert hatten vom Frost.

Bist du viel gereist, Tante, hatte Eva gefragt, einen Schluck vom Tee genommen.

Sicher, mit dem Onkel, schau, Indian Summer in Kanada, wunderschön, Eva, und dann, die Tante hatte ein neues Buch aus dem Regal gezogen, und schau Armenien, da hab ich dem Kind das Ketterl abgekauft, genau solche Augen wie du hat es gehabt.

Wenn sich Eva schließlich verabschiedet hatte, du Tante, es gibt auch Internet, da kannst du dir noch mehr Bilder anschauen, da hatte die Tante nur gelacht, ja eh, ja eh, und Eva hatte ihr wie immer ein Servus ins Ohr geflüstert, und das Hörgerät der Tante hatte gequietscht wie bei einem alten Faxgerät.

Durch das Fenster kommt kühle Herbstluft, die Art von Luft, die einem durch den Mund, durch die Lungen, in den Magen fährt. Und auch etwas weiter hinten hängt kein grauer Schleier über der Stadt, sogar der Untersberg wirkt nicht so drohend, die Wipfel sind weiß und heben sich weich und weniger klaffend vom Himmel ab, als sie es sonst tun. Eva würde sich einen Kaffee machen, durch den Porzellanfilter heißes Wasser laufen lassen, dann einen Schluck Milch hinein, gerade so, dass es sich verfärbt, nur abkühlen darf es nicht, eine Zigarette drehen, die Augen schließen, die Vögel würde sie zwitschern hören.

Die Menschen denken ja immer, dass das Selbsttöten eine

Geschichte ist, die doch den Narzissten vorbehalten sei, zumindest die, die keinen Abschiedsbrief geschrieben haben, kann man leicht im Nachhinein abstrafen, zwar über die Toten nur Gutes, aber sich einfach so aus der Verantwortung wegstehlen, das könnte ich nicht, hört man die eine oder den anderen sagen. Und Zufall oder nicht, dass Eva in den letzten Wochen ausgerechnet den Jean Améry in der Bibliothek aus dem Regal gezogen hat. Das Lesen hatte sie nie interessiert, und Alexandra hatte ja verwundert die Brauen in die Höhe gezogen, als Eva von ihrem Vorhaben erzählt hatte, Germanistik zu studieren. Und sie wusste nicht, was sie am meisten durcheinanderbrachte. Dass niemand sie danach fragte, wieso sie nicht mehr fotografierte, dass sich niemand wunderte, wieso ihre Nikon-Kamera in der untersten Ablage ihres Schrankes verstaubte. Als wäre sie all die Jahre eine Hochstaplerin gewesen. Oder wunderte es sie mehr, dass die Bücher, das Studium, sie, anders als erwartet, Alexandra nicht näher fühlen ließen, oder erstaunte es sie am meisten, dass sie da in den Vorlesungen, wenn sie sich durch lange Texte und noch längere Vorträge quälte, auf einen Namen stieß, mit dem sie wirklich etwas anfangen konnte. Jean Améry. Weil, wenn man hier in Salzburg aufgewachsen ist, dann hat man den Thomas Bernhard quasi ganz automatisch gekannt, da ist man mit seinen Büchern unter dem Arm in der Gegend herumspaziert, ganz gleich, ob man ein Wort davon gelesen hat oder nicht, und wann immer es auch gegangen ist, hat man einen der Anfänge zitiert, und über das Morbide hat man gerne gesprochen, über die beste Stelle am Mönchsberg für einen Sprung in die Tiefe, von unten an der Pferdeschwemme sieht es schon gespenstisch aus, aber wenn man oben runterspringt, die kahlen Felswände hinab, da muss man dann schon wirklich nicht mehr wollen, zumindest für einen Moment, bevor die Gedanken sich wieder ebnen oder einem wie ein Blitz durchs Hirn schießt, dass an diesem Leben hier vielleicht doch nicht alles schlecht ist.

Den Jean Améry, eigentlich Hans Mayer, haben aber nur die wenigsten gekannt. Und eben Zufall oder nicht, dass Eva genau den aus dem Regal zieht. Am Zenit der großen Traurigkeit war sie kaum draußen gewesen, aber in die Bibliothek ist sie auf einmal immer öfter gegangen, und der *Diskurs über den Freitod* ist ihr da wie in die Hände gefallen. Und Schicksal oder nicht, dass da jemand über etwas schreibt und es auch tut, und faszinierend, dass es eben in Salzburg passierte, am österreichischen Hof, vor 30 Jahren, an genauso einem Herbsttag wie heute muss es gewesen sein, dass das Zimmermädchen den Améry gefunden hat.

Heute würde Eva sich nicht in der Bibliothek verstecken, sie würde fröhlich dem Einkaufszettel zunicken, den Kaffee austrinken, sich waschen, Zeitungen auf ihrem Handy lesen, staunen, wie weit die Welt da draußen ist, alles erfahren über die kommende Präsidentschaftswahl, hoffnungsvolle Gesichter auf den Bildern in den Artikeln, yes we can. Musik anmachen, das Gesicht waschen, durch die Wohnung tanzen, wäre vielleicht zu viel, aber Lippenstift auflegen mit Sicherheit, ein Paket vom Postboten für den Nachbarn gegenüber annehmen, Stups endlich auf seine Nachricht antworten, wie geht es dir? Sie würde sich vornehmen, am Nachmittag ins

Seminar zu gehen, eine E-Mail in den Entwürfen speichern, Liebe Frau Kran, bitte teilen sie mich für die nächsten Dienste ein, es geht schon viel besser, danke. Milan anrufen, ihm erzählen, wie gut alles läuft, keine Müdigkeit fühlen und zufrieden in das neue Gewand schlüpfen, das auf dem Stuhl neben dem Bett hängt.

Braune Cordhose, gelber Pullover, dunkelgrüner Schal, rostroter Anorak.

Eva sähe aus wie ein zusammengekehrter Haufen Herbstlaub.

Die Einkaufstasche würde gegen ihren Oberschenkel schlagen, ihren tänzelnden Gang aufnehmen, die Luft und das Blau am Himmel würden mitwippen. Beim Bäcker vorbei, sicher auch grüßen, der kleinen Gasse ausweichen, wo Eva jeden Stein kennt. Dort ist sie der Oma mit dem Rad davongefahren, nur weil die an der Salzach fahren wollte und sie eben an der Alpenstraße. Damals war die Ohrfeige schlimm gewesen, eine von der klatschenden, lauten Sorte, heute kann man darüber lachen und die Oma ärgern, weil die natürlich: So ist es ja gar nicht gewesen.

Eine Station würde Eva mit dem Bus fahren, dorthin, wo die vielen Bäume an der Straße stehen, die in regelmäßigen Windstößen ihr Herbstlaub verlieren. Die Bäume sind das einzig Schöne an der Alpenstraße, die Bäume und die Berge, die man sehen kann, wenn man aus der Stadt hinausfährt, die sich mit aller Kraft gegen den Eindruck zu wehren scheinen, den man bekommen kann; dass nicht sie es waren, die zuerst da gewesen sind, sondern die geteerten, von Einkaufshäusern eingezäunten grauen Streifen.

Die Stimme aus dem Lautsprecher würde etwas sagen, und Eva würde ihr zustimmen, hier muss sie raus. Mit ihr würden nur ein, zwei ältere Frauen aussteigen, es ist ja noch Vormittag, da ist nie so viel los, und die anderen im Bus müssten sicher weiter, Möbel kaufen oder Gardinen.

Eva würde den kleinen Rasenstreifen entlanggehen, niemand würde hupen, rechts kann man jetzt nach Hellbrunn hinunter, und außerdem, die Bäume nehmen Eva richtig in den Arm, so wie sie aussieht.

Eva würde an die Oma denken müssen, wie sie beim Hellbrunner Schloss mit der Tante eine Kutschfahrt gemacht hatten, und an den Milan müsste sie denken, wie er mit ihr im Gewitter um den Baum getanzt war, an die Mama, wie sie am Esstisch saß, Äpfel schnitt und lächelnd jeden selber aß, der in Evas Mund mehlig bröckelte.

Sie würde nicht an Val denken müssen.

Sie würde an Stups denken.

Und es würde nicht stimmen, dass man alles an sich vorbeiziehen sieht.

Nur die schönen Dinge, und deshalb wäre es ja auch so schwer.

Ein Windstoß. Über die Leitplanke zu steigen ist gar nicht so einfach.

Eva wäre Laub, das durch die Luft fliegt.

Herbst 1985

Ein nasskaltes Wetter ist es dieses Jahr, das Elli hinterrücks so ins Kreuz kriecht, das ihr das Leben schwerer macht, als es ohnehin schon ist, weil selbst sie ja mit der Zeit nicht jünger wird. Fast sechzig ist sie jetzt, noch nicht so alt, aber sie spürt es an den Falten in ihrem Gesicht, die immer zahlreicher werden, davon, dass alles länger dauert, der Weg zum Einkaufen, das Auskurieren einer kleinen Verkühlung, und an der Einsamkeit, die feine Fäden um sie herum spinnt, wie die Entwicklung eines Schmetterlings, nur umgekehrt, als ob man langsam zu einer Larve werden würde, einer unansehnlichen Puppe, eingespannt in einen farblosen, unbeweglichen Kokon.

Beim Bücken spürt sie es besonders, beim Sitzen oder wenn sie wie gerade jetzt auf einer Leiter steht und sich auf die Zehenspitzen stellen muss, um an die Kiste auf dem großen Biedermeierschrank zu kommen. Wenn sie da an früher zurückdenkt, mit was für einer Leichtigkeit sie im Turnunterricht über die Balken spaziert ist. Alt bin ich geworden, denkt sich Elli und atmet auf, als sie den Karton in der Hand hält, er ist leichter, als sie erwartet hätte. Vielleicht war sechzig nicht so alt, aber der Krieg hatte ihre Generation ja mindestens ein Jahrzehnt gekostet, das man noch obendrauf rechnen musste. Vorsichtig steigt sie die Leiter hinunter, späht an der Kiste vorbei auf den Boden, ein Sturz in ihrem

Alter ist nicht das Gleiche wie ein Sturz mit Mitte zwanzig, das hört man immer wieder, man liest es in den Zeitungen, und Elli weiß es auch von der Hanni, die seit ihrem Unfall beim Zwetschgenpflücken im letzten Sommer nicht mehr dieselbe ist, immer noch hatscht und ein Bein nachzieht.

Die Standuhr schlägt vier, als sie den Karton auf dem Tisch abstellt, es ist Zeit für einen Kaffee mit Schlagobers, aber allein beim Gedanken an den fetten Rahm wird ihr schlecht, außerdem Bauchschmerzen bekommt sie, wenn sie daran denkt, was ihr bevorsteht. Lieber einen Marillenschnaps, denn was soll sie machen, sie muss es ja tun. Für die Alexandra. Für die Alexandra, murmelt Elli vor sich hin, in das Miauen der Katze hinein, die durch die Terrassentür in die Wohnung hineinhuscht und sich den Regen vom Fell schüttelt. Kalt ist es, gell, fragt Elli die Sissi, holt sich einen feuchten Fetzen von der Abwasch, streicht über die Oberfläche vom Karton, verteilt dabei eine Staubwolke in der Luft und muss so laut niesen, dass die Sissi erschrocken faucht.

Hast einen Hunger, fragt Elli versöhnlich, bückt sich und hebt die schwere Katze auf ihren Schoß. Sofort spürt sie, wie die Sissi mit den Krallen in ihre Oberschenkel fährt, und gut ist es, auch wenn es wehtut, weil Elli so der Kiste gar nicht auskommen kann, die vor ihr auf dem Tisch steht, mit feuchtem Lurch, der da an den Ecken herunterhängt. Vorsichtig wischt sie mit dem Finger über den Karton, die Sissi will sie nicht aufwecken, die schnurrt nämlich schon und hat die Augen zu, und Elli streichelt ihr über das Köpfchen, den Rücken, krault ihren dicken Nacken, ein paar Flusen verteilt sie dabei auf dem weißen Fell.

Die Tierliebe hatte ihr die Alexandra immer schon vorgeworfen, kompensieren willst was damit, mit deinem Zirkus um die Viecher, hatte sie zu ihr gesagt, was von Tiere vermenschlichen auf der einen Seite gemurmelt und auf der anderen, ja auf der anderen Seite. Was war auf der anderen Seite? Irgendwann, als die Vorwürfe nicht mehr gereicht haben, hatte sie angefangen, Fragen zu stellen. Herrje, sie hatte so viel gefragt. Fragen, von denen Elli noch nicht mal ahnte, dass man sie überhaupt stellen kann. Das muss etwas mit der Serie zu tun gehabt haben, *Holocaust*, eine amerikanische natürlich. Seitdem sie ausgestrahlt worden war, dachte Elli, waren sie alle verrückt geworden und redeten und fragten, was das Zeug hielt. Nur Elli hatte ja keine Antworten gehabt, zumindest keine, die der Alexandra recht gewesen wären. Über die Vergangenheit hatte die Alexandra mit ihr reden wollen, über Politik, immer und immer wieder über Politik, über Juden, über Hitler, über den Krieg. Alles Sachen, mit denen sie gar nichts mehr zu tun hatte, die doch im Gedächtnis schon so weit nach hinten gerutscht waren, dass man sich kaum noch daran erinnern konnte.

Und zum ersten Mal seit Langem hätte sich Elli Alexander an ihre Seite gewünscht, nicht in der Hoffnung, dass er ihr eine große Hilfe gewesen wäre, nein, einfach gegönnt hätte Elli ihm die Alexandra mit all ihren Fragen, gerade dem Alex, dem jüngsten SS-Unterscharführer aus dem Salzburger Land. Elli muss leise in sich hineinkichern, wenn sie daran zurückdenkt, dabei war es ja wirklich schlimm, damals mit der Alexandra. Geh bitte dich, der jüngste SS-Unterscharführer, dass ich nicht lache, hört sie die Ursel in ihrem Kopf sagen, und sofort ist alle Leichtigkeit verschwunden. Wie oft hatte sie mit der Ursel über den Alex gestritten. Ein ganz *gewöhnlicher Soldat* ist der gewesen, ich bitte dich, Elli, hatte die Ursel gefaucht, aber Elli wollte sich den Alex so nicht von ihr nehmen lassen, hatte vergeblich nach den Fotos gesucht, die er ihr gezeigt und nach dem Manuskript, an dem er geschrieben hatte über den Krieg und seine Vorstellungen, wie es danach weitergehen sollte. Der Alex war ein Mann mit Ideen gewesen. Außerdem, da war sie sich sicher, war die Ursel nur neidisch. Dass sie so einen Mann wie den Alex bekommen hatte, während die Ursel erst viel später einen geheiratet hatte, der, das wusste Elli, ja nie einen Fuß in den Krieg gesetzt hatte, aber nachher natürlich große Reden schwang über die gute alte Zeit. An den Marschall hatte der Franz sie erinnert, und genau wie beim Marschall hatte auch niemand nachgefragt, was er wohl für ein Held gewesen war. Darüber hatte man nicht gesprochen.

Gell, die Alexandra hat nichts auf sich beruhen lassen können, fragt sie die Sissi, aber die schnurrt nur zufrieden, und Elli schaut nachdenklich durch das Fenster in den Garten, sieht den Apfelbaum, wie er im Wind seine Äste schüttelt, sieht plötzlich auch die Alexandra wieder dort stehen, noch ganz jung, wie auf dem Bild eines längst vergangenen Sommers steht sie da, ungeduldig, unter dem Baum, zieht sich eine weiße Blüte aus den kinnlangen schwarzen Haaren und hat ihre Steckerlbeine in so kurzen blauen Hosen, dass man schon ganz nah rangehen muss, um zu sehen, wo die Hosen anfangen und wo sie aufhören.

Wofür hast denn Geschichtsunterricht gehabt damals in der Schule, hatte die Elli sie an diesem Sommerabend gefragt, den Kopf geschüttelt und die Pfingstrosen geschnitten, die den kleinen Garten beinahe überwuchert hatten. Überall hatten sich rosafarbene Flecken aufgetan, und ein Geruch hat in der Luft gelegen, süßlich und schwer.

Willst wissen, was da dringestanden ist in unseren Büchern. Nix ist da dringestanden, verstehst. Nix. So, als ob es die Zeit gar nicht gegeben hätte, weißt, wie ein schwarzes Loch in der Geschichte. Aber da gibt es keine schwarzen Löcher. Die Geschichte, die geht immer weiter, immer weiter. Direkt laut ist die Alexandra geworden.

Außerdem, mich hätt mal deine Meinung interessiert, Mutter, hatte die Alexandra lauernd gesagt und ihr einen Vortrag gehalten darüber, dass jetzt andere Zeiten anbrechen, dass es Leute gibt, die wissen wollen, was passiert ist und vor allem, wer was gemacht hat.

Wozu wollt ihr das alles wissen, hatte die Elli gefragt, und es hatte sie wirklich interessiert, auch wenn sie sich über Alexandras Anrede geärgert hatte. *Mutter* hatte die sie in letzter Zeit immer genannt. Kalt hatte sich das angefühlt, alt war sie sich dabei vorgekommen.

Die, die Verbrechen begangen haben, müssen bestraft werden, die dürfen zum Beispiel nimmer in die Politik, hatte die Alexandra geantwortet und mit Flugblättern vor Ellis Gesicht herumgefuchtelt.

Lächerlich, hatte Elli gesagt und bei sich gedacht, wer denn bitte schön dann in die Politik gehen soll, wenn nicht die, die es einmal gelernt haben.

Gerne hätte sie die Alexandra gefragt, ob sie Ausnahmen machen würde wie damals mit dem Öllinger zum Beispiel. Oder ob der Oskar Weihs als Landwirtschaftsminister ihrer Meinung nach wirklich mehr getaugt hatte, so als ganz einfaches, ehemaliges NSDAP-Mitglied. Die Alexandra war ja eine so glühende Verehrerin vom Kreisky, dass sich Elli fast schon ein bisschen Sorgen gemacht hatte, wenn sie am Abend in der Küche gesessen ist, mit geröteten Wangen und kalter Zigarette im Mundwinkel, und über den Wohlfahrtsstaat gesprochen hat, als ob es um sonst nichts mehr ginge im Leben.

Na dann, willkommen auf der Insel der Seligen, hatte die Ursel sie spöttisch unterbrochen, und die Alexandra hatte sich fast ihre Zigarette angezündet vor Wut.

Unterstehst dich.

Geh bitte, hör auf. Geht's dir leicht nicht gut grade, was hast denn, hatte die Alexandra böse gefragt.

Alexandra, hatte Elli ermahnend gesagt, dabei hatte sie es ja gerne gesehen, dass die Alexandra der Ursel mit so einer Bösartigkeit gegenübergetreten ist, die sie sonst nur von sich kannte.

Wieso Alexandra, die Alexandra hatte Ellis Stimme nachgeahmt und ihre Arme über der Brust verschränkt. Gegen die Erhöhung der Witwenpension wirst aber nix haben, Tante, oder. Nicht, dass du es nötig hättest.

So Alexandra, jetzt gehst bitte nach draußen, wenn du schon rauchen musst.

Ich rauch eh überhaupt nicht!

Komm schon, geh ma, der Großvater, der die ganze Zeit still zugehört hatte, hatte die Alexandra am Arm genommen und war mit ihr auf die Terrasse hinausgegangen. Und während die Ursel sich über Alexandra beschwerte, wie kann sie nur den Onkel da mit hineinziehen, kaum dass er unter der Erde liegt, und außerdem über die Toten nur Gutes, hatte Elli durch das Küchenfenster beobachten können, wie die beiden zusammengestanden sind, der Vater mit ganz leuchtenden Augen, kindisch, fast einen Kopf kleiner als die Alexandra, der dann mit heiserer Stimme zum Singen begonnen hatte;

Avanti o popolo, alla riscossa

Ganz früher hatte er das auch für sie manchmal gesungen. Mal lauter, mal leiser, je nachdem, was für eine Zeit gerade gewesen ist.

Bandiera rossa, bandiera rossa, hatte die Alexandra eingesetzt, und Elli war froh, dass nicht sie, sondern die Ursel das Schlafzimmer in den Garten rausgehabt hat, weil lange hat es nicht gedauert, bis die Fensterläden laut schimpfend zugeschlagen wurden und die Alexandra und der Opa, einander an den Händen haltend, mit brennenden Zigaretten und leise kichernd in das Haus zurückgegangen waren.

Elli schüttelt den Kopf. Als junger Mensch sollte man doch eigentlich nach vorne schauen, in die Zukunft. Dieser Blick zurück, dieses andauernde Stochern im Leben der anderen, ohne eine eigene Vergangenheit zu haben, das war doch lächerlich. Lächerlich, hatte sie laut wiederholt, mehr für sich eigentlich, an diesem Abend mit Alexandra, als sie noch nicht wusste, dass sie sie für lange Zeit nicht mehr sehen würde. Du sagst lächerlich, ja, hatte die Alexandra gesagt, weißt du, was ich lächerlich finde. Ganz leise ist ihre Stimme geworden.

Ich finde es lächerlich, nein, weißt was, es überrascht mich nicht mal, den Ofen hier im Haus fein heizen, ja, ganz nah war sie der Elli gekommen, damit die Katzen ihren dicken Fellhintern schön warm halten können, und Luftlinie vielleicht hundert Kilometer entfernt, da hat's auch ein paar Öfen gegeben, aber die sind nicht zum Warmhalten gewesen …

Jetzt hörst aber auf, Alexandra.

Ihr widert mich alle so an, du widerst mich an.

Für einen Moment war es still, so still, dass Elli sogar meinte, hören zu können, wie der kleine Friedrich sich im Zehnerhaus gegenüber seinen Schnupftabak auf den Handrücken streute. Es hätte sie nicht gewundert, wenn sie auch noch den Pfingstrosen beim Wachsen hätte zuhören können, da war das Klatschen der Ohrfeige auf Alexandras Wange, das laut knallte und in der ganzen Gasse nachhallte, schon fast eine Erlösung.

Gesagt hatte die Alexandra darauf nichts, nur gelacht, und Elli hätte auch fast gelacht, nur um nicht weinen zu müssen und weil die roten Striemen in Alexandras schönem, ebenmäßigem Gesicht ganz seltsam ausgesehen hatten.

Später an diesem Tag war sie noch einmal wiedergekommen, hatte ihre Kleider geholt, den kleinen Koffer genommen, sich vom Großvater verabschiedet, der ihr vorsichtig einen Kuss auf die Stirn gegeben hatte. Dann war sie gegangen, ohne sich noch einmal umzudrehen.

Dirndl, ach Dirndl, hatte es an diesem Abend unaufhörlich im Haus geseufzt, das Seufzen hatte sich festgesetzt in allen Ecken, unter den Dachbalken, in den Ritzen der gerade neu erworbenen braunen Wohnlandschaft, und vielleicht war Elli auch deshalb noch lange allein im Garten geblieben. Hier hatte sie ihre Ruhe, und außerdem, es war ja ein strahlend schöner Sommertag, der heißeste Tag des Jahres. Auf den Treppen zum Haus hatte sie gesessen und sich gefragt, was die Alexandra, in Gottes Namen, von ihr hatte hören wollen. Natürlich war nicht alles gut gewesen, aber wenn man erzählen wollte, dann konnte man nicht nur über die eine Seite reden. Elli hatte nicht geglaubt, dass Alexandra an einer Geschichte interessiert war über den Aufbruch, den sie so fest gespürt hatte. Sicher, man hatte von diesem und jenem gehört. Auch über Ebensee war gesprochen worden. Aber das hatte es doch überall gegeben. Die Russen hatten die schlimmsten Arbeitslager gehabt, das hat sie genau gewusst. Als der Alex heimgekommen ist, war er ja nur noch Haut und Knochen, und Elli hatte in ihrer ersten gemeinsamen Nacht das Gefühl gehabt, den Körper eines Kindes in den Armen zu halten. Überall hatte es diese Lager gegeben, was hätte man darüber reden sollen, und Gerüchte gab es immer, damals wie heute. Elli hatte die Gartengeräte in die Scheune zurückgeräumt. Und natürlich hatte sie damals den Rauch am Himmel gesehen. Alle hatten ihn gesehen. Was hätte man tun sollen. Der Rauch war halt nur das Ende vom Feuer.

Brav bist, eine ganz brave, Elli fährt der Sissi über den Kopf, massiert die spitzen Ohren und geht mit einem Finger den Hals entlang, jetzt muss ich aber wirklich. Sie setzt die Katze neben sich auf die Bank, die sich streckt, einen Buckel macht und sich kurz zu überlegen scheint, ob sie beleidigt sein soll, dann aber doch wieder die Augen schließt. Auf Zehenspitzen schleicht Elli zur Kredenz und schenkt sich Marillenschnaps ein, einen doppelten, den braucht sie jetzt, das Glas trinkt sie schon auf dem Weg zum Tisch aus, stellt es neben dem Karton ab, von dem sogar ungeöffnet eine Bedrohung auszugehen scheint. Sie seufzt.

Vorsichtig öffnet sie den Deckel und ärgert sich darüber, dass ihr sofort einige unsortierte Fotos aus dem zum Bersten vollen Karton entgegenkommen. Natürlich ist es so, dass einem auf der Suche nach Urkunden und Papieren zuerst alte Fotos in die Hände fallen, Schwarz-Weiß-Fotografien mit gezacktem Rand, so wie es früher eben üblich war. Da, ein Foto von ihr und der Ursel. Die Ursel mit ihrem sparsamen Gesicht, den langen, glatten Haaren, sie daneben mit ihrem Lockenkopf und dahinter die Mutter, mit gerunzelter Stirn, die auf dem Bild so lebendig aussieht, wie Elli sie in Erinnerung hat, diese große Ernsthaftigkeit in den Augen, um den Mund, dass man es kaum glauben mag. Fast zehn Jahre ist es her, seit sie gestorben ist. Zehn Jahre, flüstert Elli und zieht ein weiteres Foto aus dem Stapel heraus. Der Vater, der junge Paul, im Ersten Weltkrieg, die Zeichnung eines Soldaten, der auf einem Pferd sitzt, mit gezücktem Säbel in den Sieg reitet, nur das Gesicht ist eine Fotografie, das schöne, weiche Gesicht mit der starken Nase und den klugen, hellen Augen. Obwohl sie ihn nie so kennengelernt hat wie auf dieser Collage, die lange Zeit, braun gerahmt, im Schlafzimmer der Eltern hing, hatte sie ihn genauso in Erinnerung. Dabei müsste die Erinnerung doch vor allem von den letzten Jahren geprägt sein, als er krank gewesen war und Elli ihn dabei hatte beobachten können, wie er immer kleiner, immer weniger und immer grauer wurde.

Wo ist denn das Dirndl, hatte der Vater heiser geflüstert, und Elli hatte ihm die hellblaue Decke mit den roten Blüten bis zum Hals hinaufgezogen, so eine Angst hatte sie gehabt, dass er sich zum Sterben dazu auch noch erkältet. Das Fenster hatte er immer aufhaben wollen, der Sturschädel, obwohl Winter war und der Boden zentimeterdick mit schwerem, feuchtem Schnee bedeckt.

Aber Papa, ich bin doch hier, hatte die Elli geflüstert. Seit er nicht mehr richtig sprechen hat können, hatte die Elli auch nur noch ganz leise mit ihm geredet, als ob seine Stimme zwar dünner, aber seine Ohren dafür besser geworden wären, ausgleichende Gerechtigkeit, ein Wunsch oder einfach nur ein dummer Gedanke, Elli hatte den Grund nicht gewusst, vielleicht hatte sie aber auch einfach nicht gewollt, dass er verstand, was sie sagte, wenn sie ihm weitergeben musste, was der Doktor Perner ihr über den Magenkrebs im Allgemeinen und seinen im Besonderen erklärt hatte.

Wo ist die Alexandra, hatte der Vater weitergefragt, und Elli hatte keine Antwort gewusst, bis endlich die Ursel gekommen war, mit dem Tee in der Hand und sie daran erinnert hatte, dass die Alexandra schon da gewesen war, am Morgen, und dass sie dann in die Arbeit hatte gehen müssen.

Ah, die Alexandra war schon da, hatte der Vater mit tonloser Stimme gesagt, und Elli konnte nicht vergessen, wie seine Augen dabei geglitzert hatten, auch seine brav über der Brust gefalteten Hände wird sie nie vergessen, die so durchsichtig waren, dass man fast das Blumenmuster darunter hätte erraten können, wie der ausgezogene Strudelteig der Mutter, die ein paar Jahre zuvor in derselben Bettwäsche gestorben war. Elli hatte das ungustiös gefunden, aber die Ursel war da ganz pragmatisch gewesen, sterben tut er sicher nicht deshalb, weil er in ihrer Bettwäsche drinliegt. So.

Sie überfliegt die anderen Fotos, stapelt sie auf einem Haufen, legt die neunjährige Alexandra beim Wandern auf dem Katschberg über die zwanzigjährige Alexandra im Blusenkleid mit weißen Nelken und entschlossenem Gesicht. Verteilt sie ohne System, sortiert nicht, schafft aus dem Weg und starrt dann auf den Boden der mit Papierbögen bedeckten Kiste, auf das, was noch übrig ist, was sie näher zum Alexander bringen soll.

Neunzehnhunderteinundsechzig muss es gewesen sein, dass sie zum letzten Mal von ihm gehört hat. Einen Brief hatte er ihr geschickt, aber Elli hat die Briefe damals gar nicht mehr richtig gelesen, weil eh in allen dasselbe dringestanden war. Jedes Mal die gleichen Entschuldigungen, dass er keinen Unterhalt zahlen kann, dass er mit dem Unterhalt in Verzug ist, dass Elli ihm doch bitte etwas Zeit geben soll, um die Nachzahlungen leisten zu können und, und, und. Kaum einen Schilling hat sie vom Alex bekommen, und Zeit hat sie auch keine gehabt, das Kind hat sich ja auch nicht die Zeit genommen, langsamer groß zu werden, und schon nach dem dritten Brief hat sie nicht mehr zurückgeschrieben, vor allem als sie gehört hatte, dass der Alex nach Graz gezogen war, um Arabistik zu studieren. Elli hat sich damals so sehr über ihn geärgert, wie während ihrer ganzen Ehe nicht. Arabistik, der feine Herr, und außerdem, mit mir hat er nicht weggehen können, denkt sich Elli und findet einen Stofffetzen in ihrer Hose. Einen Stich spürt sie, oberhalb ihrer Rippen, wenn sie daran denkt. Immer noch wundert sich Elli, während sie sich schnäuzt, seltsam.

Den Stofffetzen hat sie kaum zurückgesteckt in ihre Tasche, als es schon an der Tür klingelt. Die Hanni kann es sein für ein spätes Frühstück, zu dem sie sich manchmal selber einlädt, wo sie dann mit Elli in der Küche sitzt und jammernd von den alten Zeiten spricht. Entgegen all dem, was man denkt, ist es ja gar nicht so lustig, gemeinsam über die schlimme neue und die gute alte Zeit zu klagen. Es hat ja fast etwas von Kannibalismus an sich, wenn die eine schon weiß, was die andere sagen wollen wird, und man sich dann nur noch uneinig in den kleinen Details ist, ob die früh verstorbene Tochter vom Kleider Halmisch nun blonde oder rotblonde Haare gehabt hat oder ob die Ehe der Hanni wirklich so viel unglücklicher gewesen ist als die von der Elli.

Aber es ist nicht die Hanni. Die Ursel ist es, und der Schirm, den sie über ihren Kopf hält, macht ihre Augen dunkler, legt sie in tiefe Höhlen, der Mund wie ein gespitzter Bleistift und die Stimme ruhig, aber bestimmt.

Magst mich nicht reinlassen.

Sicher, komm rein.

Hast schon wieder vergessen, um was du mich gebeten hast? Die Ursel legt ihren schweren, nassen Mantel ab, öffnet noch einmal die Tür und schüttelt den Schirm aus, erwischt dabei die Sissi, die fauchend durch den geöffneten Spalt flüchtet.

237

Geh, draußen regnet es doch ärger, du dummes Vieh.

Elli beißt sich auf die Lippen, versucht sich jedes Wort abzusparen, auch wenn es schwerfällt. Vor einer Woche hatte sie die Ursel bereits um ihre Hilfe gebeten, aber die hatte sie Tag für Tag vertröstet und ausgerechnet jetzt stand sie vor ihr, unangekündigt, wie aus dem Nichts. Die Ursel hatte ja in den Jahren in ihrem großen Haus viel mehr angesammelt, nahezu alle Unterlagen hatte die Elli bei ihr gebunkert, alles über die Alexandra, über ihre Geburt. Mit der Zeit hatte Elli sich einiges zurückgeholt, aber ein paar Umschläge waren eben doch bei der Ursel geblieben. Weilst so eine Umtriebige bist, hatte die Ursel zu ihr gesagt, und das war natürlich eine Beleidigung gewesen und so auch nicht richtig, weil die Elli seit Mitte der Siebzigerjahre das Elternhaus in der alten Moorgegend nicht mehr verlassen hatte. Das Haus, das nicht ihr allein gehörte, das auch der Ursel gehörte, das einmal der Alexandra gehören wird, aber nur, wenn sie es nicht verkaufen will, da waren sich Ursel und Elli seltsamerweise einmal einig gewesen.

Magst was trinken, einen Kaffee vielleicht?

Nein danke, die Ursel schüttelt den Kopf, aber sachte. Sie muss gerade erst beim Friseur gewesen sein, so wie jeden Samstag. So hat Elli sie am liebsten. Der Friseur macht sie milde und müde, weil schlafen geht dann nur auf dem Rücken liegend, die geföhnten Haare schonend, die Arme starr von sich gestreckt und Schafe zählend, bis man einschlummert, und dann erschrocken aufwachen, falls man sich doch auf die Seite gedreht hat aus Versehen. So geht es das ganze Wochenende, bis zum Mittwoch, wo es die Ursel nicht mehr so eng sieht, denn vom Mittwoch sind es noch drei Tage bis zum nächsten Friseurbesuch, da kann man ruhig einmal alle fünfe gerade sein lassen.

Also, die Ursel legt den Umschlag auf dem Tisch ab, runzelt die Stirn über das leere Schnapsglas, erspart sich aber zum Glück jeden Kommentar. Das ist alles, was ich noch habe.

Die Elli nickt.

Ich hab jetzt nicht mehr reingeschaut, eigentlich, die Ursel winkt kurz ab, als ob sie sich über sich selber wundern würde, es müsste aber aus den Jahren sein, von denen du geredet hast.

Elli nickt wieder.

Also jetzt sag mir schnell, was willst denn damit?

Jetzt nickt die Elli nicht mehr.

Wie lange redet sie schon nicht mehr mit dir. Zwei Jahre, drei Jahre sicher, oder? Die Ursel schaut sie fragend an, also die Alexandra, fügt sie noch hinzu, als gäbe es noch jemand anderen, der gerade nicht mit Elli spricht und für den es sich lohnen würde, in alten Schuhkartons nach Hinweisen auf den Aufenthaltsort vom Alexander zu suchen, nach irgendeiner Adresse, Telefonnummer von irgendeiner Person, die etwas wissen könnte.

An die fünf Jahre haben wir uns schon nicht mehr gehört.

Himmel, die Ursel stöhnt auf.

Wieso fragst du? Redet sie gar nicht über mich. Ellis Stimme ist ganz leise.

Du, ganz ehrlich, wir sprechen nicht darüber. Ursels Brustkorb hebt und senkt sich so gleichmäßig, dass es Elli fast wie ein Verbrechen erscheint. Ich will nicht, dass der letzte Kontakt zur Familie auch noch abbricht, verstehst?

Sicher, sagt die Elli, aber die Wut, die ganz langsam in ihr hochsteigt, für die kann sie nichts. Sie hat das Gefühl, der Ursel tut es nicht wirklich leid. Tagelang wartet sie schon auf die Papiere, um die sie die Ursel gebeten hat, in der Hoffnung, vielleicht den alten Brief vom Alois, Alexanders Bruder, zu finden. Der Alois war ja immer ein sehr häuslicher Mensch gewesen, bei dem konnte es sein, dass er immer noch in dem kleinen, schiefen Haus am Inn den Berg hinauf wohnte, und auch wenn die Brüder nie ein nettes Wort füreinander übrig hatten, helfen würde ihr der Alois trotzdem, da war sich Elli sicher.

Also noch mal, was willst denn damit, so plötzlich, die Ursel dehnt die Frage noch einmal sehr lange, überhaupt muss Elli den Kopf Richtung Tisch neigen, damit sie nicht aus ihr herausgekrochen kommt, diese kochende Wut, die ihre Ohren sausen lässt. Was war mit ihnen. Wie der Alexander und der Alois waren sie, nie hatten sie ein nettes Wort füreinander. Es war immer als gegeben angenommen worden, was zwischen ihnen war. Ihre Differenzen hatte man ihnen früher noch als etwas Gutes verkaufen wollen, aber dann hatte man ein Leben mit dem anderen verglichen und nicht mehr unterscheiden können, was wahr war, was falsch, dass man sich die Hände vor die Augen halten und die Finger zählen musste und immer wieder zu einem anderen Ergebnis kam. Elli hatte sich schuldig gefühlt, ihr ganzes Leben lang, weil sie die Tochter hatte, die die Ursel gerne gehabt hätte, bis, ja bis sie vor einigen Wochen zufällig bei der Ursel im

Garten gestanden war. Sie hatte gerade Servus sagen wollen, als sie die Ursel mit der Hanni entdeckte, wie sie gemeinsam schnaufend den schweren Deckel mit einer Eisenzange über das Brunnenloch zogen. Zu Recht, die letzten Wochen hatte es geregnet, dass man es kaum glauben konnte, und der Brunnen war eine Quelle geworden, die sich in langen Bahnen über den gepflasterten Boden ihren Weg Richtung Rasen suchte. Elli wollte gerade grüßen, als sie einen Namen hörte, der sie stehen bleiben ließ.

Die Alexandra?

Ja, stell dir vor.

Schwanger ist's?

Ja!

Vom wie heißt er gleich?

Milan heißt er. Aber weißt eh.

Sicher, ich weiß von nix, hatte die Hanni geflüstert.

Elli hatte sich umgedreht und war zum Gartentor zurückgegangen, hatte leise das Tor geöffnet und war auf die Straße getreten. Ihre Beine hatten sich wie von selbst in Bewegung gesetzt. Sie konnte nicht glauben, was gerade passiert war und wie. Die Ursel und die Hanni hatten sich ja sonst nie etwas zu erzählen gehabt. Im Gegenteil, die Hanni war der Ursel immer schon ein Dorn im Auge gewesen, eine Gaunerin, die beim Jolly immer um Geld spielen will, wie die ärgsten Ganoven, und dann auch noch jedes Mal gewinnt, weil sie schummelt wie eine Weltmeisterin. Und ausgerechnet diese beiden standen jetzt gemeinsam in Ursels Garten und flüsterten über die Zukunft von Ellis Tochter, als wäre das *ihr* Schicksal. Elli spürte, wie ihre Beine schwer wurden. Die

Alexandra war schwanger. Die Ursel wusste es. Die Hanni wusste es, nur sie wusste es nicht. Sie wusste von nichts. Aber sie wusste, was sie zu tun hatte. Sie wusste es, als sie in die Gasse einbog, sie wusste es, als sie am kleinen Friedrich vorbeiging, eilig, vergaß zu grüßen, sie wusste, was sie tun musste, um ein Kind wiederzugewinnen und um eines dazuzubekommen.

Darf ich reinschauen?

Sicher, bitte dich.

Magst bestimmt nichts trinken?

Ich hol mir schon etwas, danke.

Elli nimmt das große, braune Kuvert, öffnet es und zieht einen Packen Papier heraus, den sie sich auf den Schoß legt. Fein säuberlich liegt ein beschriebenes Blatt auf dem anderen, manche sind in Folie gelegt, andere, eingerissene, vorsichtig mit einem Klebeband verarztet worden. Zu große Schriftstücke sind umsichtig in der Mitte gefaltet und kleine Notizen, die hinter ihnen verschwinden hätten können, den Briefen thematisch mit einer Büroklammer zugeordnet worden.

Ich nehm mir nur ein kleines Bier, die Ursel werkelt in ihrer Küche, und Elli kann sich kurz vom Papier lösen, um zu sehen, dass sie sich nicht nur ein kleines Bier nimmt, sondern auch die Gläser im Schrank nach ihrer Größe ordnet, mit einem Lappen in der Hand, um die Trauerränder unten abzuwischen.

Bitte, nimm, was du magst.

Einen Moment sitzt Elli ratlos vor dem dicken Stapel, dann greift sie mit beiden Händen hinein, irgendwo in der Mitte,

242

und liest den obenauf liegenden Brief. Eine seltsame Schrift ist es, so verschwommen, fast unleserlich, obwohl nein, zum Glück liegt es nur daran, dass ihr die Brille mal wieder auf der Stirn hängt, wie sie erleichtert feststellt, als sie sich mit den Händen tastend durch die Haare fährt und dann durch die Gläser schaut. Die Schrift wird klarer, nur das Seltsame bleibt, wie die Schrift eines Kindes sieht sie aus, jedes Wort überdeutlich nebeneinandergesetzt, als wollte jemand sichergehen, dass dieser Brief in jedem Fall richtig verstanden wird.

30.1.1942

Liebe Ursel ...

Hast dir nicht mal überlegt, eine Putzfrau zu holen, die Stimme der Ursel schießt wie aus dem Nichts zu ihr herüber, gerade in dem Moment, als sie den Namen liest, genau in dem Moment, in dem sie sich fragt, ob sie es nicht besser lassen soll.

Also der Wohnung würd's sicher nicht schaden, oder ist deine Rente so klein?

Nein, nein, sagt Elli, nickt der Ursel zu, was die aber nicht sehen kann, weil sie ihr schon wieder den Rücken zugedreht hat, jetzt auf die kleine Leiter steigt und das oberste Regal von Ellis Küchenkasten öffnet, wo sie ihre Backformen aufbewahrt.

Sie neigt ihren Kopf wieder über das Blatt.

Liebe Ursel, liest sie jetzt schnell, *das wird ein kurzer Brief und auch ein anderer, als Du Dir erwartest. Die Front ist nicht mehr weit, aber ich mag nicht über die karge Landschaft berichten oder über schlechte Verpflegung, auch wenn Du in Deinem letzten Brief gefragt hast, wie es mir geht: Du kannst es Dir ja denken. Ich wollte Dir schon lange schreiben, habe mich nicht getraut.*

Pfui, ist das ein Staub, ich bitte dich, Elli.

Ich muss immer wieder an Elli und den vorherigen Sommer denken und wie schön dieser Tag war. Es liegt nicht an ihr, Du musst wissen, alle hier wollen nur wieder zurück, beten die Fotos ihrer Mädchen an, wie Heiligenfiguren. Nur ich will es nicht. Ich will, wenn ich hier herauskomme, wenn ich lebend herauskomme, und das werde ich, wenn wir dem Russen gezeigt haben, wo Gott wohnt, dann will ich neu anfangen, ich will … Sei nicht ungehalten auf Elli, sie ist es nicht, es ist nur, ich weiß nicht, wonach ich eine Sehnsucht habe. Ich hoffe, es geht Dir gut und Du wirst mich verstehen …
Peter

Langsam lässt Elli den Brief sinken. Wie in Zeitlupe sieht sie der Ursel zu, wie die auf der kleinen Leiter steht, sich streckt und verzweifelt versucht, eine Backform nach der anderen aufeinanderzustapeln. Elli kann nur mit offenen Mund schauen, weil sie nicht hat wissen können, dass der Peter der Ursel kurz vor der Sache in der Küche so einen Brief geschrieben hatte. Sie hat auch Ursels Gleichgültigkeit, als er ein paar Monate später gefallen war nie verstanden. Und dass er ihren Namen in seinem Brief erwähnt hatte. Oder dass er ihren Namen erwähnt und so für immer etwas kaputt gemacht hatte, was schon vorher kaum da gewesen war. Sie hatte ihn geliebt. Hätte sich Ursels Wut auf sie doch bloß ausgezahlt.

Sie schaut auf, sieht, wie Ursel die Leiter hinuntersteigt, legt schnell den Brief zusammen und schiebt ihn unter eine amtliche Mitteilung aus St. Johann.

Hast du …?

In Ursels Haaren hängen Staubflusen, und das, obwohl sie gerade erst vom Friseur gekommen ist. Sie wird wütend sein, wenn sie es bemerkt, denkt Elli sich.

Ursels Blick ist prüfend, wandert langsam von Ellis zitternden Händen zu ihrem Gesicht.

Hast schon gefunden, was du gesucht hast?

Frühling 1988

Alexandra wusste genau, warum er gerade hierher, in die toskanischen Hügel zwischen Grosseto und Follonica, gezogen war. Zuerst hatte sie gedacht, dass es nur einen Grund geben könnte: den Wunsch, niemals gefunden zu werden. Aber als sie aus dem Auto stieg und die kühle Luft einatmete, die sanften Berge sah, den dichten Wald, die fruchtbare Landschaft der Maremma, da wusste sie, nach was er hier gesucht hatte. Es sah aus wie im Salzburger Land, wie nach der Zederhauser Umkehr, der Felsenenge am Tauernpass, von der man sagt, einst habe ein wandernder Zederhauser gedacht, dort wäre das Ende der Welt, und sei wieder umgedreht. Es sah aus wie in dem Lungauer Tal, wo sein Gasthaus gestanden hatte, dachte Alexandra. Einzig das Licht war anders, es brach sich heller an den Wipfeln der Schirmkiefern, und die Sonne verwandelte sich über ihrem Kopf in einen fetten goldenen Dotterfleck.

Letzter Stopp, ruft Milan ihr aufmunternd zu. Milan kann ihre Zweifel spüren, zweimal war sie kurz davor gewesen, wieder umzudrehen. Eine Schnapsidee, einen Vater finden, nach fast dreißig Jahren, und wütend hatte sie dem Milan ihre Angst übergestülpt. Milan, die reinste Provokation in seinem Optimismus. Mit einem schweigsamen Vater, mit einem inzwischen toten Vater zwar, aber immerhin mit einem bis dahin körperlich anwesenden. Du hast keine Ahnung, du weißt es einfach nicht, nein, nichts kannst du nachvollziehen, nichts. Und da hatte es schon einen Blick in den Rückspiegel gebraucht und eine Biene, die auf Evas dicken Backen die Reste von Honigbrot einsammeln wollte, gefährlich nah an ihrem weit geöffneten Mund, dass die Alexandra wieder einmal an etwas anderes denken konnte als an den Mann, dessen Stimme vor drei Monaten zum ersten Mal durch den Hörer gekommen war, rau, aber seltsam bekannt.

Eva, mach den Mund zu, hatte Alexandra ihr zugerufen, aber Eva hatte die Schärfe in ihrem Ton nicht bemerkt, sie nur staunend angesehen, während der Milan in den toskanischen Serpentinen nach einer Ausfahrt gesucht hatte. Sie hatte dieses Kind von Anfang an geliebt. Es war aus ihr herausgekommen, als ob es für ihren Körper eine Selbstverständlichkeit gewesen wäre, und nichts hatte gestimmt von den Geschichten schmerzvoller Geburten, die ihre Freundinnen ihr erzählt hatten. Und jetzt saß das Kind da, sah sie mit Augen wie Schokoladenkekse an und wartete auf das Leben.

Ich mache es für sie, hatte sie dem Milan an einem Sommerabend im Bett kurz nach Evas Geburt zugeflüstert und seinen Rücken gestreichelt. Der Milan hatte schon tief geatmet, hatte seinen Arbeitsnacken gehabt mit harten Sehnen, die sich am Hals entlangzogen. Mach es nicht für sie, hatte er nach einiger Zeit in das Schwarz des Zimmers hineingesprochen, mach es nicht für sie, du wirst es sonst nicht schaffen.

Milan, der Licht ins Dunkel bringen kann, der jetzt mit der

247

Eva auf dem Schoß die Straßenkarte studiert. Dauert nicht mehr lange, sagt er und fährt mit Evas kurzen Fingern die unterschiedlichen Linien ab. Alexandra spürt, wie sich ihr Magen dreht. Seit sie vor zehn Stunden losgefahren sind, hat sie kaum was gegessen.

Ich mach es auch für sie, hatte Alexandra gesagt. Anderthalb Jahre war das jetzt her, die Eva gerade mal vier Monate alt. Alexandra hatte in der Küche ihrer Mutter gestanden wie eine Bittstellerin. Nie hatte sie sich weniger erwachsen gefühlt, als ihr klar geworden war, dass alles, alles auf dem Weg hierher eine lange Aneinanderreihung von Ellis erfüllten Wünschen gewesen war. Alexandra, wenn du schwanger wirst, ziehst wieder im Haus ein, ihr kriegt die obere Wohnung, und in der unteren bleib ich. Alexandra, wirst sehen, die Hilfe wirst brauchen können, und die Mama hatte auf ihrem Lehnstuhl gesessen und ihre Wünsche dirigiert wie eine heimliche Königin. Warum machen wir das überhaupt, hatte sie der Milan damals gefragt, als er einmal wutentbrannt nach einem Streit mit Elli in ihre kleine Wohnung nach Lehen zurückgekommen war und gerufen hatte, keinen Schritt mach ich mehr in dieses Haus. Der Elli hatte die neue Wandfarbe in der Küche nicht gefallen, und sie hatte einen Tobsuchtsanfall bekommen, den Milan beschimpft, als wäre das Haus ein schlafender Körper, dessen Ruhe man unter keinen Umständen stören dürfte. Außerdem war ihr der Milan suspekt, mit seinen schwarzen Augen, seiner im breiten ungarischen Dialekt sprechenden Mutter, die zum ersten Treffen Sarma mitbrachte, Krautrouladen, die das ganze

Zimmer sauer riechen ließen. Warum machen wir das überhaupt? Ich mache es auch für sie.

Alexandra hätte fast mit dem Finger auf Eva gezeigt, die im Kinderwagen schlief, aber die Mama hatte sie auch so verstanden. Soso, hatte sie gesagt und dann lange nichts mehr. Durch den alten Spiegel hatte sie das Fenster gesehen und darin den Hannes beobachtet. Der Hannes, immer noch nah, näher, als er sein sollte. Alexandra hatte den Gedanken an einen Hannes verscheucht, der mehr war als ein Nachbar, mehr sein konnte als ein Freund. Es war ein heißer Augusttag, und der Hannes trotzdem ganz eingehüllt in Jacke und Haube, mit einem Tuch um das Gesicht und Geigerzähler in der Hand. Tschernobyl war gerade vier Monate her, der Hannes sah aus wie auf einer Marsmission, und Alexandra musste trotz allem lächeln. Am Anfang, da hatte sich einfach eine ganz große Furcht um sie alle gelegt, als wäre überall in der Luft, in allen Ritzen das Böse, und so war es ja auch. Alexandra hatte es sich wie gelben Staub vorgestellt, der unsichtbar wurde, sobald er die Nähe der Atmosphäre erreichte. Aber man gewöhnte sich an alles, die Bilder aus Prypjat kamen einem bald genauso weit weg vor wie die radioaktive Strahlung nah. Die Angst war noch da, aber auch der Ärger. Gerade in diesem Jahr war es ein besonders schöner Sommer geworden, die Zimmer heizten sich hinter den geschlossenen Fenstern auf, und das Schuheputzen nach jedem wohlüberlegten Ausflug ins Freie wurde immer mühsamer. Und du bist für Zwentendorf gewesen, die Mama war Alexandras Blick gefolgt und hatte den Hannes entdeckt. Für Zwentendorf. Bitte hör auf damit. Die Diskussion über Zwentendorf hat-

249

ten sie schon mehr als einmal geführt. Sie war nicht *für* Zwentendorf gewesen, aber was hätte Kreisky machen sollen. Das Atomkraftwerk war ja von der ÖVP genehmigt worden. Einmal dort und dann nicht in Betrieb genommen? Da hatte er doch recht gehabt, was es an Arbeitsplätzen kosten würde, an Steuergeld, dieses wahnsinnige Raumschiff dort mitten im Wald. Lass gut sein, Mama.

Magst noch einen Kaffee. Die Mama streitet sich in drei Akten, Verleugnung, Verneinung, rasende Wut. Sie streitet mit klirrendem Kaffeelöffel im Häferl und mit Butterkipferl im Mund. Sie streitet kauend, mit einer Hand im Kinderwagen, streichelnd über Evas Gesicht, meinst nicht, dass ihr zu warm ist.

Jetzt hör auf!

Alexandra hatte es mit dem Milan ausgerechnet. Es würde knapp werden, das sicher, aber sie könnten weggehen. Milan würde in Deutschland arbeiten können, sie könnten alle Zelte abbrechen, wenn es nötig wäre. An langen Abenden hatten sie am Küchentisch gesessen und immer wieder die Haushaltsbücher von vorne bis hinten gelesen, als wären es Vokabelhefte, die es auswendig zu lernen galt. Es würde knapp werden, es war ein Risiko, aber Milan hatte verstanden. Sie musste es probieren. Auch wenn es ihr wehtat. Sie hatte versucht, sich dagegen zu wehren, aber auch für sie war das Haus inzwischen wie ein verlängertes Bein, ihr rechter Finger, ein Stück Herzkammer. Bei jedem Schritt auf der knarrenden Holztreppe, bei jedem Nagel, den sie in die Wand zu schlagen versuchte und den die Wand ihr wieder entgegenspuckte, musste sie an den Großvater denken. Als wäre die Treppe Geschichtenverwahrerin, als hätte die Wand ihren eigenen Willen, als wären es nicht die Steine, die die Großeltern aus der Salzach gezogen hatten und die sich unter der weißen Wandfarbe versteckt hielten.

Wir gehen sonst.

Die Mama hatte die Hand aus dem Kinderwagen gezogen, als hätte sie sich verbrannt. Nach allem, was ich. Nach allem. Ihre Stimme war bedrohlich hell geworden, aber glasklar. Alexandra hatte diese Melodie gekannt, das waren die Noten, die vor den Tränen und dem Beben kamen. Mit Wucht war die Mama aufgestanden, hatte die Schüssel mit dem Schlagobers umgeworfen, war händeringend durch das Wohnzimmer gegangen, hatte mit den Augen zur Decke die gemeinsame Vergangenheit aufgerollt, immer wieder aus den Augenwinkeln einen Blick zur Alexandra, als ob sie testen hätte wollen, ob es schon wirkt, ob Alexandras Züge weicher werden oder härter, ob sie den Mund öffnet, ob da etwas anderes herauskommt, ein Einlassen, ein Widerspruch. Sobald sie den Mund öffnen würde, hätte Alexandra verloren. Es gab dieses ungeschriebene Gesetz. Die Elli wartete, kippte bittere Medizin nach, zog an Schnüren, öffnete Kisten, wie eine Zauberin. Durch den Raum rollten Alexandras Kindheit, ihre Studienzeit, die Mama baute einen lebensgroßen Erich neben sich auf, wie eine Pappmachéfigur, zeichnete seine Linien nach, schluchzte über eine Scheidung, die nicht ihre gewesen war, weißt du, was du uns angetan hast, Alexandra, und in Alexandras Hals ein Kratzen, das nicht zum Räuspern werden durfte, das nicht zu Lauten werden durfte, das nicht zur Frage werden durfte, wer denn uns

251

ist. Sie und der Erich? Die Ursel, Salzburg, oder hätte sie leicht die ganze Welt mit ihrer unglücklichen Ehe am Laufen halten können?

Wir werden gehen sonst. Alexandra war mit ihren Augen krampfhaft an allen Dingen hängen geblieben, die sie nicht an die Geister der Vergangenheit erinnert hatten. Die Sissi, die am Boden den Schlag aufleckte, irgendeine neue Illustrierte, die mit dicken blauen Buchstaben einen Überblick über die ganze Woche versprach. Bitte, Alexandra. Wenn sie es nicht besser gewusst hätte, hätte sie Mitleid haben können. Wie die Mama sich durch ihre starren, lockigen Haare fuhr, die vorne schon etwas grau wurden. Wie sie mit ihrer flachen Hand auf den Tisch schlug, wie ihre Stimme in die Höhe schnellte, wie sie plötzlich selber zur Bittstellerin wurde, wie sie immer wieder aufbegehrte, weil sie wusste ja, dass ein Zucken in Alexandras Augen genug war. Wie der Zeiger der Uhr aber weiterschritt und von Alexandra kein Einwand, kein Zucken, ein ganz gerader Kopf und ein Blick, der Elli in den Sessel zurücksinken ließ. Die Biedermeieruhr, die mit gespreizten Spinnenbeinen stehend schon immer die Zeit angesagt hatte, eine Zeit, die in diesem Wohnzimmer viel langsamer verging als irgendwo sonst auf der Welt, ließ Alexandra staunen. Dieser Kampf, der schon ihr ganzes Leben zu dauern schien, war in fünf Minuten vorübergezogen. Die Welt war nicht untergegangen, und das Ticken der Zeiger kitzelte sie, als würden sie sagen, das hättest du schon viel früher tun sollen. Jahrelang war sie als Verliererin hervorgegangen, hatte mit hochrotem Kopf und Türe schlagend die Wohnung verlassen, und jetzt macht sie es ihr so leicht. Sie ist alt geworden, dachte Alexandra. Gerade erst sechzig, aber ihre Finger hatten diese Knoten an den Gelenken, die Augen waren ganz trüb vom grünen Star, den man zu spät entdeckt hatte. Die Mama dachte nur noch in Augendrucktabellen und fertigte aus Salzteig für Eva kleine Schilder an. Sie war keine Gegnerin mehr. Sie war wie ein altes Kind.

Also, Alexandra, was willst du, hatte die Mama sie mit seltsam hohler Stimme gefragt.

Du musst mir die Nummer besorgen. Vom Papa.

Auch das Wort, einmal ausgesprochen, ließ keine Scheiben zerklirren, wie Alexandra es erwartet hatte, aber es stand zwischen ihnen, so wie der Kirschlorbeer, den die Mama in die Mitte des Gartens gesetzt hatte, dem Hannes zum Fleiß. *Papa.* Elli hatte es ja geschafft, dieses Wort zu vermeiden mit einer Vehemenz, dass sogar überall auf den Salzteigschildern gestanden hatte, Mama, Milan und Eva. Und sie alle hatten es übernommen, als wäre es ein Gesetz, das es dringend einzuhalten galt. Nicht aus Überzeugung, es floss einfach so durch sie hindurch, Ellis Worte hatten Macht, höhlten aus. Also, Alexandra schüttelte sich und warf einen Blick auf die brabbelnde Eva, die mit ihrem Mund kleine Speichelbälle formte, die wie Seifenblasen aussahen. Die Mama war leise aufgestanden und hatte sich mit großer Ruhe ihre Hände an der Serviette abgeputzt. Ich weiß, dass du wen kennst von früher, der uns weiterhelfen könnte, Alexandra war hinter der Mama hergegangen, die, ohne ein Wort zu sagen, die Schiebetür zum Schlafzimmer geöffnet hatte. Hör zu, Alexandra hatte sich jetzt sehr konzentrieren müssen, nicht zu weinen. Das bist du mir schuldig. Die Mama hatte nicht reagiert, hatte seltsam an ihrer Kommode herumgenestelt. Ich erschlag sie noch, hatte sich die Alexandra gedacht, und außerdem dreckig ist es hier, eine Putzfrau bräuchte sie, allein schafft sie es ja nicht mehr mit den Augen. Aber als sich die Mama dann umgedreht und zurückgekommen war, hatte Alexandra sich kurz mehr über den wackligen Gang als über den verknüllten Zettel gewundert. Macht sie Theater, hatte sich die Alexandra gedacht, hatte aber nicht gefragt, ihr nur den Zettel aus der Hand genommen, der auseinandergefaltet eine lange Nummer offenbarte, mit ausländischer Vorwahl und darüber in eiliger Schrift geschrieben: Alexander.

Magst du ihn anrufen noch mal? Milan zeigt auf die Tankstelle, wir sind bald da. Die Eva krächzt im Hintergrund, ist ein fröhliches Kind, ein unkompliziertes, eines, das sich stundenlang mit einem Stofftaschentuch beschäftigen kann. Alexandra schüttelt den Kopf, greift sich durch ihre frisch geschnittenen, schulterlangen Haare. Der Milan nickt. Er weiß ja, dass wir kommen, sagt er und lächelt Alexandra zu, aber so langsam brauchst auch nicht fahren, irgendwann werden wir ankommen, da hilft alles nix. Die Straßen ziehen sich ringförmig in den Berg ein, die Kurven sind fast schon Ecken, und Alexandra lässt sich von einer Ape nach der anderen überholen, die laut hupend an ihnen vorbeiziehen. Früher oder später werden wir ankommen, sagt der Milan, er sagt auch, dass sich der Alexander nett angehört hat und vernünftig. Nett und vernünftig, du weißt ja nicht, was du da sagst, denkt sich Alexandra.

Zuerst einmal war da ein Rauschen gewesen, ein Klingeln, das Alexandra wie eine Ewigkeit vorgekommen war. Sie hatte dieses Spiel gespielt, als wäre sie wieder ein Kind: Wenn er beim siebten Mal Klingeln nicht abhebt, dann lege ich auf, wenn er beim siebten Mal Klingeln nicht abhebt, dann. Und als er dann abgehoben hatte, war es ganz anders gekommen. Er war nicht überrascht. Es klang so, als hätte er darauf gewartet, als hätte er genau gewusst, dass sie hier und heute anrufen würde, und er sagte ihren Namen in die Stille hinein, bevor sie überhaupt ein Wort sprechen konnte. Alexandra. Dreißig Jahre, hatte sie in Gedanken hinzugefügt. Oder hatte er es gesagt? Dreißig Jahre. Und weil sie nichts sagen konnte, hatte er weitergesprochen, dass so ein Telefongespräch nach Italien teuer wäre, dass er sie gerne sehen würde, ob sie das auch wollte, dass sie ihn doch besuchen könnte, er dürfte nämlich nicht nach Österreich einreisen. Er hätte eine Enkelin? Sie solle ihn besuchen mit seiner Enkelin und ihrem Mann, wann könnte sie denn, und sie solle ihm doch bitte österreichische Zeitungen mitbringen, die seien so schwer zu bekommen. Alexandra hatte zu allem *ja* gesagt, hatte *ja* geflüstert und dann *bis bald* und den Hörer einfach sinken lassen, obwohl der Alexander noch weitergesprochen hatte. Der Milan, der die ganze Zeit neben ihr im kleinen Vorraum ihrer Wohnung gesessen und den Trockenblumen die Blüten gezogen hatte, hatte ihr den Hörer abgenommen. Alexandra war aufgestanden, während Milan noch einige Zeit telefonierte, hatte gehört, wie er sich Notizen auf einem Zettel machte, die Adresse sicher, hatte ihn lachen gehört und ihn gehasst dafür. Sie hatte sie beide dafür gehasst.

An der Zypresse rechts abbiegen. Milan sieht konzentriert zwischen der Karte und der Straße hin und her, erinnert sich an Alexanders Wegbeschreibung. Sie nickt. Die Zypresse sticht hervor wie ein Leuchtturm. Die scharfe Kurve weckt Eva wieder auf, die Schottersteine auf dem schmalen Weg, über den sie jetzt fahren, lässt sie auf ihrem Kindersitz aufhüpfen. So wohnt ein Mensch, der nicht gefunden werden will, denkt sich Alexandra, während sie das Fenster herunterkurbelt. Es ist früher Nachmittag geworden, die Sonne scheint immer noch warm. Hast du an die Zeitungen gedacht, fragt der Milan sie. Natürlich hatte sie an die Zeitungen gedacht, sie hatte sich eine Notiz geschrieben und auf den Schreibtisch neben ihre Unterlagen gelegt, als wäre sie wieder ein Schulmädchen und als wäre es eine wichtige Hausaufgabe, die sie auf keinen Fall wieder vergessen dürfte. Und sie hatte einen Schwung von Zeitungen und Magazinen beim Trafikanten Böck gekauft, obwohl sie das Gesicht vom Waldheim nicht mehr ertrug, das ihr wieder überall entgegenschaut hat, seit Neustem mit einer Entschuldigung auf den Lippen, aber wer's glaubt und zu spät. Der Waldheim ist wie ein Gespenst überall durchgekrochen, ein bisschen wie der Tschernobylstaub. Nur den Waldheim hat man sich nicht abputzen können, der hat sich in die Häuser hineingedrängt, als wäre er nie weg gewesen, und das war er ja auch nicht. Der hatte die Mutter und die Tante sagen lassen, na kein fescher Mann, aber vom Ausland werden wir uns sicher nichts erzählen lassen, ein Kriegsverbrecher und bei der SA soll er gewesen sein? Dass man nix mal auf sich beruhen lassen kann, das sei der wirkliche Skandal an der Sache, und

256

außerdem: Du warst da gar nicht dabei, Alexandra, spinn dich aus.

Alexandra weiß noch genau, wie sie am Dachboden gesessen und im Fernsehen die Rosa Jochmann gesehen hatte. Wie ihre Stimme zittrig und stark zugleich war, *nein, ich werde niemals schweigen*, und Alexandra hatte geweint. Sie hatte nach oben an die Decke geschaut, auf die Balken, die der Milan neu gestrichen hatte, ganz hell. Der enge Raum unter dem Dach schnürte ihr nun nicht mehr die Luft ab, wenn sie ihn betrat, so wie früher einmal, als ihr vorgekommen war, das ganze Haus, von Keller bis Giebel, würde sich auf ihre Brust legen. Sie hatte geweint.

Nicht nur wegen der Rosa Jochmann, nicht nur wegen der Mama und der Ursel, sondern weil der Waldheim ja niemanden einfach etwas sagen hat lassen können. Das ist alles so in ihren Köpfen dringesessen und hat nur darauf gewartet hervorzuspringen.

Pass auf, dass wir uns nicht festfahren, der Milan ist kurz davor, ihr ins Lenkrad zu greifen. Rings um die Schotterstraße herum ist die Erde aufgeweicht, tiefe Reifenspuren säumen den Weg, verraten das Wetter vergangener Tage und die Fahrzeuge, die den Weg nach unten schon vor ihnen gefunden haben. Das ist wirklich irgendwo im Nirgendwo, murmelt der Milan und zieht entschuldigend seine Schultern nach oben. Alexandra nickt, und alles, was noch vor zehn Stunden ein Aufbruch war, fühlt sich jetzt wie das Gegenteil an. Nur die Eva scheint nichts davon zu bemerken, sie gluckst, und nicht einen Schrei hat sie auf der Fahrt hierher getan und wird auch nicht unruhiger, je länger es dauert. Das Kind war immer schon so ruhig gewesen, dass Alexandra in den ersten Wochen nach ihrer Geburt um das Bettchen herumgeschlichen ist, um zu schauen, ob das auch wirklich ein Atem ist, der aus ihrem Mund herauskommt. Und während die anderen über ihre Schreibabys geklagt hatten, hatte die Alexandra mit blassem Gesicht und tiefschwarz geränderten Augen nicht anders ausgesehen als der Rest der Stillgruppe. Erst bei der nächsten Untersuchung für den Mutter-Kind-Pass hatte sie dem Dr. Schäfer, der sie besorgt auf ihren Zustand angesprochen hatte, gesagt: Sie ist so still, ich kontrolliere bis in die Früh, ob sie noch lebt. Das Lachen vom Dr. Schäfer war dann das Erste gewesen, was sie seit Monaten etwas aufgeheitert hatte, obwohl sogar der Dr. Schäfer dann nach Impfung und Untersuchung, keinen Mucks hatte die Eva gemacht, staunte, wie ungewöhnlich ruhig das Kind war.

Schau, der Milan streckt sich auf dem Beifahrersitz und lässt endlich die Karte sinken. Vor ihnen den Hügel hinunter, neben einem schmalen Feldstück mit Tomatenstauden, taucht ein kleines Haus aus grauem, grobem Stein mit flachem Dach auf, so eines, wie sie auf dem Weg hierher schon etliche gesehen haben. Das muss es sein, sagt der Milan, ein paar Meter noch, und Alexandra fragt sich, warum er es so sagt, wie der Sportreporter, kurz bevor der Gerhard Berger in Japan seine letzte Runde fährt. Jetzt bitte, Milan, es reicht. Neben dem Haus ist ein kleiner Parkplatz, auf dem ein grüner, dreckiger Jeep steht und daneben nichts, nur aufgeweichte Wiese. Fragend sieht Alexandra den Milan an, weil wenn ich mich da jetzt hinstelle, kommen wir nie wieder weg. Nie wieder wegkommen ist das Letzte, was sie möchte, wo alles gerade schreit und hämmert, sofort wieder umzudrehen, was tut sie hier, einen Vater finden, eine Wahnsinnsidee. Lass uns umdrehen oder, sagt sie, starrt aufs Lenkrad und weil der Milan nichts sagt, fügt sie hinzu, du das war eigentlich keine Frage, und weil immer noch nichts kommt, wischt ihr Blick ärgerlich zur Seite auf Milans gutmütiges Gesicht. Sie sieht, wie sich langsam sein Kinn hebt, und Alexandra kann nicht anders, sie folgt seinem Blick. Neben dem kleinen Haus, an der weinüberdachten Veranda, steht ein Mann. Er ist nicht gerade sehr groß, trägt eine Tarnhose und über einem weißen T-Shirt eine olivfarbene Weste. Lachend steckt er seine Hände in die Hüften und geht auf sie zu. Sein zäher, schmaler Körper hebt sich von der Landschaft ab wie schroffer Stein. Sie hätte nicht an den einsamsten Ort im toskanischen Süden fahren müssen. Sie hätte es überall gewusst.

Was Alexandra nicht wusste, war, was noch kommen würde. Ein Vater, der nicht bei seinem Namen genannt werden wollte, ich bin immerhin dein Vater. Ein Großvater, der sich für das Wort zu alt fühlte, der ein Nonno wurde, der seine Enkelin so sehr liebte, dass sich in das Gefühl der Freude auch die Eifersucht mischte. Ein Nonno, der für Eva der Mann wurde, der bloßen Stein mit einer Axt zerschlagen konnte, der Mann mit der Eistruhe im Haus, der es aber nicht ertrug, wenn Eva mit dem dichten, ungesalzenen Brot spielte, während Alexandra wiederum das Klatschen der Ohrfeige nicht aushielt, das Echo, das sich zwischen Evas Wange und Alexanders Hand entspann, so laut, dass es die Katzen von ihren Reistöpfen aufscheuchte. Alexandra, die fand, es sollte Schluss sein mit einer Familiengeschichte, die sich in verschiedene Ohrfeigen unterteilen ließ. Alexandra, die mit der weinenden Eva im Tragetuch die Tür hinter sich zuschlug und sich schwor, nie wieder hierhinein, nicht einen Schritt, nicht ein Stück, nicht mehr abweichen. Alexandra, die dann doch wieder hineinging, weil der Milan, ewiger Vermittler, hinterhereilend, was bliebe ihr denn von diesem Vater, wenn sie den Kontakt jetzt abbräche. Alexandra, die sich den Vater an ihre Seite wünschte, immer und immer wieder, die den Vater verwünschte, die die alten Sprüche über Heimat, über das, was war, nicht ertragen konnte, der Waldheim, ein Feigling, da waren sie sich beide einig, und der Milan beschwor kleinste Gemeinsamkeiten wie einen schlechten Witz. Es war das Gemeinsame, was sie noch mehr entzweite, dieses kurze, überraschende Gefühl der Übereinstimmung, das ihr dann umso mehr den Boden unter den Füßen wegzog, weil die Frage sich natürlich nicht vermeiden ließ, das *Warum ist er für dich ein Feigling?*

Alexandra, die die Fragen stellte, wer war der Marschall, wer warst du damals, warum bist du weggegangen? Sie ahnte, dass sie keine Antworten bekommen sollte, dabei lagen sie zum Greifen nah, fein säuberlich in kopierten Tagebüchern.

Und als sie sie dann nach seinem Tod fand, wollte sie es nicht mehr wissen. Was hast du erwartet, hörte sie seine Stimme fragen, es liegt doch jetzt alles da, du musst nur hinschauen, hineingreifen, warum willst du denn nicht? Sie nahm den Packen Papier an sich und verstaute ihn in ihrem Schreibtisch. Für später. Für irgendwann. Für niemals.

Wie alle hatte sie nur diesen einen Vater, aber Alexander, wiedergefunden, wie er war, war mehr als das.

Sommer 1996

Versteckt oder nicht, ich komme. Evas Stimme schwirrt durch die warme Frühsommerluft über die kleine Wiese, durch die offene Balkontür zu ihr, und Alexandra, im Schneidersitz vor ihrem Schreibtisch, kann nicht anders, als einen Moment in sich hineinzulächeln. Das Lächeln breitet sich aus, ein warmes Gefühl, das ihr in die Fingerspitzen gleitet, als ihr plötzlich ein Stapel Papier in die Hände fällt, umbunden mit einer kleinen Banderole, auf der *Für Alexandra, von Deinem Vater* steht. Kurz erstarrt sie, bleibt einen Moment unbewegt sitzen, als wüsste sie nicht, wofür Hände gut sind. Dann erinnert sie sich daran, ihr Körper erinnert sich, und mechanisch schöpft sie das Papier zurück, ein paar lose Zettel, die sich an ihr vorbeizuschummeln versuchen, knüllt sie zusammen und steckt sie dahin, wo noch Platz ist. Sie atmet tief aus. Nicht jetzt und nicht heute. Was hatte sie eigentlich noch einmal gesucht? Ach ja, den alten Briefbeschwerer, den ihr der Hannes einmal geschenkt hatte, der aussah wie die Zauberkugel einer Wahrsagerin, mit einer Glasblase, die in der Mitte auf bläulich grün schimmerndem Untergrund saß. Er hatte ihr immer sehr gefallen, und warum sie ihn in die hinterste Ecke ihres Sekretärs geräumt hatte, wusste sie nicht. Wahrscheinlich war er den vielen Umzügen zum Opfer gefallen, hatte seinen Platz verloren und war in Vergessenheit geraten. Noch weniger wusste Alexandra, warum sie ihn jetzt wieder herausholen wollte. Sicher, Hannes, Liane und Stups würden bald in Frankfurt landen, aber der Hannes war niemand, der Wert darauf legte, seine Sachen in ihrem Haus wiederzufinden, wahrscheinlich hatte er schon längst vergessen, was es mit dem Briefbeschwerer auf sich hatte. Die Liane wiederum würde sich bestimmt durch alle Räume führen lassen und mit der Nase spitz in der Luft nach all den Gegenständen suchen, die sie der Alexandra zu Weihnachten, zu Geburtstagen überreicht hatte und die Alexandra in einem Karton im Keller aufbewahrte.

Milan war wirklich nie da. Er war nicht da, um mit ihnen zusammen zu Abend zu essen, er war nicht da, um den Rasen zu mähen oder um endlich die Fahrt zum Wertstoffhof zu erledigen, wie er es ihr versprochen hatte. Dann mache ich es alleine, hatte sich Alexandra gesagt, aber sie wusste, dass es nicht so einfach war. Die Dinge, die man sich zusammen vorgenommen hatte, konnte man nicht einfach alleine machen, das wäre Verrat an einem Uns, würde aufzeigen, dass es ein *uns* vielleicht gar nicht so gab, wie man es gerne gehabt hätte, und Alexandra erinnert sich an einen Milan, der fuchsteufelswild geworden war, als sie gegen dieses ungeschriebene Gesetz verstoßen und nach tagelanger Wartezeit die weißen Vorhänge selbst montiert hatte. Wenn du da allein auf der Leiter stehst, was da alles passieren kann, hatte er getobt, aber Alexandra wusste, dass es nicht das gewesen war. Sie hatte gegen die Idee eines Uns verstoßen, und der milde, der gutmütige Milan hatte wütend seine Jacke genommen und war den ganzen Abend in einer Weinbar an der unteren

263

Straßenecke verschwunden. Also hatte sich die Alexandra gefügt. Außerdem musste sie dem Milan recht geben. Es waren einfach zu viele Sachen, zu schwer für sie allein, und lange wohnten sie noch nicht in dem neuen Haus, als dass Alexandra sich schon hätte Freunde in der Nachbarschaft machen können, und die Eva würde auch erst im Herbst in die neue Klasse kommen, wer weiß, vielleicht war da jemand dabei, der ihr helfen konnte. Es war ja ein Witz, dass sie den letzten Umzug nicht besser organisiert hatten. Sie hatten einfach den Inhalt eines Hauses in das nächste Haus gekippt, ohne die Dinge, die unnötigen Geschenke, wegzugeben. Vielleicht, denkt sich Alexandra, könnte der Hannes ihr helfen. Sie muss aufpassen, nicht laut aufzulachen bei dem Gedanken an einen Hannes, der an seinem verlängerten Urlaubswochenende mit ihr Kisten schleppt. Der Hannes würde sicher Ja sagen, er hatte ihr noch nie etwas abschlagen können, aber Lianes Gesicht will sie sich nicht vorstellen, obwohl es ihr vor der Alexandra noch nie über die Lippen gekommen war, wenn ihr etwas nicht passte.

Sperrmüll war ja an sich überhaupt das Faszinierendste an diesem neuen Ort, an dem sie jetzt wohnten. Die Menschen stellten Dinge auf die Straße, dass einem die Ohren flackerten. Fünf Kubikmeter durfte man vor seiner Haustür abladen, hatte sie von den städtischen Müllbetrieben telefonisch erfahren, zu wenig für die Kisten in ihrem Keller, das würde Jahre dauern. Aber sie liebte es, gemeinsam mit Eva an der Hand durch die alten Villengegenden zu streifen, die den Zweiten Weltkrieg überdauert hatten, als wäre diese Stadt ein geheimnisvolles Dorf gewesen, das nicht hatte aufgespürt werden können. Erst mit der Zeit erfuhr sie von der Wichtigkeit dieser Stadt für die alliierten Kräfte, fühlte sich an Salzburg erinnert, fragte sich, wieso sie immer dort landete, wo etwas darunter brodelte, wo es obendrüber lackiert war, dass man, wenn man die Augen nicht ganz öffnete und die Ohren, sich einfach nur sagen konnte, wie schön es hier war.

Der Milan sah ihre nachmittäglichen Streifzüge nicht gerne. Alexandra, bitte dich, wir haben doch jetzt das Geld, was soll denn das, und natürlich hatten sie *das Geld*. Milan hatte sich hochgearbeitet, von ganz unten nach ganz oben, und Alexandra verdiente als Arzthelferin etwas dazu, was vor allem den Hannes zum Lachen brachte, der ihre Angst vor Spritzen und Körperflüssigkeiten kannte wie sonst niemand. Also, wir haben doch das Geld, das kannst du doch alles neu kaufen, hatte der Milan immer wieder anklagend gesagt, wenn er nach langen Arbeitstagen nach Hause gekommen war und Alexandra ihm stolz ihre neusten Errungenschaften präsentiert hatte. Ja, Alexandra musste ihm recht geben, sie hatten das Geld, aber er verstand eben nicht. Er verstand nicht die Freude über den Thonet-Stuhl, den sie letztens erst, ohne Bespannung und etwas verdreckt zwar, mit dem Taxi nach Hause gefahren hatte, und er verstand Eva nicht, die eine Sammlung von Kuschelhunden angelegt hatte, die sie Hünnis nannte und die sie den Steifftieren, die Milan ihr von seinen Reisen mitbrachte, vorzog, sie sogar ins Bett mitnahm und um ihr Kopfpolster drapierte. Alexandra wusch sie zweimal, bevor sie sie Eva aushändigte, fand es zwar immer noch unhygienisch, erklärte Eva, dass man eigentlich, ganz eigentlich, nie gebrauchte Dinge aus Stoff mitnahm, keine Kuscheltiere und schon gar keine Matratzen, Kleidung, ja, aber sicher keine Unterwäsche oder Socken. Ausreden konnte sie es ihr aber nicht. Und etwas in ihr wollte auch nicht. Sie konnte dem Milan ja schlecht erklären, dass sie zum ersten Mal etwas gefunden hatte, das sie mit diesem, mit ihrem Kind verband, das sie zwar liebte, aber dem sie sich immer so fern gefühlt hatte, als wäre Eva ein wilder Landstrich, den man erst erobern müsste. So war es ihr manchmal zumindest vorgekommen. Die Bücher, die Alexandra ihr gab, legte Eva zur Seite, ohne sie anzusehen, es kam vor, dass sie stoisch vor ihren Malsachen saß und stundenlang nichts sagte. Was war es für ein Glück, dass es heute anders war, denkt sich Alexandra und blickt auf ihr Kind, dass jetzt sprudelnd vor ihr steht und sie mit großen Augen ansieht.

Wann kommt der Stups, die Eva außer sich vor Atem mit geröteten Wangen, stellt ihr die Frage zum hundertsten Mal an diesem Tag, und Alexandra tut ihr den Gefallen, sieht auf ihre Armbanduhr, bemerkt aber dann, dass wirklich bald Zeit ist, loszufahren.

In zwanzig Minuten müssen wir los, sagt sie, entdeckt, dass sie den Briefbeschwerer immer noch in ihrer Hand hält, und stellt ihn vorsichtig auf dem Schreibtisch ab. Eva nickt ernst, als wüsste sie, was zwanzig Minuten bedeuten, dabei, denkt sich Alexandra, hat sie überhaupt kein Zeitgefühl. Manchmal sitzt sie bereits angezogen am Küchentisch, eine Stunde bevor Alexandra sie wecken will, und isst brav ihre Haferflocken mit nur einem Esslöffel Kakao, so wie sie es vereinbart hatten. Doch häufig sucht sie Eva und findet sie an den unmöglichsten Orten wieder. Wie das letzte Mal, zwar mit

Jacke und Schuhen an, aber in der Badewanne liegend, die Hände in der Luft, laut Abzählreime aufsagend.

Also denkst du dran, langsam brechen wir auf.

Ja, Mama, gleich, sagt Eva mit noch ernsterem Gesicht und legt ein Blatt vor ihr auf den Tisch.

Hast du was gemalt für den Stups?

Gemalt, nicht gemalt, aufgeschrieben habe ich, was wir alles machen können. Die Eva streckt ihre Hände aus und zählt mit ihren Fingern auf, während Alexandra auf dem Zettel die bunten Punkte innerlich abhakt. Verstecken spielen, Monopoly spielen, über Sachen reden, über den Sommer reden, schwimmen gehen.

Das ist eine gute Idee, Eva, sagt sie und schiebt den Zettel unter den Briefbeschwerer. Sie hofft, dass der Stups sich für irgendetwas von dieser Liste erwärmen wird können. Es sind nur drei Jahre, die zwischen ihm und Eva liegen, aber das kann im Alter zwischen zehn und dreizehn wie ein Meer von Geheimnissen und Ungewissheiten sein.

Und jetzt ziehen wir uns langsam mal an, ja?

Die Luft am Flughafen flirrt in der warmen Sonne. Eines dieser Gewitter liegt in der Luft, wie wenn die Welt innerhalb weniger Sekunden ihr freundliches Gesicht ablegt und sich in eine andere verwandelt. Alexandra blickt auf Evas Kopf, der gebeugt über einem Blatt Papier hängt, das sie auf eine Zeitung zwischen ihre Beine gelegt hat. Sie tritt einen Schritt auf sie zu, liest in der Überschrift wieder von einem Mädchen, das in Belgien verschwunden ist, nur ein paar Jahre älter als Eva. Alles zieht sich in ihr zusammen, der Gedanke, dass so etwas ihrem Kind passieren könnte, lässt sie fast ohnmächtig werden. Wie oft hatte sie Eva eingebläut, mit niemandem mitzugehen, das Kind war ja so still und gutgläubig, dass man nie wusste, was in seinem Kopf vorging und ob es da Dinge gab, die es nicht erzählen würde. Schau, Mama, Eva lenkt Alexandras Blick auf ihre Zeichnung. Winzige Flugzeuge durchstreifen das Gemalte, und Alexandra sieht hinter sich durch das weite Glas und fragt sich, ob Eva immer schon alles abgemalt hat, wie ein ständiger Versuch, alles abzubilden, festzuhalten. Obwohl, ganz so war es ja nicht. Sie erinnert sich an ihre erste große gemeinsame Reise, voriges Jahr, zu der sich Milan, trotz Flugangst, aufgerafft hatte. Eva hatte im Flugzeug eifrig angefangen zu malen und dem Milan nach wenigen Minuten eine sehr gut ausgearbeitete Zeichnung nach vorne gereicht, die das Flugzeug zeigte, das in Flammen aufging, und Alexandra, Milan und Eva, die wie Spielfiguren Richtung Meer fielen. Der Milan hatte sich umgedreht und Alexandra dermaßen irritiert angesehen, als wäre Eva das fünfte Kind aus Doris Lessings Roman, das der Milan natürlich nicht hat kennen können, da er seit der Matura an der Abendschule seine Nase nicht mehr freiwillig in irgendwelche Bücher gesteckt hatte. Wenigstens, hatte die Alexandra gesagt und den Kopf schief gelegt und das Bild betrachtet. Wenigstens lachen sie, oder?

Sie kommen. Alexandra streicht Eva über den Kopf, die sofort in die Höhe schießt, Blatt und Stifte fallen lässt, *wo* ruft, *wo*, den Kopf dreht, dann den Stups entdeckt, der eingeklemmt zwischen seinen Eltern und zwei kleinen Koffern durch das Gate geht, Eva sieht und lässig seine Hand hebt.

Alexandra sammelt schnell die Stifte auf, rollt das Papier ein, und dann stehen sie schon vor ihr. Etwas atemlos begrüßen sie sich. Der Hannes sieht gut aus, abgearbeitet zwar und mit dunklen Ringen unter den Augen, aber so hatte ihn die Alexandra immer schon am liebsten gemocht. Der Hannes war ja mit den Jahren so selbstsicher, so erfolgreich geworden, dass sie den traurigen Jungen von früher nur mehr hatte erahnen können, und die Alexandra hatte ihm zwar alles Glück der Welt gewünscht, aber Angst, ihn eines Tages gar nicht mehr zu erkennen.

Servus, Alexandra. Die Liane umarmt sie, drückt sie fest an sich, dass Alexandra ihre Brüste spüren, ihr Eau de Toilette riechen kann. Sie strahlt sie mit einem breiten Lächeln an. Guten Flug gehabt, fragt Alexandra und streicht dem Stups über den Kopf, so wie sie es gerade bei der Eva getan hat, aber der Stups hält nicht still, windet sich aus ihrer Hand heraus. Gewitter hätte es geben sollen, sagt der Hannes und schultert eine blaue Umhängetasche, aber nichts ist gekommen.

Auf der Fahrt nach Hause werden die üblichen Sätze ausgetauscht. Du hättest uns doch nicht abholen müssen, du, das macht gar nichts, die Liane hat gelesen, es gibt mit der Schnellbahn einen direkten Anschluss zu euch, Mama, können wir das Fenster aufmachen, wir haben doch eine Klimaanlage, es stinkt aber nach Rauch, ja aber nicht zu weit bitte, Eva, es stinkt aber nach Rauch, Mama, ich mach gleich aus, ja, Eva, wie geht es dir in der Schule, es sind doch Ferien gerade, aber irgendwas hängt doch in der Luft, der Flug geht ja so wahnsinnig schnell, ja, kaum ist man oben, ist man

269

schon wieder unten, Alexandra, dürfen die Eva und ich Star Wars schauen, wollt ihr nicht erst mal schwimmen gehen, wo ist eigentlich der Milan, ach das ist aber auch eine nette Gegend hier, der Milan ist zu Hause hoffentlich jetzt und bereitet den Grill vor, guten Mann hast du da geheiratet, jetzt, Eva, bitte, mach das Fenster zu, die Zigarette ist aus.

Wirklich schön habt ihr es hier, sagt die Liane, kaum dass sie aus dem Auto gestiegen ist, und atmet tief Luft ein. Alexandra sagt nichts, sagt nicht, dass sie eigentlich nicht wissen kann, wie schön sie es haben, weil sie noch vor der Garage stehen, aber sie weiß ja genau, dass Liane nicht das Haus meint, in dem sie wohnen, sie meint das Ambiente, die großen Autos, die dick in der Gegend herumstehen, die Jahrhundertvillen, die den Weg umsäumen. Sie meint damit, dass sie etwas schaffen mussten, um hier wohnen zu können, dass der Milan etwas geschafft hat, und da ist es gar nicht so wichtig, wenn von ihrem eigenen Haus der Putz ein wenig abbröckelt.

Komm, der Stups nimmt Eva an die Hand, und gemeinsam schießen sie durch das Gartentor, so schnell, dass man gleich den Milan rufen hört, wo sind denn meine beiden Lieblingsfratzen, und der Hannes bleibt neben der Alexandra stehen und zündet sich erleichtert eine Zigarette an. Der Stups ist auch so streng geworden, was das Rauchen angeht, das hat er von der Liane, flüstert er ihr zu und lächelt. Was ist, fragt die Liane und tritt einen Schritt zu ihnen auf den geöffneten Kofferraum zu. Schön ist es, dass die beiden sich so gut verstehen, sagt der Hannes eine Spur zu laut, und auch wenn der Hannes ein schlechter Lügner ist, Alexandra muss ihm recht geben. Es ist wirklich schön. Ja, die Liane bleibt mit verschränkten Armen neben ihnen stehen und sieht auch Richtung Gartentor, von wo man nun wilde Schreie vernehmen kann und Milans Lachen. Sind wir froh, dass wir so eine nette Schwiegertochter in spe haben, sagt sie und zwinkert mit einem Auge. Alexandra nickt vorsichtig dem Gedanken zu, wen die Eva mal heiraten wird und wen nicht. Ihre einzige Hoffnung ist, dass die Eva so anders ist als sie selbst, dass sie nie dieselben Fehler machen wird, und nur die Erleichterung über diese unglaubliche Erkenntnis lässt sie den Kopf zu Liane drehen und sagen, ja sicher, die zwei haben sich gesucht und gefunden.

Rind ist das aber keines, oder, die Liane blickt auf die silberne Platte, die befüllt ist mit Fleischstücken, mit Spießen, mit Paprika und Zucchini, mit kleinen Frühlingszwiebeln. Das auf der, Milan dreht sich umständlich vom Grill um, das auf der rechten Seite, genau, das müsste das Rindfleisch sein. Er tritt einen Schritt an den Tisch heran, ja genau, das ist das Rind, sagt er und sticht mit einer Gabel ins Fleisch, als wolle er etwas beweisen, es ist aber wirklich gutes, von heimischen Bauern. Dass ihr noch Rind esst, sagt die Liane und kann sich ein Kopfschütteln nicht verkneifen, in diesen Zeiten. Eva, bitte nimm die Füße vom Stuhl runter, sagt die Alexandra und sieht dann zum Hannes, der einen großen Schluck aus seiner Flasche trinkt. Das Pils ist doch einfach ein anderes Bier, sagt er und fängt Alexandras Blick auf. Habt ihr was gesagt? Was hältst du eigentlich davon, sagt die

Alexandra und schiebt Evas Knie energisch unter die Tischplatte, also von dem BSE. Das ist wirklich kein Spaß, Löcher im Gehirn, sagt der Hannes, Löcher im Gehirn, die sich ausbreiten, aber, fügt er hinzu, vor allem von dem importierten Fleisch, und so wie ich den Milan kenne, ist das sicher nur das Beste vom Besten. Milan winkt ihm mit der Grillgabel zu, der Hannes mit seiner Bierflasche zurück, und Alexandra kann einen Moment den Gedanken an die in der Luft hängenden Rinder verdrängen, die sie in den Nachrichten gesehen hatten, die aussahen, als wären sie nicht von dieser Welt. Der Eva hatten die schwebenden Kühe Angst gemacht, sie war auf dem Sofa gesessen und hatte geschluchzt, so heftig, dass Alexandra es kaum ausgehalten hatte und irgendwann ein Machtwort sprechen musste, jetzt hören wir aber auf zu weinen, Himmel, sei nicht so hysterisch. Seitdem isst die Eva auf jeden Fall kaum noch was, sagt Alexandra. Fleisch war immer schon schwierig, Gemüse nur roh, und es war jeden Tag ein Spießrutenlauf, etwas zu finden, das sie am Tisch nicht verweigerte. Stimmt nicht, Mama, piepst die Eva neben ihr, ich esse immer meine Haferflocken. Man kann doch nicht immer Haferflocken essen, sagt die Liane und schüttelt wieder den Kopf, erinnert sich dann aber anstandshalber, dass die Eva nicht ihr Kind ist, und wendet sich dem Stups zu, magst du noch etwas, Liebling. Der Stups schüttelt den Kopf, überhaupt, so kommt es Alexandra vor, war er schweigsamer als das letzte Mal, dass sie ihn gesehen hatte, als wäre er in die Höhe geschnellt und hätte dafür ein paar Gedanken und Sätze hergeben müssen im Tausch. Ob das schon die Pubertät ist, denkt Alexandra und fürchtet sich davor. Der Stups ist Evas einziger Freund, wenn er wegfiele, wüsste sie wirklich nicht, wie sie das Kind trösten sollte.

Und wann wart ihr das letzte Mal in der Toskana, Liane hebt ihre Gabel zum Mund und sieht die Alexandra interessiert an.

Das letzte Mal, als der Papa gestorben ist, sagt Alexandra und schiebt sich die Serviette auf den Schoß.

Entschuldige ja, ich, die Liane stammelt etwas herum, lässt sich von der Eva retten, die Stups erklären will, der Opa, der Nonno heißt, was Opa heißt, nur in einer anderen Sprache, ist nämlich gestorben, und zwar diesen Sommer, und auf den Friedhöfen nur Plastikblumen, und niemand außer mir, sagt die Eva und blickt in die Runde, kennt das Geheimnis, das ich ihm noch ins Ohr geflüstert habe.

So, Eva, jetzt wirklich die Knie runter, und wenn ihr nix mehr essen wollt, dann steht's auf bitte, sagt die Alexandra etwas lauter, und die Liane traut sich sicher nicht zu sagen, dass der Stups sonst eigentlich sitzen bleiben muss, bis sie alle fertig sind.

Einen Moment schauen sie still zu, wie die beiden Kinder die Treppen von der Terrasse hinunterhüpfen, der Stups mit ernstem, schönem Gesicht, die Eva lachend und gelöst.

Alexandra, es tut mir wirklich leid, ich habe nicht mehr daran …, und letztens habe ich diesen Artikel gelesen über die Toskana und an dich denken müssen, an euch, also.

Es ist gut, es ist ja schon etwas her, sagt Alexandra und spürt, wie der Milan plötzlich hinter ihr steht, sie sanft am Arm berührt und ihr etwas Wein einschenkt. Riesling, die haben so einen guten Wein hier, das glaubt ihr nicht, fängt der Milan an zu erzählen, und Alexandra spürt eine Wärme in sich aufsteigen, die nicht nur vom Wein kommt. Sie spürt Milans Hand immer noch auf ihrer Schulter, und sie spürt auch noch Hannes' Blick, obwohl der sich schon wieder der Liane zugewandt hat, die laut, Buchstabe für Buchstabe, das Etikett der Weinflasche vorliest, als gälte es, einen Wettbewerb zu gewinnen.

Die zweite Flasche war geleert worden, und eine dritte noch dazu, die man laut Milan unbedingt probieren musste, an so einem lauen Sommerabend, was haben wir für ein Glück mit dem Wetter, obwohl sich da eine Wolke vor die nächste schiebt, und Gewitter angesagt, aber von Regen noch keine Spur. Und ein Süßwein war auch noch dazugekommen und hatte Lianes Nasenspitze rot gefärbt und sie mit dem Milan in ein Gespräch über Computer eintauchen lassen. Windows 95 sei wirklich ein außerordentlich gutes Betriebssystem, das nutzen wir auf der Arbeit, und dann hatte man sich kurz an die Kinder erinnert, es war nach ihnen gerufen worden, und zwei Schöpfe waren in der wiegenden Hängematte aufgetaucht, dass man laut lachen hat müssen.

Na dann, ich zeig dir den Balkon oben und das restliche Haus, sagt die Alexandra zum Hannes, und man verabschiedet sich im Erdgeschoss an der Treppe, von dem anderen Paar, Liane und Milan, die angeregt miteinander sprechend hinuntergehen. Alexandra und Hannes, die in die Höhe steigen, er hinter ihr, sie vor ihm und sich fragend, ob sein Blick wohl den Stufen gilt oder ihr, sich dann aber ermahnend, der

Süßwein vom Milan und der abschließende Schnaps brachten solche Gedanken erst hervor.

Rauch ma eine, der Hannes nimmt eine Zigarette heraus und reicht sie Alexandra, als wäre es ein unausgesprochenes Abkommen zwischen ihnen, dass *rauchen wir eine* bedeutet, sich eine zu teilen, wie in alten Zeiten, als das Geld nur für wenig gereicht hatte und das wenige waren auch noch die billigsten gewesen. Hannes zündet ihr die Zigarette an, beobachtet sie, wie ihre Lippen die Glut zum Leuchten bringen, und dann reichen sie sich die Zigarette hin und her, während Hannes über die vollen Tomatenstauden staunt, so wie er früher über andere Dinge gestaunt hatte, und Alexandra kann nicht anders als lachen und abwinken, hör auf, das geht von ganz allein, das ist nur das viele Licht.

Wirklich schön habt ihr es hier, sagt der Hannes, und sie sehen gemeinsam auf den Garten hinaus, auf die zwei Kinder, die in der Hängematte sitzen, sich wild gestikulierend unterhalten, und sie blicken auf die Blutzwetschge, die ihre dunkelrotblättrigen Zweige gegen die Umgebung reckt. Eine Latschenkiefer habt ihr, ruft der Hannes erstaunt aus, wächst die denn, und Alexandra zuckt mit den Schultern. Mehr oder weniger, antwortet sie ihm, und ihr Blick bleibt bei dem mickrigen Baum hängen, den sie unbedingt hatte pflanzen müssen, dabei hatte der Milan schon recht gehabt, wenn er sagte, die wird hier nix werden, die wächst ja sonst oberhalb der Baumgrenzen, Alexandra. Aber er hatte es ihr nicht ausgeredet, er hatte ja gewusst, an wen sie sie so erinnerte. Es war schon seltsam, sie hatte immer weggewollt, und jetzt pflanzte sie eine Latsche in Gedanken an Alexander, an Mauterndorf. Sie erwischte sich selbst dabei, wie sie die Bilder der Großeltern an die gleiche Stelle im Hausflur hängte, über dieselbe Kredenz wie im Haus in Salzburg, dass der Milan stirnrunzelnd ausgerufen hatte, es sei ihm, als wäre er zehn Jahre zurück in der Josefiau gelandet. Wütend hatte sie am nächsten Tag das ganze Haus wieder umgeräumt, aber am Ende blieb sie mit den gerahmten Bildern der Großeltern wieder vor demselben Fleck Wand stehen. Auch die Latsche, zwar immer kümmerlicher und grauer werdend, blieb, wo sie war. Alexandra wusste nicht mehr, wollte sie hier wirklich Wurzeln schlagen, oder ging es nur darum, Spuren zu hinterlassen.

Wie geht es dir wirklich, seit der Alexander, seit dein Vater, also … unterbricht sich der Hannes selbst und steht so nah neben ihr, dass sich ihre Unterarme fast berühren.

Ich weiß es nicht, sagt die Alexandra, und sie weiß es wirklich nicht.

Mein Vater hat mir nix hinterlassen, der Hannes bläst Rauch aus seinen Nasenlöchern, also nix stimmt nicht, einen Haufen Schulden halt.

Meiner hat mir einen Packen Papier vererbt. Alexandras Stimme zittert jetzt vor Wut. Ein Manuskript hat er geschrieben, weißt. Der Hannes hebt neugierig seine Brauen, aber die Alexandra winkt ab. Und Fotos, mit denen ich nix anfangen kann. Weißt, Alexandra spürt, wie die Wut weiter in ihr aufsteigt, eine heiße, lange unterdrückte Wut, weil über die Toten natürlich nur Gutes. Weißt, fängt sie noch einmal an, Fotos von ihm mit Hunderten anderen Frauen, Fotos von ihm in seiner Uniform, stolz mit den Stiefeln auf einem Felsen irgendwo in Rumänien, aber keines von uns, kannst mir mal sagen, was ich damit anfangen soll. Was hat er wollen, dass ich damit tue?

Hast mal reingelesen in das Manuskript, der Hannes zündet sich eine neue Zigarette an, reicht sie ihr.

Nein, sicher reinstes Blut-und-Boden-Geschreibe, Alexandra sieht ihn jetzt für einen Moment still an. Ich will manches nicht wissen, verstehst. Ich hab es immer wissen wollen. Alles über ihn. Wo er noch Kinder gehabt hat, was er gemacht hat, wer der Marschall war, warum er im Gefängnis war. Alle diese Fetzen, die ich mitbekommen hab, immer nur im Vorübergehen, immer nur aus Versehen, diese Bruchstücke, aber jetzt bin ich nicht mehr sicher.

Weißt noch, damals, als wir in den Büschen gelegen sind, neben uns die Pichler Barbara, kannst dich erinnern, und meine Mutter und die Schöndorfer reden gehört haben.

Der Hannes nickt.

Und immer nur Bruchstücke, fährt die Alexandra fort, und ich hab alles wissen wollen, alles habe ich wissen wollen. Sie spürt, wie die Wut weicht, wie sie zu einem traurigen Knoten wird, der sich fest an ihre Eingeweide schmiegt. Du kannst dir nicht vorstellen, was ich für Gedanken gehabt hab, ob dieser Marschall, ob der vielleicht mein Vater …

Ein Marschall?

Aber beim Durchblättern der Briefe habe ich nichts gefunden …

Ich hätt mir dacht, du stürzt dich darauf, liest jedes Wort mit der Lupe. Ich mein, dein Leben lang hab ich dich von ihm reden hören …

277

Er hätte es mir nie gegeben, wenn ich dadurch wirklich etwas hätte erfahren können über ihn, niemals, verstehst.

Der Hannes wiegt nachdenklich den Kopf hin und her, es war wahrscheinlich das Bild, von dem er wollte, dass du es von ihm hast.

Die Alexandra nickt heftig.

Und trotzdem.

Was trotzdem? Findest, dass ich mich verändert hab?

Der Hannes wiegt weiter seinen Kopf hin und her, spricht etwas darüber, dass sie sich alle verändert haben, zum Glück, man solle sich mal vorstellen, sie wären noch die Alten, immer noch siebzehn.

Geh, unterbricht ihn die Alexandra, der das Gestammel vom Hannes fürchterlich auf die Nerven geht, jetzt red dich halt aus, sag, was du denkst.

Na ja, der Hannes ist ihr nicht böse, streckt aber die Finger nach der Zigarette aus. Ein bisschen milde bist halt geworden, eh nicht schlecht.

Müde bin ich geworden, sagt die Alexandra.

Sie gibt dem Hannes die Zigarette zurück. Kurz berühren sich ihre Finger, und dann sagen sie eine Weile nichts, beobachten nur die dunklen Wolken, die von beiden Seiten heraufziehen.

Und deine Mutter?

Mitgezahlt hat sie schon beim Kranz, aber sonst … Böse ist sie außerdem immer noch auf mich, dass wir aus Salzburg weg sind.

Der Hannes geht einen Schritt nach vorne, als hätte er was im Himmel entdeckt, dann dreht er sich wieder zu ihr um.

Weil du grad die Schöndorfer erwähnt hast und die Barbara, unterbricht der Hannes ihr Schweigen.

Ja, sagt die Alexandra leise in ein schwaches Donnergrollen hinein, hast leicht mal was gehört von der Barbara?

Von der Barbara nicht mehr, sagt der Hannes, nichts seit der Sache damals, wer weiß, wo sie sie hingebracht haben.

Ja, sagt die Alexandra noch eine Spur leiser.

Aber weil wir grad schon dabei sind, bei Bildern und was man will, dass die anderen von einem haben, Hannes drückt die Zigarette in dem Aschenbecher aus, der aus grünem Ton ist, ein Tongesicht, unmöglich, die Zigarette richtig auszudrücken. Alexandra sieht ihm eine Zeit lang zu, sagt dann ungeduldig, lass es bleiben, Hannes, besser wird es nicht.

Auf jeden Fall bin ich beim Klassentreffen gewesen in St. Johann, wir, also ich mit der Liane.

Und wie ist es gewesen, fragt Alexandra, während sie weiter in den Himmel schaut, zu den dunklen Wolken, die sich immer zahlreicher über ihnen versammeln. Immer noch muss sie an die Barbara denken, wie sie mit ihrem dicken Bauch vor ihr gestanden, mit Hoffnung in den Augen gefragt hatte, hast du es auch?

Es war alles so wie immer, erzählt der Hannes weiter, also kannst dir ja vorstellen, nur die einen sind noch verheiratet, während die anderen wieder geschieden sind, und ja, nur der Willi, erinnerst dich noch an ihn?

Die Alexandra sieht zum Hannes. Natürlich erinnerte sie sich noch an ihn.

Der Willi hat sich totgesoffen, sagt der Hannes, wirklich

tragisch, sagt er noch und sagt es in so einem Plauderton, dass die Alexandra ihn am liebsten schütteln würde.

Der Willi? Sie denkt an den Lehrer zurück, der nie einen Tropfen Alkohol angerührt hatte, der in St. Johann für Alexandra ein Fenster zur Welt war, bis er sie mit Ignoranz und einem unverdienten Fünfer gestraft hatte. Sie hat bis heute nicht verstanden, was damals in ihn gefahren war.

Du, der hat eh schon früh angefangen mit der Sauferei, der Hannes ignoriert den leicht einsetzenden Regen, der auf ihre Haut fällt, und sieht sie an. Eigentlich schon zu dem Zeitpunkt, als du weggegangen bist. Verblüfft sieht er die Alexandra an, als wäre es ihm jetzt erst aufgefallen. Wann bist du noch einmal fort aus St. Johann?

1969.

Sicher genau, im 69er-Jahr, sagt der Hannes nickend.

Warum hast mir das nie erzählt, Alexandra sieht den Hannes verständnislos an, und jetzt ist es am Hannes, die Schultern zu zucken.

Hätt ich leicht sollen, fragt der Hannes sie und fügt nach ein paar Sekunden noch hinzu, na ja weißt eh, was geredet worden ist.

Was ist geredet worden? Alexandra sieht auf den Garten vor sich, die Hängematte ist leer, der Regen verändert sich, prasselt vor ihnen auf den Boden, sodass sie gemeinsam wie automatisch einen Schritt unter die Abdeckung zurückgehen.

Es ist ja immer was geredet worden, das weißt doch. Alexandra hört erst jetzt den Alkohol in Hannes' Stimme, wie er seine Zunge lockert. Und ich weiß ja, wie du immer geschimpft hast, dass ihnen allen das Maul immer so offen gestanden ist, und ein Gerede hat es halt gegeben, dass du, der Hannes lacht jetzt ein glucksendes Lachen, was mit dem Willi gehabt haben sollst und die Elli, deine Mutter, dann eben die Reißleine gezogen hat.

Alexandra hört das Prasseln des Regens auf der Markise über ihnen, sie sagt nichts, so lange, bis der Hannes wieder das Wort ergreift.

Weil ehrlich, natürlich haben wir uns alle gewundert, dass die beste Schülerin vom Willi einen Fünfer bekommt, wegen dem paarmal Fehlen, und kannst dir vorstellen, da ist das Getratsche natürlich groß gewesen, als du nach Salzburg, zu den Großeltern zurück, strafversetzt worden bist.

Alexandra sieht durch den Regen in den Garten. Die Hängematte schaukelt leer vor sich hin, noch ganz benommen von dem Gewicht, das sie gerade verlassen hat. Sie sollten nach den Kindern rufen, aber Alexandra erinnert sich plötzlich. Erst sind es nur Bilder. Sie erinnert sich an eine Mutti, die die neusten Kleider zum Elternsprechtag getragen hatte, an einen Willi, der warm ums Herz machte, an eine Hand, die die Mutti dem Willi beim Dorffest auf die Brust legte, was Alexandra lachend beobachtete, weil der Willi die Hand freundlich, aber bestimmt abgewehrt hatte. Erst sind es diese Bilder, dann ist es ein Gefühl.

Alexandra, der Hannes hat seine Hand auf ihren Arm gelegt.

Hannes, hören sie jetzt auch eine Stimme hinter sich. Die Liane steht mit Milan an der Balkontür und blickt sie argwöhnisch an. Was macht ihr hier? Alexandra sieht die Eifersucht in ihrem Gesicht, während der Milan nur lächelt und der Hannes schnell Alexandras Arm fallen lässt. Alexandra ärgert sich, es ist doch Blödsinn. An den Willi denkt sie, an die Mutti, und dass der Hannes ja sonst nie so redselig war wie heute. Milans Süßwein konnte Wunder vollbringen, aber auch nicht immer.

Alexandra und Hannes wieder zusammen, als ob da mehr wäre, das war natürlich ein Blödsinn, dazu würde es nie wieder kommen. Auch wenn man niemals nie sagen sollte, aber in ihrem Fall war es eben so. All das kann die Alexandra der aufgeregten Liane aber nicht mehr erklären, denn aus dem hinteren Garteneck ein Schrei, der direkt in das Donnergrollen über ihnen hineingeht, und plötzlich kommt der Stups entlanggelaufen, mit waschelnasser Kleidung, einer Backe, die blutig ist, und einem Hautfetzen, der hinunterhängt.

Konrad, Konrad, Hannes, der Konrad stirbt, die Liane schreit den Hannes an, der Stups mit schmerzverzerrtem Gesicht vor ihnen. Was ist passiert, wo ist die Eva? Die Alexandra ist sich jetzt gar nicht mehr sicher, was sie mehr beunruhigt, Stups mit der blutigen Hälfte von einem Gesicht, das immer näher kommende Donnergrollen oder dass von der Eva weit und breit immer noch nichts zu sehen ist.

Himmel, tu doch was, Hannes. Der Hannes packt den Stups und stellt ihn zwischen seine Knie. So schnell stirbt man nicht, murmelt er, während die Alexandra ganz hinten im Garten, hinter der Birke, plötzlich etwas aufscheinen sieht, und sie geht ein Stück weiter, sieht erst Evas blasse Beine hinter dem Baum zappeln, dann ein Gesicht, das schuldbewusst zu ihnen hinaufsieht. Alexandra atmet tief ein und aus, und der Großvater fällt ihr ein. Was hatte er immer zu ihr gesagt? Musst gar nix tun dafür, Dirndl, die Dinge verkomplizieren sich von ganz alleine, und Alexandra ist sich nicht in vielem sicher, aber dass er da recht gehabt hatte und dass die Eva für die Liane die längste Zeit eine Lieblingsschwiegertochter gewesen ist, so viel hat sie schon in die Zukunft schauen können, da hat sie den Zauberkugel-Briefbeschwerer vom Hannes wirklich nicht gebraucht.

Hundstage 2010

Die Hitze kommt immer früher, hält länger an, und doch spielt das Wetter hin und wieder den Richter, schafft Klarheit und Gerechtigkeit dort, wo man es am wenigsten vermutet. Im Küchenradio, das Eva immer laufen lässt, war vor ein paar Minuten aufgeregt davon gesprochen worden, wie gestern durch einen Blitzschlag am Großglockner das Gipfelkreuz so ins Wanken gekommen war, dass es nun aus seiner Verankerung zu stürzen drohe. Es sei höchst aufwendig, es wieder zu fixieren, hört Eva den Leiter der Bergmission sagen, mit einer Wichtigkeit, als ginge es darum, einen Menschen aus einer Felsspalte zu ziehen. Sie lässt den Holzlöffel, mit dem sie sich gerade etwas rohen Teig in den Mund schieben wollte, sinken und lacht laut los. War man nicht erst im Mai des Jahres auf die Idee gekommen, dort oben eine Gedenktafel für den verstorbenen Jörg Haider zu errichten? Und auch wenn sie nach einigen Protesten und Beschädigungen wieder abgenommen worden war – dass die Natur sich so dagegen wehrte und ein Zeichen setzte, gefällt Eva. Ausgleichende Gerechtigkeit, sagt sie laut zu sich selbst, schiebt den Badeanzug unter ihrer Schürze zurecht und hebt die entsteinten Kirschen unter den Gleichschwerteig.

In Österreich liebt man die Berge, aber sie lieben uns nicht zurück, denkt Eva und betrachtet aufmerksam, wie die Kirschen in dem hellen Teig versinken. Sie rührt wieder, streicht sich mit einer Hand die Haare aus dem Gesicht, und fast fällt ihr die Schüssel auf den Boden, so begeistert ist sie von der Idee, die ihr auf einmal durch den Kopf schießt. Die Berge lieben uns nicht zurück. Man sollte etwas damit machen, etwas mit Bergen machen, die sich von Nazis entledigen, die die Spuren, die auf ihnen hinterlassen worden waren, wieder abwarfen, die Gedenktafeln abstießen wie einen Fremdkörper. Sie sieht von der Teigschüssel auf und starrt auf die gekachelte Wand vor sich. Stups sagte immer, sie solle wieder zu fotografieren anfangen, aber sie wüsste nicht, wann sie das letzte Mal daran gedacht hatte. Ihr Leben war einfach so gut zurzeit, es gab nichts Drängendes, alles verlief in seinen vorhergesehenen Bahnen, und da half es auch nichts, dass Stups sie hin und wieder darauf hinwies, du bist vierundzwanzig, Eva, ich bitte dich. Das Leben mit Arthur ist ein gutes, und es gab nichts, für das es sich lohnen würde, es aufs Spiel zu setzen, denn in Arthur konnte es schon tiefes Stirnrunzeln hervorrufen, wenn sie ihm nur eine Frage stellte, die darüber hinausging, was man essen sollte, was es zu tun gab und ob man am Wochenende etwas unternehmen wollte. Dann und wann stießen doch die Gedanken durch, Ideen, die Arthur in den Anfängen ihrer Beziehung noch so liebenswürdig gefunden und die er mit einem Kuss auf Evas Stirn quittiert hatte, die er nach fast zwei Jahren Zusammensein aber nicht einmal mehr müde belächelte. Kam es nun auf Evas Ideen zu sprechen, dass sie wieder fotografieren wollte, dann sagte er nur, mach, mach ruhig, und wechselte schnell das Thema. Sie lässt die Teigschüssel stehen und geht durch die kleine Zweizimmerwohnung, sucht Blatt, sucht Stift und schreibt den Satz auf, den sie im Kopf hat. Für was, weiß sie auch nicht, sie tut nicht wirklich etwas damit, sie schreibt, und es bleiben Sätze, die auf Papier stehen, sie schaut sie sich nicht einmal mehr an, und wenn sie doch manchmal fotografiert, dann heimlich, verstohlen, nur analog, aber sie entwickelt die Filme nicht mehr. Sie fotografiert, sie bewahrt die Rollen in ihrem Schreibtisch auf, und nur sie alleine weiß, dass es sie gibt.

Nein wirklich, das Leben mit Arthur ist gut. Er ist *gut* zu ihr. Er sorgt für sie, und es gibt nichts Unvorhergesehenes, das sie aus der Bahn werfen kann. Gut, denkt Eva sich, stattdessen gab es nun eine Müdigkeit, die sich durch die Tage zog, aber ob das an den Tabletten oder an Arthur lag, war unklar. Sie sind gut eingestellt jetzt, sagte die Psychiaterin mit wohlwollendem Blick, willst du wirklich sonst nichts tun in deinem Leben, was tust du gerade, fragte der Milan, leg deinen Kopf auf meine Schulter, flüsterte der Arthur beim Fernsehen, und Alexandra sagte natürlich nichts, zog nur ihre Augenbrauen nach oben, als wäre Evas Leben eine persönliche Beleidigung. Manchmal rutschte ihr doch etwas heraus, der Oma und der Tante sagen wir aber nichts, dass du nicht mehr studierst und Arbeit auch keine hast.

Dass sie in den Tagen, in denen sie allein zu Hause war, plötzlich zu kochen anfing, obwohl sie es immer gehasst hatte, fiel der Tante und der Oma erst auf, als sich Evas Speckrollen bereits handbreit über ihre Hüfthose schoben, und sie nahmen es glücklich zur Kenntnis. Eva, die nie so einen Körper gehabt hatte, fühlte sich geliebt und kochte weiter, buk

Kuchen, rief die Tante spätabends an, um nach dem Rezept für Schwalbennester zu fragen und die Oma nach dem Geheimnis ihrer Linzertorte. So füllte sie ihre Tage an, aber was sie in der Zeit, wenn das Hühnchen im Ofen war, wenn das Kartoffelstroh frittiert und alle Kochsendungen bereits gelaufen waren, tat, das wusste sie selbst nicht, und niemand fragte sie danach. Nur Stups stellte ihr diese Fragen, wenn er am Küchenstuhl gegenüber Platz nahm.

Wie geht es dir?

Gut, sagte Eva dann, aber nicht mal ihm erzählte sie, was sie bewegte, dass sie nicht wusste, wer sie war, dass sie nicht wusste, wer sie sein wollte, dass sie an langen Abenden, wenn sie nicht schlafen konnte, googelte, ob man auch ohne Kinder Hausfrau sein konnte, und natürlich eine Antwort darauf bekam, denn es war ja das Internet. Sie sagte sich, wie glücklich sie mit Arthur sein konnte, und wenn sie im Bett auf die Seite sah, in Arthurs warmes, weiches Gesicht, dann war sie gleichbleibend glücklich wie noch nie. Sie dachte nicht mehr an den Streit, den sie letzten Monat mit Stups gehabt hatte und der die Luft zwischen ihnen abkühlte. Du bist nicht glücklich, Eva, du bist stabil, das ist ein Unterschied. Aber was wusste Stups schon. Stups, bei dem nichts hielt, der schön war und der es wusste, der mit seinem eigenen Unglück beschäftigt war, der mit seinem Vater um Entscheidungen stritt, als wäre er wieder fünfzehn Jahre alt, der Nacht für Nacht alleine schlief, bei dem sie sich aber nicht sicher war, ob er es nicht genau so wollte.

Eva blickt auf den Zettel, steckt ihn in ihre schwarze Mappe und geht wieder zurück an den Herd, das Klacken des alten

Ofens verrät, dass er fertig vorgeheizt hat. Überhaupt, was sollte das Ganze. Stups, der ihr vorwarf, nicht glücklich zu sein, Arthur, der das Glück jeden Abend vor dem Fernseher beschwor, als wäre es ein zugefrorener Bach, der seine Form um jeden Preis behalten sollte, und Milan und Alexandra, die sagten, Hauptsache, du bist glücklich, das ist das Einzige, was wir wollen, und Eva, die am liebsten geschrien hätte: Wisst ihr eigentlich, was ihr da verlangt? Immer noch wütend schiebt sie das Backblech in den Ofen, es verhakt sich, klemmt sich über dem heißen Rost ein, und Eva schiebt, zieht, bis ihr der Rost entgegenkommt und die Innenfläche ihrer Arme streift, um dann mit einem metallischen Tosen zu Boden zu fallen. Eine Brandnarbe mehr oder weniger fällt auch nicht auf, denkt sich Eva, während sie mit großer Ruhe das Blech mit der gefüllten Kuchenform in den Ofen schiebt. Den Rost lässt sie am Boden liegen, die Arme hält sie unter das kühle Wasser.

Die große Traurigkeit war von der Müdigkeit abgelöst worden, so wie die Selbstverletzungen mit Messer, Rasierklingen und spitzen Nadeln seltsamen Vorkommnissen gewichen waren. Je öfter Eva sich in ihrer Einbauküche befand, desto mehr Dinge ereigneten sich, die Spuren auf ihrer Haut hinterließen. Mal schnitt sie sich bei der Zubereitung eines Rote-Beete-Carpaccios fast die Kuppe ihres Ringfingers ab, mal verbrühte sie sich beim Eierpochieren ihren linken Unterarm. Es gab kaum einen Abend, an dem Eva Arthur nicht mit einer neuen Wunde erwartete. Sicher wäre es Arthur auch aufgefallen, wenn er nicht immer gleich einen Teller von Evas neuester Kreation vor die Nase gesetzt bekommen hätte. Menschen sind ja so leichtgläubig, wenn es Ergebnisse gibt, die zufriedenstellend sind.

Evas Handy läutet, eine Nachricht von Stups. Kommst du nachher mit, wir gehen was trinken. Sie drückt mit noch teigverkrusteten Fingern auf die Nachricht, obwohl sie es nicht möchte. Seit Stups ihr den neuen Messengerdienst heruntergeladen hat, ist die Welt eine andere, denn wenn man was gelesen hat, aber nicht gleich antwortet, gilt das als persönlicher Angriff. Ach was, hatte der Stups lachend gesagt, ist wie ICQ früher. Es ist nicht wie ICQ früher, hatte die Eva verärgert geantwortet und an die Zeiten in den frühen 2000ern gedacht, als man noch gemeinsam vor dem riesigen Familiencomputer gesessen hatte. Es tut dir vielleicht ganz gut, Eva, folg einfach mehr deinen Impulsen, hatte der Stups geantwortet und ihr das Handy in die Hand gedrückt, und Eva hatte sich gedacht, nur der Stups kann das sagen, nur ihr bester Freund kann sagen, sie solle mehr auf ihre Impulse hören, während alle anderen immer der Meinung waren, sie solle lernen, mit ihren Gefühlen zu haushalten, wie mit Butter, Zucker und Mehl.

Kommst du nachher mit, wir gehen was trinken, liest sie noch einmal.

Stups ist online steht daneben, und Eva kann sich vorstellen, wie er sein Handy am Tisch liegen hat, seine Nägel beißt und abwartet. Sie kaut sich die Kruste von den Fingern und beginnt zu schreiben.

Hab gerade einen Kuchen in den Ofen rein, schreibt sie.

Stups liest die Nachricht und fängt sofort wieder an zu schreiben.

Dann danach.

Eva sieht auf die Buchstaben vor sich.

Hast du das Fragezeichen vergessen, schreibt sie zurück.

Das rote Küchenradio beginnt zu rauschen. Eva biegt die Antenne nach links, es sind die Siebzehn-Uhr-Nachrichten, die verkünden, dass die letzten US-Kampftruppen aus dem Irak abgezogen werden.

Wieder klingelt ihr Handy.

Nein du, steht da.

Wer etwas auf sich hält, fährt Fahrrad in Salzburg. Da hat es überhaupt noch nie ein Gerede vom Klimawandel gebraucht, damit man an der Salzach den Weg zur Stadt hinuntersaust durch die zwei Brücken hindurch, um dann das Fahrrad an einem der vielen Plätze abzustellen. Man fährt Fahrrad, wenn man zur Schranne geht, wenn die Einkäufe in einen Rucksack passen, und wenn es nicht mehr ausreicht, dann nimmt die gehobene Mittelschicht eben den Geländewagen. Eva, die ein Fremdkörper in dieser Stadt ist, für die die Stadt ein Fremdkörper auf diesem Planeten ist, die trotzdem nicht von ihr wegkommt, steigt natürlich nur mit Widerwillen auf das Fahrrad, das ihr der Milan zum achtzehnten Geburtstag geschenkt hat, wenn du schon keinen Führerschein machst, dann bitte schön, eben hier. Mit einem lauten Knallen lässt sie das Tor ins Schloss fallen, ohne noch mal vom Fahrrad herunterzusteigen, und ein bisschen stolz ist sie auch, dass ihr das gelingt, ohne großartig ins Schwanken zu geraten.

Sie fährt die Salzach entlang, die ganz niedrig ist, kaum

Wasser befindet sich in dem gerade gerückten Flussbecken, und was woanders das Wetter ist, ist hier der Stand der Salzach, zu tief, zu viel Schmelzwasser oder so wenig, dass man die Steine an den Rändern aufblitzen sieht, die von gurrenden Vögeln besetzt werden, als würde es für immer so bleiben. Eva, ruft eine Stimme hinter ihr, sie hört auf, in die Pedale zu treten, und neben ihr taucht Stups' Gesicht auf, die dunklen Haare verschwitzt an seiner Stirn klebend.

Seit wann bist du so schnell unterwegs, fragt sie der Stups grinsend.

Damit es schnell wieder vorbei ist.

Stups lacht, er weiß, wie sehr sie das Fahrradfahren hasst.

Was ist denn da schon wieder passiert, fragt er sie plötzlich ernst, nimmt seine Hand vom Lenker und zeigt auf Evas Unterarm.

Der Kuchen, sagt Eva. Stups nickt, öffnet den Mund, schließt ihn wieder, ohne etwas zu sagen. Der Rest des Weges vergeht langsamer, so wie Zeit mit einem Menschen eben anders vergeht, wenn geschwiegen wird und dieser Mensch mehr über dich weiß als du selbst.

Vor dem Lokal stehen sie einige Zeit ratlos herum, bis der Stups entscheidet, jetzt gehen wir halt hinein. Natürlich war draußen nichts mehr frei gewesen, der Rest ausreserviert, und Eva denkt sich, nur Stups kann so blauäugig in die Stadt hineinfahren und auf einen freien Tisch draußen im Schanigarten hoffen im Hochsommer, an den Hundstagen, wenn die Luft auch in der Nacht nicht abzukühlen scheint und man keine kalten Beine bekommt vom Wind, der vorbeizieht. Sie gehen in den dunklen Innenraum, und hier drinnen ist die

Klimaanlage so hochgedreht, dass es Eva sofort eine Gänsehaut aufzieht.

Kann man die nicht ein bisserl abdrehen?

Ein bisserl geht nicht, und wenn ich die euch ganz ausmache, erstickt ihr hier drin, antwortet die Kellnerin lächelnd.

Tut mir leid, sagt der Stups, als sie sich an einen langen, breiten Tisch setzen, ich hab nicht gewusst, dass so viel los ist.

Eva verdreht die Augen. Lange ist er noch nicht wieder da, ein paar Wochen gerade, sie konnte ihm nicht vorwerfen, dass er vergessen hatte, wie diese Stadt funktionierte. Gerade möchte sie noch etwas sagen, da trudeln schon seine alten Schulfreunde ein, von denen Eva nicht weiß, ob Stups sie überhaupt mag, während sie sicher ist, dass sie sie nicht leiden kann, alle zusammen. Es wird sich begrüßt mit Handschlag und dann der Arm so seltsam an die eigene Brust zurückgeführt, als wäre man Mitglied eines Geheimbundes. Die Frauen verteilen und bekommen Küsschen links und rechts, und Eva ist dankbar, zumindest niemanden umarmen zu müssen. Und inmitten dieser Menschen, die anfangen, sich zu unterhalten, Fragen zu stellen, pocht es in Eva. Es ist ein tiefes, unerbittliches Pochen, verbunden mit einer Bitte, die sie durch die rauchige Decke in den Himmel schickt. Niemand solle sie fragen, was sie denn so mache, denn was sollte sie antworten. Hausfrau ohne Kinder? Alles das, was Eva in ihren eigenen vier Wänden, in der kleinen Wohnung in Parsch, so vernünftig, so erfüllend vorkam, verschwand, wenn sie draußen auf andere Menschen traf, die ihr diese Frage stellten.

Vielleicht habe ich auch einfach Glück, denkt sich Eva und

fixiert den leeren Stuhl gegenüber. Jeder Platz war besetzt, nur dieser eine Stuhl war leer geblieben. Sie hatte zwar irgendjemanden von Stups' Freunden sagen hören, der Jan kommt später, aber das hatte sie ebenso gleichgültig an sich vorbeiziehen lassen wie das Gerede des Mädchens neben ihr, wo es den besten Strand in Thailand gab und dass man nur wissen konnte, was Glück ist, wenn man schon mal dort gewesen war. Sie schaut das Mädchen von der Seite an, ihre gebräunten Finger fliegen beim Erzählen durch die Luft. Alexandra, denkt sie, hätte sich sicher so eine Tochter gewünscht, nicht blond vielleicht, das nicht, sie verachtete diese Haarfarbe, das wusste Eva, aber sie hätte sich sicher so ein Kind gewünscht, das offen und mit strahlendem Lächeln durch die Welt ging. Der Milan hatte so etwas natürlich nie hören wollen, das ist Blödsinn, Eva, aber Eva war sich sicher, dass sie eine einzige Enttäuschung für ihre Mutter war. Sie machte es an ihren Blicken fest. Wenn sie Eva in ihrer Wohnung besuchte und sie fragte, was sie den Tag über so getan hatte, zählte Eva ihr all die Speisen auf, die sie zubereitet hatte, als wäre es eine To-do-Liste, die es abzuhaken galt. Sie spürte einen Vorwurf in der Stimme, wenn sie Eva fragte, ob sie nicht einmal wegwollte aus dieser Stadt, so wie der Stups, nein, sie fragte sie nicht, willst du einmal weg, sie sagte, du hättest weggehen sollen, *work and travel*, wir hätten es dir auch bezahlt, aber du wolltest ja nicht. Immerhin wohnte sie nicht mehr in dem Haus in der Siedlung. Vielleicht habe ich es nicht weit weg geschafft, aber immerhin auf die andere Seite der Salzach, hatte Eva geantwortet, aber Alexandra hatte diesen Scherz nicht verstanden. Sie verstand Evas bei-

293

ßenden Spott nicht, ihr Staunen über die Welt und die große Traurigkeit, die über allem lag, verstand nicht, wie sich das alles ausgehen konnte, das alles in einer Person. Sie war ja schon immer so, die Frage war nur, warum wurde es nicht besser, warum sammelte sich da in Eva etwas? Wieso war sie wie der Brunnen der Tante, der unheimlichste Ort der Siedlung, wo im Sommer der Deckel immer offen gestanden hatte, um das Regenwasser zu sammeln. Fall nicht rein, Eva, hatte sie als Kind immer zu hören bekommen. Fall nicht rein, sonst passiert etwas Furchtbares, man hört dich ja nicht, und die Wände, die Wände, sie sind so glatt, da kannst du mit deinen Nägeln kratzen, wie du willst, du kommst nicht mehr raus. Mit dieser Stimme im Kopf war Eva jeden Sommer fasziniert davorgestanden, immer das Surren um sie herum: Wenn ich jetzt einen Schritt weiter, wenn ich mit meinen Zehen noch etwas über den Rand, dann bin ich weg. Im Brunnenloch hatte sich außerdem mehr als nur Wasser angesammelt, da war sie sich sicher gewesen. Sie war Sommer für Sommer davorgestanden, bis sie zu groß geworden war und das Brunnenloch seinen Schrecken hätte verlieren sollen. Doch auf einmal hat die Eva sich gefürchtet, vor dem Dunklen und dass man nicht auf den Grund hat sehen können.

Eva, Stups' Stimme dringt zu ihr durch die Rauchwolken der Vergangenheit.

Das ist der Jan.

Hey, Eva, sagt Jan. Er hat braune, dichte Haare, in denen Eva meint, ein paar silberne Strähnen entdecken zu können. Seine Nase ist groß, das gefällt ihr.

Hey, sagt auch Eva dann.

In Eva zieht eine Wärme auf, breitet sich aus, und es kommt nicht von dem Spritzer, der ihr die Wangen rot färbt, es ist das Gespräch zwischen Jan und ihr, das keinen Regeln zu folgen scheint, das mal zu dem einen, mal zu dem anderen Thema führt, das immer lauter wird, fast den Tisch einnehmend, von Lachen gesprenkelt, dass Eva spüren kann, wie sich die Köpfe zu ihnen drehen und sich heimlich gefragt wird, über was wird da wohl so gelacht, und die ersten Stühle werden ein wenig in ihre Richtung geschoben, damit man auch Teil des Gesprächs werden kann, das den ganzen Raum bestimmt.

Wo seid ihr gerade, fragt das Mädchen, das neben Eva sitzt und das Bea heißt, als wären Jan und Eva mitten auf einer Landkarte und sollten eine möglichst genaue Standortbestimmung vornehmen.

Fotos, sagt Jan nett und fasst zusammen, über was sie die letzten zehn Minuten gesprochen haben, und Eva wird sofort wütend, spürt, wie sich alles Warme, Wohlige in überbordende Hitze verwandelt. Natürlich stößt es sie ab, dass er so nett ist, natürlich denkt sie sofort an Arthur, denn der netteste Mensch der Welt muss immer schon Arthur gewesen sein, der nur in den eigenen vier Wänden ein zweites Gesicht hat. Sie lehnt sich zurück und hört Jan weiter zu, der davon erzählt, dass er auch manchmal fotografiert. Dann und wann löst er sich von Bea und sieht etwas irritiert zu Eva, die nichts mehr sagt, die ihren Finger in das Weißweinglas steckt, die unnötige Zitronenscheibe herausfischt und hineinbeißt, ohne das Gesicht zu verziehen. Er erzählt weiter, dass er aber, im Gegensatz zu Eva, noch nie selbst Fotos entwickelt hat, und Eva stellt zufrieden fest, dass er nicht alles wiedergibt, dass er Lücken lässt, die Eva etwas bedeuten.

Und was fotografierst du, Bea dreht ihren Stuhl auf die Seite, sieht sie aufmerksam an, und Eva weiß nicht, ob sie es aus Höflichkeit tut oder weil sie es wirklich wissen möchte. Ungewöhnlich ist es auf jeden Fall, die meisten Menschen sind erst einmal interessiert am Entwickeln selbst und Eva immer vorbereitet auf einen Vortrag über Dunkelkammern, auf Witze darüber, dass nicht die Tür aufgemacht werden darf und ob Eva das wohl schon mal passiert ist, ist es, ja. Eva kann über Entwicklerlösungen sprechen und über den magischen Moment, wenn man schemenhaft die ersten Umrisse erkennt und sie sich so schnell dunkel färben, dass man ein anderes Gefühl von Zeit bekommt.

Ich, also das Letzte ist über meine Eltern, eine Serie, Eva zupft in dem Wissen an den weißen Bändern ihrer Jeansshorts herum, dass eine Fotoserie über Eltern kein thailändischer Strand ist, sondern etwas, das ganz nah vor einem liegt, wie eine Nebensache. Dabei kommen manche Menschen Eva so vor wie ein Ort, an dem sie nie gewesen ist.

Die Serie heißt *Die kleinen Eltern,* fügt sie noch hinzu, und Bea nickt.

Was sind das für Fotos, fragt sie, und Eva sieht sie an.

Wenn es schwer zu beschreiben ist, musst du nicht, sagt sie lächelnd, und Eva blickt zu Jan hinüber, der jetzt in ein Gespräch mit Stups verwickelt ist, der sich immer wieder die Haare aus dem Gesicht schiebt, als gäbe es hier drin in dem verdunkelten, kalten Raum einen Grund zu schwitzen.

Doch, es geht schon, sagt Eva, holt tief Luft. Ich glaube, es geht um Sachen, über die man nicht spricht, die sich sammeln.

Warum *kleine*, fragt Bea nach und nimmt einen Schluck aus ihrem Glas.

Weil es klein bleibt vielleicht, sagt Eva und faltet bittend ihre Hände, Stups sieht es sofort und wirft ihr die Zigarettenpackung zu.

Die Eltern bleiben klein?

Alles bleibt so unterentwickelt, Eva mit der Zigarette in der Hand fühlt sich sicher, immer sicherer werdend, schau, da sind Fotos, wie sie auf dieser Couch sitzen, also, ich versuche mal zu beschreiben. Ja, also, es ist eine Serie. Es ist alles drinnen, dokumentarisch, verstehst du. Auf einem Bild wird gewürfelt, und die Würfel kommen aus einem Weinglas statt aus einem Würfelbecher. Und auf einem anderen sitzen sie eben auf der Couch, das wollte ich erzählen, und halten sich an den Händen und ich daneben, und nur meine Füße schauen aus der Decke hervor, ich bin ganz eingewickelt in die orange gestreifte Decke, und nur meine Füße –

Eva bricht kurz ab, um sich zu vergewissern, ob Bea noch zuhört, doch die hat den Kopf auf die Seite gelegt und sieht sie aufmerksam an.

Und dass es etwas gibt, was man sehen kann und was nicht, sagt Eva und lässt sich von Bea die Zigarette abnehmen.

Hast du schon mal überlegt, dich zu bewerben, an der Akademie, an der Angewandten?

Nein, Eva schüttelt den Kopf. Sie hat nicht daran gedacht, sich zu bewerben, auch wenn der Stups sie schon einmal dasselbe gefragt hat. Eva wüsste gar nicht, wie. Sie war davon ausgegangen, dass das Leben immer weiter so passierte, auf sie hinabregnen würde, und sie war ihm ausgeliefert. Sie hasste dieses Gefühl, und gleichzeitig war es das Einzige, das ihr bekannt vorkam, mit dem sie umgehen konnte, wie ein ausgetrampelter Pfad, den man nur zu nehmen wissen musste.

Nein, sagt Eva noch einmal und will Bea etwas fragen, da wird sich schon eingemischt in das Gespräch von dem, der links neben Bea sitzt, und er sagt, dass die Eva sicher eh keine Chance hätte an der Akademie. Nicht, weil er glaubt, sie habe kein Talent, das könne er ja nicht sagen, aber es sei sicher nicht anders als hier, im Mozarteum würden ja auch nur die Leute von außerhalb genommen werden. *Von außerhalb.* Sicher, stimmt einer zu, von dem sich Eva zu erinnern glaubt, dass er Felix heißt, und überhaupt alle, die das studieren, seien asiatisch, da müsse die Eva schon aus China kommen, um irgendwie genommen zu werden, und die Eva sagt: So ein Blödsinn. Der Felix sagt, sie braucht sich nicht aufregen, weil warum, die von draußen nehmen nun mal denen von hier die Studienplätze weg, und die Eva sagt noch mal laut, sie sollen nicht so einen Blödsinn reden. Sie spürt, wie heiß ihr wieder wird, von der Wut, die man bekommt, dass man nicht mal in einem Metal-Lokal sitzen kann in dieser Stadt, nicht mal in den Läden sein kann, von denen man als linke Läden raunt, irgendwann kommt *es* doch irgendwie durch, und jetzt sagt auch die Bea, so ein Blödsinn, aber sie sagt es mit dieser Stimme, mit der man spricht, wenn man weiß, man wird die Leute noch weiter treffen müssen, und der Stups sagt nichts, lächelt, sagt dann, er gibt eine Runde aus. Der Stups war ja überhaupt sehr milde geworden, und die Eva hat oft daran denken müssen, dass man ihr gesagt hat, sie solle mal raus, damit sie lernt, über den Tellerrand zu schauen, aber die Wahrheit war ja, dass der Stups immer weniger über den Tellerrand geschaut hat, je mehr er weg gewesen war. Nein, eigentlich war es viel mehr so gewesen, dass er immer milder lächelte, weil er keine Lust auf eine Auseinandersetzung hatte. Stups würde im Herbst schon wieder weg sein, neuer Job in Stockholm, in der Forschung, und in der kurzen Zeit hatte er wirklich kein Interesse daran, über den Tellerrand hinweg oder irgendwie auf dem Teller herumzurühren, bis man auf etwas Unangenehmes stieß.

Hast du Facebook, die Bea steht schon mit der Tasche um ihre Schultern gehängt neben Eva und sieht sie fragend an. Ja, sicher, sagt Eva abwesend, ich geh auch gleich, da beugt sich die Bea langsam zu ihr herunter, Eva riecht den Weißweinatem, ich tät ja mit dem Jan gehen, wenn er mich so anschaut, flüstert sie, richtet sich schwerfällig wieder auf und sagt dann etwas lauter, ich schreib dich dann an, ja.

Eva sieht zu Jan hinüber, er schaut zurück, weicht ihrem Blick nicht aus. Sie merkt, dass sie ihn küssen muss, und genau zur richtigen Zeit, als ob er es auch wüsste, sagt er, ich muss.

Ich auch, sagt Eva, verabschiedet sich nur mit einem kurzen Winken, während Jan sich mit dieser seltsamen Geste von den Männern verabschiedet und von den Frauen mit Küsschen links, Küsschen rechts. Eva, Stups kneift ihr in den

Unterarm. Au, sagt Eva, weil betrunken, wie er ist, trifft er natürlich genau das verbrannte Stück Haut. Hab dich lieb, Evi, melde dich mal später, sagt er und dann noch, mit Blick auf ihre gerötete Haut, Entschuldigung.

Draußen an der Luft ist es nicht so dunkel, wie Eva es gerne hätte. Sie hofft, dass Jan ihre verschmierte Wimperntusche nicht sieht und die Schweißflecken unter ihren Armen. Gleichzeitig fühlt sich alles leicht an, überraschend, ein bisschen ist es so, als wäre sie gerade aus ihrer Dunkelkammer gekommen. Kaum zu glauben, dass es da noch eine zweite Welt gibt und dass die so hell ist, so einnehmend, so abverlangend und laut. Schnell wischt sich Eva mit der Fingerkuppe unter den Augen entlang und ärgert sich, dass sie hofft, fuckable genug zu sein, sie ärgert sich, dass sie nichts von ihm weiß, und sie hofft, dass er nicht merkt, wie ihr Atem nach oben rutscht.

Ganz schön viel los, sagt er, während sie die Linzergasse entlangspazieren.

Du bist nicht von hier, fragt Eva und ist des ganzen Redens müde.

Aus Deutschland, ich bin nur kurz hier, kenn den Konrad über jemand anderen.

Aha, sagt Eva.

Er bleibt stehen und lächelt sie an. Er hat diese Augen, die einen zu einem Liebling machen, die klein sind, aber offen hinausschauen, als hätten sie nichts zu verbergen, außer dass sie alle so ansehen.

Ich wohn gleich hier in der Nähe, sagt er und geht weiter.

Du wohnst direkt in der Linzergasse, fragt Eva jetzt ehrlich erstaunt.

Ja, Stipendium. Ich schreibe, so wie du fotografierst, sagt er und steckt die Hände in die Taschen.

Aha, antwortet die Eva und hofft inständig, dass er ihr das nicht schon vorher erzählt hat. Sie weiß ja genau, dass Fuckability nicht nur vom Aussehen kommt. Es ist nicht nur wichtig, sich die Beine gut zu rasieren, den Intimbereich, gut zu riechen, genauso wichtig war auch, im richtigen Moment den Kopf auf die Seite zu legen, konzentriert zuzuhören, zu lachen, dann und wann eine passende Gegenfrage zu stellen. Eva wusste das alles aus der Theorie, aber in der Praxis war sie von einer Beziehung in die nächste gestürzt. Also kam sie sich vor wie ein Neugeborenes, wie eines der Pferde ihres Großvaters, das auf die Welt gekommen und mit langen Beinen herumgestakst war, sodass es aussah, als würde es jeden Moment fallen.

Du bist auch immer woanders, sagt er, als sie vor einer kleinen Haustür stehen, neben dem Lokal, das da, wo ein Türgriff sein sollte, einen vergoldeten Bierhahn hat, der Eva schon einige Male vor Probleme gestellt hatte, als sie auf ein letztes Glas hineingehen wollte.

Ja, sagt Eva.

Das ist meine Tür, sagt er, als wäre das eine Antwort.

Du magst es also, die Kontrolle zu verlieren, sagt er jetzt.

Ja, sagt Eva. Ich weiß nicht, ob ich soll, aber ich bin gut darin, glaube ich.

Sie sehen sich an. Eva stellt sich vor, wie er sie auf seinen Küchentisch setzen würde, wahrscheinlich hätte er einen kleinen Küchentisch, wie er ihre Shorts schnell herunterziehen würde, wie er immer wieder auf das zurückkommen würde, was sie gerade in den letzten zehn Minuten gesprochen hatten, wie er ihr den Hals drücken würde, flüstern würde, du magst es also, die Kontrolle zu verlieren, und Eva würde bei allem mitgehen, sie würden nicht gemeinsam kommen, aber es wäre trotzdem gut.

Sie würde nicht an Arthur denken, nicht an den Kirschkuchen, den sie vergessen hatte abzudecken, nicht an das sonntägliche Essen, das morgen stattfand und durch das sich ein Schweigen zog, über den Tisch bis in den Dachboden hinauf, als würde es auch vor den Möbeln nicht haltmachen, vor den Vorhängen, vor den neu verglasten Fensterscheiben, als wäre es ansteckend. Einzig die Treppe würde davon unbeeindruckt bleiben, wie immer. Sie würde nicht an die Oma und die Ursel denken müssen, was da zwischen ihnen war, wie sie den Takt des Schweigens vorgaben, das nur der Milan unterbrechen konnte mit seinem Gerede über die neusten Baumaterialen, was sie zwar alle langweilte, aber niemandem zu nahe trat. Sie würde auch nicht an Alexandra denken müssen und ihr bittendes Gesicht, doch einfach mal glücklich zu sein, mehr wollte sie ja nicht, was war denn daran so schwer.

Kommst du noch mit nach oben?

Sie würde sich ficken lassen. Sich ficken lassen und nachher besser sein. Arthur würde nichts erfahren, und sie würde besser sein, auch für ihn, würde ihn glücklich machen, würde glücklich werden. Alles würde bleiben, wie es war.

Winter 2011

Wenn man schon sterben muss, dann am besten im Winter, da ist es sowieso kalt und die Wintermäntel der meisten Menschen schwarz, dass gar nicht erst die Frage aufkommt, ob lieber in Trauerfarbe, ganz klassisch, oder ob ein so dunkler Ton für das Begräbnis eines so fröhlichen Menschen, wie Elli es war, überhaupt passt.

Der Schnee fällt in wenigen Flocken auf den Kommunalfriedhof, und die Erde, zerklüftet in eisige Platten, knackt unter Evas Füßen. Nicht mal Wasser befindet sich unter der Oberfläche, das dort, wo ihre Fußspitze das Eis trifft, zusammenlaufen könnte.

Komm schon, die Mama winkt der Eva zu, ihr Tuch hat sie sich um den Kopf gelegt, das dunkelviolette mit den Schwänen, auf dem man nur bei ganz nahem Hinsehen erkennt, wie sich deren Hälse um ihren Hinterkopf biegen. Ein bisschen sieht sie selbst aus wie eine Heilige zwischen den Gräbern und Gruften mit geschnitzten Marienabbildungen, mit kleinen Engelchen, die sich, auf gusseisernen Bögen Harfe spielend, zulächeln. Es ist doch seltsam: Man denkt, die Welt bleibt stehen, aber nichts passiert. Eva muss an Hermann Hesse denken und an das Gedicht mit dem Nebel. Sie hatte den Hesse ja nie leiden können, in der Schule nicht und während des Germanistikstudiums erst recht nicht. Erst in ihrer letzten

Nacht in der psychiatrischen Klinik, als Alexandra sie angerufen und berichtet hatte, man habe die Oma in ihrem Lieblingssessel Blut hustend vorgefunden, da hatte sie wieder an dieses Gedicht gedacht und an das Wort *seltsam*. Und es war doch wirklich seltsam, dass die Welt einfach keine Pause machte. Eva hatte weiterhin dieses *seltsam* im Kopf, es wurde mehr als ein Wort, wurde ein Gefühl, nahm verschlungene Wege auf sich, löste eine Merkwürdigkeit ab, klang nach einem großen Staunen. Die Welt machte keine Pause. Nicht, als sie die Großmutter zum letzten Mal im Krankenhaus besuchten, nicht, als sie Nachricht bekamen, Elli sei eingeschlafen, und auch als Eva beim Ausräumen der Wohnung das blutige Taschentuch in der Sesselritze fand und endlich weinen konnte, da ist die Welt trotzdem nicht stehen geblieben, sondern hat nur auf sie heruntergeschaut mit mitleidigen Augen.

Eva, der Milan legt seinen Arm um sie, so, dass es sich gerade richtig anfühlt, wie ein Schutz, aber nicht zu schwer lastet auf ihrer Schulter. Gemeinsam gehen sie so ein Stück, und der Milan, besser im Handeln als im Reden, folgt Evas Blick und entdeckt erleichtert die Steine, die moosgrün wie faulige Zahnstummeln aus dem Boden ragen.

Kriegerdenkmal, sagt Milan, schiebt sich seine Brille auf die kräftige Nase, und so bleiben sie eine Weile stehen und betrachten die Grabsteine, als ob sie deshalb hier wären, als ob es ein seltsamer Familienausflug wäre, Gräber anschauen; eine Idee, die zu Milan passt, zu einem Vater, der sich für alles interessiert, was alt ist, der sie im Urlaub in alle Kirchen zwingt und auf den höchsten und ältesten Turm hinaufjagt.

Kommt ihr bitte jetzt, die Mama steht an der kleinen Weggabelung unter dem Schild, laut dem es links zur Feuerhalle, zum Krematorium, hinuntergeht. Nur, wohin es rechts geht, sagt es nicht. Wo geht es dort lang, Eva zeigt in die Richtung, hört ihre Mutter nur *ach Eva* in den Schal hineinmurmeln, als wäre sie ein zu groß gewordenes Kind, das ihrer Mutter zur Last fällt. Sie sagt es nicht, aber Eva kann spüren, was zwischen ihnen schwebt, Klinikaufenthalte und Vergangenes, wie die Nebelsuppe am Gaisberg im März. Weihnachten im Klee, Ostern im Schnee, hätte die Oma gesagt, obwohl es in diesem Jahr anders gekommen war. Ein Rundweg zum Spazieren, unterbricht der Milan ihre Gedanken, du, das machen viele, er zieht sich die Mütze über seine roten Ohren, weil hier ist ja eine Ruhe wie nirgendwo sonst, da wird gejoggt, Rad gefahren und auch das, was du früher mal gemacht hast, nicht Rollschuhlaufen …

Die Mama seufzt unablässig ins Schneestapfen hinein, und Eva kann hören, was sie sich denkt. Eva, das zu groß gewachsene Kind, das verhätschelte, das nicht ums Älterwerden weiß, nicht um Rentenversicherung, nicht um die Rundwege am Friedhof, nicht um das Gefühl, allein zu sein, weil die Eva ja bisher kaum Verluste erlebt hat, die Tante, den Nonno und jetzt, mit Ende zwanzig, hatte man immer noch alle Trauerfälle in ihrem Leben an einer Hand abzählen können.

Nicht Rollschuhlaufen, der Milan sinniert weiter vor sich hin, als spürte er überhaupt nichts um sich herum.

Inlineskaten, murmelt Eva.

Ja genau, stößt Milan laut aus und freut sich über das Wort, als wäre es ihm gerade selbst eingefallen. Das haben sie hier dann aber verboten, fügt er noch hinzu, da waren einfach zu viele unterwegs, es war direkt aus mit der Ruhe, na was glaubst.

Eva kann nicht mehr sagen, was sie glaubt, da kommen sie schon am Krematorium an, viele Menschen sind da, auch die Irmi kann sie entdecken, die sie alle paar Jahre bei solchen Anlässen einmal wiedersieht. Die Irmi trägt ein schwach honiggelbes Kostüm, sticht damit aus der Menge heraus wie ein Zitronenfalter am Nachthimmel und schämt sich nicht dafür. Der Milan grummelt nur, *die Irmi natürlich wieder*, und die Irmi entschuldigt sich, aber seit dem Abspecken hat sie eben in nichts anderes mehr hineingepasst, und dafür können habe sie schließlich auch nichts, dass in letzter Zeit in *eurer Familie* eher gestorben als geheiratet worden ist. Gell, Eva. Die Irmi zwinkert der Eva zu, spricht weiter, spuckt dabei leicht und küsst sie auf ihre Wange. Wie geht's denn dem Arthur? Eva wird es für einen Moment heiß, aus Wut, aus Ärger oder weil sie nicht weiß, wie es ihm geht? Sie ist grade erst eine Woche daheim wieder, die Mama kommt jetzt unterstützend dazu, nicht um Eva einen Gefallen zu tun, aber die gemeinsame Abneigung gegen Irmis Taktlosigkeit macht sie zu Komplizinnen. Die Eva bleibt erst mal ein paar Tage bei uns, sagt sie einfach, und Eva kann nicht anders, als mit dem Kopf zu nicken. In einer Traube von Leuten, von denen sie vielleicht gerade mal die Hälfte kennt, sieht sie jetzt den Hannes und die Liane an der Eingangstür stehen, die sich leise mit dem kleinen Friedrich unterhalten, von dem man in der Siedlung sagt, er sei immer noch fit wie sonst was, das Garstige und das Neugierige konservieren einen halt besonders gut. Auch die Hanni, die alte Freundin von der Oma, mit der sie einmal in der Woche Karten gespielt hat, entdeckt sie und winkt ihr zu. Eva fragt sich für einen Moment, ob das eine zu überschwängliche Geste für so einen Tag wie heute ist und lässt den Arm schnell wieder sinken. Was wohl der Stups dazu sagen würde? Aber der Stups ist nicht da, sagt nichts, hängt in Stockholm wahrscheinlich gerade wieder mit dem Kopf über seine Arbeit gebeugt, obwohl er es hasste. Eva nimmt das Handy aus ihrer Tasche, und als hätte er es gewusst, ist da eine Nachricht von ihm. Kuss an dich, Eva, schreibt er, viel Kraft, und in Klammern, heut ist alles erlaubt.

Immer mehr Menschen versammeln sich auf dem kleinen Platz vor dem Haus mit dem flachen Dach. Eva versucht zu ordnen, woher sie wen kennt, schüttelt Hände, verliert dabei die Mama und den Milan aus den Augen. Sie hört die Hanni laut ihre Pflegerin fragen, wer denn gestorben sei, und ihr fällt wieder ein, wie sie im letzten Jahr gemeinsam mit der Oma die Hanni im Heim besucht hatte. Wie die Hanni sich an nichts mehr erinnern konnte, nicht wo sie ihr Glas abgestellt hatte, wo ihre Pantoffeln, aber wie sie dann, als Eva dachte, sie würde einschlafen, plötzlich ihre Hand genommen und lautstark den Monolog vom Gretchen am Spinnrad vorgetragen hatte, mit glasigen Augen. Hätte ich den Volltrottel nicht geheiratet, ich wäre Schauspielerin am Seminar geworden, hatte sie geschlossen, und die Elli hatte nur, so ein armes Ding, alles vergessen, außer den unerfüllten Träumen, geseufzt. Wissen Sie leicht, wer gestorben ist, die Hanni steht vor ihr und sieht sie mit den gleichen glasigen Augen an, Eva will gerade etwas antworten, da kommt die Pflegerin und nimmt die Hanni am Arm, jetzt gehen wir mal langsam hinein, gell.

Eva sieht ihr einen Moment hinterher, dann dreht sie sich um. Wie anders es am Begräbnis der Urseltante vor ein paar Monaten gewesen ist. Die Tante, die bis zu ihrem achtzigsten Geburtstag noch vor Eva am Gipfelkreuz jedes Berges angekommen war, hatte in ihrem Testament genau verordnet, wie das Begräbnis zu sein hätte. Bitte keine Todesanzeige in der Zeitung, nur die engste Familie, und nicht zu viel Geld für Blumen ausgeben, bitte. Für die Oma hatte es sich so karg angehört, dass sie nur widerwillig eingestimmt hatte, und nur mithilfe von Alexandras Überzeugungskraft, weil, jetzt hör zu, wenn sie es halt so wollen hat, was willst du jetzt machen? Aber vielleicht war es auch einfach nur der Schock. Der Tod der Tante war so ein plötzlicher gewesen, Schlaganfall einfach so, nachdem man am Tag vorher noch zusammen den Gaisberg-Rundweg gelaufen war. Da sind sie natürlich alle nicht mehr mitgekommen, vor allem die Oma hatte es nicht begreifen wollen, und fühlte sich zurückgelassen. Wie oft sie sich vorher gestritten hatten, wer als Erste stirbt, und die Tante im Brustton der Überzeugung, *na sicher ich, weil ich bin die Ältere,* und im Endeffekt hatte sie recht behalten sollen, auch wenn es natürlich nur wenige Monate gewesen sind. Eva muss schlucken. Überhaupt, dass sich da die Welt nicht eine kurze Auszeit genommen hat. Wieso beide in diesem Jahr, als wären sie ein altes Papageienpaar, hatte der Milan gesagt, wo die eine nicht ohne die andere kann.

Der Pfarrer tritt aus der schmalen Tür heraus, schüttelt Alexandras Hände, schüttelt Milans Hände und drückt auch Evas Hand. So, räuspert er sich und nickt den Menschen freundlich zu, also dann, wollen wir mal. Dass sich die Oma überhaupt einen Pfarrer gewünscht hat, denkt sich Eva, während sie in den Raum hineingeht. Sie ist ja überhaupt nicht in die Kirche gegangen, schon lange nicht mehr, niemand in ihrer Familie, aber es war trotzdem ihr Wunsch gewesen. Einen Pfarrer braucht sie, hat sie der Mama noch über die Schläuche hinweg im Krankenhaus zugeflüstert, und Eva hatte Alexandras erstauntem Gesichtsausdruck entnommen, dass dies das Letzte war, womit sie gerechnet hatte.

Die Menschen strömen in die Feuerhalle hinein, Eva, Milan und Alexandra sitzen in der ersten Reihe, kein Platz bleibt frei, es sind so viele gekommen, dass manche sogar stehen bleiben müssen in den hinteren Reihen.

Wir sind hier zusammengekommen, um heute ...

Wieso die Welt nicht für einen Moment stehen bleibt?

Der Sarg ist links und rechts geschmückt mit den Pfingstrosen, die die Oma so gerne gehabt hat, mit einem kleinen Kranz, in Gedenken von Hannes, Liane und Konrad steht darauf geschrieben, ein etwas größerer Kranz von der Hanni und der mit den schneeweißen Blüten von deiner Tochter Alexandra, Schwiegersohn Milan und Enkelin Eva. Geradezu lächerlich war es, sich vorzustellen, dass die Oma wirklich da drinliegt, in dem Sarg, kalt und tot, nicht mehr am Leben, jemand wie sie, die ihr Leben lang immer für Eva da gewesen war, die jeden noch so kleinen Winkel eines Raumes ausgefüllt hatte. Ach Eva, wenn man älter wird, dann verschwindet man aus dem Leben, hatte sie immer gesagt, *du nicht*, hatte die Eva gelacht, *du nicht*, und hatte der Oma in ihre trüben Augen geschaut, und auch die Elli hatte gelacht und *ach Eva*, gesagt, *ach Eva*.

Und lächerlich ist es doch auch, denkt Eva, dass es hier so kalt sein kann, so kalt, dass die Irmi ihre Handschuhe wieder anzieht und die Mama leicht mit den Zähnen klappert. So kalt kann es doch gar nicht sein, wenn doch nebenan gleich der Sarg verbrannt werden soll, das ist doch lächerlich. Am liebsten hätte sie laut gelacht und gerufen, wie lächerlich sie das hier alles findet, die Kälte, den Sarg, den Pfarrer, das Trauern, und erst als der Milan ihr ein Taschentuch in die Hand drückt, merkt sie, dass es doch kein Lachen ist, das ihr im Hals steckt, sondern schon eher ein Weinen.

Die Bibelverse scheint der Pfarrer endlich abgehakt zu haben, und Eva ist froh darum, dass er nun beim Leben der Elisabeth Maria Kirschhofer angekommen ist, auch wenn sie sich fragt, was er eigentlich darüber wissen will. Ein einziges Gespräch hatte er im Krankenhaus noch mit ihr geführt, bevor sie gestorben war, und Eva konnte sich nicht vorstellen, was die Oma ihm überhaupt erzählt hatte, sie war ja nie gläubig gewesen. Das Katholische, das ist schon so in sie alle hineingesickert, aber da ist man bis zum Schluss flexibel gewesen, was man dürfen hat und was nicht, das war immer mehr etwas nach außen gewesen als etwas, dem man sich im Inneren verschrieben hatte. Erst in den letzten Wochen kurz vor ihrem Tod, da war die Oma fast fromm geworden, auf der Suche war sie gewesen und nicht nur nach einem Sinn, nein richtig auf der Suche. Sie durchforstete Schubladen, trug Alexandra auf, nichts wegzuschmeißen, ja nicht, und bunkerte heimlich Dinge unter ihrer Matratze, so geschickt, dass nicht mal die Vierundzwanzig-Stunden-Pflege es bemerkte, sondern nur nach Ellis Tod in der schönsten rumänischen

Färbung zu Milan sagte, hart muss sie gelegen haben am Ende.

Alexandra und Milan hatten die Sachen unter der Matratze hervorgeräumt, und gemeinsam hatte man festgestellt, dass die Menschen die seltsamsten Dinge tun, wenn sie wissen: Es geht mit ihnen zu Ende. Aber Eva fand es nicht seltsam, sie wusste, nach was die Oma gesucht hatte. Trost war es gewesen. Und sie hatte keinen Trost von ihnen bekommen. Nicht von Milan, der ihr mit mitleidigen Augen ihr Lieblingsessen ans Bett brachte, nicht von Alexandra, die, je schlechter es Elli ging, immer milder wurde, immer gutmütiger, dass die Oma sogar Eva in der Klinik anrief und ihr mit brüchiger Stimme erzählte, wie sehr sie die Schärfe in Alexandras Worten vermisste. Aber auch von Eva bekam sie nicht den Trost, den sie sich gewünscht hatte. Eva schickte ihr jeden Tag Postkarten, stöberte im Internet nach Gedichten, Sprüchen, Hesse, Kaléko, alles das, was im Tod trösten sollte, große Sprache, um das Unglaubliche, was ein Abschied ist und was man Gutes in ihm sehen kann, in Worte zu fassen. Aber nichts tröstet weniger als das, was die, die noch weit entfernt von jedem Abschied sind, für tröstlich halten. Die Oma hatte sich deshalb selber getröstet, hatte ihr Leben zusammengetragen, hatte sich das ganze Haus zusammengeklaubt, Bilder von den Wänden gerissen, Nägel, ein Stück von der alten Spitzendecke abgeschnitten, und darauf geschlafen wie eine Prinzessin auf der Erbse, und Eva war sich sicher, dass sie selbst alles falsch gemacht hatte mit den Zitaten über Nebel und Wälder.

Der Pfarrer spricht nicht über den Tod, nur über das Leben der Elisabeth Maria Kirschhofer spricht er. Eva mag, was er erzählt, obwohl sie vermutet, dass es nicht nur das eine Gespräch mit der Oma war oder göttliche Eingebung, sondern dass es wahrscheinlich doch die Mama gewesen ist, die ihm ein paar Tipps gegeben hat. Der Weihrauch steigt in die Luft und in Evas Kopf, und es gefällt ihr immer besser. Sowieso hat sie sich in der Klinik Gedanken über die Zukunft gemacht und ist immer wieder zu dem Schluss gekommen: Entweder Drogen oder richtig katholisch werden. Das Halbe in allem ist ihr so auf die Nerven gegangen, das Halbe hat nur gestört beim Versuch, ganz zu werden. Und es ist nicht so, dass der Pfarrer Meisl jetzt die Welt anhält, nein, das nicht gerade, aber etwas wärmer wird ihr, als er davon spricht, bitte nicht nur an den Tod, sondern auch an das Leben zu denken, und dass man, wenn der Frühling kommt, und der Frühling wird kommen, was auch passiert, wenn die eisigen Flächen aufreißen und die Erde darunter offenlegen, dass man dann mit seiner Hand in den Boden graben, langsam die braunen Brocken durch die Fingerspitzen rieseln lassen soll, den Geruch einsaugen, der dabei in die Nase steigt, und das Leben spüren, das dadurch hindurchfließt, und dann solle man an die Elisabeth Kirschhofer denken. Er werde es auch tun.

Beim Kondolieren nachher ist die Wärme wieder verpufft wie das Geräucherte in der Luft. Eva wischt sich die schwitzigen Finger trocken, denn nicht nur der Pfarrer will wieder Hände schütteln. Alle warten brav ab, bis der Nächste an der Reihe ist, mit dem Beileid-Wünschen und Dinge-Murmeln, darüber, was ihnen die Elli nicht alles bedeutet hat und dass es jetzt einen Riss gibt, eine Lücke.

Erich, das ist meine Tochter. Die Mama nickt einem Mann zu, der vor ihr steht und einen Trachtenanzug trägt, dazu einen ganz dünnen blonden Schnauzer hat. Eva fragt sich, ob es einen unpassenderen Moment für einen Trachtenanzug gibt als diesen Tag, sogar Irmis Kostüm sticht er damit aus, findet sie und fragt sich, warum der Mann die Hand von der Mama nicht loslassen will. Woher soll die Oma ihn gekannt haben? Von einem Erich hat Eva noch nie gehört.

Schaust aus wie deine Mama früher, der Erich lässt Alexandras Hand los, greift sich Evas und lächelt unbeholfen.

Er erinnert Eva an jemanden. Er erinnert sie an Arthur, er steht da wie Arthur, klopft sich mit den Fingern auf seine Oberschenkel. Er lächelt auch so, wie Arthur es immer getan hat, wenn Eva mit einem Kopf übersprudelnder Ideen auf ihn zugekommen war, so willig, alles zu verstehen, und trotzdem so nah dran an einem Kopfschütteln. Servus, Alexandra, flüstert der Erich leise, und die Mama nickt, nickt in sich hinein, wirkt atemlos, und für einen kurzen Moment kommt es Eva vor, als würde sie ihr etwas sagen wollen. Es gab einen Erich in ihrem Leben, so wie es einen Arthur in Evas gab. Versteht sie es richtig. Gibt es da etwas, das sie gemeinsam haben. Wieso sagt sie nichts? Versteht sie es richtig. Gibt es da etwas, irgendwas? Manchmal hasste sie Alexandra so sehr. Sie wusste nicht einmal, wofür. Für das Richtige? Was wussten sie schon übereinander? Die letzten Monate, Jahre. Eva senkt ihren Kopf, sagt leise *Mama*, aber Mama blickt nur weiter geradeaus, schüttelt Hände, und der Erich wird kleiner, hatscht davon. Mama, flüstert Eva etwas lauter. Die Mama schiebt sich ihr Tuch zurecht, und in dem einen Mo-

313

ment, in dem sie etwas anderes tut als Händeschütteln, liegt auf einmal wie ein halbes Jahrhundert Zeit. Sommerregen, Herbstlaub, Wintersturm, Frühlingsknospen blitzartige, alles schießt gleichzeitig in die Höhe, und es kann nicht mehr der Weihrauch sein, die Menschentraube vor ihnen wird zur Riesenraupe, windet sich zur Larve.

Was waren die letzten Monate, Jahre, und woher kommt dieser Hass. Sommer, Winter, in denen Val Vergangenheit wurde, in denen Eva nicht wegging. Immer wieder hatte sie mit ihrer Mutter dasselbe Gespräch geführt, immer nach demselben Muster; magst du nicht weggehen, Eva, ich wollte immer weggehen. Ich lebe aber nicht dein Leben! Eva hatte es in dem stickigen Salzburg auch nicht gefallen, aber sie konnte einfach nicht tun, was ihre Mutter wollte, sie konnte nicht das Gleiche wollen, sie wollte es in keinem Fall und tat es dann doch. Eva, die auf einer Party Arthur kennenlernte, Arthur, das Vernünftige, wenn man Risiko will, dann Germanistik ohne Lehramt. Und die ersten Wochen mit Arthur waren Zauber. Er konnte Auto fahren. Er hatte ein Auto. Er war kein Punk, er hatte normales, mausgraues Haar. Eva dachte sich, wie erfrischend. Er ging mit einer Trägheit durch das Leben, die wie Leichtigkeit wirkte, er hatte einen großen Penis und nichts dagegen, ein Kondom zu benutzen, obwohl sie die Pille nahm. Er stellte keine Fragen, was Eva angenehm fand. Er streichelte sie nicht, sie wusste auch nicht warum, sie kam sofort, kaum dass er in sie eingedrungen war. Eva war sich sicher, das war das Glück, es war der Gipfel der Glückseligkeit. Sogar Milan legte sein Mafiabossgehabe ab und seine getönte Brille, als er mit ihnen in ihrer ersten gemeinsamen Wohnung die Möbel aufbaute. Sie hörte mit dem Fotografieren auf, heftete sich an Arthur. Sie klebte sich an seine Werte, sie fand es großartig, bestimm über mich. Doch nachdem der letzte Stuhl mit Filzplättchen an den Füßen versehen war, kam sie schon lange nicht mehr. Arthur bemerkte es nicht, er drang ein wie immer, wie hätte er es besser wissen sollen, fragte Eva sich, ich bin ein halbes Halbes, war ich immer, bin ich immer noch.

War es dann Frühling oder schon wieder Sommer, die Tage gingen gleichmäßig ineinander über, als Eva dachte: Jetzt ein Kind zu bekommen würde alles besser machen, alles verändern. Die Pille hatte sie abgesetzt, und die Blutungen kamen mit einer Wucht, dass es sie umschmiss, sie zogen ihr das letzte Rot aus den Wangen. Arthur hatte sein Studium beendet, später angefangen und früher fertig geworden, es war sein ganzer Stolz, und in Evas Kopf nur verrückte Ideen. Es war immer seltener vorgekommen, dass sie miteinander schliefen, denn Sex war in Arthurs Augen etwas Heiliges, mit Teelichtern auf den Fensterbänken und Koseworten in den Ohren. Es war etwas, was im Bett entstehen sollte, im Bett bleiben, und danach war es vorbei, als müsste man es abschütteln wie einen lästigen Gedanken. Eva war dann immer noch allein liegen geblieben, hatte das Sperma, das ihren Bauchnabel auffüllte, in ihrer Vagina verteilt, warum nicht ein Kind? Aber Sommer, Winter, Frühlingsregen, es war kein Kind gekommen. Eva hatte sich selbst als eine Jungfrau Maria vorgestellt in dem Moment, wenn sie es bemerken würde. Sie hätte ganz überrascht tun wollen, aber es geschah nichts, wegen der Abtreibung vielleicht oder wegen Karma, was wusste sie schon. Und Eva war ein halbes, halbes Halbes, wurde durchsichtig, laut Evas Mutter, wie Elfenbein bist du, wurde undurchsichtig, laut Arthur. Salzburg war eng natürlich, aber Eva kannte sich aus, traf alte Freunde wieder, Freunde von Stups, die eigentlich keine Freunde waren. Sie hatte nie diese Freundinnen gehabt, die Mama hatte es ihr immer vorgeworfen, aber Eva kannte eben nur Jene, mit denen sich die Grenzen so verwischen ließen, dass sich Eva kurz als ein ganzes Ganzes fühlte, nackt und schwitzend auf Fußböden und auf Tischtennistischen in Hobbykellern mit Operationslicht. Wann hatte Arthur auf sie gewartet? Wartete er jeden Abend? Wann hatte er es gewusst? Er hatte ihre Tagebücher gelesen, hatte Eva angedroht, ihre Eltern anzurufen, aber Suizidgedanken und Träume waren keine Neuigkeiten. Dass er ihre Tagebücher gelesen hatte, Eva weiß vor Wut hatte kein Wort mehr gesprochen, Nächte nicht, Tage, bis Arthur sich eines Abends auf sie gelegt hatte. Lieber Arthur, guter Arthur, der mit den zwei Gesichtern, hatte sich nicht anders zu helfen gewusst, ein Schweigen ist dazu da, um durchbrochen zu werden, und sie hatte keine Luft mehr bekommen. Ich bekomme keine Luft, ich, Arthur, ich bekomme keine, aber irgendwas in ihr hatte sich nach einer gerechten Strafe gesehnt und Eva sich zum ersten Mal seit Langem komplett gefühlt.

Eva. Die Mama bindet sich ihr Tuch zurecht. Die Schwanenhälse biegen sich an ihren Ohrläppchen entlang. Für was hasste sie ihre Mutter? In der Klinik war es nicht klar geworden, Hass und Schuld waren sowieso zu große Worte, und eigentlich, so hatte man Eva gesagt, sollte es darum nicht gehen. Der Arthur war ausgezogen. War schon mit einer Neuen zusammen. Auch Lehramt, hatte Eva gelesen und ein Foto auf Facebook gesehen, eines, von denen die Verliebten denken, dass es noch ein Geheimnis ist, aber die ganze Welt draußen staunt schon nicht mehr, denkt sich nur, eh klar. Eva, die Mama beugt sich zu ihr. Wann ist sie so klein geworden. Auch in diesem Jahr? Zwei Menschen zu verlieren kann einen schrumpfen lassen. Eva, wir wollen gehen. Die Mama hat wieder ihre üblichen Augen. Und der Erich? Und der Arthur? Ich werde mich nicht auflösen in dir, nur weil du nichts sagst, denkt sich Eva. Komm, wir gehen jetzt. Draußen steht schon der Milan. Er spricht noch ein paar Worte mit dem Pfarrer Meisl, der sich das gütige Lächeln auch noch für nach dem Begräbnis aufgespart hat. Die Mama geht voraus und Eva mit ein paar unsicheren Schritten hinterher. Draußen schlägt ihr die kalte Luft entgegen. Manchmal weiß man erst draußen, wie warm es drinnen doch war. Der Milan und die Mama gehen durch die Allee, Arm in Arm, so wie einmal, als sie an einem Osterspaziergang zusammen ein Hufeisen gefunden und gesagt haben, jetzt Glück für die Familie, jetzt und für alle Zeiten.

Die Kälte lässt Eva die Schultern in die Höhe ziehen, sie will schneller gehen, will neben ihren Eltern spazieren. Eva, entschuldigen Sie. Die Stimme des Pfarrers lässt Eva stocken. Mit langen Schritten kommt er auf sie zu.

Ich will Sie nicht lange aufhalten.

Eva wartet einen Moment. Ich habe Sie vorher beobachtet

und mir gedacht … Wissen Sie, manchen Menschen hilft es in ihrer Trauer, etwas darüber hinaus zu erfahren, der Pfarrer lächelt sie an. Ja, sagt sie dann leise, erwartet alles, ist bereit, hier und jetzt zu konvertieren, Nottaufe, während die Mama und der Milan weiter die Allee entlangspazieren, ohne sich umzudrehen.

Sie wissen das ja sicher schon, aber ich wollte es Ihnen trotzdem sagen. Die Elli, die Frau Kirschhofer – also, in der Nacht vor ihrem Tod hat sie nur von einem Menschen gesprochen.

Sie sieht den Pfarrer aufmerksam an. Es gibt Dinge, die sind in Evas Welt keine Neuigkeit, aber einen Pfarrer muss man deswegen noch lange nicht vor den Kopf stoßen.

Ich weiß, sagt Eva, während ihre Eltern zu immer kleineren Figuren werden, die mal zu einem Punkt verwischen und dann wieder auseinanderstieben wie die Flocken, die jetzt vom Himmel fallen. Ich weiß. Die Ursel, ihre Schwester, ist erst vor ein paar Monaten gestorben, wissen Sie. Nur hat die sich nichts gemacht aus dem langen Gerede und dem Weihrauch, das alte Papageienpaar, murmelt Eva und lässt eine Flocke zwischen ihren Fingern zergehen.

Und seltsam, dass man nicht für einen Moment die Welt anhalten kann, wenn der Pfarrer Meisl einen Namen sagt, den man aus Ellis Mund überhaupt noch nie gehört hat:

Alexander.

Eisheiligen 2016

Das mit den Namen ist so eine Sache. Gibt man Namen weiter, ohne das Drumherum, bleiben es Buchstaben, lose aneinandergereiht. Oder schwingt da immer auch ein bisschen Vergangenheit mit?

Alexandra, hallt es in ihrem Kopf, und sie sitzt da, trägt diesen Namen, aber der Name trägt auch sie, macht sie wieder zu einem jüngeren Ich, und da nützt es gar nichts, dass sie nichts sagt, dass sie den Anrufer wegwischt, dass sie seine Nachricht wegwischt und damit die Frage nach einem Wann. *Alex, wann?* Es gibt solche Tage und solche, denkt sich Alexandra, rutscht auf dem blauen Plastikstuhl hin und her, streckt sich, um mit ihren Händen das Magazin auf dem kleinen Tisch zu erreichen. *Psychologie Heute.* Sie nimmt es, schlägt eine Seite auf, liest. Sie kann nicht aufhören, an Alexander und Elli zu denken, sosehr sie sich auch bemüht. Es ist eine Wahrheit, dass man am meisten liebt, was man nicht mehr haben kann. Und Alexandra muss sich schütteln und konzentriert den Buchstaben folgen, damit sie aus Alexander und Elli jetzt nicht noch zwei Heilige macht, auf den letzten Drücker.

Sie blättert eine Seite um, gelangt in den Mittelteil des Magazins, zum Titelthema. Dass bei zwei Kindern eines das Lieblingskind ist, sei ganz normal, auch wenn man besser nicht darüber spräche. Alexandra liest den fett gedruckten, mit Anführungsstrichen versetzten Satz einer psychologischen Expertin mehrmals, lässt das Magazin auf ihren Schoß sinken und sieht auf. Sie sieht ihre Spiegelung im Fenster, sieht ihre polierten Glattledermokassins aufblitzen, sieht ihre weiße Bluse, und sie schwitzt, schwitzt stark und plötzlich wie vor ein paar Jahren im Wechsel. Schnell zieht sie sich den langen Schal aus. Hier drin wird geheizt, das glaubt man ja kaum. Ein Ort, wo die seelischen Abwehrkräfte aufgebaut werden sollen. Aber musste denn dafür das Immunsystem bis zum letzten heruntergefahren werden? Als ob die Menschen aus Watte wären. Überhaupt sah es hier in der Klinik so aus, als wäre sie in einem riesigen Wattebausch gefangen. Einzig der abgewetzte Boden, die geklebten Türen ließen Risse zu, verrieten etwas über die Bewohner des Hauses. Verrieten, dass noch nicht genug Watte um sie herum war, wenn die Zerstörungswut trotzdem weiterhin so groß blieb, oder dass es die falsche Watte war. Sie hatte keine Ahnung, was hier vor sich ging. Sie konnte sich nicht erinnern, die wievielte Klinik es war, in der sie ihr Kind besuchte, das das einzige Kind geblieben war, und sich die Frage deshalb natürlich nie gestellt hatte, ob Lieblingskind oder nicht.

Sie legt das Magazin auf den kleinen Tisch neben sich, faltet den Schal sorgfältig und fährt sich mit ihren Händen durch das kurz geschnittene, dunkel gefärbte Haar. Immer wieder die Überlegung, es grau werden zu lassen, und dann doch dieses Gefühl, so alt bin ich noch nicht, als wären es die Strähnen auf ihrem Kopf, die über ihr Leben bestimmten. Als könnte die Zeit nur angehalten werden von der Friseurin mit dem lauten Organ und dem Pinsel mit übel riechender, heller Masse. Fünfundsechzig ließ sich nicht mehr verheimlichen, aber es gab auch kaum etwas, das sie verheimlichen musste. In Wahrheit war es andersrum. Sie fiel nicht mehr auf. Sie versuchte sich anzupassen, sie arbeitete mit Kosmetik gegen die Falten über den Lippen, mit Langarmshirts gegen die hängende Haut an ihren Armen an, aber niemandem schien es aufzufallen, gegen welch riesigen Gegner sie da kämpfte. Kaum jemandem schien aufzufallen, dass sie *überhaupt* da war. Noch nicht einmal Milan, gerade nicht Milan. Und so verliefen die Samstage, die Sonntage, die Montage und alle die anderen Wochentage, nur der Freitag brannte sich seit einiger Zeit plötzlich ein, erweckte Alexandra zu einem Leben mit roten Wangen und diesem Gefühl, wieder jung zu sein. Wie der Moment, wenn man sich draußen bei einer Zigarette traf und die tiefen Blicke, die man austauschte, ohne Mühe, von selbst passierten. Dieser Freitag, der heute ist, dieser Freitag war ein heiliger Tag geworden, wie früher die Sonntage in St. Johann, wenn der Pfarrer von der Kanzel Erlösung versprochen hatte, eine Erlösung, die aber nie gekommen war, wie hätte sie auch, in St. Johann. Aber heute war es anders. Sie wartete nicht mehr auf Erlösung. Sie nahm sie sich einfach.

Das Handy in ihrer Hand vibriert. Sie zieht die Brille aus ihrer Ledertasche und schiebt sie sich auf die Nasenspitze. »Wann, Alexandra?«, liest sie noch einmal. Sie lässt das Handy sinken, sieht auf ihre Armbanduhr. Das Handy hat sie nur zum Telefonieren, erst langsam hatte die Eva sie vom Schreiben überzeugen können, mit Sprachnachrichten hatte sie sich noch nicht recht anfreunden können, und die Uhrzeit nahm sie auf dem Display überhaupt nicht wahr. Ein Telefon war ein Telefon, und eine Uhr war eine Uhr. So einfach war das, und wenn sie deshalb altmodisch wirken sollte, bitte schön.

Mama, hallo. Eva steht vor ihr in dem breiten Krankenhausflur, zwei Armlängen von ihr entfernt, als würde Alexandra noch etwas anderes aus der Welt mitbringen als die Welt selbst, eine ansteckende Krankheit; wobei, so wie Eva aussieht, könnte schon die Welt alleine, die Tatsache, dass es eine Welt da draußen überhaupt gibt, sie krank machen. Eva steht unschlüssig auf dem einen, dann auf dem anderen Bein, während Alexandra sich immer noch fragt, ob eine Umarmung die angemessene Begrüßung ist. Sie hatten sich immer umarmt, aber jetzt Evas Blick, die dünnen Beine in der viel zu großen grauen Jogginghose, das ungeschminkte Gesicht, das hell über dem dicken Schal hervorstrahlt, wie der Mond.

Wir können rausgehen, sagt die Eva und zeigt mit dem Finger in den Klinikgarten. Also nur, wenn es dir nicht zu kalt ist. Ja, lass uns rausgehen, sagt Alexandra, mir ist nicht zu kalt, und als sie Eva berühren möchte, merkt sie, dass sie noch das Handy in ihrer Hand hält. Schnell lässt sie es in ihre Tasche fallen. In ihrem Kopf ein dummer Gedanke: Was, wenn Eva die Nachricht sieht? Wie sollte sie es ihr erklären, denkt sie sich und schimpft sich sofort, als sie Evas eiskalte Hand zwischen ihre Finger nimmt. Eva ist von dem Gedanken, dass ihre alte Mutter eine Affäre haben könnte, so weit entfernt, wie Milan und Alexandra mittlerweile am Abend beim gemeinsamen Quizsendungen-Schauen, wenn Alexandra in der Ecke des braunen Sofas sitzt und Milan auf seinem Lederstuhl thront.

Eva hält ihr die Tür zum Klinikgarten auf, und Alexandra spürt die bohrenden Blicke in ihrem Rücken. Mit jedem Mal, dass sie sich sehen, so kommt es ihr vor, vermisst Eva sie, von oben bis unten, von links nach rechts, als hätte sie ein imaginäres Lineal in ihrer Hand, mit dem sie abschätzen könnte, wie alt Alexandra inzwischen geworden war. Sie ist eben sehr fürsorglich, sagte der Milan immer, wenn Alexandra mit ihm darüber sprechen wollte, wie kann dich das stören, das müsste dich doch freuen, so als Mutter. Aber Alexandra will keine Tochter, die ihr besorgte Blicke schenkt. Sie will sprechen, will das Feuer loswerden, das sie in ihrem Hals spürt, will wie früher über Politik reden, will streiten und Türen schlagen, will auf keinen Fall daran erinnert werden, wie alt sie ist.

Da lang. Eva geht jetzt einen Schritt voraus, über den mit wabenförmigen Steinen gepflasterten Boden. Alexandra folgt ihr durch den Klinikgarten, der von außen, vom Krankenhausgang, eine Weite verspricht, die er im Inneren nicht einlösen kann. Sie muss an einen Schulhof denken. Sie staunt über die in den Boden eingelassenen Steinwände, auf denen sich durchgehend Zeichnungen befinden. Sonne, Sterne, Herzen, Regenbogen, alles das, was man so gemeinhin als fröhliche Motive beschreiben würde, hier drinnen wie draußen und unterschrieben mit Namen, mit Jahrgang, als wären die Zeichnungen etwas, auf das man stolz sein könnte. Alexandra denkt sich, ja, ich erkenne den Sinn, aber alles an ihr,

ihr ganzes ästhetisches Empfinden zuckt bei dem Gedanken an lachende Sonnengesichter, die von Menschen jenseits des Kindergartenalters gemalt werden, zusammen, und wenn Eva nur ein bisschen ihre Tochter ist, kann es ihr nicht anders gehen. Sie kennt doch Eva, ihre Vorliebe für alles Symmetrische, ihre Klarheit. Wie sollte sie hier gesund werden? Wir hätten sie doch woanders hinschicken sollen, denkt sich Alexandra, aber da war die Eva stur gewesen. Diesmal nicht, diesmal entscheide ich, hatte sie gesagt und auf die bis jetzt magere Erfolgsquote aller vergangenen Klinikaufenthalte verwiesen, und Milan, der seine Tochter nie besuchen kam, der nicht ertragen konnte, was Alexandra auch nur aushalten versuchte, war alles recht, und so war es das AKH in Wien geworden. Evas Streichholzbeine staksen an den Sitzgelegenheiten aus verwittertem Stein vorbei, an Rosenhecken, die die Kälte der letzten Tage so schlecht vertragen haben, dass Alexandra stehen bleiben muss, ein paar Blätter abzieht und auf die braunen Flecken starrt. Erst der Frost, dann Regen und heute die Sonne. Ein Rosenblatt kann mehr verraten, als man denkt, ob das die Eva weiß? Aber die Eva ist schon weitergegangen, steht an der Gartenecke, wartet mit angestrengtem Blick. Alexandra lässt das Blatt fallen, winkt ihr zu, ich komme.

Gibst mir bitte eine?

Alexandra zieht eine Zigarette aus der Schachtel und hält sie ihr anschließend hin. Evas lange, schmale Finger ziehen die Zigarette umständlich heraus, Feuer auch bitte. Alexandra schiebt ihr das Feuer über den Tisch und sieht Eva an. So ein ätherisches Wesen, hatte selbst die Elli immer über die Eva gesagt, und obwohl es zwischen ihnen unübersehbare Parallelen gegeben hatte, hatte sie sich gewundert, wer von den Vorfahren da wohl durchgekommen ist. In der Familie sind sie ja sonst eigentlich alle sehr mit den Füßen am Boden gewesen und mit kurzen, starken Fingern, mit denen man hart hatte arbeiten können, und mit einem Kopf, der nicht fürs Grübeln vorgesehen war. Mit dem Kopf wurde gedacht und mit den Händen getan, so hatte es Alexandra verinnerlicht.

Wie geht's zu Hause?

Gut, gut. Das Dach müssen wir nur bald erneuern. Zeit wird's.

Eva nickt, und Alexandra beobachtet, wie sie ihre erloschene Zigarette wieder anzündet, der Wind, weißt.

Alexandra nickt.

Willst eigentlich nicht langsam mit dem Rauchen aufhören, Mama.

Du Eva, es reicht, ja!

Eva senkt ihre Lider, zieht an ihrer Zigarette, Alexandra an ihrer, als würden sie es um die Wette tun. Sie will nicht hart klingen, sie weiß, wie schneidend ihre Stimme werden kann, aber das Rauchen wird sie sich nicht nehmen lassen. Es reichte ihr, dass der Milan dreimal die Woche mit dem Blutdruckgerät winkte. Früher war sie die Berge hinaufgekraxelt mit der Tschick im Mund, und jetzt spürte sie die Atemlosigkeit beim bloßen Gedanken daran. Es reichte ihr, dass sie das alles wusste.

Eva presst ihre Lippen aufeinander, und Alexandra liebt sie in diesem Moment ganz besonders, auch wenn es ihr nicht geht wie dem Milan, der seine Tochter immer mehr zu lieben

325

scheint, je verlorener sie ist. Du, es tut mir leid, ich versuche es eh mit dem Aufhören.

Passt schon, Eva zuckt sich die Kränkung mit den Schultern aus ihrem Körper, darf ich, Mama? Alexandra nickt.

Eva zieht ein kleines schwarzes Gerät aus ihrer Bauchtasche und befestigt ihr Handy sorgfältig an dem kleinen Stativ. Erst vor ein paar Tagen hatte sie Milan gebeten, ihr so eines zu besorgen, und Alexandra staunt über Evas Geschicklichkeit, darüber, wie sich die Verlorenheit in ihren Gliedern verabschiedet, wenn sie etwas zu tun hat. Alexandra hatte es schon immer fasziniert: Evas Blick für die Dinge, der Wunsch der Neunjährigen nach einer Spiegelreflexkamera, die Dunkelkammer, die sich Eva ein paar Jahre später im Keller eingerichtet hatte, und der Eifer, mit dem sie an warmen Sommertagen Fotografien an einer Wäscheleine im Garten zum Trocknen aufhängte. Sie hatte nie verstanden, warum Eva nichts daraus machte, sie hatte doch dieses Talent. Also versuchte sie, sie zu unterstützen, sagte nichts, auch nicht zu Evas akribisch geplanten Dokumentarfilmprojekten, eine Phase, von der Milan hoffte, sie würde nicht allzu lange dauern, die sich aber über Jahre zog. Eva, die mit einer kleinen Kamera alles filmte, was im Haus vor sich ging, dass Milan einmal scherzend vor dem Einschlafen zu Alexandra sagte, jetzt wisse er wohl, wie sich das anfühlen müsste, in einem Überwachungsstaat zu leben. Aber der Alexandra war nicht zum Lachen zumute. Eva versuchte etwas festzuhalten, von dem sie nicht wusste, was es war, und sie versuchte etwas herauszufinden, von dem sie lieber nicht wissen wollte, was es sein könnte.

Und hier drinnen sagt niemand etwas? Alexandra nickt dem Stativ zu, während Eva das Handy dreht.

Muss noch den richtigen Ausschnitt. Was meinst du?

Ob hier drinnen niemand etwas sagt.

Eva unterbricht ihre Arbeit, grüßt kurz einen vorbeigehenden Mitpatienten und schüttelt den Kopf. Ich habe am Anfang alle gefragt. Manche wollen nicht, dann lass ich es natürlich, aber andere wollen unbedingt, so. Eva dreht das Handy noch einmal. Alexandra fragt sich, ob sie wissen will, welchen Ausschnitt man von ihr sieht, dann lässt sie es doch. Sie ist daran inzwischen so gewöhnt, auch ihre Stimme verändert sich nicht mehr, wenn die Kamera läuft, sie versucht niemand anders mehr zu sein, als sie ist. Eva hat sie abgehärtet, in vielen Dingen. Das Schweigen, das sich jetzt zwischen ihnen entspannt, hat nichts mit dem auf sie gerichteten Handy zu tun. Alexandra wünschte, es wäre so.

Und wer will es unbedingt?

Was?

Aufgenommen werden. Wer will es unbedingt?

Ach so. Ben zum Beispiel.

Ben? Der gerade vorbeigegangen ist?

Nein, Ben sitzt da oben.

Eva zeigt mit dem Finger in den Lindenbaum, ein paar Meter von ihnen entfernt. In der Mitte des Baumes kann Alexandra einen blassen, dünnen Mann erkennen, dessen Beine einen Ast umschlingen und der ein Buch in der Hand hält. In dem Moment, als Alexandra aufschaut, kreuzen sich ihre Blicke.

Ist das nicht gefährlich, da oben. Also für jemanden von hier?

327

Ben ist nicht suizidal, nur Angststörung vor dem Dreck am Boden. Und als hätte Alexandra einen Knopf gedrückt, als wäre Ben eine Eingangstür, sprudelt es plötzlich aus Eva heraus, über die Aufnahmen, über Gruppentherapien, über Sex mit Ben in der Putzkammer, er auf einem Putzeimer stehend, Eva im kühlen Eisenregal sitzend, natürlich strengstens verboten, Beziehungen und Sex zwischen Patienten, Patientinnen, aber gerade deshalb so gut. Eva spricht, und Alexandra versteht die Worte kaum, als wäre es eine eigene Sprache. Manchmal hält sie inne, übersetzt ihre Vokabeln. Manchmal vergisst sie es, und vor Alexandra sitzt eine fremde Person, ein Mensch offen wie ein Buch, der die Welt in schon Therapierte und noch nicht Therapierte einteilt, nicht nach Charakter unterscheidet, sondern nach Art der psychischen Störung.

Angststörung halt, führt Eva fort, das geht immer einher mit Depression, oder fast immer.

Alexandra nickt. Wann ist der Stups das letzte Mal da gewesen, letzte Woche, oder, fragt sie, räumt ihre Tasche aus und legt *Standard*, etwas Obst, Schokolade auf den Tisch.

Ich lese grad keine Zeitung.

Nein?

Nimm wieder mit, bitte.

Aber bekommst du hier überhaupt etwas mit?

Die Tür zu Eva, die kurz einen Spaltbreit offen gestanden war, schlägt vor Alexandras Augen zu.

Ich hab doch gesagt, ich les gerade nicht. Wir schauen auch keine Nachrichten.

Alexandra hätte mit Eva gerne darüber, was auf der Welt

passierte, reden wollen. Auch wenn sie nie über sich sprechen konnte, über die Welt, über Politik, über Bücher, hatte sie immer diskutieren können. Alexandra will mit Eva über die Menschen, die an der Grenze Europas ertranken, sprechen, über die Nachrichten, die jeden Tag schlimmer wurden, die Sprache, die sich verhärtete. Sie hatte wieder mit Victor Klemperers *Lingua Tertii Imperii* angefangen, und sie begann sich zu fürchten und wollte eben genau gegen dieses Fürchten anreden und darüber, dass es ihr so vorkam, als ob es keine großen Ideen mehr gäbe, dass die Sozialdemokratie, an der sie immer festgehalten hatte, im Verschwinden begriffen war und dass sie sich zum ersten Mal in ihrem Leben die Frage stellte, wen sie bei der nächsten Wahl eigentlich unterstützen sollte. Mit dem Milan konnte sie nicht mehr über solche Dinge sprechen. Der Milan war ein überzeugter Europäer, der immer noch Optimist sein konnte, da waren die Boote schon untergegangen. Es kam vor, dass sie noch vor Ende der Nachrichten den Fernsehsender auf »stumm« schalteten und dann, um runterzukommen, sich die Serie mit dem italienischen Polizeikommissar in Venedig ansahen. Es kam vor, dass ihnen sogar das zu aufregend war und sie sich nur schwer mit den Bildern der Ewigen Stadt trösten konnten, die sie beide einmal so geliebt hatten. Später lag sie dann manchmal staunend im Bett und dachte, aha, interessant, von wegen Falten, von wegen Hühnerhals, das Alter konnte man daran erkennen, dass man nichts mehr aushielt. Aber Eva doch nicht, sie war jung. Eva musste doch die Dinge noch ertragen können. Was sollte aus dieser Welt sonst werden.

Die Zeitung flattert im Wind, schlägt Seite für Seite auf, so lange, bis Eva ungeduldig zwei Äpfel dara* legt.

Ich nehme sie wieder mit.

Musst du los?

Ich – ja.

Sie stehen auf. Mit schnellen Schritten gehen sie Richtung Eingangsbereich zurück. Überall Gerede, hinter ihnen, vor ihnen, die Sonne kommt immer mehr heraus, alles trocknet. Eva nimmt ihr die Tasche mit dem Obst und der Schokolade ab, reißt die Tafel auf, bricht eine Rippe heraus und beißt hinein.

Der, dem ich vorher Hallo gesagt habe.

Ben?

Nein, nicht Ben, der, der vorbeigekommen ist.

Ja.

Der hat eine Essstörung. Hat sich immer gefragt warum. Und erst hier drinnen sind sie darauf gekommen, dass seine Eltern ihn als Säugling mitgenommen haben auf eine Reise, irgendwohin nach Lateinamerika, und dort gab es nicht die richtige Säuglingsmilch, er musste dauernd hungern, und heute hat er immer noch dieses Gefühl von Mangel.

Evas dunkle Augen scheinen ganz hell durch die Spiegelung des Fensterglases.

Ihre Haut hatte den Hannes zuerst bemerkt. Noch bevor er den Kopf durch die Hoteltür strecken konnte, nein eigentlich schon, bevor sie an der Nummer 307 klopfen konnte, obwohl in Wahrheit eigentlich bereits, als sie den breiten Flur entlanggegangen war. Ihre Haut hatte den Hannes zuerst bemerkt, als wäre die Haut es, die zu einer leisen Vorahnung fähig wäre, als wüsste sie nur aufgrund der aufkommenden Gänsehaut, was gleich passieren würde. Alexandra hatte das Tuch um ihren Arm gewickelt getragen, so heiß war ihr immer noch, und warum sie es nicht einfach in ihre Tasche tat, wusste sie nicht. Bevor sie den Hannes heimlich traf, gingen die Dinge ihren eigenen Gesetzen nach, nicht nur die Haut, sondern eben auch die Gegenstände, die Tücher, die sie mit sich trug, die Mokassins, die ihr auf einmal zu klein zu werden schienen.

Sie klopft, beugt sich zu ihren Schuhen, nestelt etwas daran herum, sind ihre Füße wirklich so geschwollen, fragt sie sich, da öffnet schon der Hannes die Tür. *Alexandra, Alex,* sagt er leise, und die Alexandra richtet sich schnell erschrocken auf. Sie weiß ja, dass man von oben leicht den grauen Ansatz entdecken kann, der so schnell nachwächst, da kommt sie mit dem Färben zu Hause überhaupt nicht mehr hinterher.

Servus, du.

Am liebsten hätte sie den Hannes gefragt, was anders war an ihr, anders als vor fast fünfzig Jahren, aber diese Frage blieb zwischen ihnen ungefragt. Alexandra konnte sie nur für sich beantworten. Der Hannes roch anders, aber nicht alt, süßlich, wie Milan es tat. Seine Fingernägel waren penibel sauber, und manchmal wünschte sich Alexandra den Dreck zurück, diese dunklen Halbmonde, sie wünschte sich Haselnusssträucher zurück und Erde zwischen ihre Beine.

Komm, der Hannes spricht immer noch leise, als wäre da irgendwo ein Kind, das nicht geweckt werden durfte, dabei war doch der Sinn eines Hotelzimmers das Gegenteil davon, sich beunruhigt umschauen zu müssen, ob da noch jemand wäre, ob man sicher auch niemanden störe, und Alexandra muss an Eva denken und den Milan, wie das Kind damals alles zwischen ihnen durcheinandergeworfen hatte, als ob man ein Leben gehabt hätte und ein anderes unwiderruflich neu begonnen.

Komm, der Hannes breitet die Arme aus und lässt Alexandra eintreten in das weitläufige, schöne Zimmer. Der Teppichboden unter ihren Füßen ist weich, die Fenster sind geschlossen und die Vorhänge zugezogen. Nur ein schmaler Streifen von Licht unterteilt den Raum in zwei Hälften, eine, in der sich ein kleiner Schreibtisch, Stuhl und Fernseher befinden, und eine, in der ein großes Bett mit schneeweißen Laken steht. Der Geruch, dass alles neu war, frisch geputzt und gewaschen, vermischte sich mit dem Hannesgeruch, der auch neu war, der ihr doch so bekannt war, dass es sie fröstelte. Alexandra nimmt Hannes' große Hände, für einen Arzt hatte Hannes fast zu große Hände, und Milan, der Bauleiter mit seinen feinen Chirurgenhänden dagegen, schwirrt es ihr durch den Kopf. Sie schüttelt sich. *Alles gut, Alex*, fragt der Hannes, und das *Alex* ist wie ein Schlüssel zu einer Gedankenwelt ohne den Milan und die Eva. Das *Alex* gehört ihr ganz alleine, ihr und dem Hannes ein bisschen und ein bisschen auch 1968. Das erste Mal, als es zwischen ihnen wieder passiert war, war es wirklich wie das erste Mal gewesen. Alexandra hatte rote Wangen bekommen, und Hannes' Haare hatten vom Kopf in alle Richtungen abgestanden wie damals, obwohl da gar nicht mehr so viele Haare gewesen waren, die vom Kopf hätten abstehen können. Das zweite und dritte

Mal waren Versuche gewesen, diese ersten Male zu wiederholen, als ob nicht fast fünfzig Jahre vergangen wären, als ob dazwischen nichts gewesen wäre, und natürlich hatte es scheitern müssen. Die Alexandra und der Hannes hatten sich dann auf der Bettkante wiedergefunden, sich mit hängenden Köpfen gefragt, ob es vielleicht nur etwas Einmaliges, Trostspendendes gewesen war, und das hätte ja auch gereicht. Aber irgendwann hatten sie angefangen, über den Sex zu sprechen, über die Körper, die sie bekommen hatten, und hatten voreinander gestanden und sich einander erklärt, als wären sie das Skelett, das in Hannes' Praxis stand, und man müsste sich zwischen die Rippen, die Nieren denken, den richtigen Platz für das Herz sagen, für die Leber.

Sie hatte den Hannes gerade so viel wissen lassen wie nötig, weil der Hannes seine Berufsneugier auf das Private übertragen und von der Alexandra alles hatte erfahren wollen. Natürlich hatte die Alexandra deshalb nicht gleich alles erzählen können. Über den Sex, die Trockenheit, hatte sie sich leichter getan zu sprechen als über die Frage, ob sie sich das Haar nicht einfach grau wachsen lassen sollte oder ob sie das alt aussehen ließe. Sie konnte den Hannes auch nicht fragen, wie er sie sah, was ihm auffiel an ihr, über was er wegsehen konnte und was ihn erschütterte. Sie wollte ihn nicht auf eine Fährte bringen, die er dann vielleicht nicht wieder würde verlassen können.

Ich muss noch schnell ins Bad. Alexandra windet sich aus Hannes' Armen, hebt ihre Tasche vom Boden auf und geht in das Bad, das sich gleich neben der Tür in einer Art großem Glaskubus befindet. Sie ist nicht gschamig, wirklich nicht, aber warum man damit angefangen hatte, das Bad, das Klo, alles aus Glas mitten in die Hotelzimmer zu setzen, dass der Hannes, hätte er sich nicht umgedreht, der Alexandra jetzt auf dem WC-Sitz zuwinken könnte, das hätte sie wirklich gerne gewusst. Sie zieht die Feuchttücher aus ihrer Tasche, pinkelt, wischt sich ihre Vulva mit einem der Tücher aus. Das, was der Milan an Süße dazubekommen, hatte sie über die Jahre an Säure gewonnen. Nie hatte der Hannes, nachdem er unter ihr gekniet und sich ein paar Haare aus den Zähnen gezogen hatte, etwas gesagt. Aber sie schmeckte es, schmeckte sich selbst in seinen Küssen. Sollte der Hannes doch denken, was er wollte, sollte der Milan doch denken, was er wollte, wenn er ihr vorwarf, dass sie vor dem Sex ihren Körper sauber machte wie früher die Heizkörper mit einer Zahnbürste.

Komm, Alexandra lässt die Tasche neben Hannes fallen, der immer noch mitten im Raum steht, die Hände in den Taschen wie ein kleiner Schuljunge. Sie nimmt Hannes' Arm, zieht ihn durch das Zimmer und stellt ihn vor sich ab. Seine großen Hände, wie sie jetzt neben seinen Hüften hängen, der Daumen versteckt in den Handinnenflächen, rühren Alexandra. Schnell küsst sie Hannes' Hosenbund, zieht sein Hemd nach oben, verschwindet unter seinem Unterhemd, küsst seinen Bauchnabel, hört Hannes leise stöhnen, spürt, wie er über ihrem Kopf Stoff aufknöpft. Sie zieht ihm die Hose aus. Hannes lässt sie machen, lässt die Hose auf den Boden gleiten, streicht sie sich mit seinen Füßen ab, steigt aus ihr heraus. Auch die Socken, Alexandras Stimme klingt dumpf an Hannes' Bauch. Sie spürt, wie er sich die Socken abstreift, vorsichtig, als könnte eine falsche Bewegung sie verärgern. Ihre Hände hat sie fest um seinen Hintern gelegt. Diese Männerhintern, die kleiner werden, während die Bäuche immer größer werden. Aber es ist nur gerecht. Ihr Bauch ist schließlich auch größer geworden, und trotzdem verschränkt sie nicht mehr ihre Arme davor wie als junges Mädchen. Hannes' Bauch hängt über seinen Hüften wie ein nasser Sack, ihr Bauch, über den seine Zunge jetzt leckt, ist dagegen ganz fest, als hätte sie eine große Apfelsine darin, die ihre Schalen wie Flügel aufspannen würde. Es ist kein Bäuchlein, es ist ein richtiger Bauch, der hervorsteht, immer, überall, selbstbewusst, und der sich nicht kaschieren lässt. Hannes' Atem geht schneller, zwischen jedem dritten Atemzug schnieft er, brauchst du ein Taschentuch, geht schon. Er fasst ihre Brüste an, die Alexandra im Spiegel kaum noch erkennt, riesengroß kommen sie ihr vor mit dunkelbraunroten Brustwarzen.

Sie bewegen sich langsam. Aufeinander. Mal hält Alexandra an, mal Hannes, als ob sie sich vergewissern wollten, dass sie noch da sind, und bevor Hannes in sie eindringen kann, schwenkt Alexandra schnell ihren Kopf. Hannes nickt. Es ist nicht immer notwendig, aber es ist fast wie ein heiliges Ritual an diesem heiligen Freitag. Er streckt seinen Kopf Richtung Boden und holt eine kleine salbeifarbene Tube aus ihrer Tasche. Er drückt einen dicken, farblosen Cremestrahl auf seine Handinnenfläche und breitet ihre Beine weit auseinander. Langsam fängt er an sie einzucremen, verteilt die durchsichtige Paste auf ihren Härchen, nimmt etwas mehr auf seine Fingerkuppe, streicht sie ein und aus, alles vermischt sich, das Kühle, das Warme. Seine Finger sind feucht, werden nass, nasser, und Alexandra spürt nicht mehr, was von ihr ist. Hannes kommt noch, bevor er in sie eindringen kann. Alexandra kommt dann auch, etwas später, mit einem Finger mehr.

Und was stört dich jetzt so daran? Der Hannes, eingewickelt in das Laken, liegt neben ihr, nimmt ihr die Zigarette aus der Hand und zeigt auf den Rauchmelder über ihnen.

Alexandra schenkt Hannes einen trotzigen Blick, versucht, die Zigarette zurückzugewinnen, der Hannes hat die Deutungshoheit, nicht nur als Arzt, sondern auch, weil er der Stärkere ist, und er wedelt mit der Zigarette in der Luft herum, so, dass sie immer gerade so nicht an seine Finger kommt.

Jetzt sei nicht kindisch, bald darfst eh nirgendwo mehr rauchen.

Alexandra dreht sich auf den Bauch, murmelt in das Kissen.

Was meinst? Der Hannes legt die Zigarette neben sich auf den Nachttisch und beugt seinen Kopf zu ihr.

Dass sie keine eigenen Geschichten haben.

Wer?

Ihre Nasenspitzen berühren sich fast, und Hannes' Augen sehen von Nahem aus wie von dem jungen Hannes. Drinnen sind sie immer noch graubraun gesprenkelt, und ein bisschen hat er es immer noch um das Schwarz der Pupillen, etwas, das wie eine Hoffnung ausschaut.

Du hast mich gefragt, was mich daran stört. An der Eva, an dieser ganzen Generation. Und ich habe dir geantwortet. Erst jetzt, weil sie auf dem Bauch liegend ihr Herz so klopfen hörte, war ihr bewusst geworden, wie wütend sie eigentlich

336

war. Wütend auf Eva. Sie war so wütend, dass sie sogar ihre gemeinsame Abmachung, bei ihren Treffen nie über Eva, über Milan, über Liane oder über den Konrad zu sprechen, vergessen hatte. Normalerweise waren sie nur Nebenfiguren in ihren Gesprächen, kamen höchstens dann vor, wenn der Hannes fragte, wann sie zurück in Salzburg sein müsste, was sie dem Milan erzählt hatte und was der Hannes der Liane. Dabei war es doch der Hannes gewesen, der immer mehr wissen wollte. Das ist deine Abmachung, hatte er gesagt, ich halte mich nur daran, und jetzt hatte Alexandra das Versprechen wie eine Münze in einen Automaten fallen lassen, und die Flipperkugel brachte Hannes dazu, ihr zu sagen:

Alex, ich mag dich, du weißt das.

Hannes, bitte. Sie hatten das doch geklärt. Was waren sie denn? Zwei, die irgendwo noch mal neu anfangen konnten?

Ich weiß.

Der Hannes sieht sie lächelnd an, und Alexandra merkt, wie ihr das Herz bis in den Hals hinauf schlägt, dass es in den Ohren rauscht. Kaum auszuhalten ist es.

Die Wahrheit ist, ich kann nichts anfangen mit dieser Generation.

Generation, das ist jetzt ein großes Wort, sagt der Hannes und legt seinen Kopf schief, will Alexandra die Haare aus dem Gesicht streichen, aber sie dreht ihren Kopf weg.

Du hast mich gefragt und ich habe es dir gesagt. Alles, was sie betrifft, ist mit uns verbunden, laut ihr. Alles hat mit uns zu tun, verstehst, ich halt das nicht aus.

Geh bitte, Alexandra, erinnerst dich, was du mit deiner Mutter gestritten hast. Also ich erinnere mich noch gut. Der

Hannes erkennt nicht, wann es genug ist, lächelt immer noch, und Alexandra fragt sich, warum sie überhaupt mit jemandem schläft, von dem sie hofft, er würde sie kennen, wenn der Hannes doch nur lächelte über ihre Wut. Außerdem spürt sie einen Schmerz, der von weiter unten herkommt, der unter dem Eva-Schmerz sitzt, der ganz tief an ihr nagt. So lange ist die Elli ja noch nicht tot, da ist der Schmerz natürlich hochgezischt, ganz plötzlich und unerwartet.

Willst mich jetzt mit meiner Mutter vergleichen?

Jetzt lass uns nicht streiten, komm her.

Der Hannes drückt sich an sie, zieht ihren Hintern an seinen Unterkörper, legt seinen Arm um sie, spürt nicht, wie stark ihr Herz klopft. Lass uns nicht streiten, bitte, flüstert er in ihren Nacken, zwischen ihren Schulterblättern. Der Hannes ist gut im Mantra-Aufsagen, die Notfallmedizin und die Meditation haben ihn abgehärtet gegen jede Art von heraufziehendem Drama. Es hatte ihn abgehärtet gegen die Enttäuschungen seines Lebens, gegen die größte Enttäuschung, seinen Sohn, der seine sichere Arbeit an den Nagel gehängt und beschlossen hatte, durch die Welt zu reisen, zu surfen und Schildkröten zu retten. Krokodile, wie der Hannes manchmal mit heiserem Lachen sagte, wenn die Liane wieder anfing, über den Stups zu reden, darüber, dass nun ganz sicher sei, dass er für immer und alle Zeit sein Leben verbaut hätte, die Jungen wollen halt nix mehr arbeiten. Sie hört Hannes' ruhigen, gleichmäßigen Atem und muss an Eva denken, die, wenn sie bei solchen Gesprächen dabei gewesen war, lange nichts gesagt hatte, um dann aufzustehen und ihnen die Sätze um die Ohren zu hauen, dass es eben nicht nur um Arbeit gehe, dass Familie sowieso kein Ziel sei und dass sie eben anders seien als sie früher, auch wenn Alexandra sich gefragt hatte, woher die Eva überhaupt wissen wollte, wie es früher gewesen war.

Hannes' Arm wiegt schwer auf ihrem Körper. Sie muss an das Früher mit Hannes vor ein paar Monaten denken, und an das Ganz-Früher. An die allerersten Male und an die Wiederholungen der ersten Male. Sie kann sich an vieles erinnern, auch daran, wie sie mal neben dem Hannes hatte einschlafen können, ohne dass ihr sein Arm zu schwer wurde, wie sie zusammenliegen konnten, ohne dass sie ihren eigenen Herzschlag gespürt hatte.

Vorsichtig löst sich Alexandra aus Hannes' Arm und setzt sich auf. Man muss auch wissen, wann es vorbei ist. Denn es war ja so gewesen, je mehr ihr Herz für ihn geklopft hatte, umso weniger hatte sie es gespürt. So ehrlich musste man sein.

Frühling 2019

Am Ballhausplatz ist sogar das Wetter auf unserer Seite, denkt sich Eva und wirft mit ihren Fingern lange Schatten an die gegenüberliegende Hauswand. Immer wieder werden ihre Hände durchkreuzt, immer mehr Menschen, Schatten-figuren laufen an ihr vorbei, versammeln sich zu einer Traube, zu kleinen Inseln, die auf merkwürdige Art und Weise alle miteinander verbunden scheinen. Dieses Gefühl einer Gemeinsamkeit, aber auf eine gute Art, das hatte Eva in Österreich so noch nie gespürt.

Komm, Eva! Mascha steht plötzlich vor ihr, durchbricht das warme Licht, so, wie sich sonst nur eine Wolke vor die Sonne schieben kann. Aber Mascha hinterlässt keinen grauen Film auf ihrer Haut. Maschas Name, Maschas Stimme, ihre dunk-len Augen, die gebogenen, eine Spur zu langen Wimpern, die blonden, kurzen Haare, ihre schlaksigen, tätowierten Arme, die sie jetzt um Evas Schultern legt, die da liegen, bestimmt ja, aber so, als ob sie ein paar Millimeter über ihrer Haut in der Luft schweben würden. Eva muss nicht an einen Brief-beschwerer denken. Was lächelst du, fragt Mascha, und Eva sagt, ich muss an keinen Briefbeschwerer denken, das ist gut, und Mascha antwortet, genug gespielt, und zieht sie weiter zu der Wiese, wo die anderen auf sie warten.

Eva setzt sich in die Runde, kennt niemanden so richtig,

aber ausmachen tut es ihr nichts. Es ist anders als sonst, aber warum kann es nicht auch mal *anders* sein. Mascha sagt etwas zu ihr, was Eva nicht verstehen kann. Um sie herum ist es laut, wird es lauter, aber Eva lächelt einfach darüber hinweg. Diese kleine Gruppe von Menschen, von denen Eva die meisten gerade so beim Vornamen kennt, nicht ihre Vorlieben, nicht, was für Musik sie hören, ob sie überhaupt Musik hören, wer schon mit wem gefickt hat, wer was studiert, wer was arbeitet, diese kleine Gruppe macht Eva in Summe ein gutes Gefühl, nicht dazugehören zu müssen und gleichzeitig dazuzugehören wie jeder, der heute hier auf dem Platz ist.

Dabei werden um sie herum schon die ersten Stimmen laut. Zwischen Bierdosen aufmachen, leer trinken und abstellen fliegen Sätze durch die Luft. Es wird sich nie was ändern, wird gesagt, aber wo wir halt schon mal da sind, bleiben wir eben und schauen, was noch so passiert.

Und mittendrin Eva, die ihre Hände ausstreckt wie Fühler, nicht nach dem Joint, der die Runde macht, nein danke, sondern nach den Grashalmen um sie herum, nach Maschas Arm, in der Hoffnung, sie zufällig zu berühren. Und überhaupt, wer hätte gedacht, dass all die Therapien, all die Klinikaufenthalte irgendwann einmal etwas bringen würden. So ganz hatte es Eva ja selbst nicht verstanden. Sie war so lange durch dieses System gewolft worden, dass sie die Tipps und Tricks der Verhaltenstherapie schon auswendig gekannt und auch all die übrigen Formen quasi inhaliert hatte, aber eines war darüber hinaus doch geblieben. Wenn sie es früher beunruhigend gefunden hatte, wie alle zu sein, so fand sie es heute beruhigend, zu wissen, dass da überall auf der Welt welche saßen mit schwitzigen Fingern und Ameisen am Hals von Panikattacken und der Angst, am Abend allein vor dem Laptop beim Serienschauen zu ersticken. Dieses Gefühl beflügelte sie, ließ sie auf der Straße lächeln und in Clubs gehen, langsam den Körper zur Musik bewegen und nicht daran denken, wie sie aussah und ob sie einem Tintenfisch glich.

Aber nein, so gesehen, nicht nur die Therapien waren es gewesen. Das Internet hatte dies geleistet, da war sich Eva sicher. Wenn sie nach Hause fuhr und mit dem Milan darüber diskutierte, der so tat, als würde Eva ihren Körper den sozialen Medien spenden, dann zog er irgendwann die Stirn in Falten. Evas gesunde Psyche hatte mit den Jahren den Gegenwert eines Kleinwagens erreicht, *und eh gerne gezahlt und eh gerne geholfen*, aber du weißt ja, wie wir uns das von unten, der Milan hatte auf den dunkelbraunen Terrassenboden gezeigt, wie ich das ganz von unten erarbeitet habe, und da ist es dem Familienfrieden nicht zuträglich gewesen, dass die Eva das Internet, eh schlecht für alle, politisch schwierig und Propaganda und sicher kein Trump ohne Internet, aber ganz individuell für mich wichtig, in die Höhe gehoben hat.

Evas Hand erreicht Mascha, erwischt sie nicht dort, wo sie wollte. Mascha, im Gespräch, bewegt sich schnell, gestikuliert wild, und Evas Finger landen in ihrer nassen Achselhöhle. Schnell zieht sie die feuchten Fingerkuppen zurück, aber Mascha sagt nichts, dreht nur ihren Kopf zu ihr, küsst sie, und ihr Mund fühlt sich wie eine Pflaume an. Evas Finger stecken sich etwas Mascha in die Hosentasche, für später.

Niemand weiß, wie lange das heute noch dauert und ob Mascha nachher mit ihr nach Hause gehen wird oder sie mit ihr.

Immer noch strömen die Menschen in den Volksgarten. Man sitzt, sieht sich an und wird bestaunt, und Eva fragt sich, ob es das erste Mal in ihrem Leben ist, dass vielleicht sogar etwas wie Revolution in der Luft liegt. Die Bierdose, die Eva in der Hand hält, ist noch halb voll, aber es ist die dritte. Sie hat noch immer Bier im Rucksack, auch wenn es schon warm ist und auf der Zunge nach Brot schmeckt. Wie lange sind sie schon hier jetzt? Vier Stunden müssen es mindestens sein. Muss pinkeln, flüstert Eva Mascha zu und weiß nicht genau, warum sie flüstert. Mascha streckt ihren Hals, wendet ihn, versucht irgendwo eine Möglichkeit zu entdecken, vielleicht hinter dem Busch. Eva schüttelt den Kopf, es sind einfach zu viele Menschen. Dann komm, Mascha nimmt ihre Hand, zieht sie vom Boden auf, und ihr schwerer Bauch fühlt sich an, als würde er für einen Moment in der Luft hängen bleiben. Schnell bahnen sie sich den Weg durch die Menschenmengen, die Bierverkäufer auf ihren Fahrrädern machen heute das Geschäft ihres Lebens, nur Mascha und Eva schütteln den Kopf.

Vor den Toiletten neben dem kleinen Gastgarten sind lange Schlangen. Alle warten, scheinen aber keine Eile zu haben. Komm weiter, sagt Mascha und zieht Eva in Richtung Klohäuschen. Was willst du machen, fragt Eva, als Mascha sie schon in die Toilettentür schiebt, vor der niemand steht. Das ist die Männertoilette, sagt Eva noch, aber Mascha deutet nur auf den Toilettensitz neben dem stinkenden Pissoir, mach

343

schon. Sicher nicht, wenn du hier drinbleibst, ich mein, wie lange kennen wir uns jetzt. O. k., aber beeil dich. Draußen hört sie Mascha mit jemand sprechen, der fragt, warum das so lange dauert, ob da wohl einer mit Mädchenblase drin wäre, irgendwann sagt Mascha dann, ach halt doch die Klappe, ich geh danach auch noch, was willst du jetzt machen? Dann ist es ruhig.

Hast du ein Taschentuch, gab keine Papiertücher mehr. Mascha kommt mit tropfnassen Händen auf sie zu, und Eva ist froh, dass sie sich die Hände wäscht, so wie man halt froh ist, etwas zu erfahren von einem Menschen, den man gerade erst kennengelert hat. Sie schüttelt den Kopf. Na egal, sagt Mascha und trocknet die Hände auf ihrer schwarzen Jeans. Gemeinsam gehen sie schnell zu dem Wiesenstück am Zaun zurück, versuchen aus den Gesprächsfetzen herauszuhören, ob sie etwas verpasst haben, als wäre das hier heute keine Regierungskrise, sondern ein Fußballspiel, und man hätte wirklich gerne gewusst, wer jetzt das letzte Tor geschossen hat. Alles, was passierte, fand gerade hinter den dicken Mauern statt, und so erzählte man sich eben Gerüchte, war mehr Kommentatorin als Schiedsrichterin.

Ist das dein Handy, eine aus der Gruppe, Elena, stößt Eva an. *Alexandra*, steht auf ihrem Display. Sie nimmt das Handy, steht auf, ohne sich mit den Händen am Boden abzustützen, sagt, ich muss mal kurz, aber niemand hört es, nicht mal Mascha, die gerade ins Gespräch vertieft ist, bekommt es mit. Eva sticht es kurz, dann hebt sie ab.

Mama, ich wollte dich doch anrufen.

Eva, Liebes, was sagst du, es ist so laut.

344

Ich wollte dich doch anrufen heute; warte, ich geh kurz woandershin.

Eva geht durch das Tor, vorbei an einigen Familien mit kleinen Kindern, Richtung Nationalbibliothek, dorthin, wo sich die Menschen, die heute extra gekommen sind, mit denen vermischen, die sowieso immer da sind, mit den Touristen, die neugierig ihre Köpfe strecken, sich fragen, was da heute vor sich geht, und mit all den anderen, die zwar wissen, was vor sich geht, die aber nicht recht verstehen können, worauf sie warten.

Bist du noch dran?

Ja, hörst du mich jetzt?

Ja, jetzt geht es.

Also Mama, ich sollte dich doch anrufen.

Ach Eva, das spielt doch gar keine Rolle. Je älter man wird, desto weniger spielt es eine Rolle, weißt du.

Ich weiß nicht. Alles Gute zum Geburtstag, Mama!

Danke, Eva.

Was sagst du zu deinem Geburtstagsgeschenk.

Ja, das wäre doch nicht nötig gewesen.

Für dich nicht weniger als ein Regierungsrücktritt, Mama.

Eva hört ihre Mutter lachen. Es ist dieses tiefe, plötzliche Lachen, dass sie in all den Jahren von dem weichen, falschen, angepassten Lachen unterscheiden gelernt hat. Es ist das echte Lachen, das, bei dem man die vierzig Jahre Raucherinnenkarriere hört. Ein Lachen, das sich den Weg durch den Bauch bahnt, durch beide Lungenflügel, durch Mund, durch Nase und das nicht selten in einem Husten endet oder in einem herzhaften Niesen.

345

Gesundheit, Mama.

Danke, Eva. Ja, das wäre doch nicht nötig gewesen, aber sehr lieb von dir, gleich einen Regierungsrücktritt zu organisieren. Obwohl, warten wir es mal ab.

Es sind so viele Menschen hier, denen wird nichts anderes übrig bleiben.

Wo bist du, Liebes?

Am Heldenplatz, Mama, oder Ballhausplatz. Ich weiß nicht. Hast du den Fernseher an?

Warte, ich kann ihn gleich anmachen.

Mit dem Handy zwischen Schulter und Wange eingeklemmt, hört Eva, wie ihre Mutter die Stufen der alten Treppe hinuntergeht, langsam, Schritt für Schritt. Das Knarren ist nicht zu überhören, da hat es auch nichts genutzt, dass man im letzten Winter das gesamte Holz hatte ölen lassen. Sie dreht sich eine Zigarette, fragt sich, ob die anderen noch dort sein werden, wenn sie gleich zurückkommt, ob Mascha noch da sein wird. Aber wo sollen sie hingehen? Man hatte sich hier und heute mit dem Vorhaben getroffen, erst wegzugehen, wenn diese Regierung zurückgetreten war. Das hatte man sich nicht ausmachen müssen, das war in der Luft gelegen. Es war ein stillschweigendes Übereinkommen, von dem man sich sicher war, dass es einfach so passieren würde, dass man nur zu warten brauchte, Bier trinken, weil einen Plan, was man tun sollte, würde es nicht passieren, hatte niemand hier, da war Eva sicher. Man dachte sich, so, schauen wir mal, dann wird es schon, und das wiederum war ein sehr bekanntes Gefühl.

Milan, mach mal den Fernseher an. Nein, die Eva, sagt es. Und erzähl derweil kurz Eva, mit der Uni und mit der Arbeit?

Alles gut, sagt Eva, wie sie es immer sagt. Einen winzigen Moment nur fragt sie sich, ob sie nicht von Mascha erzählen könnte, von dieser großen Unsicherheit, die sie mit sich umhertrug, seit sie sie kannte. Aber natürlich tut sie es nicht. Natürlich.

Und mit dem Milan?

Alles gut. Der Papa lässt nur fragen, wie es mit der Uni geht.

Alles gut, sagt Eva.

Der Milan war immer ein guter Vater gewesen, einer, der nicht mal die Stirn in Falten gelegt hat, als Eva mit Ende zwanzig beschlossen hatte, noch einmal zu studieren. Weil, *ein* Studium zahlen wir dir, und wenn du es mit fünfzig machst, hatte er gesagt und etwas stolz war er auch gewesen, dass die Eva an der Kunstakademie angenommen worden war. Da hatte er die paar Semester Germanistik ganz vergessen oder vergessen wollen, auf jeden Fall waren sie unter den Tisch gekehrt worden, und Künstlerin hatte ohnehin besser zu seiner Tochter gepasst, eine akademische Künstlerin zumal. So gesehen hatten die vielen Videos, die Fotos, die Eva machte, die sich überall in ihrer Wohnung fanden, die Abzüge von Ausschnitten ihres Körpers, vom Haus in der Siedlung, endlich Sinn gemacht. Es hatte Sinn gemacht, weil jemand anders, ein Doktor, eine Professorin, so hatte es sich Milan zumindest vorgestellt, einen Sinn darin gesehen hatte.

Und die Arbeit?

Mama, es ist wirklich alles gut. Eva zündet sich ihre zweite Zigarette an, atmet etwas zu viel Rauch ein, hustet, überlegt schnell, ob sie das Wort *alles* wohl genug betont hat, dass

Alexandra verstand, dass damit eben alles gemeint war, alles, das Leben in seiner Gänze. Sie hatte keine Lust, vom Ärger über halb leer gegessene Teller zu erzählen, die sich beim Frühstücksbuffet so gierig aufgeladen wurden, als wäre es die letzte Mahlzeit. Sie konnte nur an Mascha denken, an ihre Hände und daran, ob sie noch da sein würde, gleich.

Alles, Mama, sagt Eva.

Gut, und wann kommst du?

Nächstes Wochenende haben wir gesagt, glaube ich.

Ist gut.

In der Ferne hört Eva jetzt lautes Schreien, Jubeln und Klatschen. Sie tritt die Zigarette aus und sieht Richtung Volksgarten, sieht, wie noch mehr Menschen zusammenströmen, und sieht die Erleichterung auf vielen Gesichtern. Auf dem Wiesenfleck vor den Zäunen sitzt niemand mehr, es ist niemand da, den sie kennt. Evas Handy sagt, dass Mascha dreimal versucht hat, sie anzurufen, aber keine Nachricht, wo sie ist. Ihre Hand tastet nach dem Brillenetui in ihrem Rucksack, findet es zwischen Plastiksackerl, Wasserflasche, Dosen, Tablettenschachtel. An die Brille hat sie sich immer noch nicht gewöhnen können, obwohl ihr alle sagen, wie gut sie ihr steht, sogar Mascha sagt, dass es niemanden gibt, dem eine Brille so gut passt, und nimmt sie ihr zu Hause nur dann runter, wenn sie miteinander schlafen. Doch draußen in der Welt, da hat sie zu viel und zu genau gesehen. Je mehr sie gesehen hat, umso mehr hat sie auch gehört, und die Überforderung ist groß gewesen, größer geworden, als ohnehin schon. Aber jetzt, in den Stunden bevor die Dämmerung einsetzt, bleibt ihr nichts anderes übrig. Sie kann kaum noch Gesichter voneinander unterscheiden, glaubt, in jedem Menschen mit blond gefärbten Haaren Mascha zu erkennen. Sie putzt sich die Gläser an ihrem weißen T-Shirt ab, steckt das Etui zurück und setzt sich die Brille auf. Und wirklich, kaum sieht sie die Welt klar abgegrenzt, die Gesichter wie mit dem Objektiv ihrer Kamera scharf gestellt, kann sie Maschas zierliche Figur wahrnehmen, ihre dünnen Beine, die schmalen Hüften in der schwarzen Jeans, wie sie an dem gusseisernen Zaun steht, sich mit einer Hand an einer Strebe festhält und mit der anderen ihren Mittelfinger in die Höhe streckt Richtung Bundeskanzleramt.

Du hast alles verpasst. Atemlos steht Mascha einige Minuten später vor ihr.

Ich weiß. Eva wünscht sich, dass Mascha sie berührt, streckt dafür ihren Fuß näher in ihre Richtung, dass es Mascha so vorkommen muss, als wollte sie ihr ein Bein stellen. Neuwahlen also, sagt Eva, als wäre es eine neue Erkenntnis, dabei ist das, worauf alle so lange hingefiebert haben, bereits jetzt ein alter Hut.

Ja, sagt Mascha, und was machen wir jetzt?

Neuwahlen also. Elena kommt von hinten angesprungen, legt ihre Arme um Maschas Hals und sieht Eva an. Zum Glück. Alle zu besoffen für eine Revolution. Gehen wir was trinken?

Eva sieht Mascha an, Mascha nickt. Also nickt Eva auch.

Auf der Party spielen sie zum hundertsten Mal die Vengaboys, und es muss das einhunderterste Mal kommen, dass

Mascha endlich ihre Hand nimmt und sie auf ihren Oberschenkel legt. Ihre Augen sehen in Evas, und alles um sie herum wird ausgeblendet. Kurz vorher hatte sich Eva noch gefragt, was sie auf dieser Party eigentlich sollte. Doch jetzt spürte sie es so sehr wie noch nie, das, was Milan immer zu ihr sagte: Eva müsste nur einmal am richtigen Ort zur richtigen Zeit sein, *nur ein einziges Mal*.

Ich hab so Lust auf dich. Maschas Worte kitzeln in ihrem Ohr, ihre Haare streichen über ihre nackte Schulter, und Eva sagt, wenn sie es noch einmal spielen, dann gehen wir, ich will, dass du mich fickst, und ein paar Sekunden später weiß sie nicht, was sie mehr überrascht, dass sie das gerade wirklich gesagt hat oder dass das nächste *Whoah* von den Vengaboys auf sich warten lässt. Wir gehen trotzdem, sagt Mascha, zieht sie aus dem niedrigen Stuhl nach oben, sie umarmen Elena, die auf einer Kunstparty noch weniger zu Hause ist als Eva, sich aber überall zurechtfindet. Haut schon ab, sagt sie dann, heute Ibiza und morgen wieder Juridicum.

Gemeinsam gehen sie in die kühle Nachtluft, lassen Gespräche an sich vorbeiziehen, Wortfetzen hören sie, dass, das alles nicht wahr sein kann, das kannst du dir nicht ausdenken, und Eva muss lachen, weil es das ist, was sie am meisten beschäftigt: dass die Wirklichkeit sie einholt. Mascha geht neben ihr, sieht sie an, sollen wir zu dir, fragt sie, und Eva sagt Ja, und sie gehen schneller, lachen und reden, die letzte Bahn haben sie sowieso verpasst, und es ist immer noch ein Anfang zwischen ihnen, von dem man keine müden Füße bekommt.

Die letzten Meter bis zur Haustür küssen sie sich nur noch.

Eva sagt, warte kurz, holt ihr Handy aus der Tasche und beginnt zu filmen, wie Maschas Zunge über ihren Hals streicht, dann der Fokus auf ihre Finger, die die Tür zu öffnen versuchen, Mascha und sie im Hauseingang eng umschlungen, schweres Atmen, Stöhnen und ein Licht, das im Hausflur aus- und wieder angeht und überraschte Gesichter in dem kleinen Display, dass sie nicht die einzigen Menschen sind.

Die Erleichterung, als sie endlich allein sind, lässt sie alles schneller machen. Schuhe werden so ausgezogen, dass sich die Schuhbänder ineinander verheddern, hilf mir einmal, alles möchte man schneller machen, alles braucht dafür länger, die Zeit scheint außer Kontrolle, und erst als sie beide nackt sind, hat es seine Richtigkeit. Leg dich hin, sagt Mascha und drückt Eva auf das Bett, zieht ihre Unterhose aus, beginnt sie zu lecken, Eva möchte noch sagen, ich möchte das nicht, aber sie kann nicht. Kannst du mich auch ficken jetzt, flüstert sie leise, und Mascha sagt, was, sag es noch einmal, und legt ihren Kopf auf die Seite, damit sie es hören kann. Eva kommt sich einen Moment dumm vor, es noch mal zu sagen, aber sie tut es, sagt es diesmal lauter, und Mascha versteht sofort, fickt sie so lange, bis sie kommt, legt sich dann auf sie, drückt sich an sie, presst sich an ihren Körper, und Eva weiß schon, flüstert ihr ins Ohr, wie gut es war, wie sehr sie gekommen ist, dass sie es immer wieder haben will, bis Mascha aufschreit, ihr Körper neben sie fällt und sie sich ansehen. Alles, was sie gesagt hat, ist wahr, denkt Eva sich, versucht, es in ihre Augen hineinzudenken, hofft, dass Mascha sie lesen kann, dass sie nichts sagen muss, dass sie nie wieder etwas sagen muss.

Hast du Angst, fragt Mascha sie.

Ja, sagt Eva, und du?

Nein, sagt Mascha.

Warum nicht, fragt Eva.

Weil du schon Angst hast!

Nach dem dritten Mal schläft Mascha ein. Eva umfährt ihre aufgekratzte, unreine Haut, umfährt jede Pore, jede rote Erhebung. Sie hört Maschas gleichmäßigem Atem zu, aber sie will nicht einschlafen. Leise steht sie aus dem Bett auf und zieht sich Maschas langes T-Shirt über den Kopf. Vielleicht ist er wach, denkt Eva sich, gießt sich in der Küche ein Glas Wasser ein und macht ihren Laptop an. Sie öffnet die Seite, sieht Stups' Namen ganz oben stehen, sein Foto und einen grünen Punkt darunter, und sofort fühlt sie sich zusammengerollt in seinem Schoß, wie ein kleines, fest verschnürtes Packerl, von außen gleich, von innen gleich, uneinsehbar und gerade deswegen so beschützt.

Wie spät ist es bei dir, schreibt sie ihm.

Stups schreibt nach ein paar Minuten zurück. Gerade aufgestanden, gleich geht's ans Meer. Du würdest es lieben hier.

Besser als Stockholm, besser als Salzburg, schreibt sie zurück und weiß gar nicht, was sie noch alles aufzählen soll.

Besser als alles. Komm her!

Eva wartet einen Moment ab.

Du hast niemanden gerade, ich habe niemanden, schreibt Stups, wir sind frei wie der Wind.

Ich habe jemanden kennengelernt, schreibt Eva.

Eine Weile blickt sie auf den Bildschirm, sieht, wie Stups immer wieder schreibt, löscht, scheinbar neu ansetzt.

Bitte hör auf damit, du bist wie meine Mutter, schreibt Eva schnell.

Entschuldige, schreibt Stups, der sofort weiß, was sie meint. Ich wusste nur nicht, was ich sagen soll.

Nicht schlimm, schreibt Eva zurück.

Ich dachte nur, du wolltest endlich mal allein sein.

Hast du mitbekommen, was heute hier los war, fragt Eva, und dann schreiben sie sich. Schreiben über das Alleinsein, du hast ja recht, Stups, über das Surfen, ich habe keine Ahnung davon, über die Kunst, *ein Video machst du von dir und ihr wirklich?* Sie schreiben sich, dass es doch gar nicht sein kann eigentlich, das, was heute passiert ist. Dass es so ein Land wie Österreich überhaupt gibt, schreibt Eva, und Stups schreibt, dass man es sich, wenn man lange genug nicht da war, wirklich kaum noch vorstellen kann.

Frühling 2022

Der Regen hatte angefangen, kaum dass sie ins Flugzeug gestiegen war. Es hatte lange nicht mehr geregnet, und jetzt
kam er umso heftiger vom Himmel, als gälte es zu beweisen,
dass man sich auf nichts mehr verlassen konnte, auf die Liebe
nicht und schon gar nicht auf die Jahreszeiten und dass nach
einem Winter der Frühling kommen sollte.

Jetzt aber brach die Sonne durch. Die letzten Wochen waren
einfach so vorübergezogen. Seit sie weggegangen war, hatten
sich Tage und Nächte die Hand gegeben, sich mal von der
Ferne begrüßt, um dann schnell wieder zu verschwinden wie
zwei alte Bekannte, die sich nichts mehr zu erzählen hatten,
und Eva war spazieren gegangen, hatte Tee getrunken, Bier,
Weißwein, hatte die Zeit vergessen oder die Zeit sie und war
hin und wieder überrascht worden von den ersten Sonnen-
strahlen und den letzten. Das Leben fühlt sich an wie ein
untrainierter Muskel, denkt sich Eva und schiebt mit einem
Bein ein paar Fotos aus dem Bett. Es war Zeit aufzustehen,
das verriet ihr der Blick auf die Uhr, die Anrufe in Abwesenheit. Nein, korrigiert sie sich, nicht das Leben an sich fühlt
sich an wie ein untrainierter Muskel, *allein* leben fühlt sich
so. Aber immerhin, Eva steht auf, hängt sich ihren blauen
Bademantel um und streicht durch ihre Wohnung, die wie

eine Höhle im Hochparterre eines Altbaus liegt, aber immerhin habe ich mich gut gehalten bis jetzt.

Wie lange war es her, dass Mascha nicht zurückgekommen war. Spielte es überhaupt noch eine Rolle? Evas lange weiße Finger schrauben den Kopf der Mokkakanne ab, tauchen ihn für einen Moment unter eiskaltes Wasser, um ihn dann zu befüllen und auf den Herd zu setzen. Unzählige Stunden hatte sie geweint, und zum ersten Mal in ihrem Leben hatte sie zu Hause angerufen und weitergeweint, hatte Milan angerufen, der gesagt hatte, Eva, komm her. Sie war zu ihnen gefahren und hatte in Salzburg ihre Wunden geleckt. Wie ein Salzstein war sie sich vorgekommen, von denen die Alexandra in ihren Kindheitserinnerungen über den Lungau immer erzählt hatte. Milan und Alexandra waren mit großen Augen um sie herumgestanden, hatten sie angestupst mit ihren Nasen, hilflos über ihre Trauer, wie Kühe beim Gewitter auf einer Alm. Milan, wenn er ihr tröstende Worte ins Ohr sprach, spuckte mittlerweile leicht, was sie sowohl in ihrer Trauer als auch in ihrem Trost irritierte, und ihre Mutter hielt sie so fest im Arm, als wäre das nun endlich die Möglichkeit, auf die sie so lange gewartet hatte, und mit Alkohol in der Stimme küsste sie sie feucht auf ihre Wangen, richtete ihre Seite des Bettes neben sich für Eva ein und schickte Milan ins Gästezimmer. Eva schlief nicht eine Nacht neben ihr.

Der Kaffeekocher blubbert. Sie wirft einen Blick in den Spiegel, den Alexandra ihr zum Einzug in die neue Wohnung hatte schenken müssen. Du brauchst einen Spiegel, eine

Wohnung ohne Spiegel, das geht nicht, hatte sie gesagt. Eva hatte nichts gesagt, obwohl er in allem dem alten Spiegel, der in ihrem Flur im Haus in Salzburg gehangen hatte, ähnelte, als ob Alexandra, jetzt, wo sie endlich weg war, ein Stück vom Haus in der Siedlung in ihre Wohnung schmuggeln wollte. Der gleiche schwere Rahmen aus altem Nussholz, das leicht angeschlagene Glas, einzig der fehlende Riss machte ihn zu einem eigenständigen Stück. Sie hatten in Evas Wohnung zusammen vor dem Spiegel gestanden, Alexandra zwei Köpfe kleiner als Eva, an die siebzig nun, aber immer noch zäh und stur, und Eva, immer noch durchscheinend und zart, und zum ersten Mal hatte sich Eva mit ihr verbunden gefühlt, ohne etwas sein zu müssen. Ich bin froh, dass du so bist, hatte Alexandra leise gesagt, und Eva hätte sich den Moment gemerkt, hätte vielleicht etwas zurückgesagt, wenn in diesem Augenblick nicht die Unterkante des Spiegels Richtung Boden gerutscht wäre. Himmel, hatte Alexandra gerufen, *nicht schon wieder*, aber Eva hatte den Spiegel aufgefangen und sich erspart, etwas von glückbringenden Scherben zu sagen.

Sie öffnet ihren blauen Bademantel. Es war nicht mehr der Spiegel, sondern vor allem ihr Körper, der sie an alles Vergangene erinnerte. An Mascha, wie sie die Muttermale auf ihrer Haut gezählt und sie mit dem Finger miteinander verbunden hatte, als wäre Eva ein Himmelskörper, den es zu erkunden und festzulegen galt. Die Stirn, auf die Mascha sie immer geküsst hatte, am Schluss ausschließlich, die Lippen waren nur noch ein Ausweichobjekt – spätestens da hätte sie es doch merken müssen. Vielleicht habe ich es auch gemerkt, vielleicht auch nicht, denkt Eva und schiebt die pfeifende, schlürfende Mokkakanne von der heißen Herdplatte. Sie stellt sich auf die Zehenspitzen und holt ihre Lieblingstasse aus dem obersten Regal, die Tasse mit Stups' Foto darauf, wie er ein Gesicht zieht, mit einer Tasse in der Hand mit ihrem Foto darauf, wie sie ein Gesicht zieht.

Und wo der Körper zuletzt gar nicht da gewesen war, so meldete er sich jetzt umso vehementer zurück, mit Zahnschmerzen, Schmerzen im Unterleib, blauen Flecken, Kratzern, von denen sie nicht wusste, wie sie sie sich zugezogen hatte. Ich weiß es nicht, woher ich sie habe, hatte sie Milan geantwortet, als er sie darauf angesprochen hatte. Er hatte sich auch Sorgen um die dunklen Ringe unter ihren Augen gemacht. Alle hatten Angst vor einem Rückfall, nur Eva nicht. Sie ging alleine durch die Straßen, blieb stehen, band sich die Schuhe zu, warf einen Blick auf ihr Handy, und da war niemand, der ihr schrieb, und alles, was sich lange wie eine Last angefühlt hatte, glitt ab. Das erste Mal seit Val, seit sie fünfzehn war, war sie alleine. Und sie verfluchte Milan und ihre Mutter, Ursel und die Oma, alle, die so getan hatten, als wäre es eine Unmöglichkeit, so zu leben. Sie verfluchte alle Filme, alle Lieder, die ihr in den Kopf gesetzt hatten, dass nur galt, was man zu zweit erlebt hatte. Sie verfluchte die Ehe ihrer Eltern, die so unerschütterlich gewesen war, so makellos, unerreichbar. Nie hatte es etwas gegeben, das sie aus dem Gleichgewicht gebracht hatte, und Eva hatte auf ihrem Handy herumgedrückt, war immer wieder bei Lana Del Rey gelandet. *They say that the world was built for two.*

Sie trinkt einen Schluck Kaffee. Es war verblüffend, aber sie konnte weiterleben. Es war nicht mehr so, dass immer wieder dasselbe letzte Gespräch mit Mascha vor ihren Augen ablief und Eva es nicht glauben wollte, denn wie soll ich denn leben ohne dich, verdammt. Am Anfang hatte Stups sie aus Neuseeland angerufen, Abend für Abend, sie hatte geweint, und er hatte ihr versichert, dass es vorbeigehen würde, dieses Gefühl. Ich weiß es einfach nicht, hatte sie geschluchzt und Stups Lana Del Rey vorgespielt.

Ich weiß, hatte Stups gesagt, und Eva war eingefallen, dass er sich selbst vor nicht allzu langer Zeit getrennt hatte. Sie hatte aufgehört, seine Freundinnen und Freunde zu zählen, sie wusste kaum noch einen Namen, sie hatten nie eine Rolle gespielt in ihrem Leben, und trotzdem tat es ihr leid.

Es tut mir leid.

Du kannst immer herkommen.

Danke.

Wenn es deine Flugangst ist …

Ich habe keine Angst mehr, hatte Eva gesagt, und sie hatte wirklich keine Angst gespürt.

Hör auf, der Stups hatte gelacht, hatte dann aber schnell das Thema gewechselt. An was arbeitest du gerade?

Ich arbeite nicht, Milan hilft mir aus …

Nein, ich mein, woran arbeitest, was fotografierst du?

Nichts!

Du musst arbeiten, Eva, nur Meditieren, das fickt dich.

Eva hatte ihm zugestimmt. Sie begann ihm zu erzählen, von ihrem Besuch zu Hause, wie sie sich um sie gekümmert hatten, wie Alexandra ihre Hand gehalten hatte und dass sie es selbst nicht glauben konnte, wie nah sie sich waren. Wie

Alexandra dann, kurz bevor sie gefahren war, auf den Dachboden gestiegen war und ihr einen Stapel mit Papieren, Fotos und einem Manuskript übergeben hatte, fein säuberlich in einer Mappe und zwei Schuhkartons sortiert. Von deinem Großvater, hatte sie gesagt, und von deiner Großmutter, und Eva hatte sich bedankt, auch wenn sie das Gefühl hatte, dass es keinen schlechteren Zeitpunkt dafür hätte geben können.

Und was machst du damit?

Ich weiß nicht, ich habe zu lesen begonnen, aber es ist so anders als das, was sie erzählt haben ...

Haben sie etwas erzählt?

Eher, was sie nicht erzählt haben.

Und Eva hatte Stups berichtet, von den unzähligen Briefen von einem gewissen Harry Marschall, nein, kein Dienstgrad, das hatte Eva auch erst gedacht, aber er war wohl Österreicher, und Marschall war einfach sein Nachname gewesen, und gerichtet waren die Briefe an eine gewisse Mizzi, die sie nicht kannte, und sie wusste nicht, was sie davon halten sollte. Sie erzählte Stups davon, wie Milan zu Alexandra gesagt hatte, jetzt muss aber Schluss sein, bei dieser Generation zumindest, mit der Schuld, und wie sie dann gestritten hatte wie noch nie mit ihrem Vater, und dass die Schuld doch etwas Gutes war, dass sie sich nie gelähmt gefühlt hatte, sondern dass es sie antrieb.

Als dein Großvater gestorben ist, weißt du noch, wie ich gezweifelt habe, dass du den Tod aufhalten kannst, hatte Stups in ein Rauschen hinein gesagt, nachdem sie sich einige Zeit mit den Nazigeschichten ihrer Familie überboten hatten.

Ja.

Das nächste Mal, wenn jemand stirbt, drohe ich ihm, dass ich mich umbringen werde, wenn er nicht am Leben bleibt, hast du gesagt, weißt du noch?

Wenn sie mich lieben, dann können sie nicht sterben. Natürlich weiß ich es noch, hatte die Eva gesagt und an ihrem Daumennagel gekaut.

Du warst schon ein komisches Kind, der Stups hatte gelacht. Zur Strafe hast du meine Wange blutig gebissen. Du hast gesagt, du stehst ewig in meiner Schuld.

Bin ich gestanden. Bis du die Mappe heimlich für mich abgegeben hast an der Akademie, hatte die Eva leise gesagt und etwas Daumenhaut ausgespuckt. Außerdem hast du das Gleiche gesagt, mit der Schuld. Aber es tut mir leid, dass ich dich gebissen hab …

Jetzt sei nicht blöd, hatte der Stups gesagt, und Eva hatte im Hintergrund Stimmen gehört, du Eva, ich muss gleich auflegen jetzt.

Ich weiß nicht, was ich mit dem Zeug hier machen soll, aber ich glaube, ich fange einfach mal an, oder?

Mach das, hatte der Stups gesagt und sich wie immer in letzter Zeit verabschiedet. Weil du lieb bist, Eva.

Eva hätte Stups noch viel zu erzählen gehabt, aber noch immer hob sie manche Sachen auf, wie früher das Beste am Teller zum Schluss.

Sie stellt die Tasse auf den dunklen Holztisch, neben den Stapel mit Alexandras Papieren, sie zögert, geht zurück, nimmt noch einen Schluck, stellt die Tasse dann auf dem Couchtisch ab. Kurz ärgert sie sich über ihre Mutter. Mach damit, was du willst, hatte Alexandra ihr gesagt. Eva zieht den Gürtel um ihren Bademantel etwas fester, nimmt ihr Handy in die Hand. Kurz überlegt sie, ihre Mutter anzurufen, entscheidet sich um und schaltet den Flugmodus an. Sie will heute nicht daran denken, nicht an das Geschriebene, was vor ihr liegt, nicht an das Gesprochene, was hinter ihr lag. Sie nimmt das Handy in die rechte Hand, entsperrt mit dem Daumen, öffnet die Kamera und streichelt mit der linken Hand über ihren Oberarm, über ihre Brüste, ihren Bauch. Ein paar Minuten sieht sie sich in der Frontkamera dabei zu, wie sie es tut, mit einem verdutzten Gesichtsausdruck, als wüsste sie nicht, was geschieht, dabei säumen die Fotos von dem, was sie gerade tut, ihr Bett, liegen in Spalten, und wenn sie mit nackten Beinen durch die Wohnung spaziert, bleiben sie an ihren Füßen kleben. Schlecht ausgedruckte Fotos von Evas Rücken, von ihren Haaren, einem Teil der Lippen, etwas, das eine Brust sein könnte, ein Schulterblatt.

Die Sonne flirrt durch die Vorhänge, die sie kurz zuvor zugezogen hat, als melde sie sich sachte zu Wort. Es ist fast kitschig, dass es sie kitzelt, so, dass Eva denkt, sie müsse es stoppen, wollte sie nicht eine sonnengebadete Skulptur werden, etwas, das wie in Gold gegossen war, das nie wieder zum Leben erwacht. Eva will lieber wieder Regen, sie will das Geräusch von Tropfen, die gegen das Fensterglas stoßen, das Gefühl, sich aus feuchter Kleidung herauszuschneiden, als wären T-Shirt, Hose und Socken steifes Papier und der Körper eine Schere, die sie trennen konnte. Regen, sie denkt an nichts anderes, die Augen auf den Papierstapel vor sich gerichtet, auf die schwarze Mappe, die ihr Alexandra in die

Hand gedrückt hatte mit den Worten *Mach damit, was du willst,* und Eva hatte nicht gefragt, obwohl sie es natürlich wissen wollte, hatte nicht nachgefragt, was sie denn damit machen sollte, was Alexandra noch nicht damit getan hatte. Ihre Augen wischen nach links über die dreckige Bildschirmoberfläche ihres Laptops, Zahnpastasprenkler sitzen auf den Gesichtern der Menschen, die in Bikinis an einem Strand Cocktails trinken, und Evas Blick huscht zwischen dem Ton-aus-Knopf und ihrem Bauch hin und her, dann stellt sich wieder der Stapel Papier hinter der abgeklebten Kamera des Laptops scharf. Eva denkt an Regen, an Gewitter und an Mascha, die sich davor immer so gefürchtet hatte, die sich wahrscheinlich immer noch fürchtet, wo auch immer sie gerade ist. Eva hatte seit Wochen nichts mehr von ihr gehört. Sie hatte nichts mehr von ihr gehört, seit sie sie aus Riga angerufen hatte. Eva hatte niemals ohne eine Krücke funktioniert, ohne sich in einem anderen Menschen zu spiegeln, und jetzt war das Leben da und tat das, was es konnte, eben weitergehen, und nach einigen Wochen, in denen Eva zurücksah, sich ein Leben nicht vorstellen konnte, nicht mehr aß, nicht mehr schlief, nach diesen Wochen wachte sie auf.

Mit der rechten Hand drückt sie die Taste, die die Lautstärke wieder anmacht, mit der linken fährt sie über ihren Bauch, um den Nabel herum, fährt sich zwischen die Beine, in sich, fühlt sich an, als würde sie gegen eine raue Rindszunge stoßen. Seit sie sich von Mascha getrennt hat, hatte sie sich nicht mehr so angefasst, sie hatte den Körper abgeschrubbt wie einen ungeliebten Fußboden, hatte ihm zu essen gegeben wie einem Kind, das man nicht mochte.

Die Sonne ist untergegangen. Es ist nicht so, dass es dunkel wäre, sie ist nur schon verschwunden hinter der breiten Häuserwand vor ihrer Wohnung. Sich streckend steht Eva auf, setzt ein Bein nach dem anderen auf das alte Parkett, geht auf das Fenster zu, öffnet es und schiebt die Vorhänge zur Seite. Der Stapel ist noch da, kein Wind hat ihn verzogen, wie könnte er auch. Eva nimmt Blatt für Blatt in die Hand, nimmt Alexanders Vergangenheit in die Hand, Ellis Vergangenheit. Ihre Finger hinterlassen Spuren auf seiner geraden Schrift, Weißes setzt sich zwischen den Zeilen nieder, kann nicht weggewischt werden, auch nicht mit etwas Spucke, sie schmeckt gut, sie und das Papier, es setzt sich fest, benetzt die Buchstaben, mach damit, was du willst.

Sicher wird sie jedes Blatt aufmerksam lesen, dann wird sie es in die gepackte Tasche geben, die am Eingang steht, sie wird die Kamera nehmen. Man wird sie fragen, *Wohin geht's?,* und Eva wird einsteigen.